KB235877

우리문학 깊이읽기

김치수 깊이 읽기

정과리 엮음

2000
문학과지성사

우리 문학 깊이 읽기 기획위원
권오룡 / 박혜경 / 성민엽 / 정과리 / 홍정선

김치수 깊이 읽기

엮은이 / 정과리
펴낸이 / 채호기
펴낸곳 / 문학과지성사

등록 / 1993년 12월 16일 등록 제 10-918호
주소 / 서울 마포구 서교동 363-12호 무원빌딩 4층(121-210)
전화 / 편집부 338)7224~5 팩스 / 323)4180
영업부 338)7222~3 팩스 / 338)7221

제1판 제1쇄 / 2000년 12월 17일

ISBN 89-320-1219-9

우리문학 깊이읽기

김치수

깊이 읽기

정과리 엮음

▼ 중학교 동창들과
무장면사무소에서 (1953년)

▲ 고등학교 졸업식에서
셋째형과 함께 (1959년)

▲ 대학 졸업식날
정명환 선생과 함께 (1964년)

▲ 프로방스 대학 유학 시절 기숙사에서 (1973년)

▲ 대학 재학 시절 동숭동 교정에서 동기 동창. 김붕구 선생과 함께 (1962년)

▲ 프랑스 유학 시절 김현의 내방을 받고 왼쪽부터 스루가 · 박지구 · 김현 · 질베르와 함께 (1975년)

▲ 백철 전집 출판 기념회에서 왼쪽부터 이문구 · 정비석 · 백철 · 염무웅과 함께 (1968년)

▲ 현대문학상 시상식장에서 김화영 · 김윤식과 함께 (1982년)

▲ 『문학과지성』 창간을 기념하여 최재유 · 김현(뒷줄), 김병익 · 황인철 · 성민경(앞줄) (1970년)

▲ 문학과지성사 간담회를 마치고 김현 · 이인성 · 권오룡 · 진형준과 함께 (1989년)

▲ 김현 교수 일주기에 문우들과 함께 홍정선 · 복거일 · 김원일 · 정현종 · 오규원 · 김광규 · 서우석 · 이성복 · 김주연 · 김병익 · 이인성 · 정문길 · 김형영 · 오생근(뒷줄), 황인철 · 안정환 · 이연희 · 김상구(앞줄)(1991년)

▲ 황인철 변호사 일주기에 채호기 · 조해일 · 권오룡 · 김원일(뒷줄), 정과리 · 정문길 · 김병익(앞줄)(1994년)

▲ 설악산 봉정암에서 김대행 · 조광희 · 송준만과 함께 (1985년)

▲ 이화여대 근속 20주년에 동료 교수들과 함께 (2000년)

▲ 두번째 서울을 방문한 미셸 뷔토르와 함께 (1991년)

▲ 파리에서 다시 만난 사사키와 함께 (1992년)

▲ 이헌구 선생이 주례를 한 약혼식에서 (1965년)

▲ 고사리 김옥길 선생을 찾아간 가족들 (1986년)

▲ 토지 문학관에서 박경리 선생과 함께 (2000년)

▲ 미국으로 유학을 떠나는 두 아들 내외와 손녀들 (1998년)

김치수

깊이 읽기

책을 엮으며

  김치수의 비평은 작가에게 보내는 격려이고 독자에게 건네는 위안의 메시지다. 그의 문체는 곁에 앉은 사람에게 이야기를 하는 듯하다. 그의 다감한 목소리를 들으며 나른한 안식에 젖는 독자는, 그러나, 그가 텍스트의 세밀한 흐름들까지 속속들이 짚어나가는 것을 문득 깨닫고 놀라게 된다. 그의 섬세함은 작가에게 두려움을 자아내고 그의 자상함은 독자에게 글읽기의 열정을 불러일으킨다.

  김치수는 그러니까 분석 정신과 열린 사유를 공유한 비평가다. 그의 열린 사유는 문학이 세상과 맺는 다양한 연관을 탐지케 하고, 그의 분석 정신은 텍스트의 내재 분석을 지향케 한다. 그 두 태도는 긴밀히 맞물려, 정밀한 독해가 추려낸 문학적 형상과 감각들을 이해의 우심방으로 모아, 삶의 소중한 의미와 높은 가치를 설명의 좌심방을 통해 흘러 보낸다.

  요컨대 그는 한국 문학의 노련한 내과의다. 한국 문학이 허약해질 때마다 이 내과의가 항상 곁에 있었다. 그는 외국 사조의 현란한 외양에 짓눌린 한국 문학으로부터 그 고유의 문학적 양식을 구출하였고, 산업 사회의 무차별한 진격 속에서 문학의 상업화와 상품화 현상에 반성하는 문학을 섬세히 구별하였으며, 정보화 사회의 전면적 대두에 맞서 인문 정신의 부활을 처방하였다. 무엇보다도 그는 점차로 문화의 주변으로 밀려나고 있는 문학에게, 그것이 지속되어야 할 실천적 의의와 그것이 존재할 미래의 양태를 그려 보여줌으로써, 창작의 든든한 후원자로서의 비평의 직분을 다하였다.

　김치수의 분석 정신과 열린 사유의 틀을 제공한 것은 프랑스 비평이었으나, 그것의 실질을 이룬 것은 그만의 핍진한 생활 감각과 따뜻한 감성이었으며, 그 감각과 감성의 바탕에 놓인 것은 한국사와 한국 사회에 대한 체험과 이해였다. 그럼으로써 해체 분석은 꼼꼼한 살핌과 수선으로, 설명과 윤리는 공감과 권유로 재탄생하였다. 그로부터 어느 누구의 것도 아닌 김치수만의 비평이 세워졌으니, 그것을 분석적 대화의 비평이라고 명명해도 좋을 것이다.

2000년 12월
정과리

차 례

제2부 분석 정신과 열린 사유: 김치수의 비평을 비평한다

통째 보기

바투 읽기

제3부 축제의 언어: 김치수를 영원히 기억하기

김치수에게 부친다

내 안에서 숨쉬는 그대

제 1 부

입장과 궤적

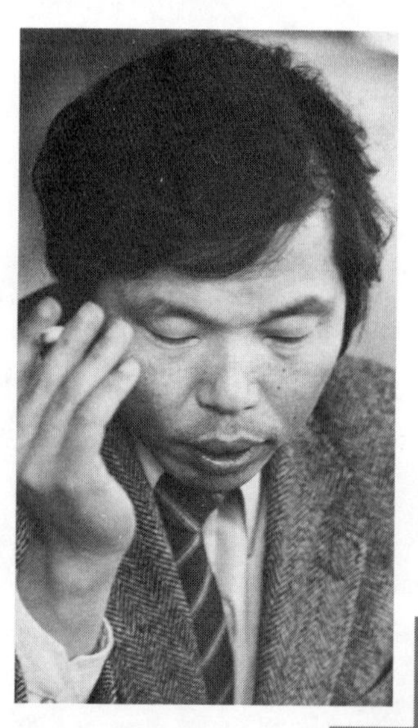

자전 에세이
─되돌아보기

김치수

내가 태어난 곳은 구릉이 많은 전북 고창군 무장면 무장리 281번지로서 면사무소 소재지다. 소재지에 사는 사람들은 누구나 소재지에 살지 않는 사람들을 '촌사람'이라고 부를 정도로 자신이 마치 도시 사람인 것처럼 생각하는 경향이 있었지만, 무장면 소재지는 사실 산골 오지나 다름없는 곳이다. 자수성가를 한 아버지와 자상하고 따뜻한 어머니, 그리고 9형제 가운데 여섯째로 태어난 나의 유년 시절에 대한 최초의 기억은 유복한 생활을 했다는 것이다.

가난한 농촌에서 별로 부족한 것을 모르고 자라던 나는, 6·25 전쟁으로 인해서 충격적인 체험을 하게 된다. 인공 치하에서 동네 젊은이가 인민 재판을 받고 처형당하던 끔찍한 광경, 해방과 함께 토지 개혁으로 대부분의 토지를 지가 증권으로 받고 그나마 남아 있던 논밭을 빼앗겼다고 집안에서만 한숨짓는 아버지의 한숨 소리, 수복되기 직전 매일 밤 들려오는 살육의 소문, 면 소재지를 떠나지 않으면 반동으로 처단하겠다는 위협으로 시작된 피난 시절, 피난에서 돌아온 뒤에도 빨치산의 습격으로 보낸 공포의 밤, 다음날 학교 가는 길에서 본 시체들의 처참한 모습 등은 초등학교 4학년의 내게는 너무나 충격적인 체험이었다. 부모님은 곧바로 형들의 신변의 안전을 위해 형들을 서울과 전주로 보내고 나와 동생 셋만을 시골에 데리고 살았다.

나는 이때부터 교회에 나가기 시작했는데 너무나 열심이어서 목사님을 비롯한 대부분의 교인들이 내가 장차 목사가 될 것을 기대하고 있었고 또 그렇게 믿고 있었다. 그런데 어느 날 일본 유학까지 한 큰형의 자살은 아버지에게 큰 변화를 가져왔다. 아버지는 장사를 그만두고 집에 있는 춘원, 김동인, 심훈, 김내성, 이효석 등의 소설책을 읽으면서 소일을 하며 일선에서 은퇴해버렸고 반주로 상당량의 술을 드셨다. 큰형의 자살 원인도 아버지의 은퇴 원인도 구체적으로 알려진 것은 아무것도 없다. 이때부터 다섯째형이 대학을 포기하고 가업을 이어받아 우리들의 학자금을 마련하고 집안일을 꾸려나갔다. 아버지는 그러면서도 내가 소설을 읽는 것을 엄격하게 금하셨다. 그러나 소설의 재미를 이미 알아버린 나는 아버지 몰래 집에 있는 소설책을 모두 읽었다.

그후 지금까지 내가 흉몽을 꾼다면 북한이 전쟁을 일으켜서 그 무시무시한 죽음의 위협 속에서 헤어나지 못하는 꿈이다. 이러한 체험은 내 의식의 밑바닥에 반공 이데올로기를 자리잡게 만들었고 통일 문제에 관한 한 아무리 진보적인 생각을 하고자 해도 그로부터 자유로울 수 없게 만들었다. 초·중학교 시절의 친구로는 모악테이프 진영웅 사장, 김대호 소아과 원장, 성진기 전남대 철학과 교수 등이 있다.

내가 기차를 처음 타본 것은 고등학교 입학 시험을 치르러 서울로 올라갈 때였다. 서울역으로 형이 나올 것이라는 이야기만 듣고 정읍역에서 기차를 처음 탄 나는 콩나물 시루처럼 만원인 기차 안에서 땀을 뻘뻘 흘리며 악몽의 시간을 보냈다. 선 채로 불안한 미래에 대한 온갖 상상을 하면서 버티고 있을 때 옆에 있는 40대 남자가 자기 아들을 짐을 싣는 선반 위로 올라가게 한 다음 나에게도 선반 위로 올라가라고 했다. 나는 내가 올라가면 서 있는 사람이 그만큼 덜 비좁을 것 같기도 하고 좀 편히 가고 싶기도 해서 선반 위로 올라갔다. 몇 시간을 졸면서 앉아 있는데 여객원이 와서 나와 옆의 아이 기차표를 받아 쥐더니 너희들은 특별석을 타고 왔으니 요금을 더 내야 한다고 말하면서 표를 가지고 가버렸다. 그때부터 서울역에 도착할 때까지 불안해서 졸지도 못하고 어쩔 줄을 몰랐다. 서울역에 도착해서 그 여객원을 찾았으나 그는 어디에도 없었다. 출구로 나가지 못하고 왔다 갔다하고 있는데 고향 친구 한 명이 내 이름을 부르며 다가와서 손을 붙잡고 출구로 나를 이끌었다. 나는 기차표가 없다는 말을 하려고 했는데 그는 어느새 출구로 나를 데리고 나왔다. 검표원은 내게 기차표를 요구하지 않았다. 나중에 알고 보니 고향 친구는 서울역의 이름난 '주먹' 이었다.

나의 서울 생활은 회현동에 있는 둘째형의 집에서 시작되었는데 거기에서부터 학교가 있는 계동까지 걸어서 다녔다. 전쟁의 상처가 그대로 남아 있는 서울이지만 산골이나 다름없는 촌에서 올라온 나는 고등학교 3년 동안 서울 생활에 적응하는 데 많은 시간을 보내야 했다. 나보다 뛰어난 친구들도 많았고 가정적으로 유복한 친구들도 많았다. 이 시절에 가까이 지낸 친구들 가운데 전광삼, 노중일, 나종일, 이대원, 조강환, 최청림, 오정치 등이 있었는데 모두 우수한 친구들이었다. 고등학교 2학년 말 형이 사업에 실패하자 나는 계동에서 하숙 생활을 시작했다. 시골에서는 부유한 가정 출신으로 친구들의 부러움을 샀지만, 서울에 와서 친구들을 보니 내 생활은 궁색한 것이었다. 내게 다행이었던 것은 고등학교 3학년 때 국어를 담당하고 계시던 김열규 선생님이 문학을 공부하려거든 불문과에 가라는 권고를 해준 사실이다. 그래서 충무로에 있는 '세프cef'라는 불어 학원에 다니게 되었는데 거기에서 김현을 만났다.

대학 입시를 치를 때까지 김현과 나는 불어에 관한 이야기만 주고

받았는데, 함께 입학을 하게 되면서부터 가깝게 지내게 되었다. 내가 계동의 하숙집을 나와야 될 형편에 있을 때 그는 자신의 하숙집 옆집을 내게 소개해서 신당동 생활을 시작하게 된다.

그러나 대학에 들어간 지 두 주일 후에 3·15 부정 선거를 규탄하는 시위가 시작되어 그와 나는 4·19날 아침부터 시위대와 합류하여 중앙청 앞에서 도시락을 먹고, 오후에 효자동까지 진출했다가 경찰의 발포로 흩어져 광화문으로 후퇴했다. 그후 과도 내각이 구성되었다가 제2공화국이 성립해서 장면 정권이 들어선 다음 계속되는 시위를 바라보면서 우리는 다시는 시위 대열에 참여하지 말자고 다짐했다.

우리는 매일 아침 8시면 함께 집을 나서서 동승동 학교까지 걸어가 도서관에 자리를 잡고 함께 수업을 듣고 교정에서 친구들과 토론하고 도서관에서 공부하고 저녁이면 집으로 돌아왔다. 그때 대학에서 만난 글쓰는 친구들이 김승옥, 이청준, 김주연, 염무웅, 김광규, 박태순, 정규웅, 홍기창 등이었다. 그 외에 불문과 동창으로는 파라다이스 그룹 전무를 지낸 이준재, 한성자동차 사장 김성기, (주)판다 사장 지경홍, 코트라 관장을 지낸 정명규, 농민신문 주필을 지낸 이재익, 중소 기업 사장을 하고 있는 정무수·한의웅·김두영, 이화여대 교수로 있는 황경자, 주불공사를 지낸 남정우, 명지대학 경상대학장을 지낸 이일균, 경제연구소 실장을 지낸 하종기, 해성고등학교 교장으로 있는 전준선, 문화일보 편집국장을 지낸 이성주, 대교방송 상무로 있는 위풍길, 부산 매일경제 독일 특파원을 지낸 박철규, 한일은행 부장으로 은퇴한 이우현 등이 있다. 이들과 함께 대학 공부를 할 수 있었던 것은 내게 행운이었다. 내 대학 시절의 행복은 여기에서 그치지 않고 이휘영 선생님으로부터 들은 생텍쥐페리 강의, 김붕구 선생님으로부터 들은 지드와 보들레르 강의, 오현우 선생님으로부터 들은 메리메와 스탕달 강의, 정명환 선생님으로부터 들은 사르트르를 비롯한 비평 강의 등으로 확대된다.

그러나 내 삶의 가장 큰 행복은 내게 두 사람의 동반자가 있었다는 사실이다. 그 한 사람은 이미 앞에서 언급한 것처럼 친구로서 30년의 우정을 함께 나눈 김현이고, 다른 한 사람은 결혼 35년을 맞는 아내 안정환이다. 김현은 문단에 데뷔할 때부터 병마로 쓰러질 때까지 문학적으로 나를 지탱시켜준 동반자이고, 안정환은 가난과 역경 속에서 나를 지탱시켜준 삶의 동반자다. 이 두 동반자가 없었다면 지금의 나는 존재할 수 없을 것이다.

내가 문단에 등단한 것은 1966년 중앙일보 신춘 문예 평론 분야에 「염상섭 재고」라는 글로 입선하면서다. 심사 위원이셨던 이어령 선생님은 아마도 특별히 마음에 드는 글이 없어서 내 글을 뽑으셨던 것 같다. 심사 소감에서 "그런 대로 수작"이라고 평하고, 뒤에 직접 찾아뵈었을 때 왜 하필 염상섭론을 썼느냐고 물으셨다. 내게 입선 소식을 알려준 사람은 당시 문화부 수석기자였던 손기상씨로서 그것이 인연이 되어 오늘날까지도 그와 나는 가까이 지내는 사이가 되었다. 데뷔 초에 내가 비평 활동을 하는 데 가장 많은 도움을 준 신문은 중앙일보이고 정규웅, 임재걸, 이경철 등 중앙일보 문화부 기자들의 도움을 받았다. 그들은 내게 월평 난을 비롯한 지면을 자주 제공하고 내가 쓴 글에 대하여 주목하여 주었다.

대학원에 다니면서 나는 한때 염무웅과 함께 신구문화사에 근무한 적이 있다. 거기에서 한국현대문학전집, 현대세계문학전집, 한국인명사전 등의 출판에 간여하며 역사 공부를 다시 하고 문학 공부를 새롭게 하였다. 1968년 마침내 석사논문이 끝나자 출판사를 그만두고 이화여고와 중앙고등학교, 그리고 이화여자대학, 서라벌예술대학, 단국대학, 서울대학 등에서 강의를 맡아 프랑스어와 문학사를 가르쳤다. 1972년 부산대학교 사범대학 불어교육과 전임강사가 되었다.

이듬해 프랑스 정부로부터 장학금을 받게 되어 도불, 프로방스 대학에서 3년 동안 공부하여 「소설의 구조」라는 논문으로 박사학위를 받았다. 지도교수이며 후에 저명한 소설가가 된 레이몽 장 교수는 학생이 자율적으로 공부하는 것을 장려하였고, 나는 젊은 날의 꿈과 욕망을 달성하기 위해서 닥치는 대로 책을 읽었다. 이때 도움을 준 친구들이 나보다 4년 먼저 유학을 온 친구 김화영과 경제학과에 다니던 질베르, 철학과에 다니던 앙트완, 미학과에 유학 온 사사키 겐이치, 언어학과에 유학 온 스루가 요이치로, 불문과에 유학 온 박지구 등이었다. 이들은 내게 20대처럼 젊음과 열정을 되찾아 공부할 수 있도록 도와주었고, 마르세유 미술학교 김순기 교수와 코트라 마르세유 김용집 관장의 배려도 잊을 수 없다. 그때는 고통스럽지만 행복한 시절이었다.

1977년 9월 김영호 교수의 호의로 한국외국어대학 프랑스어과 교수로 자리를 옮긴 나는 너무나 열정적으로 강의를 하고 학생들에게 상담도 해주다가 성대 수술을 두 번이나 받았다. 야간 강의를 포함하여 일주일에 20시간씩 2년 동안 강의를 한 것은 무모한 젊음의 열정이 아니고는 불가능한 이야기다. 최석기 교수와 김희영 교수가 도움을 주어서 즐겁게 보낼 수 있었고, 불어과의 많은 학생들과 문학 서클 학생들과 함께 고민하고 생각하는 시간을 가질 수 있었던 것이 보람이었다.

성대에 무리가 가지 않도록 일주일에 9시간 이상의 수업은 절대로 부과하지 않겠다는 약속과 함께 학교를 옮길 것을 제안한 사람은 이화여대 인문대학장이던 현영학 교수와 불문과 과장이던 정병희 교수였다. 나는 우리나라의 현실로 볼 때 남녀 공학에서 여학교로 옮기는 것이 바람직하지 않다고 하는 주위의 권고를 뿌리치고 이화여대로 자리를 옮겼다.

그런데 불행하게도 10·26으로 인해 유신 정권이 붕괴되었지만 민주화가 진행되지 않았고 광주 사태가 발생하여 무수한 학생과 시민이 희생되는 비극의 와중에서 신군부의 압력으로 이화대학에서 강제 해직을 당했다. 4년의 해직 기간 동안 글도 많이 쓰고 술도 많이 마셨다. 일면식도 없는 사람으로부터 따뜻한 위로도 받았고 친구들로부터 많은 도움도 받았다. 40의 나이에 강제 해직이란 마른하늘의 날벼

락이었지만, 나보다 젊은 나이에 죽은 영혼들을 생각하면 윤홍길의 「장마」에 나오는 할머니가 "나는 암시랑토 않다"라고 하는 말의 깊은 뜻을 알 것 같았다.

내 건강을 걱정한 마누라의 성화에 못 이겨 이때부터 등산을 다니기 시작했다. 일요일마다 등산을 다녀보니까 몸도 튼튼해지고 세상사가 하찮게 보이고 만사에 대범해졌다. 이때 함께 등산을 다닌 사람은 지홍원 판사 부부로서 당시의 법원의 현실과 법에 대한 자신의 생각 사이에서 많은 갈등을 느끼고 괴로워했다. 나는 그와 같은 판사가 법원을 지켜야 폭력이 법 위에 군림하는 시대에도 법을 지키려는 노력이 있었음을 입증할 수 있다고 생각했고 그래서 그가 대법관이 되는 시대를 꿈꾸었다.

해직 4년 동안 나에게 가장 큰 힘이 된 친구들은 『문학과지성』 동인들이다. 매일 재판정에서 민주화 운동으로 투옥된 사람들을 변호하느라 여념이 없는 황인철 변호사는 저녁이면 피곤한 몸을 이끌고 우리의 술좌석에 합류하여 부당한 간섭과 재판 과정에 대해서 울분을 터뜨리며 '나쁜 놈들'을 연발하였다. 술도 마실 줄 모르는 김병익 사장은 그 많은 술자리를 피하지 않고 함께 하면서 정확한 해석과 객관적 판단으로 현실을 파악하여 우리의 논의가 균형을 잃지 않게 하였다. 동인 가운데 체구가 가장 작으면서도 주량에 있어서 김현 교수와 쌍벽을 이루는 김주연 교수는 예리한 분석력과 재치 있는 언변으로 많은 친구들을 즐겁게 해주었다. 자신이 목포 출신이기 때문에 지역 정서에 휩쓸린다는 편견을 갖지 않도록 극도의 절제를 보이면서도 광주 사태의 비극을 원죄처럼 괴로워한 김현 교수는 문학을 통해서 자신이 할 수 있는 모든 것을 실천하고 문학으로 모든 폭력에 대항하고자 하였다. 동인 가운데 가장 큰 체구에도 불구하고 가장 젊은 오생근 교수는 사회적 정의와 개인적 삶의 표리 관계를 현실을 인식하는 원리로 삼고 그것의 문학적 형상화에서 진정한 미학을 발견하고자 하였다. 이러한 동인들과 함께 있음으로 인해서 우리 현대사에서 가장 야만적이고 폭력적인 시대를 나는 어렵지 않게 견뎌낼 수 있었다.

신군부가 정권을 강탈하기 위해 전국에서 87명의 교수를 강제 해직시킨 뒤 4년 만에 자신들의 잘못을 인정하고 해직 교수들을 복직시키기로 결정하자, 학교로 돌아온 나는 학생들의 민주화 운동이 직선제를 얻어내고 군사 정권을 종식시키고 문민 정부를 탄생시키고 국민의 정부를 들어서게 하는 과정을 지켜 볼 수 있었다. 그 가운데 박종철, 이한열, 강경대 등 무수한 젊은이들이 희생당하는 것을 가슴 아프게 생각하면서도, 아무런 행동을 할 수 없는 자신이 부끄러웠다. 모든 운동이 문학에 비하면 얼마나 덧없는 것인지 알면서도, 덧없는 운동으로 희생되는 사람들이 희생 없이 문학하는 사람들보다 정의로운 민주 사회를 실현하는 데 더 직접적인 기여를 한다는 것을 알면서도, 폭력이 아니라 언어로 폭력에 대항하는 것이 더 많은 시간을 요구하지만 진정한 민주화를 실현할 수 있다고 주장하기 위해서는 얼마나 많은 자신의 무력감과 싸워야 했는지 모른다. 그때마다 이건 위선이 아닐까 하는 의구심이 나를 지탱하는 데 힘들게 했다. 나는 "굶어죽는 어린아이 앞에서 문학은 아무것도 할 수 없다. 그러나 굶어죽는 어린아이가 있는 사회가 얼마나 추문인가를 보여주는 것이 문학이다"라는 말을 수없이 되풀이하며 문학으로부터 멀어지지 않고자 했고 문학을 붙들고자 했다.

1987년 군사 정권은 그들이 7년 전에 폐간한 계간지들의 복간을 허용하였다. 우리 동인들은 계간 『문학과지성』의 복간 문제를 진지하게 논의한 결과 복간하지 않기로 결정하였다. 우리의 생각으로 『문학과지성』의 역할은 1980년 창간 10년으로 끝났다고 판단했다. 그후 7년의 세월과 함께 문학적 상황과 지적 상황이 전혀 달라졌기 때문에 『문학과지성』을 복간한다는 것은 우리가 달라진 상황을 인정하지 않고 옛날의 감수성과 상상력으로 기득권을 이용하는 것에 지나지 않는다는 것을 의미한다고 의견의 일치를 보았다. 그리하여 우리는 다음 세대들에게 새로운 계간지를 내도록 권고하여 계간『문학과사회』
를 창간할 수 있게 하였다. 물론 우리는『문학과사회』의 편집에 일체
관여하지 않고 새로운 세대의 동인들에게 완전히 맡겼다. 아울러
『문학과지성』이 동인들의 사적인 소유물이 아니라 우리 사회의 공적
인 기구가 될 수 있도록 언젠가는 출판사 문학과지성사도 다음 세대
에 물려주자는 데 의견의 일치를 보았다. 이러한 생각은 2000년 3월
김병익 사장이 은퇴하고 채호기 사장이 취임함으로써 현실로 실현되
었다.

사람이 살아간다는 것은 한편으로 작은 기쁨을 쌓아가는 것이라면
다른 한편으로 큰 슬픔을 겪는 것 같다. 1989년부터 4년 동안 나는 내
게 가장 소중한 분들을 잃었다. 나를 낳아주고 길러주신 인자하고 자
상한 어머니께서 세상을 떠나시고, 이듬해 6월, 30년 동안 나와 가장
친한 친구 김현 교수를 잃었고, 8월에는 내가 이화여대에 온 다음 우
리 가족을 친가족처럼 사랑해주시던 김옥길 선생님을 잃었으며, 1991
년 8월에는 오랫동안 우리 아이들을 기르며 함께 살아온 장모님을 잃
었다. 그것도 부족해서인지 1993년 1월에는 황인철 변호사가 우리 곁
을 떠났다. 사람에게는 아홉수가 있다고 해서 조심하라는 말이 있지
만, 내게는 그것이 내 자신에게 온 것이 아니라 내가 사랑하는 사람
들에게 와서 한꺼번에 여러 사람을 빼앗아가 버렸다. 아마도 이 4년
이 내게는 가장 힘들었던 시기였을 것이다. 사랑하는 사람을 잃은 슬
픔이 어떤 것인지 나는 이때 가장 절실하게 느꼈다.

내가 이 슬픔에서 다소나마 벗어날 수 있었던 것은 1992년 파리에
서 보낸 연구년 덕택이었다. 연암재단의 지원을 받고 파리 사회과학
대학원EHESS의 초청을 받아 1년 동안 파리 생활을 하면서 사회과학
대학원의 정성배 Bertrand Chung 교수의 도움과 심영길 형의 호의는
서울의 복잡한 생활을 잊고 파리의 단순하면서도 문화적인 생활을
하는 데 큰 힘이 되었다. 함께 연구년을 보낸 장병기 교수와 이준섭
교수는 파리가 낯설어질 때 좋은 말벗이 되었다. 특히 잊을 수 없는

기억은 김광규 시인과 김주영 소설가가 조직하여 김원일 · 김주연 ·
오규원 · 김병익 · 홍성원 · 김혜순 등과 함께 베를린 반제 Wansee에
서 열린 '한국 문학의 주간'에 1주일 간 참가하고 아일랜드와 영국에
1주일 간 여행한 것이다. 유럽의 다른 나라와는 달리 황량한 들판에
가끔 소나무가 있는 풍경은 우리나라와 흡사하지만 잘 다듬어진 광
활한 사유지는 그 당시만 해도 우리나라에서 볼 수 없는 풍경이었다.
조이스와 베케트 같은 문인이 나올 만한 자연 환경을 가진 나라가 아
일랜드 같았다.

1992년 말 귀국한 다음 다시 학교 생활을 시작하고 매주 목요일 문
학과지성사에서 친구들을 만나 바둑도 두고 술도 마시며 친구들과
어울리는 일상적 즐거움을 누려왔다. 여기에서 주로 만나는 친구들
은 작곡가 서우석 교수, 소설가 홍성원씨 · 김원일씨 · 김주영씨, 시
인 황동규 교수 · 정현종 교수 · 김형영씨, 고려대학 정경대 학장을
지낸 정문길 교수 등이다.

그러나 연구년을 마치고 돌아온 학교에서 봉사 활동을 하지 않을
수 없게 되었다. 1993년 기호학연구소 소장을 맡은 것을 시작으로,
1996년 인문대 학장을 맡아 4년 간 역임했고, 1997년 통역번역대학원
장을 맡아 4년째 역임하고 있다. 기질적으로 행정을 싫어하는 문인으
로서 나는 자유로운 생활을 접어두고 봉사하는 마음으로 열심을 다
했다. 당시 윤후정 총장이 내게 인문대 학장을 맡아달라고 했을 때
나는 "제게 그런 능력이 없습니다"라고 대답했다. 그러자 윤후정 총
장은 "학장은 능력으로 하는 것이 아니라 정성으로 하는 것입니다"라
고 말해서 나는 더 이상 아무 말도 못 하고 학장직을 맡았다. 이화대
학의 교수가 정성이 없다고 말할 수는 없었기 때문이다. 그 기간 동
안에 한국기호학회를 조직했고, 1997년에는 한국불어불문학회 회장
직을 맡아서 그야말로 바쁘게 살았다.

그 사이 우리나라 대학은 개혁의 바람 속에 휘말려서 엄청난 소용
돌이를 겪어야 했다. 나는 평소에 입시 제도에 대해서 비판적인 입장

이었는데 인문대 학장으로 있는 동안 대입 논술 고사를 고전 중심으로 출제하도록 서울 시내 12개 대학이 연구하고 실시하는 일에 참여하였다. 논술을 고전 중심으로 출제하면 학생들이 중·고등학교부터 고전을 읽는 습관을 기르고 그렇게 함으로써 글을 분석하고 해석하는 능력을 기를 뿐만 아니라 시사 문제로부터 요행을 바랄 수 없게 만든다는 확신이 있었다. 논술로 인해서 대학에 오는 학생들의 독서량이 해마다 증가한 것을 확인할 수 있었는데 교육부에서 논술마저 실시하지 않겠다고 하니 한국의 대학의 앞날이 걱정스럽지 않을 수 없다. 이 엄청난 실용주의가 가져올 정신의 황폐화를 누가 책임져야 할지 한심해 하지 않을 수 없다.

그러나 이처럼 행정직을 맡아 바쁘게 사는 동안 나는 글을 제대로 쓸 수 없었고, 문학에 전념할 수 없었다. 갑자기 내 자신의 정체성에 회의를 느끼는 순간, 회갑이라는 옐로 카드를 받은 셈이다. 이제부터 정신을 차리지 않으면 지난 5년 동안의 공백이 아무런 준비도 없이 곧바로 은퇴로 이어질 것이라는 경고다. 그 동안 친구들로부터 혼자서 바쁘게 사는 것에 많은 핀잔과 불평을 들어왔다. 그 동안 내게는 쓰고 싶은 글은 많고 쓸 시간은 없었다. 이제 여유를 부리며 살 때가 되었다는 이순의 나이에 나는 아직도 내 나이를 받아들이지 못하고 있다. 그래서 나는 나이 먹은 것이 부끄러워 어디론가 숨고 싶고 젊음을 자랑하는 만용을 부리고 싶어진다. 정말 아무 일도 없었던 것처럼, 그토록 나이 들지 않은 것처럼 살고 싶은 것을 보면 나는 아직 철들라면 멀었다는 생각뿐이다. 그저 부끄러울 뿐이다.

한국 문학의 역동성을 살리는 비평하기

김치수/정과리

정 흔히 선생님 세대를 4·19 세대라고 합니다. 4·19 세대의 문학사적 의미에 대해서는 이미 많은 얘기가 있었습니다. 그런데 비평의 측면에서도 4·19 세대의 의미는 각별하다고 말할 수 있겠습니다. 어떤 이들은 4·19 세대에 와서 비로소 한국 비평이 시작되었다고 주장하기도 하고, 또 어떤 이들은 4·19 세대가 그 이전 세대의 비평을 고의적으로 평가 절하함으로써 자신들의 비평적 입지를 굳혔다고 주장하기도 합니다. 4·19 세대의 비평이 그 이전 세대의 비평과 어떻게 다른지 구체적으로 말씀해주시겠습니까?

김 최근에 4·19 세대의 비평에 관해서 논란이 많은 것으로 알고 있습니다. 사실 4·19 세대 비평가 중의 한 사람으로서 같은 세대의 비평에 관해서 이러쿵저러쿵 말하는 것은 쑥스런 일이면서 동시에, 객관적인 평가는 후대에 맡기는 것이 도리라고 생각합니다. 비평의 자유는 누구나 자신이 생각하는 바를 마음대로 말할 수 있다는 데 있다고 생각하기 때문에 무슨 말은 하지 말아 달라고 말할 수 있는 권리는 누구에게도 없다고 생각합니다.

　그러나 비평가는 자신이 한 말에 대해서 후대의 비평가들이 어떻게 평가할 것인지 생각을 하고 말하는 사람입니다. 그런 점에서 비평은 냉정해야 합니다. 일시적인 감정으로 격해져도 안 되고 어떤 현상을 보고도 못 본 척해서도 안 됩니다. 4·19 세대에 대한 논란이 많을 때 저는 곤혹스럽게 생각했습니다. 4·19 세대의 비평은 출발부터 그 이전 세대의 비평을 비판하거나 부인함으로써 시작된 것이 아니기 때문입니다.

　비평에서 남을 비판하는 것이 그 본래의 사명처럼 생각하는 사람들이 많고, 또 한국 비평에는 비판이 없다는 이유로 비평 자체의 부재를 선언하는 사람들도 있고, 논쟁이 없다고 해서 주례사 비평이라고 평가 절하하는 사람도 많습니다. 그러나 비평에 대한 그런 비난은 선정적인 저널리즘의 산물이 아닐까 생각합니다.

　우리나라의 비평의 역사는 짧습니다. 외국에서도 비평이 다른 장르에 비해 짧은 역사를 갖고 있기는 합니다만, 그래도 비평이 문학 장르로 자리잡은 것은 150년 전의 일입니다. 그러나 우리나라의 비평의 역사는 아직 100년도 되지 않을 뿐만 아니라 비평 전문가가 등장한 것은 50여 년밖에 되지 않습니다. 또 비평이 문학에 등장한 시기가 일제의 압제 아래 있던 시기여서 비평의 평가 기준으로 이데올로기가 중요시되었습니다.

　그래서 초기 비평에서 논쟁과 대립이 그 주류를 형성했고 그 가운데서 이념과 사상이 다른 비평가들은 상대편을 인정하지 않았습니다. 많은 사람들이 비평이란 다른 사람이나 작품을 '비판'하는 것이라는 관념을 갖고 있는 것도 여기에서 기인하는 것 같습니다. 춘원과 육당에게서 출발했다고 평가되는 신문학이 등장한 것을 그 이전의 문학과 단절된 것으로 생각해온 우리의 비평은 이념적 논쟁으로 인해서 올바른 작가론이나 작품론을 내놓지 못하고 어떤 작품이 자신이 지지하는 이념에 가까운지, 편을 가르고 거기에 어울리지 않으면 배제하는 현실 속에 있었습니다.

내 개인적인 생각으로는 백철 선생이나 조연현 선생이 비평의 제1세대로서 그분들이 중요한 역할을 했다고 생각하며 그분들의 작업이 없었다면 그후에 후배들에 의해 씌어진 문학사는 그토록 발전적인 모습을 보여줄 수 없었을 것이라고 생각합니다. 1950년대에 우리 비평은 이어령, 유종호, 이철범, 홍사중 등의 탁월한 비평가들이 나옴으로써 이데올로기의 문제를 떠나서 문학 본래의 역할이 무엇이고 문학의 본질이 무엇인지 생각하게 되었고, 그 결과 당대의 작품에 대해서 실존주의·휴머니즘·역사주의 등의 관점을 내세워 해석을 내리고자 했습니다.

4·19 세대의 비평은 우리 문학에 대한 새로운 이해를 그 출발점으로 삼았다고 볼 수 있습니다. 그들은 그 동안의 문학사에서 중요하게 취급되지 않은 작가와 작품을 분석하고 해석해서 새로운 이해를 가능하게 하고자 했습니다. 그들이 중요하게 다룬 작가와 시인들로서 이상, 염상섭, 채만식, 최서해, 정지용, 김춘수, 김수영 등을 들 수 있습니다. 그들은 동시에 4·19 세대의 작가와 시인들을 집중적으로 분석하고 해석함으로써 동세대의 정신적 동질성이 무엇인지 밝히고 새로운 감수성의 근원을 구명하고자 했습니다.

그 결과 그 전 세대의 비평이 토픽 중심의 논의를 전개했다면, 4·19 세대의 비평은 작가론과 작품론 중심의 논의를 전개시켰다고 하겠습니다. 그들은 그들 세대의 공통점이 우리말을 배우고 우리말로 사유하고 우리말로 글을 쓰는 한글 세대라는 데 있음을 자랑으로 생각하고 문학의 모든 논의는 작가와 작품을 정확하게 읽고 이해하는 데서 출발해야 한다는 데 인식을 같이하였습니다. 작가와 작품에 대한 정확한 이해 없이는 어떤 주의나 주장도 공허해질 수밖에 없고 작가와 작품에 대한 평가가 소문에 의해 이루어지거나 친분 관계에 의해 이루어질 수밖에 없다는 것을 깨닫고 작품의 구체적인 분석을 통해서 작가론을 전개하고자 했습니다.

바로 그 때문에 4·19 세대의 비평의 첫번째 특성은 작가론·작품론을 비평의 중심에 둔 데 있다고 하겠습니다. 그 두번째 특성은 좋지 않다고 생각된 작품이나 옳지 않다고 생각된 글에 대해서 비판하는 공격적인 비평을 하지 않았다는 데 있습니다. 4·19 세대의 비평은 전 세대의 문학을 깎아내림으로써 자신의 정체성을 확보하고자 하는 네가티브 비평을 한 것이 아니라 좋은 작품과 좋은 글을 발굴하고 그것이 왜 좋은 것인지 밝힘으로써 한국 문학의 전통을 세우고자 하는 포지티브 비평을 한 것입니다. 그렇기 때문에 4·19 세대들은 공격적이고 논쟁적인 글보다는 분석적이고 해석적인 글, 따라서 긍정적인 주장을 담은 글을 주로 썼습니다. 비평이 시나 소설에 비해서 당대적인 성격이 강한 장르라면 4·19 세대 비평이 동세대의 문학을 옹호하는 것은 당연하다고 하겠습니다. 그들은 동시대의 작가들에게서 감수성의 공통점을 발견하고 그것이 4·19 세대의 정체성을 확보해준다고 생각했기 때문입니다.

정 선생님의 출발점은 염상섭입니다. 염상섭에 특별히 관심을 가지게 된 연유가 있으신지요? 또 선생님께서 석사 논문을 발자크 Balzac에 대해서 쓰신 것과 무슨 연관이 있습니까?

김 염상섭이라는 이름을 처음 알게 된 것은 고등학교 때 '자연주의' 작가라는 교과서의 소개에 의해서입니다. 그때까지 이광수와 김동인의 소설을 읽었을 뿐 염상섭의 소설은 「표본실의 청개구리」 이외에는 읽은 것이 없었습니다. 대학에 들어와서 우연한 기회에 『삼대』를 읽고 그것이 서울의 중산층 이야기임을 알고, 「만세전」을 읽으면서 세 작품 모두 일제 시대의 지식인(그 당시에는 대학생이면 지식인에 속하였습니다)의 삶을 다루고 있다는 사실에 주목하게 되었습니다. 일제의 억압 속에서 자신의 젊음을 펼쳐보지 못하고 암울한 생활과 막막한 방황의 날들을 보내는 그들의 삶에 상당한 친밀감을 느꼈습니다.

그런데 작가 염상섭 자신이나 문학사가들은 염상섭의 문학을 '자연주의' 문학이라고 주장하고 있었습니다. 대학에서 배운 에밀 졸라의 자연주의는 『실험소설론』에 나타난 대로 과학적이고 유전학적인 요인이 작용해서 개인의 정신적 질환을 가져오고 파멸에 이르게 한다는 결정론에 근거를 두고 있는데, 「표본실의 청개구리」는 그와 상관없는 작품이었습니다. 작가는 일제의 억압에 견디지 못하고 있는 지식인의 암울한 삶을 그리면서 일제 당국의 감시의 눈이 표본실에서 청개구리를 실험하는 장면으로 집중되도록 하기 위해서 자연주의를 표방하지 않았을까 생각하였습니다. 그러다보니까 찬피 동물인 개구리를 해부하니까 김이 모락모락 난다고 하는 것과 같은 오류를 범한 것이 아닐까 생각하였습니다. 이 작품의 핵심은 주인공의 고뇌와 방황에 있고 그것을 형상화한 작가의 관찰력과 묘사력에 있다고 생각하였기 때문에 이 작품은 사실주의 이론에 맞는다고 생각하였습니다. 따라서 일제 시대에 일본인의 관심을 돌리기 위해 부여한 '자연주의'라는 주장은 이제 되풀이되어서는 안 될 것이라고 생각하였습니다.

내가 발자크에 대해서 석사논문을 쓰게 된 것은 프랑스의 작가 가운데 가장 위대한 작가라는 생각을 하고 있었기 때문입니다. 『고리오 영감』 『사라진 환상』 『골짜기의 백합』 등 그의 작품을 읽으면서 고리오 영감의 하숙집이라든가, 다니엘 다르테즈의 문학론이라든가 모르소프 부인의 생명을 바친 순수한 사랑 등의 묘사에서 호적부(戶籍簿)와 경쟁하겠다고 한 사실주의자이며 낭만주의자인 발자크의 세계에 매료되어 있었습니다.

거기에는 무수한 인물들이 등장하고 있지만 그들이 모두 자신의 개성을 가지고 있어서 인물 하나 하나가 머리 속에서 잊혀지지 않았습니다. 그 인물들은 한 작품에만 나오는 것이 아니라 다른 작품에서 거기에 맞는 나이의 인물로 다시 등장하는 것도 신기했습니다. 거의 100권에 달하는 그의 작품을 다 읽을 수는 없지만, 그 인물의 운명이 어떻게 되는지는 알고 싶었고 발자크가 어떻게 그 많은 작품을 쓸 수 있었는지도 궁금했습니다. 그때 파리에서 귀국한 지 얼마 안 된 민희식 교수님을 만났더니 거기에는 관상학과 골상학, 의상학에 관한 지식이 정교하게 이용되고 있다는 말씀을 해주셨습니다. 그래서 그 분야의 문헌을 더듬으면서 작중 인물들의 운명을 분류할 수 있었습니다.

그런데 우연히 이화여대 불문과에 『발자크 작중 인물 사전』이 있다는 정보를 입수하여 빌려 볼 수 있었습니다. 놀라운 것은 3000여 명의 작중 인물들이 어느 작품 몇 페이지에 몇 번 나오는지 철저하게 조사되어 있다는 사실이었습니다. 그래서 처음에는 발자크가 사실주의의 대가라는 점에서 공부를 하고 싶었는데 실제로는 발자크의 소설에 나오는 작중 인물의 유형과 운명에 관한 것이 되고 말았습니다.

염상섭론을 쓸 때 19세기 사실주의 문학 이론을 공부했고 그로 인해서 발자크에 관한 관심도 갖게 되었으니까 데뷔 평론과 석사논문 사이에 밀접한 관계가 있다고 하겠습니다. 특히 문학에 관한 공부를 처음 할 때 리얼리즘이 중심 문제로 부각되는 것은 당연하다고 하겠습니다.

정 선생님께서는 프랑스 유학을 통해, 문학사회학과 분석 비평이라는 이중의 방법론을 몸에 익히셨습니다. 아마도 이 둘이 연결되는 고리는 골드만의 『소설사회학을 위하여』라고 생각됩니다. 골드만의 로브-그리예를 통해 문학사회학과 분석 비평이 극적으로 만나니까요. 그러나 그렇다 해도 문학사회학의 발생학적 탐구와 분석 비평의 형태 분석 사이에는 차이점이 많습니다. 선생님께서는 어떻게 이 둘을 조화시켜 나가셨습니까?

김 프랑스로 유학을 떠난 것이 1973년이었습니다. 그 당시에는 박정희 정권이 유신을 선포한 다음해여서 여러 가지로 절망적인 시기였습니다. 글을 쓰는 사람으로서, 대학에서 학생들을 가르치는 사람으로서 3선 개헌과 유신 선포는 숨막히는 경험이 아닐 수 없었습니다. 프랑스 정부로부터 장학금을 받게 되었을 때 도망가는 심정이었지만 숨통은 트이는 것 같았습니다.

　그러나 프랑스에 도착한 다음날부터 혼자서만 도망 나왔다는 죄의
식에 사로잡히지 않을 수 없었습니다. 그러한 강박 관념으로부터 벗
어나기 위해서 많은 책을 읽었습니다. 마르쿠제를 비롯한 프랑크푸
르트 학파의 저서 가운데 불어로 번역되어 있는 것은 거의 모두 읽었
고 골드만과 바르트, 토도로프와 주네트, 루카치와 지라르, 무넹과
프리에토, 그레마스와 레비-스트로스, 소쉬르와 무넹, 푸코와 라캉
등 프랑스 신비평 계열과 구조주의, 기호학 계열의 저술들을 닥치는
대로 읽었습니다. 새로운 지식은 또 다른 충격으로 내게 다가와서 서
울의 현실로부터 내 정신을 멀어지게 하는 것 같았습니다. 가끔 프랑
스 신문에 단신으로 보도되는 서울 소식이나 편지로 전해지는 서울
소식을 어느 정도 거리를 두고 바라볼 수 있게 되었고 새로운 지식을
소화해야 되겠다는 생각에 사로잡히게 되었습니다.

　그 가운데서 누보 로망에 대한 논의는 문학에 대한 지금까지의 생
각을 수정하는 데 기여했습니다. 프랑스로 떠나기 전에 누보 로망과
거기에 관한 몇 권의 연구서를 읽은 적이 있지만, 정작 프랑스에서
자료를 조사한 결과 생각보다 많은 사람들이 누보 로망에 대한 평가
를 하고 있음을 알게 되었습니다. 골드만의 작업은 이미 알려져 있지
만, 사르트르, 바르트, 푸코 등 당대의 대가들이, 특히 프랑스의 진보
적 지식인에 속하는 사람들이 누보 로망을 높이 평가하고 있었습니
다. 그것은 그들이 소련을 비롯한 동유럽에서 주창되고 있는 사회주
의 리얼리즘이란 너무나 낡고 굳어 있는 주장일 뿐만 아니라 그것이
가지고 있는 친체제적인 성격 때문에 문학의 '자율성'과 '전복성'을
침해하는 것이 되고 만다고 생각했음을 의미합니다. 골드만의 표현
에 의하면 사물화되고 물신 숭배에 빠져 있는 인간의 모습을 충격적
으로 보여주는 것이 바로 누보 로망인 것입니다.

　그러한 누보 로망을 읽는 방법은 줄거리 중심의 역사주의적 방법
이 아니라 그 구조를 드러내는 분석 비평의 방법일 수밖에 없습니다.
텍스트를 정확하게 분석해보지 않은 비평은 모든 것을 물신화시켜버

리는 체제에 의해 금방 수렴당할 수밖에 없습니다. 왜냐하면 그런 비평은 당위론을 벗어나지 못하기 때문에 동어 반복, 즉 토톨로지의 비평이 되기 때문입니다. 텍스트를 꼼꼼히 읽는다는 것은 다시 말하면 우리의 삶을 꼼꼼히 사는 것입니다. 문학 작품은 총체적인 존재이기 때문에 거기에 접근하는 방식은 다양하다고 생각합니다. 다양한 방법론을 가지고 있다는 것은 문학 작품에 접근할 수 있는 열쇠를 많이 가지고 있다는 것을 의미합니다. 한 편의 작품을 집에다가 비유한다면 어떤 때는 한 작품의 현관만 보고 싶을 때도 있고 어떤 때는 그 작품의 안방을 보고 싶은 때도 있으며 어떤 때는 정원만 보고 싶은 때도 있습니다. 그것은 내 기분에 달려 있기도 하지만, 대부분의 경우 그 작품의 어느 부분이 흥미를 끄느냐에 따라 다른 선택을 하게 됩니다. 작품에 따라서는 어느 부분이 특별히 잘 만들어져서 눈에 띌 수도 있고 작가가 어디에 중점을 두고 만들 수도 있어서 특별한 요소에 감동을 받을 수도 있습니다. 그러나 언제나 떠나지 않는 질문은 문학이란 무엇인가 하는 것입니다. 어떤 선택을 하더라도 그 질문을 가지려고 노력합니다. 문학에는 어떤 방법만이 중요하고 어떤 관점만이 유효하다고 할 수는 없다고 생각합니다.

정 선생님께서는 1980년대 초엽에 어려운 일을 겪으셨습니다. 민주화 운동에 동참하셨다가 해직당하셨지요. '문학과지성' 동인으로서는 김병익 선생이 1974년 '동아일보 사태'로 해직당하신 것과 함께 두 차례의 신체적 수난 중 하나에 해당하며, 동시에 계간 『문학과지성』의 폐간과 아주 근접한 정치사적 맥락에 놓여 있다고 할 수 있습니다. 그 일에 관한 선생님의 소회를 말씀해주시면 감사하겠습니다. 그리고 지식인의 실천, 그리고 문학인의 실천에 대한 선생님의 견해를 말씀해주십시오.

김 내가 1980년에 대학에서 해직된 것은 민주화를 위해 무슨 큰일을 해서라고 생각하지는 않습니다. 어쩌면 그것은 어떤 동료의 말처럼 유탄에 맞았다고 할 수도 있습니다. 유신 정권이 총성으로 끝나고 18년 동안 쌓아온 민주화의 열망이 한꺼번에 터져올 때 나는 4·19의 체험이 금방 연상되었습니다. 역사상 처음 있었던 4·19 혁명이 1년 만에 군인들에 의해 짓밟히는 20년 전의 절망적 상황이 되풀이되는 것이 두려웠습니다. 그래서 유신을 철폐하고 직선제에 의한 민주정부를 수립하는 것이 모든 혼란을 극복하는 길임을 확신하고 있었습니다. 그러나 그 당시 군부의 움직임이 심상치 않고 정부 자체도 획기적인 조치를 취하지 않고 사태를 관망하는 자세를 취하자 학생들이 거리로 나서게 되었습니다. 학생들을 하루 빨리 학교로 돌아가게 하는 것은 정부가 사태를 투명하게 수습하고 민주화를 실현하지 않으면 안 된다고 생각했습니다.

그런 상황에서 지식인들의 선언은 정부로 하여금 민주화의 일정을 투명하게 발표하고 민주적 정권이 탄생하게 하고 군인은 정치에서 손을 떼고 국방에만 전념하도록 하고 학생들로 하여금 학원으로 돌아가 학문을 배우는 본연의 자세를 취할 것을 촉구하는 것이었습니다. 무력으로 정권을 잡기로 결심한 신군부는 계엄령을 전국으로 확대하면서 광주 사태를 일으켰고 지식인 선언에 서명한 교수들을 강제로 연행해서 그들의 각본대로 꾸미려고 했습니다. 이화여대에서도 10여 명의 교수가 불법 연행되어 1~2주일씩 감금된 상태에서 수사당국의 각본에 의해 소위 자술서라는 것을 강제로 쓰고, 사직서를 강요에 의해 쓴 다음에야 석방되었습니다. 그 당시 신군부는 이처럼 교수들만 강제 해직시킨 것이 아니라, 언론을 장악하기 위해 신문사와 방송사를 선별적으로 폐사시키고 언론인들도 교수들과 같은 방식으로 직장에서 추방해버렸습니다. 그 과정에서 신군부는 『창작과비평』 『문학과지성』 『뿌리깊은 나무』 등의 잡지를 폐간시킴으로써 지식인 사회에 대한 탄압을 강화하였습니다.

학교에서 쫓겨난 나는 그 당시 경제적으로 어려움을 겪지 않을 수 없었습니다만, 광주에서 죽어간 무수한 영혼들을 생각하면 총을 사용하는 군인들 앞에서 말을 사용하는 지식인의 허약함과 비애를 고통스럽게 절감하지 않을 수 없었습니다. 『문학과지성』이라는 계간지를 1970년에 창간하게 된 것은 군사 정부의 탄압 속에서 우리가 싸워야 할 또 하나의 대상이 우리 사회의 정신의 허무주의라는 것을 인식했기 때문입니다. 밖으로부터 오는 적과 내부에서 만들어지는 적을 동시에 이겨야 되는 문학적 상황은 '문학'과 '지성'을 지키지 않으면 안 된다는 인식을 갖게 했고 지식인이 거리로 나서기보다는 말로 할 수 있어야 한다는 원칙을 실천하고자 했습니다. 폭력에 대해서 폭력으로 대항하는 것은 또 다른 폭력을 낳게 되어 야만적 상황을 벗어날 수 없습니다. 말로써 폭력에 대항하는 것은 비록 무수한 패배를 가져온다 할지라도 폭력이 부당하다는 것을 일깨우는 유일한 방법이라고 믿고 있었습니다. 그런데 1980년의 신군부는 그 말마저 못 하게 『문학과지성』을 폐간시켰습니다.

나는 그때 그들의 권력이 오래갈 수 없다는 확신을 가지고 있었습니다. 많은 사람들이 내게 고려 시대의 무신 정권이 100년을 갔다는 것을 상기시켰습니다만, 유신 정권이 8년도 채우지 못한 사실을 기억하고 있었습니다. 다행히 1976년 출판사로서 문학과지성사가 설립되어 계간지를 내지 못해도 단행본을 출판할 수 있게 되어서 그 명맥을 이어갈 수 있었습니다. 나는 매일 오후 3시에 출판사에 나와서 친구들과 바둑도 두고 저녁이면 술을 마시며 군사 정권의 운명이 얼마나 지속되는지 지켜보고 있었습니다. 학교에 나가지 않기 때문에 많은 시간을 글쓰는 데 사용할 수 있었습니다. 아마도 내 일생에서 가장 글을 많이 쓴 때가 그 무렵일 것입니다.

정　1980년대 초엽은 또한 선생님께서 가장 왕성하게 집필을 하신 때였습니다. 선생님의 초기 비평에서부터 드러나지만, 비평이 작품에 대한 꼼꼼한 읽기에서 출발해야 한다는 것을 모범적으로 실천하신 때가 아닌가 생각됩니다. 그러한 태도에는 문학의 자율성, 문학의 존재 이유뿐만 아니라, 사람이 세상을 살아가는 기본적인 방식에 대한 선생님의 분명한 입장이 깔려 있습니다. 선생님의 생각을 말씀해주십시오.

김 나는 어렸을 때 어른들이 이야기를 좋아하면 가난하게 산다고 하는 말을 게으름을 경계하는 말로 해석했습니다. 그러나 소설에 관한 공부를 한 지금은 그렇게만 생각하지 않습니다. 소설이란 남의 이야기이면서 나의 이야기입니다. 우리의 삶은 일회적인 것이기 때문에 한 번밖에 살 수 없습니다. 그 삶을 사는 동안 우리는 끊임없이 여러 가지 개연성 앞에서 선택의 기로에 서 있습니다. 매순간 우리는 하나만을 선택할 수 있고 그 하나를 선택하는 순간 다른 가능성은 모두 포기하지 않을 수 없습니다.

이처럼 덧없는 삶을 사는 우리가 여러 번 사는 방법이 바로 옛날 이야기를 듣는 것이요 소설을 읽는 것입니다. 옛날 이야기나 소설은 우리가 살아보지 않은 삶을 미리 살아보는 것이요, 다시 살아보는 것입니다. 그것은 남의 이야기를 통해서 자신의 삶을 살아보는 방법입니다. 따라서 옛날 이야기나 소설을 꼼꼼히 읽는 사람은 남의 형편을 잘 알고 이해하게 되어 남에게도 못 할 일을 하지 못합니다. 남의 형편을 잘 아는 사람은 남에게 모질게 굴지 못하고 자기 이익만을 챙기지 못하기 때문에 가난하게 살지만 사람답게 사는 것을 생각할 수 있습니다.

이기적이고 자기 중심적인 자본주의 사회의 개인은 남의 형편을 고려하지 않고 부를 축적합니다. 우리 사회가 단시일 안에 기적적인 경제 발전을 이룩한 것은 어쩌면 이처럼 남의 형편을 고려하지 않고 자기 이익만을 추구한 덕택일 것입니다. 그러나 바로 그 때문에 우리 사회는 겉으로 경제 발전을 이룩하면서 안으로 곪아가고 있었습니다. 그 결과 성수대교가 무너지고 삼풍백화점이 무너지고, 급기야는 외환 위기를 당하고 IMF 관리 체제라는 혹독한 경제난을 겪었습니다. 최근에 동아건설과 대우가 부도를 내고 현대건설이 유동 자금을 확보하지 못해 부도 위기에 처해 있다고 합니다. 또 은행 지점장이 백억 원이 넘는 고객의 돈을 횡령하고 32세의 벤처 회사 사장이 수백억 원을 주무르며 로비를 하다가 사직 당국에 구속되었습니다. 이런 것들은 자신의 삶을 꼼꼼히 들여다보지 않고 남의 형편을 아랑곳하지 않고 자기 이익만을 극대화하고자 하는 개발 경제의 폐단을 그대로 드러내는 것입니다.

문학 작품을 꼼꼼하게 읽고 따져본다는 것은 우리의 삶을 허황되게 살지 않는 방법이며, 동시에 문학을 문학으로 보고자 하는 태도입니다. 문학은 철저하게 텍스트로부터 출발해야 합니다. 텍스트를 떠난 문학은 공허한 논리이며 당위의 지배입니다. 당위가 지배하는 사회는 '좋은 것이 좋은 것이다'와 같은 토톨로지의 세계이며 의심하고 알아보는 것을 허용하지 않기 때문에 폭력이 지배하는 사회와 다를 바 없습니다.

우리가 사는 사회나 제도는 모두 사람이 만든 것이기 때문에 그 자체가 완벽한 것이 아닙니다. 그것을 꼼꼼하게 따져보는 것은 불완전한 것을 어떻게 완전하게 만들 수 있는지 생각하게 만들고 그것을 통해서 자신의 삶의 허상들을 발견할 수 있습니다.

정 문학의 자율성을 존중하면서도 동시에 선생님은 문학의 변모에 대해 큰 관심을 가지고 계십니다. 아마도 이인성의 소설은 선생님의 그런 문학적 지향을 실제적으로 뒷받침해주었다고 할 수 있습니다. 그런데 이인성을 비롯해, 문학에 대한 자의식을 끌고 나가며 현실의 문제를 언어 속에 집약시키는 작가들은 한국에서 드물고 잘 읽히지도 않습니다. 혹시 이 점이 선생님의 이론적 태도를 주춤거리게 하지는 않았나요?

김 문학은 자율적인 존재이면서 그 자체가 살아서 움직이는 생명체입니다. 여기에서 자율적이라 함은 문학 외적인 것에 대한 말이고 생명체라 함은 스스로 변화를 꾀할 줄 아는 살아 있는 존재라는 것입니다. 문학 자체가 스스로 문학이 무엇인지 질문을 던지는 것은 현실에 대한 문학의 자기 반성에 해당합니다. 현실 속에서 문학의 역할은 현실의 변화만큼이나 다양합니다. 그렇기 때문에 지금, 이곳에서의 문학이 무엇인지 질문하지 않을 수 없습니다. 늘 똑같은 문학만 할 수 없기 때문입니다. 그것은 우리의 삶이 달라지는 여건 속에서 끊임없이 변화하는 것과 다를 바 없습니다.

그러나 문학이 달라진다고 하는 것은 단순한 소재의 변화, 대상의 변화만을 의미할 수 없습니다. 문학은 사물 자체가 아니라 언어로 된 형상물입니다. 그렇기 때문에 문학이 달라진다고 하는 것은 언어에 대한 질문이며 의식화입니다. 그런 점에서 작가의 현실은 언어입니다. 작가가 다루는 언어는 작가가 현실을 어떻게 보느냐, 문학이 작가에게 무엇이냐 등의 문제를 집약적으로 드러냅니다. 작가에게 언어는 모든 것입니다.

나는 문학의 본질이 이야기라고 생각합니다. 이때 이야기는 여러 가지 방식으로 나타날 수 있습니다. 줄거리 중심의 소설만이 이야기를 가지고 있는 것이 아닙니다. 이인성의 소설은 분명히 줄거리 중심의 소설은 아닙니다. 그것은 현실의 문제를 언어의 문제로 바꿔놓은 소설로서 언어 속에 모든 것이 집약되어 있습니다. 아마도 이인성만큼 언어에 대한 뚜렷한 의식을 가진 작가가 한국에는 드물다고 생각합니다. 실제로 많은 작가들이 자신의 목소리를 가지고 있지 못합니다. 그들에게는 언어가 문제인 것이 아니라 줄거리가 문제입니다. 그렇기 때문에 그들에게는 고유의 문체가 없고 독창적인 상상력이 없으며 근원적인 문제 의식이 없습니다.

이러한 작가의 작품들이 베스트 셀러가 되는 것은 우리의 독자들이 훈련된 독자가 아니라 순진한 독자라는 데 기인하는 것 같습니다. 학교에서 문학을 제대로 가르친다면, 소설을 줄거리만 쫓아가며 읽을 수 없습니다. 대부분의 독자들은 작중 인물의 운명과 관련된 줄거리에 관심을 보일 뿐 언어의 문제를 간과합니다. 실제로 한국 소설이 쉽게 씌어진 것 같은 인상을 주는 것은 작가가 줄거리를 엮는 데 기울인 노력이 나타나는 데 반하여 어떻게 쓸 것인가 하는 고민이 잘 드러나지 않기 때문입니다. 이인성 소설의 특징은 줄거리가 작품의 전면에 나오지 않고 배경을 이루고 있는 반면에 작중 인물의 의식을 드러내는 언어의 문제가 소설의 전면에 나타나 있습니다.

이러한 소설이 잘 읽혀지기 위해서는 학교에서 문학 교육이 철저하게 이루어져야 합니다. 대학에서 문학을 전공한 사람이나 전공하지 않은 사람이 똑같이 소설의 줄거리만 따라가는 현상이 지배하는한, 언어에 깊은 관심을 가진 작가가 많은 독자를 갖기는 어렵습니다. 조이스나 프루스트나 셀린느 같은 작가가 나오고 읽히기 위해서는 언어에 관한 관심을 확대하는 문학 교육이 이루어져야 합니다. 이인성의 작업이 당장은 많은 독자를 확보하지 못하고 있을지라도 그것의 의미는 두고두고 논의의 대상이 될 것입니다.

정 선생님은 이청준과 박경리 그리고 이인성에 대해서 유다른 관심을 보이셨습니다. 동세대 작가에 대한 각별한 애정은 선생님 세대 비평가들의 공통된 입장입니다만, 박경리 소설에 대한 관심은 한국사에 대한 선생님의 시각과 관련되어 있는 듯합니다. 그러면서도 한국의 역사와 맞선 많은 작가들이 있습니다. 이들 중에서 박경리에게 특별히 관심을 보이는 것은 박경리 문학의 성취도 때문인가요, 아니면 선생님의 비평적 시각과 관련되어 있는 건가요?

김 앞에서도 언급한 것처럼 4·19 세대의 비평은 동세대의 작가들에게 각별한 애정을 가졌습니다. 그것은 비평이 자기 세대의 정신과 언어와 행복한 만남을 이룰 때 그 정체성을 확보할 수 있을 뿐만 아니라 정신사의 흐름을 파악할 수 있기 때문입니다. 나는 동세대의 작가에 관한 작가론을 많이 썼습니다. 이청준뿐만 아니라, 김승옥·강호무·이문구·홍성원·김주영·김원일·조해일·박상륭 등 많지만 우리의 선배 작가들 가운데, 황순원·김동리를 비롯해서, 최서해·염상섭·채만식·이태준·선우휘·장용학·서기원·이호철·박경리·최인훈 등의 작가론을 썼으며, 후배 가운데도 황석영·최인호·이문열·오정희·윤흥길·이인성·최수철 등 30여 명의 작가론과 작품론을 썼습니다.

이 가운데 이청준은 35년 동안 작가 생활을 해오는 동안, 끊임없이 자신의 소설의 영토를 확장하면서 자신의 언어에 대해 깊이 있는 성찰을 한 작가로서 한국 문학이 자랑할 만한 작가라고 생각합니다. 박경리는 철저한 작가 의식으로 초기의 개인사적 관심으로부터 가정과 사회 전반으로 시선을 확대하고 우리 소설사에 장편 소설 중심이라는 새로운 이정표를 세웠을 뿐만 아니라, 『토지』라는 기념비적 대하 소설을 완성한 점에서 마땅히 관심을 끌 수밖에 없었습니다. 특히 『토지』라는 대하 소설을 분석할 때 구조적 방법과 역사적 방법, 그리고 주제적 방법을 동시에 적용하면서 그 소설이 주는 감동의 비밀이 개성을 갖춘 역동적인 인물들의 창조에 있음을 주목했습니다. 여기에는 박경리 문학의 성취도와 관련이 있지만, 내 자신의 비평적 시각과도 관련이 있습니다.

대학을 졸업한 다음 나는 한국사에 관한 공부를 다시 했습니다. 『삼국사기』『삼국유사』로부터 시작해서 박은식, 신채호 등의 글과 한말의 개화파의 저술들을 읽었습니다. 이기백 선생의 『한국사신론』과 함석헌 선생의 『뜻으로 본 한국 역사』도 읽고 춘원과 육당의 글도 읽었습니다. 그리고 계간지 『문학과지성』을 낼 때 홍이섭 · 이기백 · 이광린 · 김용섭 · 김영호 등의 국사학자들을 찾아다니며, 한국사를 배우면서 원고를 청탁했습니다. 그로 인해서 한때는 역사에 관한 관심이 높았고, 상당 부분 역사주의적 관점을 갖게 되었습니다. 마르크 블로크의 『역사를 위한 변명』의 서론을 번역한 것도, 「식민지 시대의 지식인」이라는 글을 쓴 것도 바로 그러한 연유였습니다. 아마도 박경리 소설에 관한 특별한 관심도 거기에서 연유한다고 보아야 할 것입니다.

정 문학의 자율성을 존중하면서 그것과 사회와의 긴장 관계를 탐색하는 것은 '문학과지성' 동인들의 공통된 비평 태도라고 할 수 있습니다. 그런데 그 '사회'라는 것이 어떻게 이해되는가에 대해서는 약간씩 차이가 있다고 생각합니다. 가령, 김병익 선생의 경우에는 그 사회가 '상황'으로 이해되고, 김현 선생의 경우에는 '정황'으로 치환되며, 김주연 선생의 경우에는 자아의 터전, 즉 자아와의 관계 속에서만 의미를 가지는 삶의 '장소' 같은 것으로 보입니다. 제 생각에 선생님의 '사회'는 구조라고 지칭해야 합당한 듯합니다. 골드만, 루카치, 알튀세르적인 의미에서 말이지요. 제 직관이 얼마나 그럴듯한지 모르겠습니다. 선생님 스스로는 어떻게 생각하시는지요?

김 문학 작품이 그 작품을 태어나게 한 사회와 맺고 있는 관계는 오랫동안 많은 유형의 비평을 가능하게 했습니다. 리얼리즘으로부터 구조주의에 이르는 과정은 그 관계를 규명하고자 하는 관점과 방법의 변화를 의미합니다. 어쩌면 '문학과지성' 동인들이 취한 비평적 태도도 그러한 변화의 어떤 측면을 각기 표현하고 있다고 할 수 있지만, 방금 말씀하신 대로 엄격하게 구분될 수 있다고 생각하지는 않습니다. 왜냐하면, 우리 각자는 서로 영향을 주고받았고 따라서 상당 부분 공유하는 장을 가지고 있었기 때문입니다. 그럼에도 불구하고 서로 구별할 수 있는 특징이 있다면, 김병익의 사회 인식은 다분히 실존적인 요소가 있고, 김현의 그것에는 심미적인 요소가 있으며, 김주연의 그것에는 종교적인 요소가 있습니다. 그런 의미에서 나의 경우는 그 어느 요소도 특별한 것이 없어서 부끄럽게 생각하고 있는데, 거기에 구조적인 요소가 있다고 인정해주어서 고맙습니다.

사실 문학과 사회의 관계를 정태적으로 보지 않고 역동적으로 보기 위해서는 양자가 가지고 있는 독자적 생명력을 인정해야 합니다. 그 경우 그 두 구조 사이에는 반영 관계가 아니라 구조적 동질성이 있을 때 긴장 관계를 유지할 수 있습니다. 독자적인 생명력과 상호적인 견인력이 두 구조 사이에 있을 때 두 구조에 대한 인식이 역동적인 것일 수 있다고 생각합니다. 그러나 이러한 관점은 나에게만 있는 것이 아니라 우리 모두에게 공통적으로 있다고 생각합니다.

정 선생님은 예전에는 대중 소설에 대해서 비교적 적극적이고 긍정적인 시각을 보여주셨습니다. 가령, 1970년대 초반의 대중 지향적 소설들을 산업 사회의 진행에 대한 문학적 대응으로 해석하셨습니다. 그런데 최근에 와서는 문학의 상업화에 대한 우려를 수차례 표명하신 바가 있습니다. 오늘의 상업화를 대중 취향의 탄생과 결부시켜 말할 수 있다면, 선생님의 입장에 어떤 변화가, 모종의 변화가 있다고 생각할 수도 있을 것 같습니다.

김 내 자신 1970년대 중반에 베스트셀러가 된 소설을 분석하면서 그것이 산업화의 과정에서 위선과 배금주의의 지배를 받고 있는 현실에 대한 강력한 폭로와 야유와 풍자라고 해석한 바 있습니다. 실제로 1970년대 중반의 우리 사회는 마치 질풍노도와 같은 광기에 사로잡혀 있는 듯했습니다. '잘살아보세'라는 구호 아래 모든 가치가 하위 개념이 되어버렸고, '잘살기' 위해서라면 모든 행위가 불문에 부쳐질 수 있던 시기였습니다. 이 개발 독재의 시대는 겉으로는 근엄한 권위주의가 지배하면서도 속으로는 부도덕한 쾌락주의가 만연한 위선의 시대였습니다.

그 시대의 대중 지향적 소설 가운데는 그러한 위선 구조를 철저하게 파헤치고 거기에서 무너져 내리는 개인의 처절한 패배를 보여주는 작품이 있었습니다. 그것은 도덕적으로 타락한, 산업화를 지향하는 사회에 대한 문학적 대응으로 보였습니다. 그런 작품은 개인의 운명에 대한 해석이 도식적이지 않았고 언어에 대한 작가의 의식이 철저했으며 작품의 구성이 작위적이지 않았습니다. 그런 점에서 그 작품이 베스트셀러이긴 하였지만 상업주의를 지향한 문학이라고 평가절하할 수는 없습니다.

반면에 오늘의 베스트셀러 가운데 일부 작품들은 문학을 상업화한 혐의를 벗어날 수 없습니다. IMF 관리 체제에서 실업자나 불치병 환자를 주인공으로 내세우고 그들의 운명에 대한 추구를 보편적 인간의 문제로 끌고 가지 못하며 작가의 의식이 언어의 문제나 문학적 감각의 문제를 철저하게 파고들지 않고 드라마와 같은 도식적 구성으로 대중적 취향을 노골적으로 노리고 있기 때문입니다. 그것은 진정한 문학 독자들을 문학으로부터 멀어지게 하고 문학을 단순한 소비의 대상으로 삼게 만듭니다.

문학을 통해서 자신의 덧없는 삶의 정체를 발견하고 언어를 통해서 진정한 문제 의식을 갖게 되는 고통스럽지만 보람있는 독서 행위를 방해하는 상업주의 문학의 범람은 우려의 대상이 아닐 수 없습니다. 그것은 모든 진지한 문학을 독자로부터 외면 당하게 할 뿐만 아니라 문학 자체의 존재를 힘들게 만들기 때문입니다. 그것은 우리의 삶을 풍요롭게 하는 생산적인 문학이 아니라, 우리의 삶을 피폐하게 하는 소비적인 문학이기 때문입니다.

정 정보화 사회에도 문학이 살아남는다는 것은 선생님의 일관된 입장입니다. 문학이 살아남는다 하더라도 문학 비평은 살아남을까요? 만일 그렇다면 문학 비평은 어떻게 나아가야 할까요?

김 정보화 사회에서도 문학은 살아남는다고 확신합니다. 정보화의 시대라고 삶이 없어지는 것이 아닌 것과 마찬가지로 새로운 매체의 등장이 곧 문학의 죽음을 가져오리라고 생각하지는 않습니다. 다만 달라지는 것은 문학이 독점하고 있던 '이야기'의 세계가 다양해짐으로 인해서 이야기로서의 문학의 역할이 없어지는 것이 아니라 약화되는 반면에, 문자라는 선조적 구조물로서의 독창성은 영상이라는 입체적 구조물이 지배하는 문화 속에서 독자적인 역할과 기능을 할 것입니다.

디지털 문화 속에서 문학은 아날로그 문화로 남을 것입니다. 이러한 상황에서 문학 비평은 아날로그 문화로서의 문학의 역할과 기능을 파악하고 해석하고 문학 고유의 미학이 존재할 수 있는 가능성을 모색해야 할 것입니다. 문학이 존재하는 한 문학 비평은 존재한다고 확신합니다. 그 경우 문학 비평은 디지털 시대에서 아날로그 문화의 존재 이유와 가능성을 찾아야 할 것입니다.

정 김현 선생은 「비평의 유형학을 위하여」라는 글에서 한국 비평의 유형을 셋으로 나눈 후에, 자신과 선생님을 '분석적 해체주의'라는 항목 안에 묶으셨습니다. 이에 대한 선생님의 견해는 어떠신지요? 그리고 저는 선생님의 비평적 태도를 동행자, 즉 '더불어 함께 가는 자'의 태도라고 풀이한 적이 있습니다. 이러한 관점은 김현 선생의 '분석적 해체주의'라는 지칭과 언뜻 보아서는 멀리 떨어져 있습니다. 선생님의 생각은 어떠신지요?

김 김현 선생이 '분석적 해체주의'라고 말한 것은 텍스트를 대하는 태도와 관련해서 말한 것으로 기억됩니다. 텍스트를 꼼꼼하게 읽고 분석한다는 것은 텍스트를 해체해서 재구성한다는 것을 의미합니다. 나 자신 문학 작품을 읽을 때 천천히, 그리고 꼼꼼하게 작품을 따라가고자 합니다. 그렇게 하는 것이 우선 작품을 작가의 의도대로 읽는 것이며, 그 다음에 텍스트에 드러나고 있는 여러 현상들을 추출해내고 그것들 사이에 관계 맺기를 시도합니다. 그것은 곧 작품의 내적 구조나 아니면 작가의 무의식과 연결될 수 있습니다. 이때 구조가 보이면 구조주의적 해석을 내리고, 무의식이 보이면 정신분석학적인 해석을 내리며, 사회적 관계가 보이면 사회학적인 해석을 내립니다. 그것은 내 글이 학문적 연구라면 하나의 관점만을 유지하겠지만 비평이기 때문에 글에 따라서 다른 관점을 택하게 된다는 것을 의미합니다.

내게 있어서 작품을 읽는다는 것은 작가와의 대화를 의미하고 비평을 쓴다는 것은 독자와의 대화를 의미합니다. 그러므로 비평가는 작가와 독자를 함께 상대하는 대화자입니다. 그런 점에서 내 비평에 동행자의 태도라는 해석을 내려준 것은 행복한 평가라고 생각합니다. 감동이 없는 작품을 끝까지 읽는다는 것은 고통스런 일입니다. 그러나 감동을 주는 작품에 대해서 글을 쓴다는 것은 함께 사는 행복을 누리는 것입니다. 과분한 말이지만, 동반자의 태도가 분석적 해체주의와 상충되지 않는다고 확신합니다.

정 선생님의 사생활에 대해서는 거의 알려진 바가 없습니다. 세상에 알려진 것으로는 선생님께서 등산광이시라는 것, 그리고 꽤 급수가 높은 바둑 실력을 가지고 계시다는 정도입니다. 평론가들은 사생활을 드러낼 기회가 거의 없긴 합니다만, 때로 어떤 분들은 의도적으로 그것을 밝히고 그것을 통해서 자신의 비평 세계에 대한 암시를 하기도 합니다. 평론가의 개인적 체험과 비평 사이의 함수 관계에 대해서 어떻게 생각하시는지요?

김　나는 원래 수줍음이 많은 사람이기 때문에 나 자신을 드러내는 것을 꺼려합니다. 스스로 재능이 없다고 생각하기 때문에 근근히 쓰는 평론도 부끄럽게 생각하는데 사생활까지 드러내는 것은 생각할 수도 없는 일입니다. 자서전을 쓰는 사람들은 스스로의 삶이 글로 쓸 만하다고 생각한 사람들입니다. 나는 솔직히 말해서 그런 부류에 들지 못하는 사람입니다. 학생 시절인 4·19 때 거리에 나선 적이 있습니다. 하지만 그후 무수한 불의와 부정과 억압을 보며 아픔을 느끼고 고민에 빠져 있었지만 허약한 지식인의 삶을 살 수밖에 없었습니다. 아마도 이러한 체험 때문에 나는 문학과 사회의 관계에 관심을 갖게 되었고 문학이 가지고 있는 전위적이고 저항적인 성격, 반체제적이고 전복적인 성질을 지금까지 주목하고 그 의미를 드러내고 싶어했습니다.

그러나 평론가에게 중요한 것은 평론이지 그의 체험이 아니라고 생각합니다. 평론가의 세계는 개인적인 체험을 이야기한 사생활이 아니더라도 평론만으로 충분히 알 수 있다고 생각합니다.

정　앞으로 선생님께서 깊게 관심을 쏟으시려 하는 문제는 무엇인지 말씀해주십시오. 아울러 후배 비평가들에게 해주실 말씀도 부탁드립니다.

김　지난 35년 동안 문학을 해오면서 한국 문학이 가지고 있는 다양성과 역동성에 상당한 자부심을 지니고 있었습니다. 가령 일본 문학과 비교할 때 1960년까지는 한국 문학이 일본 문학보다 낫다고 할 수 있는 점을 찾기 어려웠습니다. 반면에 1960년 이후의 한국 문학은 일본의 영향을 벗어난 독자적인 세계를 가지고 놀라운 발전과 도약을 보여주었습니다. 일본 문학에 비해서 섬세하지 못하고 세련미가 부족하고 양식화되지 않았지만, 선이 굵은 상상력이 풍부하고 문제 의식이 뚜렷하고 자기 반성적인 언어가 깊이를 획득하고 있기 때문이었습니다.

그러나 민주화가 실현된 이후 특히 1990년대부터 요즈음에 이르기까지 진지하고 재능 있는 몇몇 작가들의 경우를 제외하면, 한국 문학 전반은 여러 면에서 빈곤화 현상을 보이고 있다는 인상을 떨쳐버릴 수 없습니다. 최근 젊은 세대의 작품들을 읽으면서 이른바 '형식 파괴'의 흔적을 읽을 수 있지만, 그것이 무엇을 위한 파괴인지 알 수 없었습니다. 그것은 문학적 의식이나 훈련의 부족을 '파괴'라는 이름 밑에 은폐시키려 한 것이 아닐까 하는 인상을 갖게 만듭니다. 그러한 인상은 어디에서 오는 것일까, 그런 인상이 사실일까, 그것이 사실이라면 그러한 현상은 무엇으로 설명이 가능할까, 이 모든 문제는 내 자신의 나이로 인한 보수적 태도에서 비롯된 잘못 제기된 문제가 아닐까 하는 데 관심을 쏟고 싶습니다. 이러한 관심을 실현시키기 위해서 새로운 작가론을 쓰고자 하지만 그것은 나 혼자의 힘으로 가능한 것이 아니라 그들 작가들과 동세대의 비평가들이 합류함으로써 가능할 것입니다.

사실 나 자신 나이를 더 먹었다고 해서 후배 비평가들에게 특별히 할 이야기가 있는 것은 아닙니다. 그것은 나이의 오만에 지나지 않기 때문입니다. 여기에서 우리가 다짐해둘 것은, 비평을 소홀히 해서는 안 되는 이유가 '문학적'인 문제에 대해 관심을 기울여야 한다는 사실입니다. 비평이 소모적인 것이 아니라 생산적인 것이 되기 위해서는 '문학'의 문제를 제기하는 것입니다. 그것만이 문학도 살고 비평도 사는 길이라고 나는 생각합니다.

정 많은 질문에 자상히 대답을 해주신 데 대해 감사드립니다. 비평을 포함해 선생님의 모든 말씀이 한국 문학에 대한 깊은 애정과 사람에 대한 따뜻한 관심에서 우러나온다는 것을 새삼 깨달았습니다.

　개인적인 고백을 하자면 글쟁이 흉내를 내기 시작한 이후 지금까지, 선생님께서 계시다는 사실만으로도 큰 위안을 받은 적이 한두 번이 아니었습니다. 이제는 제가 갚아드려야 할 차례인데 배운 바를 바르게 실천하지도 못하는 제 모자람이 부끄럽기만 합니다. 선생님께서 말씀하신 대로 한국 문학의 역동성을 한껏 살려나가는 길을 찾는 데서 할 바를 찾고자 합니다. 선생님, 감사합니다.

문학적 실존의 균형 감각,
혹은 공감의 비평을 위하여

김치수/ 서준섭/ 진형준

문학은 생명을 부여하는 작업

서 그 동안 선생님의 글은 많이 읽었지만 오늘 처음 뵙는군요. 우선 '팔봉비평문학상' 수상을 축하드립니다. 수상차 체불 중 일시 귀국한 것으로 알고 있는데 바쁘신 중에도 이렇게 시간을 내주셔서 감사합니다. 최근 상황에 대해서 말씀해주셨으면 합니다.

김 원래 몇 년 전부터 프랑스에 갈 계획이 있었는데 사실은 학과 형편상 못 가고 있다가 작년 12월 30일에 떠났습니다. 가게 된 연유는 우리 학교에서 올해부터 실시되는 연구년 제도의 혜택을 받게 된 것이고 몇 년 전 연암문화재단으로부터 교수 해외 연수 계획의 일환으로 가는 작업이 이루어져서 여건이 마련된 것이었지요. 원래는 연구 계획서도 있기는 했지만 실제로는 쉬고 싶었습니다. 학교 강의나 글쓰는 문제 같은 복잡한 일상에 시달리다 보니까 쉬고 싶다는 생각이 들더군요. 쉬지 않으면 앞으로 내가 활동할 수 있는 기간 동안에 충분한 에너지를 축적할 수 있는 기회가 없을 것 같았습니다.

그래서 오히려 연구년보다는 쉰다는 생각으로 떠나게 됐지요. 상당히 오랜만에 갔습니다. 1976년 귀국 후 15년 반 만에 다시 그쪽 생활을 하다 보니 상당히 낯설고 힘들더군요. 젊었을 때는 학위를 따야 한다는 뚜렷한 목표도 있고 호기심도 많았고 모든 면이 경이로만 비쳐졌는데 이제 가서 보니 모든 것이 경이로만 보이지는 않아요. 나이가 있어서인지 생활에 불편도 느끼구요. 실제 물가도 옛날에 비해서 많이 올랐고…… 이런저런 불편함이 없는 건 아니지만 적당히 쉴 수 있는 구경거리들——전람회나 기획전, 연극, 영화, 발레 같은 것들을 보고 즐기면서 지내고 있었지요. 이런 생활이 만 5개월 정도 지나니까 좀 지루하다 싶은 생각도 들었는데 뜻밖에도 이번에 한국일보사에서 수상자로 결정되었다는 통보가 와서 수상차 일시 귀국한 것입니다.

서 이번에 신문에 나온 수상 소감문에서 선생님께서는 문학은 삶의 안팎을 비추는 거울이고 그것은 공격적인 사회 속에서 생명을 보호하고 환기하는 장치라고 하시면서 『천일야화』에피소드를 말씀하셨습니다. 세헤라자데가 계속 이야기한다는 것은 자신을 구하고 타인들에게서 죽음의 그림자를 사라지게 하는 것이라 하면서 문학 자체의 힘을 말씀하셨는데요, 저는 그것을 이렇게 읽었습니다. 세헤라자데의 이야기를 하나의 소설로 대치해서 볼 때 소설가의 삶이 우리에게 끝없이 이야기를 들려주는 것이라면 선생님께서는 비평가로서 그 이야기에 30년 가까이 개입해 오시면서 의미 있는 것들에 가치를 부여하는 작업을 계속해오신 것인데요. 이것이 또 다른 의미에서 선생님께서 말씀하신 생명을 부여하는 작업이 아닐까 합니다. 이런 것들은 선생님께서 생각하시는 문학의 일단을 저희에게 보여주신 것이라 생각합니다.

30년 가까이 선생님께서는 식민지 시대부터 1970·80년대, 90년대 젊은 작가들까지 망라해가면서 폭넓은 비평 활동을 해오셨고 우리 문학에 남다른 애정을 보이셨는데 선생님의 폭넓은 비평의 궤적을 두고 짧은 시간에 살핀다는 것이 불가능하지 않을까 하는 생각까지 드는군요. 팔봉문학상 수상 소감문은 그 동안의 문학 활동에 대한 선생님의 최근의 감회가 반영된 것이겠지요. 선생님께서는 1966년에 등단하신 이후, 『6·8문학』이나 1979년 창간된 『문학과지성』의 편집 동인으로 참여하시면서 지금까지 오랫동안 문단 일선에서 학문과 비평 활동을 해오셨는데 그 이면에는 불문학자로서 또 번역가로서의 선생님의 위치도 빼놓을 수 없을 것 같습니다. 수상 소감과 연장되는 얘기이나 비평 활동의 어려움이나 보람에 대해서도 저희에게 말씀해 주셨으면 합니다.

　김　그 동안 제가 비평 활동을 많이 했다고 칭찬의 말씀을 하셨는데 좀 과분한 감이 있습니다. 지금까지 저의 삶은 너무 게으른 것이 아니었나 반성을 하게 되거든요. 그래서 이번 수상도 민망한 감이 있어요. 왜냐하면 문학이란 나 자신이 좋아서 하는 일인데 굳이 상을 주겠다니 쑥스럽기도 하고……

엄격하게 본다면 지난 10년 동안 사실 문학에 대해서 생각은 많이 했지만 이것을 글로 바꿔놓는 작업은 많이 하지 못했어요. 이것은 나의 문학적 관심의 변화를 따라서 추적해보면 대충 설명을 할 수 있는 요소라고도 할 수 있겠는데, 내가 문학의 길로 갈 수 있도록 도와주신 분은 고등학교 때의 한 은사님이십니다. 아이러니컬하게도 국문과 출신인 그 은사님께서 불문과 진학을 권유하시더군요. 당시에 알베르 카뮈가 노벨문학상을 받으면서 그의 작품이 전세계를 휩쓸고 있었는데, 그보다 훌륭한 작가가 프랑스에는 얼마든지 있다고 하시면서 앙드레 말로 같은 작가를 예로 드시더군요.

비록 불문과를 선택했지만 대학에 들어와서는 한국 문학에 더 관심을 가지게 되었고 당시의 대학 시절은 나로서는 아주 중요한 시기였다고 할 수 있습니다. 당시 교양 과정부에서 나와 같이 공부했던 많은 사람들이 시인으로, 소설가로, 평론가로 문단에 데뷔했는데 불문과에는 김현 · 김승옥씨가, 영문과에는 박태순 · 정규웅씨가, 독문

과에는 염무웅·이청준·김광규·김주연씨 등이 있었지요. 이들과
어울리면서 자연스럽게 문학을 하는 분위기로 이끌어졌어요. 요즘은
학생들이 불문과에 들어와서도 불어에만 편중하는 경향이 있는데 당
시는 문학적인 분위기가 우세했기 때문에 우리가 문학을 공부할 수
있는 여건이 충분히 조성되었다고나 할까요. 몇 사람이 모여서『산문
시대』라는 동인지를 내자고 제안한 것도 그때였지요.

그런데 공교롭게도 문학을 할 수 있는 분위기가 어디서 왔을까 하
는 생각을 해보면 그것은 그 당시 4·19와 5·16이라는 역사적 사건이
아니었나 합니다. 4·19의 자유로운 분위기가 1년 만에 완전히 억압
속으로 묻혀버리는 과정을 겪으면서 모두들 고통스러워했어요. 인간
이 삶의 고통을 당할 때 그 고통을 다양한 방식으로 파악하고 풀어나
가는 작업이 문학이라고 상정해본다면 우리는 이런 과정에서 자연스
럽게 문학적인 분위기를 조성해나가지 않았을까 하는 거죠.

그렇지만 그때 장난도 참 많이 했어요. 영화감독인 고 하길종씨,
김지하씨도 그 시절에 학교를 다니면서 같이 어울려 다녔는데 다들
개성이 강했어요. 우리와 같이 다니던 일행 중 한 명은 여름 방학 때
학교 캠퍼스에 있는 분수 속에 벌거벗고 들어가기도 했으니까. (일동
웃음)

5·16 이후 사회적인 분위기가 경직되고 훨씬 억압적인 상황으로 변
모하면서 우리는 나름대로 개성 있는 방식으로 삶을 풀어나갔어요.
많은 사람들이 초현실주의 시에 몰두해서 실제 창작을 하기도 했는
데 이런 것들이 당시에 문학을 하는 분위기의 한 일면이었다고 할 수
있지요. 이런 자유스러운 분위기 때문에 서로들 자주 어울렸고 토론
도 많이 하면서 커나갈 수 있었는데 대학 생활이 끝날 무렵 하나 둘
씩 문단으로 나오기 시작했습니다. 김승옥씨가 1960년 초에, 김현씨
가 1962년 여름에, 염무웅씨가 1964년에, 김주연씨가 1965년에, 그리
고 내가 1966년에 등단하게 됐는데, 문단에 나오게 되니까 이전에는
같이 동인 활동을 했음에도 불구하고 문학 공부를 할 때는 각자 할

수밖에 없더군요.

역사에 대한 실존적 질문과 문학의 내면성 탐구

김 나는 대학 생활을 불문학으로 시작했지만 졸업 후에는 한국사에 대한 공부를 다시 시작했습니다. 우연히 지금은 국사학계의 원로이신 몇 분 선생님을 알게 됐고, 그분들을 통해서 한국사 공부를 하게 될 계기를 마련했거든요. 이기백씨가 쓴 『한국사신론』, 이광린씨의 『개화당 연구』, 김용섭씨의 『한국사학사』 등을 읽으면서 한말 지식인이 우리 시대의 지식인과 비슷하지 않나 하는 생각을 하게 됐어요. 또 당시 처음으로 『한국사 시대 구분론』이라는 책이 나왔는데 그것을 읽고 '우리의 역사를 어떻게 바라볼 것인가' 라는 질문을 던지는 과정에서 그 이전에 우리가 배웠던 식민사관에서 벗어나 민족사관에 눈뜨게 됐습니다. 『삼국유사』나 『삼국사기』도 다시 읽어보게 되면서 자연히 일제 시대의 문인이나 지식인에 관심을 갖게 된 것이죠. 그때 쓴 글 중 『식민지 시대의 지성』은 그런 관심의 일환으로 이루어지게 된 것입니다. 이런 공부를 역사적 입장이나 관점에서 확대시켜 보니까 '나 자신이 역사에서 무엇을 할 수 있는가,' '역사에서 문학은 무엇을 해야 하는가' 라는 질문에 많이 매달리게 되더군요.

1960년대 후반 오적 사건 등이 터지면서 문학이 이런 상황에서 무엇을 설명할 수 있는가에 대한 작업이 필요하다고 생각하게 됐고, 역사 속에서 과감하게 행동했다가 고생하는 사람들과 나를 비교해보면서 많은 부담감과 부끄러움을 느꼈습니다. 반복되는 부끄러움으로 여전히 고통스러웠지만 그것으로 인해 많은 문학 작품을 다시 읽게 됐고, 그것을 설명하는 작업의 필요성을 절실하게 느꼈죠. 김병익, 김주연, 김현씨와 1972년에 함께 낸 『현대 한국 문학의 이론』은 이런 관심과 고민이 담겨 있는 책이었다고 볼 수 있습니다. 그러다가 1973

년 도불, 1976년까지 체류하면서 우리 문학을 일정한 거리를 두고 보게 되었고 불문학에 대해서도 공부를 해나가면서 몇 가지 사조를 접할 수 있었습니다. 프랑크푸르트 학파, 사르트르의 실존주의, 푸코와 바르트, 그리고 구조주의 이론을 전개한 토도로프 등의 저서를 탐독해나갔지요. 또 소위 프랑스 좌파라는 푸코나 골드만 같은 사람들의 저서를 읽으면서 이데올로기에 대한 문제들에 대해서 고민을 참 많이 했는데, 그들로서는 아무리 좌파라고 해도 우리 식의 문제 제기가 되지는 않는 거예요. 그럴 수밖에 없는 것이 우리처럼 소위 국수주의 냄새를 풍기는 민족주의에 대해서는 언급을 하지 않더라구요. 거기서는 이것이 민족 차별주의와 연결이 되어서 이런 말을 썼다간 나치스트 취급을 당하게 되더라구요. 거기는 2차대전의 상처가 많이 남아있었기 때문에 민족주의라는 말을 섣불리 썼다가는 히틀러주의자로 몰리게 될 가능성이 높았거든요. 그렇다면 '우리는 도대체 뭔가' 라는 고통스런 질문과 마주쳤는데 우리는 그 사람들처럼 세계를 지배하는 민족이 아니라 지배를 당하는 민족이었잖아요. 결국 민족주의란 우리의 자구책이 아닐까 하는 생각이 들었지만 이것이 우리의 최종적인 이데올로기가 될 수는 없다는 생각이 들더군요.

또, 문학의 역사성뿐 아니라 문학의 내면성이나 본질에 대해 많은 생각을 하게 됐는데, 그 본질에 대한 생각은 러시아 형식주의 공부를 하면서 많이 풀리게 되었고 문학은 내면으로 응고되는 힘과 외부로 던져지는 빛, 이 두 가지가 균형을 이룰 때만이 건강하고 견고한 것이라는 생각에 이르게 되었지요. 그 다음부터는 문학의 내적인 분석을 해야겠다는 필요성을 절감해서 몇 가지 작품의 실제적인 분석 작업에 들어갔습니다. 『구조주의와 문학 비평』은 이런 관심의 일환으로 이루어진 책이죠.

그러나 1976년 귀국 후 국내를 둘러보니, 문학만으로 싸울 수 없는 사회 속에서 살고 있다는 생각이 끊임없이 들면서 '문학과 사회, 혹은 문학과 인간 내면의 관계를 어떤 식으로 풀어나갈 수 있는가' 라는 질문을 던지면서 문학사회학 쪽에 심혈을 기울였습니다. 그때 힘들여서 한 작업이 박경리의 『토지』와 이청준의 『당신들의 천국』 분석이었는데 이것은 그 두 가지를 어떻게 병행할 수 있는가라는 제 나름대로의 질문과 관심 속에서 이루어진 작업입니다. 토지의 내적인 구성이나 역사성이 어떻게 맞물려 돌아가는지를 살펴보고 싶었기 때문에 그런 시도를 하게 된 것이죠.

그러다가 1970년대 산업 사회의 소설을 읽어나가면서 산업 사회와 문학의 관계라는 측면을 바라보게 되었고 1970년대 소설에 대한 분석 작업을 시도했어요. 1980년대에 들어와서는 소설, 아니 문학이 사회 속에서 너무나 큰 충격을 받았기 때문에 1980년 초만 해도 '과연 문학이 가능한가' 라는 생각을 많이 했어요. 문학이란 것이 사회가 엉망이 되어버리면 사회에서 자리잡을 곳이 없어진다는 인식으로 말미암아 그전까지는 문학성 때문에 좀처럼 인정하고 싶지 않았던 이른바 민중 문학에 대해서 인정을 할 수밖에 없다는 생각이 들더군요. 물론, 민중 문학이 사회에 중요한 역할을 했다는 것은 인정합니다만, 그것을 보면서 다른 한편으로 고통을 느꼈던 것은 문학이 당대적인 것에만 대응하다 보면 '문학은 그 이후에 어디로 가야 하는가' 라는 것이었어요. 당대 문제는 당대에서 해결될 수 있거든요. 이런 생각을 하니까 그 이후로는 글쓰기가 굉장히 어려워졌습니다. 그래서 1980년 중반 이후부터는 글 쓰는 속도가 굉장히 더뎌졌고 내가 했던 작업을 다시 반성해보는 과정을 거치면서, 거기서 더 나아갈 수 없다는 일종의 벽이 느껴지더군요. 1980년대 후반에 들어서는 이렇게 하다간 문학이 너무 피폐해지겠다는 생각을 하게 됐고 다시 문학을 논할 수 있는 시대가 도래해야 되지 않을까 하는 생각을 하게 됐습니다.

이것이 그 동안 내가 바꿔왔던 관심의 영역과 변모 과정이라고 할 수 있겠지요. 그렇다면 근본적으로 내가 얼마나 달라졌는가, 사실 지금 생각해보면 사람은 실제 많이 달라지지 않습니다. 사람은 그때 그때의 상황에 따라서 어느 쪽에 더 관심과 역점을 두느냐 하는 것이지 근본적으로 우리의 토대는 대개 비슷하거든요. 사람은 그리 많이 변하지 않는다는 것을 요즘에 더 절실히 느끼고 있고 전에 썼던 글을 다시 읽어보면 미숙하지만 내 생각이 그리 달라진 것은 아니라는 생각을 합니다.

4·19 세대의 위상과 좌표

진 질문을 드리고 싶었던 내용에 대해 너무 상세하게 말씀해주시니까 질문거리가 상당히 궁해지는데요. 토대는 비슷하고 사람은 많이 변하지 않는다는 말씀을 들으니까 생각나는 것이긴 합니다만 문학적으로 세대를 구분할 때 선생님 세대를 흔히 4·19 세대로 지칭하고 그 이후를 유신 세대, 5·18 세대 등으로 구분을 하는데 이것은 한참 감수성이 예민한 젊은 시절에 겪게 되는 사회적인 충격과 관련지어서 그때 속한 세대를 지칭하는 것이겠습니다. 선생님 세대는 4·19 세대라는 일종의 멍에 비슷한 것을 지고 계시는 것 같은데 그런 식의 구분과 규정을 흔쾌히 받아들이셨는지 간단히 여쭙고 싶습니다.

또, 30년 동안 토대는 변하지 않았다고 하더라도 제가 볼 때는 굉장히 많이 변하신 모습이 분명히 있거든요. 그리고 문학적으로 기본적인 토대는 같을지 몰라도 문학에 대한 생각이 사회적으로 주어지는 어떤 작용에 대한 즉각적인 반작용의 절실함만 가지고 논의되는 것이 아니라, 어느 정도 역량이 성숙해서 이제야 문학에 대해 뭘 좀 알게 된 것 같고 가장 왕성하게 무엇을 할 수 있을 것 같다고 했을 때 그때 세대에 붙여지는 것이 적합한 게 아닌가 하는 의문을 저는 갖게 되거든요. 저도 같이 평론을 하는 입장에서 무슨 세대라는 명칭을 갖게 된다면 저는 아직 멀었다는 생각을 가끔 하게 되는데요.(웃음) 그 이후 저희에게 유신 세대라는 명칭이 붙여지기도 합니다만, 선생님들께 붙여진 4·19 세대라는 것이 그대로 이양되어서 붙여진 것처럼 생각되거든요.

김 사실 4·19 체험이라는 것은 우리에게는 너무나 엄청난 체험이었습니다. 4월의 학생들은 표면적으로는 독재 정권 타도를 목표로 했지만 실제로는 독재를 가능하게 하는 구조를 기본적으로 타도하려 했던 것이었으니까요. 그런 상황에서 우리나라 대학생들이 가지고 있는 자부심이란 건 대단했을 거예요. 사회가 굉장히 혼란스러웠지만 다른 한편으로는 '이 사회를 어떻게 유지해야 할 것인가' 하는 문제에 대해서 대학생들이 많은 고민을 했거든요. 일부에서는 통일 문제에 대해 급진적인 논의를 펴나가기도 했는데 이런 것들은 우리 사회가 안고 있는 분단의 제모순들에 대해 아주 근본적으로 문제 제기하게 만든 것이었다고 할 수 있습니다. 그러나 그것이 어느 순간에 5·16에 의해서 완전한 혼란으로 규정되었을 뿐 아니라 국가 기틀을 뿌리째 흔들리게 하는 것으로 간주되었고, 그 이후에는 4·19가 의거냐, 혁명이냐, 항쟁이냐, 하는 논란을 굉장히 많이 했어요.

문학을 하는 사람으로서 그 당시의 상황이 우리의 문학적 생각의 기틀이 되리라는 생각은 하지 못했습니다. 그런데 이상하게도 4·19에 대한 체험이 시간이 흐를수록 생생하게 살아나는 거예요. 군사 정부가 들어선 이후로 표면적으로는 경제 성장을 추진해나가기는 했지만, 갈수록 사회를 억압하고 조직화하면서 개인의 자유를 엄청나게 제한했거든요. 그것이 심해질수록 체험에 대한 공기가 확산되고 계속해서 당시의 체험이 생생하게 떠오르더라구요.

그런데 우리를 4·19 세대로 지칭하는 또 다른 결정적인 요인은 우리 세대부터 일본어 교육을 받지 않았다는 것입니다. 그 이전 세대와는 달리 우리 세대는 일본어를 몰랐어요. 순전히 한글만으로 교육받은 최초의 한글 세대라고 할 수 있는데, 아마 이전 세대와 우리 세대의 문체를 비교 분석해보면 분명히 차이가 있을 겁니다. 4·19로 인한 자유의 체험과 최초의 자유로운 한글 세대, 즉 사상과 언어라는 요인이 묘하게 융합되어 우리 세대의 문학이 4·19 세대의 문학이라는 규정을 받게 된 것 같습니다. 그런데 나는 내가 4·19 세대라는 말을 지금까지 한 번도 한 적이 없을 뿐 아니라 글로 쓴 적도 없어요. 왜냐하면 당시 4·19 운동에 앞장섰던 사람들은 나중에 가서 정신적으로 다 무너졌어요. 그들은 유신 정권에 야합하면서 국회 의원이 되기도 하는 등 4·19 정신은 모두 다 흐물흐물해졌거든요. 결국 그들이 내세우는 4·19란 정치적인 이용물이라는 생각이 들기 때문에 오히려 그들과 같이 4·19 세대라고 묶이는 것이 부끄러운 거죠. 4·19를 내세우는 것은 어떤 의미에서 4·19를 팔아먹는 것과 다름이 없다는 생각이 들어서인지 나는 한 번도 그 용어를 쓴 적이 없어요. 그러나 지금도 남들이 우리를 4·19 세대라고 부르는 것이 나름대로의 자유와 권리가 있다고 생각합니다. 결과적으로 내가 4·19 세대라고 규정될 때, 나는 같이 문학을 하는 사람들에 한해서만 그 규정을 받아들인다는 겁니다. 그러나 그렇지 않는 사람들—정치를 한 사람들까지 포함해서 나를 4·19 세대라고 규정한다면 이것은 정말 거부하고 싶어요. 그 말을 들을 때마다 항상 두 가지 감정이 묘하게 섞여서 내 앞에서 왔다 갔다 하는데 받아들이고 싶은 생각과 거부하고 싶은 생각이 늘 머리 속에 맴돌고 있다는 것을 솔직하게 고백합니다.

진 4·19 당시에 맞으셨던 역사적 의식이나 상황적 인식에 대한 순결성이나 정직성은 여전히 인식하신다는 겁니까?

김 그렇지요.

진 제가 대학에 다닐 때 선생님 강의를 들을 기회가 있었는데요, 그때 선생님께서는, 어떤 사람이 남들에게 칭찬을 받을 만하다는 미담이 신문에 실렸을 때, 우리는 그 속에 감춰진 음흉한 의도를 간파할 줄 알아야 한다는 말씀을 하셨던 것으로 기억합니다. 인간적인 가치라는 명목 아래 누구나 받아들여야 하는 미덕이란 것이 사실은 사회의 구조적 모순을 은폐하기 위해서 의도적으로 쓰이는 경우가 많은데 사회의 구조적 모순을 정확히 직시하기 위해서는 그 이면을 꿰뚫어 볼 줄 알아야 한다고 하셨습니다. 당시 저는 신선한 충격을 받은 셈인데요. 세월이 지나니까 이런 생각이 들더군요. 지하철을 타고 출퇴근을 하면서 우연히 마주치는 광경들이 참 많은데, 누가 동냥그 릇을 놓고 계단에 앉아 있다든지 아주 남루한 차림의 사람이 무엇을 열심히 먹고 있는 장면을 볼 때면 표현하기 어려울 정도로 제 자신이 흔들리는 것을 느낍니다. 전체의 구조적 관점에서 본다면 실제 그들 을 돕는 것이 더 나쁠 수도 있다고 가르칠 수 있지만 그렇더라도 그 들을 무시할 것이 아니라 몇 푼이라도 집어주는 것이 낫다는 양가적 인 감정이 묘하게 갈등을 일으키거든요. 선생님께서는 프랑스에 다 녀오신 뒤 문학에 대한 인식이나 관심이 바뀌시면서 저희에게 그런 강의를 하신 것 같다는 생각이 드는데요. 이런 미묘한 문제에 대해서 는 어떻게 생각을 하고 계신지요.

김 거리에서 구걸을 하는 가난한 사람에게 동정을 하는 것은 그 사람으로 하여금 계속 구걸을 하게 만드는 것이라고 극단적인 형식 논리로 말하는 사람이 있기도 합니다. 그러나 사실 사회 전체라는 측 면에서 볼 때 함께 사는 사회 속에서는 가난한 사람들이 있을 때 주 는 사람이 있어야 한다고 저는 생각합니다. 설사 그 사람이 계속 구 걸을 하게 되는 한이 있더라도 줄 수 있는 사람은 주어야 합니다. 주 는 행위 자체는 서양에서나 동양에서나 사회를 인간답게, 따뜻하게 만드는 데 기여를 한다는 건 사실이거든요. 그러나 내가 그때 신문에 나온 미담을 조심해서 보고 그 이면을 꿰뚫어 보아야 한다는 건 미담 의 주인공을 비판하기 위해서가 아닙니다. 미담의 주인공은 있어야 지요. 다만 미담을 체제 유지의 수단으로 삼아서 조직적으로 사용하 는 기만적인 속뜻을 읽어내라는 얘기였어요. 그것을 읽어내지 못하 면 누구나 체제의 농간에 넘어가게 돼 있거든요.

예를 들어 아주 가난한 가정부의 아들이 일류 대학에 합격했다는 따위의 미담은 한편으로는 아주 근사한 것일 수 있어요. 우리가 그 사람을 칭찬하는 것은 당연하고 이것은 우리 사회의 아주 중요한 활 력소가 될 수 있습니다만 다른 한편으로는 그 보도 자체가 가지는 허구성을 생각해야지요. 그것으로 인해서 우리 사회는 누구나 노력하면 성공할 수 있다는 식의 논리를 대중에게 심는 것인데 결국 우리 사회에서 가난하고 못살고 실패한 사람들은 노력을 하지 않았기 때문이다고 몰아붙일 수 있는 근거를 마련하는 셈입니다. 우리는 그 허구성과 함께 숨겨진 이데올로기를 간파하자는 것이지요. 그렇지만 숨겨진 이데올로기를 읽어내는 일과 미담의 주인공을 이 사회 속에서 살게 만드는 일은 전혀 다른 별개의 일이라고 생각합니다. 그때 내가 한 얘기의 초점은 구조 속에 숨겨진 이데올로기를 읽어내자는 것이었어요.

　진　그렇다면 구조 속에 선행이나 미담 자체까지 포함되는 건 아닐까요?

　김　물론 포함되겠지요. 그러나 그 두 가지 측면은 미담 자체가 가지는 양가성인데 하나의 가치는 인정하라는 것이 내 요지입니다.

　진　미담이라는 것을 선전할 때 숨어 있는 체제 내포적인 이데올로기에 대한 경계나 가치 부여의 차이를 염두에 두어야 하는 건 사실이지만 이것이 잘못 확대되면 사람이 사물이나 세상, 혹은 문학에 대해 접하는 정서적인 반응 같은 것들을 제아무리 진정한 것일지라도 지나칠 때는 냉정한 사회의 구조적 모순을 직시하는 데 방해가 되는 건 사실입니다. 사람이 세상에 대해 반응할 수 있는 정서적 측면과 투시적인 논리적 힘을 대비시켜 볼 때 어느 한 쪽을 더 강조하는 방향으로 보이는 부분도 있거든요. 문학적인 관점에서 이 두 가지를 거칠게 말한다면 세상에 대한 설명적인 측면과 공감적인 이해의 측면이라고 할 수 있겠는데요. 선생님께서는 『문학과 비평의 구조』라는 책을 쓰셨고 이후에는 『공감의 비평을 위하여』를 쓰셨는데 제목만 놓고 보자면 후자는 정서적인 반응끼리의 맺어짐을 의미하는 것이고 전자는 구조적인 측면을 직시하자는 것이겠지요. 이 두 가지는 참 양립하기가 어려운 태도인데……

　김　물론 어렵지요. 젊었을 때는 이성이 최고고 누구나 최고의 지성이 되고 싶다는 헛된 욕망이 있지만 나이가 들면서는 이성적으로 분명히 옳지 않게 보이는 부분들에 대해 이상하게 정서적으로 끌려 가게 되거든요. 과연 '이것이 옳지 않다고 내가 단언할 수 있었는가' 라는 질문을 자꾸 하게 되더군요. 정서적 반응을 중시한 다음에 다시 이성적인 분석을 해보면 조금씩 달라지는 것을 느낍니다. 작품을 읽 을 때도 주인공의 행동 하나하나를 쫓아가 본다는 것은 옛날에는 도 저히 용납할 수 없었는데 이젠 이것을 정서적으로 이해하자는 입장 에서 보게 되거든요.

성찰적 지성과 계몽주의

서 선생님의 말씀을 들으니까 지성이라는 범주에 대해 더 생각해 봐야 할 필요성을 느낍니다. 『문학사회학을 위하여』에 수록된 어느 글에서 선생님께서는 1960년대에 들어서 권력의 힘이 기형적으로 비 대해지면서 개인의 위기가 오고 여기서 개인과 사회의 갈등의 문제 가 자극되어 문학에서 대단히 중요한 주제로 나타났다고 하셨습니 다. 선생님의 평론들은 대체로 1960~70년대의 작품들에 많은 비중 이 놓여 있고 선생님께서 언급하신 작가들은 오늘날 중요하게 평가 되는 분들인데 『한국 소설의 공간』에서부터 『공감의 비평을 위하여』 에 이르기까지 선생님의 궤적은 다른 점이 있긴 합니다만 아까 말씀 하신 문학성과 사회성, 문학과 역사와 상황 또는 지식인의 문제가 나 름대로의 연관성을 가지고 전개되었다고 생각합니다.

　여기서 분석의 힘이란 것은 주로 지성의 문제가 되겠는데, 선생님 평론에서는 지성이나 지식인에 대한 글이 상당히 많았습니다. 실제 로 『문학과지성』 창간호를 보면 이 시대의 병폐는 패배주의와 샤머니 즘에서 연유하는 정신적 복합체이며 식민지 인텔리에게서 그 굴욕적 인 면모를 노출한 정신의 샤머니즘은 그것이 객관적 분석을 거부한다는 점에서 정신의 파시즘화에 지름길을 제공하기 때문에 우리는 폐쇄된 국수주의를 지양하고 인간 정신을 확대하는 여러 징후들을 탐구하겠다는 얘기가 나옵니다. 사실 그 문제는 선생님뿐만 아니라 '문학과지성사' 동인들, 더 넓게는 1960년대 세대 모두의 문제가 되겠고, 지나친 단순화인 것 같습니다만 이것은 지성이라는 문제로 귀결될 것 같습니다.

요즘은 좀 덜합니다만, 1970년대에 제가 대학을 다닐 때는 지성인·지식인이라는 말을 뭔지도 모르고 많이 썼거든요. (웃음) 저는 지성이라는 것이 대단히 중요하고 궁극적으로 문제 삼아야 될 테마가 아닌가 하는 생각을 하는데요. 문학사에서 보면 1930년대 후반 비평가인 최재서가 『문학과 지성』이라는 평론집을 내면서 지성이라는 문제를 논의했는데 이 문제는 연구 경험론의 전통과도 관련되는 것 같고 좀더 큰 틀로 본다면 18세기의 계몽주의 전통과도 결부될 수 있다고도 하겠습니다. 이런 표현이 어폐가 있을지도 모르겠습니다만 저는 선생님 세대가 계몽주의 세대라고 생각합니다. 최근에 탈모더니즘을 주장하면서 계몽주의가 끝났다는 논의도 더러 있습니다만 저는 계몽주의란 어느 시대보다 자기 시대가 중요하고 자기 시대의 맥락 없는 삶에 대한 인식과 관심을 보여주어야 하며, 개인의 자유를 억압하는 사회와 역사에 대한 통찰을 지속하면서 개인이 어떻게 살아야 되는가, 또 역사에 대해 어떤 반성을 해야 하며 문학이 어떤 역할을 해야 되는가를 탐구하는 것이라고 생각합니다. 이런 문제는 선생님 세대가 특히 짊어져야 했던 부채가 아니었나 합니다. 이것이 선생님 평론에서는 정신사나 지성사에 대한 관심으로 수렴되는데 저는 1970년대부터 1980년대 전반기까지 우리 문학의 힘이란 것은 정신사의 성숙에 크게 기여했고 사회 의식을 고양시키는 데 큰 역할을 했다고 봅니다. 이것이 선생님 세대들이 남기신 중요한 업적이자 유산이라고 생각합니다. 이 작업들이 거의 무에서 이루어졌단 말예요. 식민지 시대라는 국권 상실기에도 물론 구인회나 카프 동인들이 많은 활동을 하기는 했지만 이것이 사실은 단절됐거든요. 1960년대 세대를 바라보면서 저는 선생님 세대가 진정한 계몽주의 세대라고 생각합니다. 선생님께서는 지성이라는 문제에 대해 어떤 생각을 하고 계신지 좀 말씀해주시지요.

김 내가 1960년대 사람들을 대표해서 지성이 무엇인지를 얘기한다는 것은 대단히 어려운 문제이고 지성이란 말은 한 마디로 요약하기가 쉽지는 않을 겁니다. 서선생의 정확한 지적 중의 하나는 우리 세대가 계몽주의 세대가 아니냐는 것인데 사실 그런 의미에서라면 어느 세대에서나 문학비평가들은 전부 계몽주의 세대라고 얘기할 수도 있어요. 왜냐하면 문학에 대해 설명하고, 가르치고, 삶을 얘기하니까 계몽적인 요소가 있을 수밖에 없지요. 그래서 어떤 사람들은 문학을 계몽적이라고만 하지 않고 교육적이라고까지 말하는 사람도 있어요. 결국 문학은 우리 삶에 대한 교육이니까요.

그러나 이런 요소를 갖추기 위해서는 문학하는 사람으로서의 사명감 같은 것이 있어야겠지요. 그러나 그 사명감이 과연 어느 정도 합당하고 수긍할 수 있는 것이냐에 대한 여부는 따져봐야 한다는 문제가 남기는 합니다만, 그 사명감이라는 것은 결국 우리가 바라고 있는 세계와 삶이 지금과 같지 않다는 것을 인식시켜 나가는 것이 아닐까요. 그 삶과 세계가 동일하지 않다는 것을 언어로 이야기해야 하는데 이럴 때는 독자를 설득시킬 수 있는 논리가 있어야 합니다. 그것을 찾다보니 문학은 자연스럽게 사명감이나 계몽적인 성격을 띠게 되는 것이지요.

그러나 독자를 설득시키면서 문학이 어떤 역할을 할 수 있다고 분명히 애기할 수 있는 행복한 시기에 우리 세대가 태어난 것이 아닌가 하는 생각이 듭니다. 이것은 우리의 본의에 의해서가 아니라 시대 자체가 우리로 하여금 그렇게 말하게끔 만들었다고 이야기할 수도 있습니다. 사실 '지성이 무엇인가' 라는 질문은 대단히 어려운데, 우선 거짓을 구분할 수 있는 능력과 판단이 있어야 하며 이것을 더 넘어서게 되면 자연히 가치 개념이 들어오게 됩니다.

그런데 지성이란 다른 사람들이 겉으로는 다 올바르고 정당한 것으로 볼 때, 완전한 허위 의식에 싸여 있는 속뜻을 읽어보는 것입니다. 달리 보는 힘이 없을 때 지성은 죽는 겁니다. 그런데 이 세상을 지성만 가지고 사는 것은 아니거든요. 젊었을 때는 지성을 최고로만 여겼는데 나이가 들다 보니까 이것만으로 세상을 보는 것이 문제가 될 수도 있다는 생각이 들어요. 우리 사회만 보더라도 지성 없이 이루어지는 것이 많으니까요.

그러나 지성 없이 이루어지는 일들을 꼭 가짜로만 볼 수는 없어요. 왜냐하면 이성적으로 구분할 수는 없는데도 정서적으로 공감하는 것들이 많이 있기 때문이지요. 이럴 경우에 우리의 역할이 계몽적이라고 할 수도 있겠는데 그러나 그 계몽적인 것은 시간이 굉장히 중요한 문제로 개입하게 됩니다. 왜 시간이 문제냐 하면 사실 비평은 당대적인 작업이거든요. 그래서 창작과는 달리 당대를 뛰어넘는 문학 비평을 찾는 것은 굉장히 어렵습니다. 프랑스 문학사의 경우만 보더라도 옛날의 비평문은 우선 재미가 없어서 읽을 수가 없거든요. 창작은 언제나 새로 읽는 재미가 있지만 비평은 새로 읽을 수가 없어요. 당대적인 문제가 해결이 되고 다시 읽어 보면 그 속에 담겨 있는 주장이나 문제는 맛이 없어지고 약해질 수밖에 없거든요.

그렇다면 계몽적인 성격이 오래갈 수 있는가, 이런 문제에 대해서 회의를 하게 됩니다. 근본적으로 계몽성을 띠고 있되 이것을 뛰어넘어야 한다는 것, 이것이 우리의 과제일지도 모르겠군요. 이런 점에서 계몽적인 것 자체가 지성적인 것이라고 말할 수도 있겠습니다. 당대성을 뛰어넘지 않으면 시대와 함께 과거 속으로 매장될 수도 있다는 것이 비평가의 비애 중의 하나지요. 대부분의 비평가들은 처음에 창작으로 출발했다가 비평으로 돌리는 경우가 많은데 나이가 들면 다시 창작을 하고 싶어해요. 발표는 하지 않지만 뛰어난 비평가치고 창작품을 남겨놓지 않은 사람은 없을 겁니다. 이를테면 비평가의 비애를 극복하자는 것이라고나 할까요.

서·진 김선생님께서두요?

김 (웃음) 아니오, 나는 아직 있다고 얘기할 수가 없네요.

진 선생님께서는 지성적인 것과 계몽주의를 함께 논하시면서 비평 작업은 언제나 당대적일 수밖에 없지만 세상에 대해 항상 오래 살아남고, 당대적인 데서 그치지 않는 것이 문학 영역에 있다고 하셨습니다. 문학이 포함할 수 있는 큰 영역에서 본다면 평론은 이 작은 부분을 담당할 수밖에 없기 때문에 계몽성이라든지 지성이라는 것은 선생님 세대들이 가졌던 당대적 특성으로 남을 수밖에 없는 부분까지 있다고 말씀하신 것 같은데요.

제가 질문을 드리고 싶은 것은, 저 자신 역시 평론가로 이름표를 붙이고 있는 처지이면서도 평론 작업이 일종의 소모품이 아닌가 하는 생각이 듭니다. 비평은 빨리빨리 써먹고 싶어하는 욕구를 자극하기 때문에 어느 정도 깊이 있는 학문적 성과를 이루기 전에 저널과 마주치게 되면 마치 완성인 것처럼 윤색을 하고 소개가 되는 경우가 많기 때문에 오히려 깊어지기를 차단하는 측면이 있지 않나 하는 회의가 가끔 들거든요. 그렇다고 해서 당대의 문학 작품들을 외면하고 싶은 생각은 전혀 없고…… 현장 평론가로서의 이름을 얻는 것과 학자로서의 조화를 선생님께서는 어떻게 이루고 계신지요.

김 난 둘 다 잘 못하고 있는 거지요.(일동 웃음) 나처럼 창작 재능이 없는 사람은 문학 비평은 결국 문학인으로서 살아남는 유일한 방법이라는 생각이 들어요.

새로운 정신의 충전과 신장

김 무슨 애기냐 하면 새로 나온 작품을 끊임없이 읽지 않으면 새로운 정신을 만날 수가 없습니다. 새로운 정신을 만날 수 없다는 것은 우리의 정신이 왕성하게 활동을 할 수 없다는 얘긴데 정신 활동을 왕성하게 하지 않으면 우리의 정신은 썩어갈 가능성이 높거든요. 그런 점에서 새로운 정신과의 만남은 현장 비평이 제일 쉽다고 봅니다. 또 이것은 좋아하지 않으면 할 수 없는 일이지요. 작품이 많기 때문에 워낙에 좋아하고 부지런하지 않으면 안 되고, 부지런히 이 작업을 할 때 우리 정신의 신진 대사가 이루어지는 겁니다. 이것말고도 다른 방법으로 정신의 신진 대사를 할 만한 요소가 있지 않느냐고 물을 수도 있지만 사실 우리 자신의 사유나 생각이라는 것은 독자적으로 하는 것보다 다른 것과 만남으로써 이루어지는 것이 더 기하급수적으로 상승하게 됩니다. 그렇기 때문에 이런 것을 통해 자신이 막연히 생각했던 것들과 구체적으로 만나게 되는 것입니다. 이것을 글로 남겨두지 않으면 일과성에 불과하겠지만 글로 쓰게 되면 다시 돌아보고 성찰하게 되거든요. 여기서 생각을 더 발전시킬 수 있는 계기가 마련되고 또, 이렇게 남김으로써 깊이를 획득할 수 있어요.

그러나 학문으로서 문학을 공부한다는 것은 굳이 당대적일 필요가 없지요. 옛날 작품을 다시 읽으니까. 그러나 새로운 정신으로 충전을 하고 옛날 작품을 다시 읽으면 새로운 정신과 만나게 되는 것이지요. 이것은 상호 보완 관계를 이룰 수 있다고 생각합니다. 그런데 비평을 학문적으로 한다는 것은 결국 '문학에 대한 정의를 어떻게 내릴 것인가'라는 본질적인 문제에서 시작해서 문학적인 디테일을 망라해나가는 섬세한 파고듦이겠지요. 그러나 그것만으로는 정신의 신진 대사를 제대로 할 수 없다고 생각합니다. 그런 점에서 저는 현장 비평의 역할에 굉장히 큰 의미를 부여합니다.

가능한 한 강의나 연구를 하면서 현장 비평과 내 연구가 어떤 연관을 가지는지를 자꾸 생각하게 되는데 그 생각을 하지 않으면 두 개가 따로따로 떨어져 있는, 이를테면 이중 구조 속에 놓여 있다는 느낌이 들거든요. 그러나 이 둘을 합쳐보려는 통합적인 노력을 하다 보면 문학하는 재미를 느끼게 되고 또 나이가 들면서 문학 개론을 한번 써봤으면 하는 생각이 듭니다. 이것은 지금까지 작품을 많이 보아왔기 때문에 이른바 문학의 보편적인 문제로 다시 돌아가고 싶은 생각이 드는 거지요. 그런데 저는 이것을 억제하고 있습니다. 왜냐하면 이것을 써서 해소해버리고 나면 현장 비평을 하고 싶다는 생각이 없어질 것 같거든요. 그러나 저는 학문과 비평, 이 둘이 조화를 이룰 때 진정한 신진 대사가 이루어질 수 있다고 생각합니다.

서 그 두 가지를 동시에 병행한다는 건 행복한 조화라고 생각합니다. 선생님께서 비평은 새로운 정신과의 만남이자 정신에 긴장을 주는 것이라고 말씀하셨는데요. 첫 개인 평론집과 최근 평론집에서도 그런 글을 읽은 기억이 납니다만, 이론이란 것이 바깥으로부터 주어지는 것이 아니라 작품에 항상 근거하는 것이어야 한다고 하셨는데, 이것은 우리 문학에 외국 문학의 이론을 미숙하게 덮어씌워서 논의하는 것을 지양하자는 뜻이 포함된 것이었겠지요.

또, 우리 문단의 일선에는 외국 문학 하시는 분들이 현장 비평계에서 많은 활동을 하고 계시고, 이분들의 업적을 간과할 수는 없다는 점을 고려해보면 나름대로 외국 문학의 전통 같은 것이 있지 않을까 생각합니다. 불문학의 전통 내에서 우리 문학에 줄 수 있는 자양분이 선생님 글 속에 녹아 있다고 볼 수 있겠고 그 문학 속에는 불문학의 새로운 작품도 포함된다고 생각하거든요. 선생님께서는 비평의 대상으로 주로 소설을 다루셨는데 우리 소설의 문제점이 어떤 것이라고 생각하시는지 궁금합니다. 또 하나는 너무 추상적인 질문인 것 같습니다만 비평이란 어떤 것이라고 생각하시는지요.

김 사실 문학 작품을 읽고 향유하는 것이 저로서는 참 좋고 재미있는 일인데 이것을 가르친다는 건 어떤 점에서는 비극이지요. 그걸로 먹고 살아야 되니까.(웃음) 실제 불문학 작품을 읽을 때 나는 순전히 내 식으로 읽습니다. 설명할 수 없었던 것을 내 정서의 회로로 발견할 수 있는 것은 즐거움이지요. 그러나 이것은 사실 불문학 작품에만 적용되는 것이 아니라 우리 문학 작품에도 똑같이 적용된다고 생각합니다. 그런 측면에선 작품을 읽는 문제는 외국 문학이든 우리 문학이든 다 똑같습니다.

그러나 문학 이론의 경우는 참 골치가 아픈 문젠데 사실 우리가 배웠던 이론은 거의 모두가 서양 이론이었지 우리의 독자적인 문학 이론이 아니었다고 할 수 있어요. 물론 고전의 경우는 얘기가 좀 달라지겠지만 우리 문학을 총체적으로 설명할 수 있는 이론은 저는 아직까지 없다고 봅니다. 이론을 문학 작품에 바로 적용시키는 것보다는 문학 이론 가운데 이른바 보편적인 정신이라고 생각하는 것을 내 것으로 만들었을 때는 우리 문학 작품을 설명하는 데 도움을 주는 경우가 많거든요. 다른 한편으로는 외국 문학 전공자들이 비평을 한다는 것이 좀 부끄럽기도 합니다만 그들이 다른 연구자들이 보지 못했던 어떤 새로운 요소를 발견하는 경우가 있는 건 사실입니다. 그러나 이것은 단지 불문학을 해서, 혹은 영문학을 해서 가능한 것이라기보다는 그냥 문학 공부를 해왔기 때문에 얘기할 수 있는 부분이 아닐까 하는 생각이 듭니다.

문학 이론을 일반 문학 이론과 개별 문학 이론으로 구분해본다면 한국 문학 이론이라는 것은 개별 문학 이론의 범주에 속하는 것이지요. 이 개별 문학 이론들이 종합되었을 때 일반 문학 이론이 되어야 하고 여기서 설명할 수 없는 것들이 개별 문학 이론이 되어야 할 것입니다. 한국 문학에 대한 이론화 작업을 검토해본다면 사실 국문학 전공자들이 외국 문학 이론에 대해 지나치게 민감한 감이 있어요. 오히려 그분들이 외국 문학 이론을 불필요하게 많이 끌어들여서 설명을 하는 경우를 많이 보아왔거든요. 내가 한국 문학에 대한 연구를 할 시간이 없기 때문에 그 문제에 대해서는 깊이 있게 설명할 수가 없지만 그런 태도는 지양해야 된다고 생각합니다. 외국 문학을 곧바로 적용해서 설명하는 것은 하나의 해석이지 그 자체가 고유한 개별 문학의 이론화에 기여할 수는 없거든요.

또 하나, '비평이란 무엇인가' 라는 질문은 대단히 어려운 문제인데 비평이 무엇인지를 알기 위해 아직까지 내가 비평을 하고 있다고 보아야겠지요.(웃음) 한 마디로 설명할 수는 없지만 한편으로는 개별성과 독창성을 끌어내고 다른 한편으로는 일반성과 보편성을 끌어내는 것, 이 두 가지를 동시에 진행시키는 것이 비평이 아닐까요?

진 선생님께서는 어려운 시대를 살아오셨지만 문학적으로 치면 아주 행복한 세대였다는 말씀을 하셨는데요. 말하자면 '비평이란 것이 이런 것이다' 라든지 문학을 한다는 행위가 갖는 의미를 어느 정도 사명감까지 가지고 힘있게 추진하실 수 있었던 것은 어떤 발언이나 생각을 하든간에 항상 독자들과 밀착될 수 있었기 때문이 아니었나 합니다. 저는 요새 가끔 문학에 대해서 이러쿵저러쿵 얘기를 해도 과연 우리가 생각하는 문학이라는 것의 실체가 현실 속에 있느냐 하는 것까지 의심을 하게 됩니다.

제가 현실적으로 경험을 하는 데서 오는 느낌인데요, 문과대 학생들 전체를 대상으로 교양 필수 과목을 강의하고 있습니다만 문학이라는 이름의 과를 달고 들어온 국문·영문·불문과 학생들까지도 임철우나 황지우를 아느냐고 물으면 한두 명 알까말까 하는 수준이거든요. 문과대 학생들마저 평론가들이 선정한 1980, 90년대 대표 시인이나 작가를 한 명도 모르는 것을 보면 정말 의심을 하게 됩니다. 실체도 없는 곳에서 헛짓을 하는 게 아니냐 하는 거죠.(웃음) 이런 것을 어떤 식으로 감당해야 될지를 모르겠어요. 그렇다고 여기에 맞춰서 가야 하는 건지 허공 중에서 유희를 계속 해야 되는 건지 당최 발 딛는 느낌이 안 들거든요. 이것은 단지 문학을 한다는 입장에서, 문학은 이렇게 중요한데 너희들은 틀렸다고 얘기하는 것은 사실 말도 안 되는 발상이구요.

현상 자체에 대한 차분한 진단과 대책이 있어야겠고 이것은 평론을 자기 성찰의 계기로 삼으면서 아울러 진지하게 같이 생각해보고 떠맡아야 할 몫이 아닐까 하는 생각을 합니다. 선생님께서는 이 부분에 대해 어떤 의견을 갖고 계신지 여쭤보고 싶습니다. 이것은 저희가 실제 당면한 문제이기도 하거든요.

문학의 위기

김 이번 수상 소감에서 나는 우리 문학이 다른 나라의 문학에 비해서 훨씬 건강하고 기운이 넘쳐흐른다고 얘기했는데요, 사실 다른 나라의 문학들은 개인의 작은 자아에 집착하는 나머지 여기에 공감하는 독자들이 그리 많지가 않습니다. 그러나 다행히도 우리는 공감할 수 있는 문제들이 너무 많기 때문에 엄청난 독자를 확보할 수 있는 것이지요. 시집의 수준과는 상관없이 50만 부니 100만 부니 판매 실적을 올리는 경우도 있지만 문학성이 높은 좋은 소설들도 몇십만 부씩 나가는 경우가 꽤 있잖아요. 이것은 아주 드문 현상이지요. 그래서 나는 이것을 매우 건강한 현상으로 보고 싶습니다.

그런데 우리 문학에 대해 질문을 던지는 외국인들은 당신네들 문학에는 사회만 있지 왜 자아는 없느냐는 것입니다. 그들이 생각할 때는 반대로 자기네 문학에는 자아만 있지 사회는 없는 것이거든요. 그러나 우리 문학은 자아보다 사회가 차지하는 비중이 훨씬 크기 때문에 공감의 영역이 넓다고 얘기할 수 있어요. 아까 진선생이 우리 세대는 문학을 하면서도 굉장히 행복하고 보람을 느끼지 않았느냐 하는 적당한 지적을 해준 것 같은데, 그 당시 우리는 적어도 당대의 문학은 우리가 설명할 수 있어야 한다는 것, 그리고 당대의 문제를 극복할 수 있는 길은 당대의 우리 문학에서 찾아야겠다는 생각이 묘하게 맞아떨어진 것이지요.

그래서 우리는 그 당시 무명의 동시대 작가들을 부상시켰어요. 나는 비평이 작가를 계발할 수 있다는 건 비평의 오만이라고 생각합니다. 다만 비평가는 누구의 작품이 좋고 중요하다는 것을 독자에게 알려줄 뿐이죠. 이것이 제대로 전달될 수 있었던 것은 독자의 수준이었다고 할 수 있겠는데 그때만 하더라도 시험 문제가 모두 주관식이었고 대학별로 입학 시험을 실시했으니까 고등학교 때부터 충분한 문학 독서를 했고 그 바탕이 대단했던 것이지요. 지금 대학생들이 문학 작품을 제대로 읽어내지 못하는 것은 고등학교 때 제대로 읽은 책이 없기 때문입니다. 당시에는 어느 정도 문학적 소양이 있었기 때문에 수준 있는 문학 얘기를 해도 대화가 통했는데 지금은 도대체 아이들이 읽은 책이 없어요.

여기에 더 문제가 생긴 것은 현재 우리나라가 선진국형으로 변모해가면서 아주 부정적인 현상이 일어나고 있는데, 그것은 인쇄물이 엄청나게 증가하고 있다는 것입니다. 그 많은 책들 중 이것이 쓸 만한 책인지 아니면 프로퍼갠더인지를 구분할 수 있는 능력이 입학 시험 제도 때문에 없어졌어요. 그러니까 문학 비평 같은 수준 있는 글들을 읽을 기회가 전혀 없는 거예요.

문학 작품이 거대한 소비 문화 속에서 나오고 비평집이 소비 문화 속에서 나오니까 사람들은 그것을 똑같은 것으로 취급해서 안 읽게 되는 것이지요. 골치가 아프니까요. 더구나 비디오 산업이 발달해서 사람들이 여가를 책으로 보내는 것이 아니라 더 쉽게 접할 수 있는 소비성 매체로 시간을 때우는 경향이 날로 짙어지고 있습니다. 이런 식으로 나가다 보면 앞으로는 비디오 소설도 나오지 않을까 하는 생각까지 듭니다. 그러나 우리나라가 아직도 행복한 상태라고 할 수 있는 것은 소수이긴 하지만 여전히 독자들이 있다는 겁니다. 글쎄, 앞으로 입시 제도가 바뀌니까 어떤 식으로 변할지 잘 모르겠군요.

비평의 부정적 징후와 전망

김 또 하나는 최근에 와서 비평이 너무 전문화되고 있다는 것입니다. 일반 독자들이 접근할 수 있는 길을 비평 스스로 차단하는 경우가 너무 많아요. 말하자면 문학 연구에서 해야 할 것을 비평에서 너무 많이 개입해 들어가니까 독자들이 따라오지를 못하고 있어요. 이것이 선의의 독자를 떨쳐버리는 결과를 만들어내는 겁니다. 물론 어려운 말로밖에 설명할 수 없는 새로운 개념들이 있다는 건 인정합니다만 이럴 경우에는 더 친절한 방법으로 독자에게 파고들어야겠지요. 비평의 전문화로 인해서 평론가들이 독자를 이런 식으로 떨쳐버린다는 건 굉장히 심각한 문젭니다. 더군다나 평소에 전문적인 글을 읽을 기회가 없는 사람들에게 이렇게 어려운 글을 읽으라고 하면 어떡합니까. 문학 연구에선 이것이 얼마든지 가능하겠지만 평론은 일반 독자를 상대로 하는 작업이니까요.

서 아주 중요한 지적이십니다. 이것은 오랫동안 문학이라는 제도에 가까이 개입하고 경영하시는 가운데 접하신 중요한 체험이고 또 우리 세대의 문학 평론가들에게 좋은 충고라고 생각합니다. 지금은 매체가 지나치게 분화되어 있고 동인지적인 성격이 강해서 작품의 문학적 성과나 질과는 상관없이 정실 비평을 가하는 경우도 가끔 눈에 띄는데요. 평론가들이 개입해야 할 가장 중요한 문제가 작품에 대한 해석과 가치 평가, 그리고 좋은 작가를 독자에게 소개하는 것이라고 할 때 선생님께서 좋은 작가나 시인을 식별할 수 있었던 바탕이나 기준은 무엇이었는지요.

김 그건 말씀 드리기가 굉장히 어렵습니다. 그러나 분명히 알아야 할 것은 현장 비평은 보통 부지런하지 않으면 안 된다는 겁니다. 작품을 많이 읽지 않고서는 좋은 작품과 나쁜 작품 혹은 좋은 작가와 나쁜 작가를 구분할 수 없어요. 제 자신이 의식적으로 노력을 합니다만 요즘은 많이 읽기가 정말 어렵습니다. 원체 인쇄물들이 많으니까요. 또 생활이 복잡해지니까 옛날에 비해서 부지런함이 많이 무뎌진 건 사실이에요. 이것이 좋은 작품을 골라내는 데 첫번째 어려움이 될 것 같고 두번째 어려움은 생각 자체가 전문화되다 보니까 작품을 대할 때 보편성보다는 특수성으로 좋아하는 경우가 많다는 겁니다. 어쨌든 중요한 것은 비평가는 많이 읽어야 합니다. 많이 읽지 않으면 중요한 작품을 고르기가 어려우니까요.

진 평론가라는 딱지를 정식으로 붙이려면 까불지 말고 열심히 읽으라는 채찍으로 받아들이겠습니다.(웃음) 마지막으로 앞으로 특별한 계획이 있으신지 말씀해주시면 이걸로 마무리를 짓도록 하죠.

김 새로운 세대들이 비평 작업을 해나가는 걸 보면 자신이 너무 게으르다는 생각을 많이 하게 됩니다. 불문학자로서 해야 할 일과 평론가로서 해야 할 일이 아직 너무 많이 남아 있어요. 이번 『공감의 비평을 위하여』를 내기 전에 사실은 몇 편의 소설 분석 작업을 끝낸 뒤에 책을 내기로 했는데, 시간을 많이 두고 써야겠다는 생각을 하니까 자꾸 미루게 되더군요. 다른 친구들이 프랑스에 가기 전에 책은 내놓고 가라고 하더군요. 난 도망가는 심정으로 책을 내놓고 떠났어요.(웃음)

내 자신이 비평을 하면서 그 동안 여러 가지 방법론을 도입해서 내 식으로 바꾸어 비평 활동에 이용했는데, 우리나라 비평에서 제일 취약한 쪽은 정신분석학 쪽이라고 할 수 있습니다. 앞으로는 이 이론의 도입과 실제 적용 작업이 더 보완되어야 하지 않을까 하는 생각을 하고 있습니다. 또, 파리에서 매주 수요일 라캉에 대한 강의가 있는데 다음 2학기에는 그 강의를 들을 계획입니다.

진 선생님의 비평적 연륜과 지성의 힘에서 대단히 많은 것을 시사받았습니다. 저희 세대에 대한 좋은 충고의 말씀도 많이 들었구요.

서·진 오랜 시간 동안 함께 자리해주셔서 대단히 감사합니다.

〔『문학정신』, 1992년 7·8월호〕

문학으로부터, 문학을 향해

김치수

문학은 나의 거울입니다

나에게 있어서 문학은 나 자신의 모습을 보여주는 거울입니다. 나는 지난 30년 동안 매일 그것을 통해서 나 자신의 모습을 끊임없이 관찰해왔습니다. 그것은 이상한 거울이어서 겉모습만을 반영하는 것이 아니라 내가 드러내지 않고자 하는 것, 내가 감추고자 하는 것도 모두 보여줍니다. 그것은 나 자신을 벌거벗은 상태로 보게 만듭니다. 그것은 늘 나 자신을 부끄럽게 만듭니다. 문학은 또한 내가 살고 있는 세계와 그 속에서의 삶의 모습을 내게 보여줍니다. 그것을 통해서 나는 내가 육안으로 보지 못하던 세계의 모습을 볼 수도 있고 다른 사람과 함께 사는 무질서한 것 같은 삶의 모습도 볼 수 있습니다. 그것은 세계와 삶이 어떤 것이고 어떤 것이어야 하는지 내게 질문하게 만들고 상상하게 만듭니다. 그래서 30년 전 우리가 함께 문학을 시작할 때 동인 가운데 한 사람인 김승옥은 「생명 연습」이라는 제목을 사용했습니다.

문학은 어떤 의미에서는 이 세계 속에서의 일회적인 삶을 살아가는 연습입니다. 그러나 그 연습에는 우리의 생명이 걸려 있습니다. 우리는 현대의 조직 사회에서 끊임없이 비존재가 되어가고 있습니다. 문학은 그러한 공격적인 사회 속에서 우리를 존재하게 하고, 그 존재를 확인하게 합니다. 그런 점에서 흔히 이야기하는 『천일야화』는 대단히 상징적입니다. 세헤라자데는 이야기를 계속함으로써 자기 자신의 생명도 구하고 다른 사람들을 지배하고 있던 죽음의 그림자를 사라지게 합니다. 이야기로써 죽음을 물리친다고 하는 것은 문학이 가지고 있는 주술적인 요소입니다. 언제나 불길한 죽음의 그림자로 가득 차 있는 이 세계에서 문학은 생명을 보호해주는 주문입니다. 그 주문은 개인뿐만 아니라 그가 살고 있는 세계를 구원해주는 말입니다. 말은, 폭력으로 가득 찬 이 세계에 대해서 폭력이 아닌 방법으로 대항할 수 있는, 문학이 선택한 방법입니다. 그렇기 때문에 문학은 폭력으로 가득한 이 세계를 단순히 반영하는 것이 아니라 그 너머의 세계까지 보여줍니다. 문학에 있어서 언어와 상상력이 중요한 것은 죽음을 몰아낼 수 있는 주문을 아무나 욀 수 있는 것도 아니고 무슨 주문이나 효험이 있는 것도 아니기 때문입니다. 우리의 불행했던 현대사에서 다행한 것은 우리를 죽음의 위협으로부터 벗어나게 한 문학 작품이 많았다는 것입니다. 오늘의 우리 문학이 많은 독자를 갖고 있는 것도 그러한 주술적인 힘을 가지고 있기 때문입니다. 그런 점에서 우리 문학은 다른 나라의 문학보다 건강하고 풍요하게 보입니다.

이러한 문학 작품에 비하면 나의 비평은 대단히 왜소하고 빈약합니다. 더구나 최근에 나는 나의 언어에 대해 갈등과 회의를 느껴왔습니다. 아마도 이런 내게 용기를 북돋아주기 위해 일제 식민지 시대 때 치열한 비평 활동을 한 분의 업적을 그린 팔봉비평문학상을 주기로 한 것 같습니다. 게으른 자신의 모습을 다시 보게 되어 부끄럽습니다.

그렇지만 나는 문학이라는 거울을 보는 것을 중단할 수 없습니다.

그것은 나의 생명과 관계되기 때문입니다.

〔제3회 팔봉비평문학상 수상 소감, 1992〕

문화의 시대와 한국 문학

1 지난해에는 새로운 세기를 맞이하기 위한 여러 가지 행사로 한 해를 보낸 느낌이다. 인간이 원래 약한 존재이기 때문에 불확실한 미래에 대해서 불안해하고 보이지 않는 미래의 삶을 미리 보고자 하고 미래의 자신에 대해서 꿈을 꾸고자 하는 것은 당연한 일인 듯하다. 그것은 과거의 자신이 어떠했고 오늘의 자신이 어떤 위치에 있으며 미래의 자신은 어떠할 것인가 생각할 때 확실한 것이 하나도 없고 모든 것이 불안하기 때문이다. 자신의 과거에 대해서 자신 있는 사람은 오늘의 자신의 선택을 두려워하지 않고 행할 수 있고, 오늘의 확고한 신념에 의해 살고 있는 사람은 자신의 미래가 어떻게 되든지 불안해하지 않는다. 자신의 선택을 분명하게 의식하는 사람은 선택 자체의 결과에 대해서 불안해할 이유가 없다. 한 가지 불안해할 수 있는 요건은 우리의 삶을 결정짓는 환경의 변화 속도가 날로 빨라지고 있고 그 변화의 내용 자체도 원형을 알아볼 수 없을 정도로 근원적이라는 사실이다. 더구나 해방 후 거의 반세기 동안 군사 정권의 권위주의 사회에서 살아온 우리는 최근 10년 동안 진정한 민주주의 사회로 가는 경험을 하고 있기 때문에 우리의 과거에 대해서 어떠한 확신이나 믿음을 가질 수 없었다. 겉으로 민주주의를 표방하면서 안으로 권위주의의 억압 속에 살아온 우리는 그 모순이 가지고 있는 무게로부터 벗어나는 것을 쉽게 이룩할 수 없다.

지난해에 우리에게 끊임없이 들려준 위험이 Y2K 문제였다는 것을 기억하는 사람이 그렇게 많은 것 같지 않다. 역사상 유례가 없는 Y2K 문제가 처음으로 상정되었을 때 그것은 어쩌면 인간이 만든 문명의 이기가 부메랑이 되어 되돌아오는 재앙일 수 있다는 생각을 하게 했다. 그것은 우리에게 공포의 대상이 될 수 있고 그래서 우리는 그 문제에 조심스럽게 접근하지 않으면 안 되었다. 다행히도 Y2K 문제가 별다른 착오 없이 극복되자 우리는 그 문제가 마치 전혀 제기된 적이 없는 것처럼 그 문제를 잊고 있다.

망각은 우리에게 너무나 편리한 도구여서 그것을 통해서 우리는 과거의 고통을 잊고 편안한 마음으로 살 수 있다. 그 결과 유신 정권과 신군부의 등장이 가져다준 엄청난 고통을 벌써 망각하고 그 시절에 자신에게 주어진 특혜를 그리워하며 과거의 권위주의에 대한 향수를 가진 사람들이, 그리고 대담하게도 그 향수를 표명하는 사람들이 늘어나고 있다. 망각은 생존의 편리한 도구이면서 다른 한편으로는 우리를 죽음으로 이끌어가는 위험하기 짝이 없는 도구다.

지난 10년 동안 세계사적 사건 중에서 가장 중요한 것은 소비에트 연방 체제의 몰락과 함께 동유럽 사회주의 사회의 붕괴를 들 수 있다. 그것은 동서 냉전 구도 속에서 한쪽의 일방적인 패배를 의미할 뿐만 아니라 세계 전체를 자본 시장화함으로써 경제적 가치가 모든 사회와 개인의 가장 큰 덕목인 것처럼 만들어버리고 좋은 삶의 유일한 척도가 되는 것처럼 만들어버린다. 특히 우리 사회가 지난 3년 동안 겪은 IMF 관리 체제는 세계의 금융 시장에서 떠돌고 있는 투기성 자본의 위력이 얼마나 큰지 우리에게 혹독한 체험을 하게 했다. 우리나라에서 손꼽히는 재벌들이 하루아침에 도산하고 수십만 명의 실업자가 직장에서 거리로 내쫓기고 수천 개의 중소 기업이 파산하여 많은 기업가가 죽음을 선택하는 비극적인 상황은 우리나라 지도자나 국민 누구도 예상하지 못한 파국이었다. 국민 소득 1인당 1만 달러가 넘었다고 선진국 백성이나 된 것처럼 좋아하던 한국인은 하루아침에

6천 달러의 삼등국 백성이 되어버린다. 실제로 이러한 경제적 위기가 태국에서부터 시작해서 인도네시아, 말레이시아를 거쳐 한국에 이른 과정을 보면 모처럼 이룩된 아시아의 경제 발전이 세계의 자본 시장에서는 한낱 허풍선이에 지나지 않는다는 것을 깨닫게 한다. 선진국의 엄청난 자본이 밀려와서 우리의 경제를 부풀려 놓고 빠져나간다면, 우리 경제는 바람 빠진 풍선처럼 그 형체를 알아볼 수 없을 정도로 쭈글쭈글해진다.

이러한 와중에서 우리에게 강요된 것이 세계화라는 올가미다. 금융 시장이 투명해지고 상품 시장이 개방되고 외환 시장이 자유화되는 것이 세계화의 지름길이라면, 우리 사회는 그 동안 그와 동떨어진 현실 속에 있었음을 인정하지 않을 수 없다. 금융 시장이 투명하지 않은 것은 특혜 금융이 지배하고 있었기 때문이며, 상품 시장이 개방되지 않은 것은 우리 상품이 외국 상품에 비해 경쟁력이 없기 때문이고, 외환 시장이 자유화되지 않은 것은 국내 화폐가 실제 가치보다 과대 평가되고 있기 때문이다. 물론 이렇게 된 데는 그밖에도 여러 가지 이유가 있겠지만, 그로 인해서 우리 사회의 세계화는 기대할 수 없는 것이다. 독일의 어떤 기자는 '세계화'란 전 세계 인구의 20%를 잘살게 하기 위해서 전 세계 인구의 80%를 가난하게 만든 것이라고 분석하면서 그것이 후진국에게 씌운 덫이라고 주장한 바 있다. 실제로 우리 사회가 IMF 관리 체제를 맞이하게 된 것은 정부 자체가 세계화를 부르짖은 다음의 일이라는 것은 주목해볼 만한 현상이다. 우리 경제가 아직 세계 수준에 도달하지 못했음에도 불구하고 세계화를 부르짖은 것은 미숙아를 인큐베이터에서 꺼내놓은 것과 다를 바 없다.

세계화의 첫번째 조건은 개방화이고 두번째 조건은 정보화이며 세번째 조건은 과학화다. 우리 사회는 지난 반세기 동안 지구상의 유일한 분단 국가로 남아 있고, 그 가운데 30여 년을 군사 독재 체제를 감수해왔다. 그렇기 때문에 우리 사회 자체가 스스로 개방화될 수 있는 여건이 조성되지는 않았다. 다행히 학생과 시민이 끊임없이 민주화를 위해 싸워왔기 때문에 우리 사회는 조금씩 개방의 길을 걸을 수는 있었지만 그러나 세계적 수준으로 개방화를 말할 수준에는 이르지 못했다. 문민 정부가 세계화를 내세운 것은 이념적으로 수긍할 수 있지만 현실적으로 준비되지 않은 개방화의 길에 들어선 것으로 평가할 수밖에 없다. 그렇다고 해서 문민 정부가 개방화를 위한 준비를 하지 않았다고 주장하는 것은 아니다. 군대 조직을 개혁하고 하나회를 해체한 것이나, 금융 실명제를 도입하여 자본의 흐름을 투명하게 한 것이나, 공직자의 재산을 공개한 것 등은 문민 정부가 개방화를 위해 이룩한 업적에 속하지만, 그것으로 우리 사회 전체가 투명해졌다고 말하기에는 미흡한 것이다. 국민의 정부가 들어선 다음 오랫동안 관행처럼 인정되고 또 실제로 법제화되었던 각종 규제를 풀어 개방 사회에 대비하여왔지만 그것도 하루아침에 이루어질 수는 없는 것이다.

PC의 보급이 일반화되고 인터넷의 보급이 확산되면서 다른 분야보다는 정보 통신 분야가 비교적 발전되기는 했지만 그것을 활용해야 할 소프트웨어나 콘텐츠 분야의 개발이 뒤떨어진 현실에서 정보의 소유나 보급이 필연적인 정보화도 세계 수준에 도달하기에는 요원한 것이다. 인터넷의 보급으로 우리가 필요한 정보를 얻고 활용하기보다는 우리의 정보가 공개되고 활용되는 현실은 우리 사회가 외국 자본에 발목을 잡힐 수밖에 없었던 것이다. 국내 산업이나 자산에 대한 평가는 대기업 내부 거래에 대한 엄격하고 객관적인 분석을 토대로 이루어져야 하고 그 평가에 의해 국내 산업의 구조를 분석하고 세계 시장에 대한 올바른 정보를 확보함으로써 우리의 경제는 건전한 전망을 세울 수 있을 것이다.

2 새로운 밀레니엄을 맞이하여 경제적 부가 가치가 가장 큰 것으로 평가된 것이 문화 상품이다. 특히 미국의 「쥐라기 공원」 같은 영

화 한 편이 우리나라 자동차의 1년 수출고를 능가하는 수입을 올렸다
는 평가를 받게 되면서 우리나라에서도 문화에 대한 관심이 급속도
로 고조되고 있다. 그리하여 21세기를 문화의 세기라고 전망하면서
여러 가지로 문화의 상품화 가능성을 검토하고 있다. 그 가운데 가장
관심의 초점이 되고 있는 것이 영상 문화다. 여기에서 영상 문화라고
하는 것은 단순히 영화나 비디오만을 의미하는 것이 아니라 만화와
컴퓨터 그래픽, 통신 문학 등 이른바 멀티미디어 혹은 디지털 문화
전체를 포함해서 이르는 말이다.

　그 단적인 예를 들면 오늘날 거의 모든 대학이 멀티미디어를 전공
으로 다루는 분야들을 새롭게 개설하고 있는 것으로 나타난다. 이런
현상은 한편으로 대학이 우리 사회의 빠른 변화에 굳어 있지 않고 변
화하는 모습을 보여서 긍정적인 측면으로 평가될 수 있지만, 다른 한
편으로는 모든 대학이 기존의 학문 체계는 도외시한 채 사회가 요구
하는 실용적 분야만을 개발한 결과 자칫하면 기초 분야의 말살을 초
래하고 대학을 취업 중심의 직업 훈련 학교로 전락시킬 위험을 내포
한다는 점에서 부정적인 측면으로 평가될 수도 있다.

　개인용 컴퓨터의 보급·확대로부터 시작되어 인터넷의 보편화가
불러일으키고 있는 디지털 문화의 위력은 오늘날 우리의 일상적 삶
의 모습을 근본적으로 변화시키고 있다. 변화의 속도가 빨라짐에 따
라 세대마다 사고 방식이 달라지고 있고 생활 방식이 달라지고 있다.
넘쳐나는 정보의 홍수 속에서 정보를 많이 가진 사람과 정보를 적게
가진 사람, 정보를 활용하는 사람과 그것을 활용하지 못하는 사람 사
이에 빈부의 격차가 심화되고 있다. 제조업을 근간으로 하는 기업은
그 생산 단가의 고액으로 인해 성장이 둔화되는 반면에 생산을 근간
으로 하지 않는 정보 산업과 서비스 산업이 고도 성장을 함으로써 두
종류의 기업 사이에 부의 편중 현상이 일어난다. 기업의 벤처화로 모
든 구성원들에게 돈의 액수에 따라 직장을 얼마든지 바꿀 수도 있고
운수에 따라 일확천금도 노릴 수 있다고 생각하는 등 직장 개념이 바

꿰고 있다. 자신이 살고 있는 삶과 사회에 대해서 끊임없이 반성하고 비판적인 지식인이 되기보다는 자신이 가지고 있는 지식을 활용해서 경제적 부를 새롭게 창출하는 신지식인이 되고자 하는 것처럼 오늘날 지식인의 역할도 달라지고 있다.

이와 같은 환경과 사유 방식의 변화는, 반성을 기본적 덕목으로 하고 있는, 문학을 비롯한 인문학 전체에 전반적인 위기를 초래하고 있다. 그 위기는 변화에 쉽게 대응하지 못하는 인문학 본래의 성격에서 비롯되는 것도 있지만, 변화에 대응하기보다는 변화하지 않고자 하는 인문학자의 태도에서 유래하는 것이 더욱 많다.

일반적으로 인문학자들은 문자 문화를 그들의 본령으로 생각하고 그것이 아닌 다른 문화, 예를 들면 영상 문화 같은 것을 문자 문화보다 하위의 장르로 생각하고 폄하하는 경향이 있다. 이미 젊은 세대는 문자 문화의 주역들보다 영상 문화의 주역들을 환호하고 부러워하며 그들을 우상으로 생각하고 있음에도 불구하고 인문학자들은 후자를 '딴따라'라는 표현으로 호칭하면서 문자 문화의 주역들을 문화의 주역으로 평가한다.

그것은 인문학의 오랜 전통에서 기인한다. 인문학의 전통적인 정신을 간단 명료하게 정리한 한 역사학자는

1) 인문학이 규범적 성격이 강한 학문으로서 "지혜와 덕을 겸비한 교양인을 길러내고자 하"고 "자유 정신과 책임 의식이 조화된 건전한 시민을 육성하고자 하"여, "궁극적으로는 사물을 정합적이고 종합적으로 볼 수 있는 사람, 즉 편향되지 않고 균형감 있는 안목을 가진 인간의 양성을 목표로" 하고,

2) 인문학은 "확실성을 추구하는 것이 아니라 개연성을 추구하는" 것으로서 "절대적 진리나 정의일 수 없는 상황에서 최선의 판단과 선택을 하도록 도와주는 학문"이고,

3) 인문학이 추구하는 것은 "지식이 아니라 지혜"로서 "진리의 실

천을 목표로 하"기 때문에 과학이라고 할 수 없고,

4) 인문학은 "반성적 자기 성찰적 학문이라는 점에서" "자기를 인식하고 완성시키는 학문이라는 점에서" 다른 학문과 차이가 있다.[1]

라고 말하고 있다. 이러한 성격 때문에 인문학은 고전을 읽고 이해하는 "이해의 인문학"[2]의 범주에 머물며 문자 문화 이외의 것을 자신의 분야로 수용하기를 거부하고 있다.

바로 여기에서 전통적인 인문학이 위기를 맞게 된다. 문화의 환경이 변하고 그것을 실천하는 도구가 문자에서 멀티미디어로 바뀌고 있음에도 불구하고, 그리고 문화가 상품으로 팔려서 부를 축적하는 방법이 되고 있는 현실에서 인문학은 스스로 과거의 위상을 고집하여 그 영향력을 포기할 수도 없고 여러 가지 변화를 모색하여 새로운 문화를 주도하기도 쉽지 않은 위치에 있다. 그러나 인문학이 상황에 따라 최선의 판단과 선택을 도와주는 것이라면 문화의 세기에 보다 적극적으로 자신의 세계를 확대할 필요가 있다. 그런 점에서 앞에서 언급한 정대현 교수 등 "표현의 인문학"을 제시하고 있는 일부 인문학자들의 주장은 적극적으로 검토되어야 한다.

3 이러한 변화에 대해서 문학은 비교적 유연성을 지닌 분야다. 일찍부터 문화의 상품으로 널리 보급되기 시작한 문학은 독자의 절대적인 힘의 작용을 받아왔다. 그렇기 때문에 이미 한 세대 전부터 새로운 문화의 시대를 예견한 문학은 '저자의 죽음'을 논할 정도로 문화적 상황의 변화에 민감한 반응을 보여왔다. 그럼에도 불구하고 많은 사람들이 문학의 위기를 거론하는 것은 인터넷의 일반화가 문

---

1) 김영한, 「과학 시대의 인문 정신」, 『새천년의 한국 문화, 다른 것이 아름답다』, 이화여대출판부, 1999, pp. 199~203.
2) 정대현 외 『표현의 인문학』에서는 "이해의 인문학" 대신에 "표현의 인문학"이 21세기의 인문학을 주도해야 한다는 주목할 만한 주장을 펼치고 있다.

자 문화를 이용할 만큼 한가하게 만들지 않고 있으며, 모든 것에 대한 평가 기준이 속도의 빠르고 느림에 의존하게 됨으로써 반성적인 문자 문화가 외면당하기 시작했기 때문이다.

그 결과 천재들이 쓴 걸작의 독자로만 남아 있던 사람들이 pc통신에서 스스로 표현할 수 있는 기회를 갖게 되었고 그로 인해서 지금까지 천재들에게만 주어지던 글쓰기의 기회가 모든 사람에게 주어짐으로써 글쓰기의 특권화가 인정되지 않고 있다. 인터넷의 보급으로 등장하기 시작한 통신 문학은 익명의 작가 혹은 무명 작가의 등장 가능성을 열어놓았을 뿐만 아니라 창작을 개인의 전유물로 생각하던 종래의 개념을 바꿔놓기까지 한다. 즉 한 사람이 쓰기 시작한 이야기를 다른 사람이 받아쓰며 또 서로 의견을 교환하면서 집단적으로 쓰기까지 한다. 최근에 일어난 한국 소설의 변화는 그렇게 이루어진 문학의 영향 아래 이루어진 것으로 보인다.

한국 문학은 우리 사회의 권위주의에 대항해서 민주화와 인간화를 위한 험난한 길을 오랫동안 걸어왔다. 그 과정에서 한국 문학은 수많은 대서사 문학을 만들어냈지만, 군사 정권이 무너지고 문민 정부에 이어 국민의 정부가 들어섬으로써 민주화와 인간화를 위한 싸움의 거대한 대상을 잃게 되고, 따라서 스스로 추구해야 할 가치를 사회적 자아에서 찾지 못하고, 그렇다고 해서 심층적 자아에서 찾을 수 있을 만큼 내면적 가치를 발견한 것도 아니다. 오랫동안 권위주의 사회에서 그것과 맞서 싸워온 한국 문학은 싸움의 대상이 무너지자 전혀 달라진 새로운 세계에서 방황하게 된다.

이른바 신세대 문학이라고 불리는 새로운 세대의 작품의 주인공들은 그들이 살고 있는 세계에 대해서 큰 관심을 보이지 않는다. 전통적인 소설의 작중 인물이 자신이 살고 있는 세계에 대해서 질문을 던지고 때로는 거기에 반항하고 고민하면서 고통스럽게 살고 있는 데 반하여 새로운 세대의 주인공들은 자기 세계에 대해서 무관심하고 자신에게 주어지는 여건에 대해서 수동적이며 아주 사소한 것에 흥미를 보인다. 그들은 스스로 추구해야 할 가치를 가지고 있지도 않고 즉각적이고 즉물적인 충동에 따라 망설임 없이 행동한다. 그들은 군사 독재가 사라지고 사회가 민주화의 길로 들어섬에 따라서 이념적 갈등도 느끼지 않고 생활하는 고통도 모르고 산다. 삶의 구체적인 고통이 없는 그들의 안락한 생활은 공동체에 대한 이상을 실현하고자 하는 꿈도 없고 대량 생산 사회의 단순한 소비자가 되고 있는 것처럼 보인다. 그들은 자신이 속한 사회와 가족 제도에 대해서 어떤 구속도 느끼지 않고 사회적이고 종교적인 관행을 희화하고 무시하고 그것을 위반함으로써 자신의 정체성을 발견하기도 한다.

그들의 작가들은 이야기의 줄거리를 단선적으로 엮어가는 것이 아니라 단편적인 장면을 입체적으로 보여줌으로써 만화나 영화에서 볼 수 있는 몽타주의 수법을 자주 사용한다. 현재의 삶을 과거의 것으로 삼고 미래의 삶을 현재의 것으로 묘사하기도 하고, 육체적인 관계가 감정과는 상관없이 즉물적으로 이루어진다. 그들은 짧은 문장을 사용하여 문장 안에서는 메시지의 애매성이 없게 하고 있지만 문단의 차원에서는 애매성이 증폭되는 기법을 사용해서 영상 문화에 익숙지 못한 사람들이 이해하기 곤란하게 만든다. 그들은 기존의 규범이나 가치를 추종하지 않으며 기성인에게 금기로 되어 있는 것을 위반하는 데 아무 거리낌이 없이 행동한다. 심지어는 자신의 작품이 기존의 작품의 패러디라거나 패스티시라고 주장하면서 그것이 자기 세대의 문화의 한 양상이라고 주장한다. 그들은 문학을 예술적인 완성으로 보는 것이 아니라 유희처럼 수행의 과정에 의미를 부여할 수 있는 장르로 보고 있다. 그렇기 때문에 그들의 작품은 인과 관계로 이루어진 것이 아니라 우연과 기분에 따라 이루어진 것처럼 보인다.

이러한 신세대의 문학을 보면 그것이 영상 문화의 압도적인 영향을 받고 있다는 것을 알 수 있다. 영화, 비디오, 만화, 컴퓨터그래픽, 통신 문학 등으로 대표되는 영상 문화는 이들 신세대 문학에서 사용되고 있는 기법과 느껴지고 있는 감각과 일어나고 있는 행동의 모델 역할을 하고 있다. 그렇기 때문에 이들의 문학은 기성 세대의 문학에 비해 낯설게 느껴지는 것은 사실이지만, 그것이 곧 완전한 새로운 문학이라고 할 수 있을지 의심스럽다. 디지털 문화의 영향으로 소설의 문체가 단문화하고 거기에서 다루어지는 주제가 가벼워지는 것은 사실이지만 소설이 가지고 있는 이야기로서의 기능은 여전히 유효하기 때문이다.

이러한 문학적 변화는 그 상황의 변화에 따른 문학적 조건이나 문체와 같은 형태의 변화를 가져올 수는 있지만, 문학 자체의 본질적인 변화를 가져온다고는 볼 수 없을 것 같다. 그러한 변화는 위에서 살펴본 바와 같이 소설에 영향을 미칠 수는 있지만, 이야기로서의 소설 본래의 역할에 흐름을 바꿔놓을 수는 없기 때문이다. 실제로 많은 사람들이 영화가 나오고 비디오까지 나왔을 때 이야기로서의 소설의 역할은 끝난 것으로 이야기한 사람들이 있었다. 그러나 그후 100년의 세월이 지난 오늘날 소설은 여전히 문학에서 가장 중요한 장르로 자리잡고 있고, 문학의 여러 장르 가운데 가장 많은 독자를 확보하고 있다. 또 라디오와 텔레비전이 발명되고 대중화되기 시작했을 때, 그로 인해서 신문의 역할이 축소되고 어쩌면 사라질 것으로 예언한 사람들도 많았다. 그러나 라디오나 텔레비전이 보도의 신속성과 현장감을 살리는 데 결정적인 역할을 하고 있는 반면에 신문이나 잡지는 정확한 분석과 해석의 기능을 수행하면서 저널리즘의 중요한 몫을 여전히 담당하고 있다. 이러한 사실로 미루어 볼 때 오늘날 인터넷이 보급됨으로 인해 종이가 필요 없는 시대가 오고 인쇄된 책이 머지않은 미래에 사라질 것이라 주장하는 사람들의 예언도 틀릴 것으로 보이고 문학의 존재가 미미해질 것이라는 예언도 맞지 않을 것으로 보인다.

그러나 그 모든 예언은 문자 미디어와 영상 미디어의 역할과 기능의 차이를 간과하고 있다. 그러한 예언자들은 이 세상에 기능적이고 실용적인 것만 있으면 될 것이지 문학이나 인문학 같은 반성적이고 비판적인 것의 존재가 어디에 쓰이는지, 왜 필요한지 알고자 하지 않는다. 이처럼 반지성적이고 배금주의적 예언자들로 인해서 오늘날 대학에서 문학 교육이나 인문 교육을 필요 없는 것으로 취급하고, 자연을 파괴하고 생태학적 질서를 깨트리는 기술 교육만을 필요한 것으로 인식하여 그것만을 발전의 척도로 삼게 된다. 그로 인해서 오늘의 대학은 직업 훈련소로 전락하고 대학 교육은 반인문적 실용 교육 중심의 취업 교육이 되고 만다. 라디오와 텔레비전이 보편화됨에도 불구하고 신문이나 잡지가 건재하다는 사실을 보거나, 영화와 비디오가 생활화되도록 보급되어도 시와 소설이 확실한 독자를 충분히 확보하고 있다는 사실을 보면, 디지털 문화가 아무리 보급되어도 문학의 죽음을 가져올 수는 없다는 것을 알 수 있게 한다.

프랑스의 누보 로망이 1950년대에 이미 이야기로서의 소설의 종말이나, 영웅으로서의 소설 주인공의 죽음이나, 구성으로서의 소설 구조의 붕괴를 주장했을 때도 문자 그대로의 소설의 종말과 죽음과 붕괴를 의미한 것이 아니라 그 이전까지 존재해온 소설의 양식에 대한 반성을 의미한 것이다. 그것은 단지 새로운 작중 인물, 새로운 이야기, 새로운 구성을 생각하지 않는 소설은 더 이상 존재할 수 없음을 의미했던 것이다.

4 문자 문화로서의 문학에 대한 이러한 진지한 반성에도 불구하고 오늘의 베스트셀러는 반성에 기초한 것이 아니라 대중적 정서에 기초한 것이다. 우리 경제가 IMF 관리 체제로 들어간 다음 많은 사람들이 구조 조정의 희생자가 되어 직장으로부터 추방되고 실직의 고통을 안게 되었을 때 가부장 제도의 절대적 지배를 받고 있는 우리 사회는 실직한 아버지의 고통을 그린 소설에 공감을 보냈다. 그것은 전통적인 소설에 대한 반성이라는 문학적인 문제가 아니라 사회적 정서에 호소하는 사회적 소재가 독자들의 관심을 집중시켰음을 의미한다. 최근에 다시 불치의 병에 걸린 아들에 대한 아버지의 애정과

고통을 그린 소설이 몇 달 동안 독자들의 인기를 독차지하고 있다. 그것은 문화의 시대가 문학의 문제에 끼치는 영향을 가늠하게 할 수 있는 단서를 제공한다. 몇 년 전 우리나라 일류대학 도서관에서 조사한 집계에 대한 이야기를 들었는데, 그 도서관에서 가장 많이 대출된 책을 조사했더니 폭력과 섹스가 중심이 된 만화였다는 것이다. 그것은 교육과 연구의 장인 대학에서 일어난 현상이라는 점에서 보면 스캔들에 해당하지만 문화의 대중화라는 시대적 흐름에서 볼 때에 얼마든지 있을 수 있는 일이다.

일본에서는 이미 만화 소설이라는 새로운 장르가 등장한 지 20년이 되었고 일본의 대중적 독서 경향이 만화에 집중되고 있다는 것은 널리 알려진 사실이다. 인터넷의 등장으로 국가와 국가 사이에 문화적 장벽은 무의미해졌다. 일본 문화에 대한 문호 개방은 일제 36년에 대한 악몽과 콤플렉스로부터 벗어날 수 있는 문화적 자신감의 결과라고 할 수 있지만, 장벽 자체가 무의미해지고 있는 오늘의 현실의 반영이라고 할 수 있다. 이미 우리나라에서도 만화에 대한 인기는 가히 폭발적이라고 할 만큼 젊은 독자들을 사로잡고 있다. 게다가 컴퓨터 게임의 보급은 급속도로 확대되고 있어서 그것이 이미 청년 문화의 중요한 양상으로 자리잡고 있다. 일본이 전세계의 만화 시장을 지배하고 있는 것처럼 우리나라가 전세계의 컴퓨터 게임 시장을 석권할 수 있다는 가능성은 미래의 대중 문화에 대한 전망에 시사하는 바가 크다. 만화가 일본의 대중 문화를 이끌고 있다고 해서 일본에 엘리트 문화가 없다고 말할 수 없기 때문이다. 오히려 일본은 전통 문화를 보존하고 그것을 양식화하여 발전시킨 나라로 손꼽히고 있고 고급 문화를 개발하여 세계화시킨 나라의 모범으로 평가될 수 있다. 그것은 문화가 상품화되는 시대에서 대중 문화를 무조건 폄하하고 고급 문화만을 고집하는 것이 문화의 질을 유지하고 높이는 것이 아님을 입증한다. 미국에서 록음악이 젊은이들의 세계를 휩쓸고 있다고 해서 고전 음악이 연주되지 않는 것이 아니고 고전 음악에 대한 연구나 작곡이 없어지는 것이 아니기 때문이다.

　문화의 시대에는 문화의 개발과 선택 자체를 대중에게 맡길 수밖에 없다. 여기에는 상업주의가 개입될 수 있고 악화가 양화를 구축하듯이 저급 문화가 고급 문화를 추방하는 부정적인 현상이 있을 수 있다. 문화를 시장의 원리에만 맡기면 그러한 결과를 가져올 수 있다. 이러한 현상을 방지하고 대중 문화와 고급 문화를 모두 발전시키기 위해서는 교육과 정책이 제대로 역할을 수행해야 한다. 여기에는 한편으로 저급 문화와 대중 문화를 구분하는 능력을 길러주어야 하고, 고급 문화의 의미와 깊이를 알게 하여 그것을 누리는 능력을 길러주는 교육이 있어야 한다. 진정한 삶의 질은 즉각적인 쾌락을 만족시키는 데에서만 결정되는 것이 아니라 축적됨으로써 느낄 수 있는 희열을 아는 데서 결정된다는 것을 배우게 해야 한다. 무엇이 고급이고 무엇이 저급인지 구분하지 못하는 사람은 유행만을 쫓아갈 수밖에 없다.

　다른 한편으로 대중 문화의 보급을 시장 경제의 원리에 맡겨 그 자체로서 경쟁적인 힘을 갖추게 하여야 하지만, 고급 문화의 개발과 보존에는 상업주의가 개입하지 못하도록 재정적 지원을 아끼지 않아야 한다. 문화를 시장 경제 원리에만 맡길 경우 대중 문화만이 살아남고 고급 문화는 도태될 수밖에 없다. 모든 선진국들의 문화 정책은 고급 문화를 개발하고 보존하는 데 집중되고 있다. 고급 문화를 보존 발전시키는 데 정책적인 배려가 있어야 하는 이유가 여기에 있다.

　교육과 정책이라는 두 가지 측면만 보장된다면 문화의 시대에 대중 문화의 지배를 두려워할 필요가 없다. 이미 문화의 대중화는 시작된 것이다. 우리 소설에도 만화 소설, 환상 소설, 탐정 소설, 감상 소설 등이 대중적 사랑을 받고 있고 이른바 순수 소설의 독자가 감소하는 추세에 있다. 그렇지만 선진국에 비하면 아직 우리 문학의 경우는 행복할 만큼 많은 독자를 가지고 있다. 이러한 현상은 군사 정권이 지배하던 권위주의 시대에 문학이 민중과 함께 호흡하며 민중의 결에 있었던 것으로 인해 독자들에게 아직도 친화력을 주고 있기 때문이다.

그러나 권위주의 시대가 끝나고 민주화가 된 이후 문학이 독백으로 변함으로써 개별화되고 독자들의 관심도 개인화되고 즉각적이 됨으로써 문학과 독자의 관계가 변하고 있다. 대중 소설의 힘은 커지고 있고 순수 소설의 영향력은 감소되고 있다. 이런 현상을 더 크게 본다면 문자 문화의 영향력은 줄어들고 영상 문화의 힘은 막강해지고 있다. 그 결과 언젠가는 문자 문화인 문학을 보호해야 할 시대가 올지도 모른다. 대중 문화만이 지배하는 시대에는 문학이 설 수 있는 자리가 그렇게 넓지 않기 때문이다.

특히 영상 문화가 대중 문화만을 지원하는 체제에서 문학은 갈수록 독자를 잃을 수밖에 없다. 이러한 현상을 극복하기 위하여 중·고등학교에서 문학 교육이 강화되어야 한다. 컴퓨터 교육이 청소년들에게 변화하는 문명 속에 살게 하는 힘을 길러준다면 문학 교육은 어떻게 사는 것이 잘 사는 삶이고 진정한 삶인지 알게 하는 힘을 길러주어야 한다. 그것을 통해서 우리가 만들어가는 사회가 살 만한 사회가 될 수 있을 것이기 때문이다.

5 소설은 우리의 일상적 삶과 관련된 하찮은 이야기에 지나지 않는다. 그러나 그 하찮은 이야기가 중요한 것은 그것이 우리에게 한 번밖에 살 수 없는 삶을 여러 번 살게 하고 반성하게 하고 그리하여 다른 사람의 삶까지 이해하게 하는 데 있다. 그래서 옛날부터 이야기를 좋아하면 가난하게 산다는 말이 있다. 어떤 개인이 남의 형편까지 고려하면 가난하게 살 수밖에 없을 것이다. 그러나 그것은 보다 나은 삶에 대한 꿈을 갖게 하고 남과 더불어 사는 삶의 보람을 생각하게 하며, 각자에게 진정으로 가치 있는 삶이 무엇인지 생각하게 한다. 그런 점에서 아직도 문학이 많이 읽히는 한국 사회는 희망이 있는 사회이고 살 만한 사회임이 분명하다.

21세기가 문화의 시대라고 하고 있지만, 한국 문학은 아직도 그 중심에 자리잡고 있고 앞으로도 있어야 한다. 그리고 독자를 확보하기 위해서라도 문학은 이야기로서의 그 역할을 굳게 지켜야 한다. 그렇게 지키기 위해서는 문화 자체의 변화에 상응할 정도로 문학도 스스로 변화하지 않으면 안 된다. 그러한 점에서 오늘의 신세대 문학의 변화가 어떤 의미를 갖는지 보다 진지하게 검토되어야 한다. 문학이 상업주의의 달콤한 유혹에 휩쓸리지 않으면서 진정한 의미의 문화 상품이 될 수 있는 길이 모색되어야 한다. 여기에서부터 새로운 한국 문학은 피어날 수 있기 때문이다.

예술인의 정치성

작년에 있었던 한국 '펜클럽' 총회와 지난 1월에 있었던 문협 총회, 그리고 앞으로 있을 예총 총회를 중심으로 한 일련의 움직임을 보면서 문학 예술인들 사이에 만연해가고 있는 나쁜 의미에서의 정치성을 유감으로 생각한다. 여기에서의 정치성이란 문단 외적인 의미와 문단 내적인 의미를 동시에 말하고 있는데 이것은 한국 문학의 현실을 놓고 볼 때에 더욱 절실하게 느끼게 된다. 신문학 몇십 넌이라는 '프로파간다'를 내걸고 떠들썩하게 갖가지 행사를 했음에도 불구하고 오늘날 한국 문학은 올바른 문학사 하나 제대로 갖추지 못했고, '노벨'상의 추천 의뢰에도 작자 생사 불명의 옛 작품을 추천하거나 외국어로 씌인 작품을 그 작가가 단순히 한국인 출신이라는 이유로 내세워야 했고(물론 '노벨' 문학상이 그 나라의 문학적 수준을 말하는 절대적 기준이라는 것은 아니다), '진실'을 말해야 하는 작가의 본분을 제대로 수행하지 못하고 있다. 가령 우리의 문학적 전통을 어떻게 그 단절로부터 극복을 가능하게 할 수 있느냐, 그리고 한국 문학의 수준이 외형적으로 세계적인 단계에 와 있다면 내면적으로 그만큼 충실해졌느냐 하는 문제들은 문학인으로서 아무리 깊이 생각하여도 지나칠 것이 없는 문제인 것이다. 문학이라는 것이 정신의 최고의 수준을 목표로 하고 있는 것이라면 오늘날 문학이 해야 할 일은 너무나 많은 것 같다.

이러한 문제점은 문학 자체의 의미만을 가지고 있는 것이 아니라 문학인이 혹은 문학 작품이 사회적·역사적인 책임을 동반하고 있다는 점을 고려한다면 문학인 자신의 것으로만 국한시킬 수는 없는 것 같다. 그럼에도 불구하고 이러한 사회적인 추세를 문학 외적인 데에서만 그 원인을 찾을 것이 아니라 문단 내부에서 비판되어 문학인 스스로 책임을 묻지 않을 수 없다.

한국 문학의 역사를 보면 일반적으로 조로의 현상을 그 특징으로 들 수 있을 것이다. 천재 소년처럼 어린 나이에 문단에 등장해서 불과 몇 년 동안 작품을 발표하고는 그 뒤에는 문학지에 그 이름을 나타내지 못하는 반면, 연말에 발간되는 문인 주소록이나 명사록에 그 이름을 나타내는 현실이 우리 문단에서는 비일비재하다. 그렇지 않은 경우에도 몇 편의 중요한 작품을 발표한 뒤에는 그것으로 얻은 명성을 발판으로 신문 소설이나 맡아서 그 명성이나 생계를 유지하는 것으로서 자신의 창조적 능력을 고갈시켜가는 것이 많은 작가들이 걷는 길이었다.

물론 여기에서 일정한 기간 동안에 발표된 탁월한 작품의 내용이나 그 작가의 문학사적 역할을 부인하자는 것은 아니다. 또한 신문 소설을 쓰는 경우에도 우리나라와 같이 문필업에 종사하는 사람의 빈곤한 생활을 생각할 때에 그것이 좋은 작품을 쓰는 데 필요한 생계비를 위한 것일 경우 이해의 편에 서지 않을 수 없다.

문제는 작품을 쓰지 않으면서 문단의 주변을 서성거리거나 과거의 작품을 빙자하여 이른바 '문단 정치'를 부채질하는 경우와 신문 소설을 쓰면서부터 작가적 양심에 합당한 작품을 쓰지 못하는 경우에 있다. 이런 경우에 대부분의 '과거적 작가'는 자신이 문인 주소록에 올라 있음을 기화로 문단의 파벌을 조장하기도 한다. 기존하는 친목 단체를 자신들의 문단적 힘의 시험장으로 만들려 한다.

문인들이 문인 단체를 통해 정계 진출의 발판이나 자파의 득세를 통해 문단 '헤게모니' 장악을 위한 디딤돌이나 소위 '대가'가 되기 위한 도약대로 삼아서는 안 되는 것이다. 지금까지 문학 단체가 작가들의 권익 옹호—예를 들면 극히 저렴한 원고료의 인상 문제라든가, 필화 사건에 연루된 작가의 변호라든가, 저작권의 문제라든가 등등—에 아무런 역할을 하고 있지 못한 이유가 여기에 있으며, 문단을 파벌의 소용돌이처럼 신문에서도 보도하고 있는 이유가 여기에 있고, 한국 문학의 진정한 발전이 이루어지지 못한 이유가 여기에 있다. 그렇기 때문에 무슨 상이 누구에게 주어지면 으레 잡음이 따르고 그리하여 문단의 추악상을 드러냄으로써 많은 독자를 문학으로부터 멀어지게 하는 요인을 제공하게 된다.

문학이라는 것은 결국 '창조적인 글'로써 가능할 뿐이다.

그런 점에서 '펜클럽' 총회나 문협 총회나 예총 총회에 있어서 일부 문인들의 탈선은 앞으로 시정되지 않으면 안 된다. 특히 젊은 문인들이 자신의 창조적 능력을 이러한 데 소모하여 관념적인 '대가'가 되려고 하는 태도는 그들을 위해서나 한국 문학을 위해서 버리지 않으면 안 된다. 그리고 이미 글 쓸 수 있는 힘이 없다고 생각한 사람이라면 자신의 젊음을 시에 바치고 아무도 몰래 만년을 보낸 '랭보'처럼 깨끗하게 문단을 떠나야 할 것이다. 그렇게도 할 수 없을 때는 문단의 '폴리티션'이 되지 말고 문단의 '스테이트맨'이 되어 문학하는 사람을 위해 희생적으로 나서주었으면 한다. 창조적인 능력을 문학 외적인 데 소모시키는 것은 어떤 의미에서나 바람직한 일이 되지 못하기 때문이다.　　　　　　　　　　〔대한일보, 1971년 2월 16일자〕

농촌 문학론에 관하여

일제 식민지 시대에 제기된 바 있었던 농촌 소설론 혹은 농촌 문학론이 근년에 다시 중요한 문학적 쟁점으로 끈질기게 논의되고 있다. 어쩌면 전통적인 농업 국가로서 농민이 압도적인 비중을 차지하고 있음에도 불구하고 농촌과 농민이 소홀하게 다루어지고 있다는 점에서 문학 쪽에서 농촌에 관심을 기울이게 되는 것은 당연한 일일는지도 모른다.

그러한 점에서 농촌 소설의 필요성 자체를 부인하는 사람은 아무도 없을 것이다. 그러나 농촌 소설 혹은 농민 문학이 농촌 혹은 농민을 소재로 한 작품을 의미하는 것이라면 그것은 일종의 소재주의에 다름 아니다. 그것은 도시 소설 · 어촌 소설 · 광산 소설이라는 말이 문학 작품에서 소재에 의한 분류 이상의 의미를 갖고 있지 않는 것과 마찬가지다.

그러나 이러한 소재주의를 인정한다 하더라도 문학 작품은 어떤 소재의 선택에 의해서 평가받는 것이 아니라 그 소재를 통해서 어떤 이야기를 해주었느냐에 의해서 평가받게 된다. 다시 말하면 농촌을 소재로 한 작품이 농촌은 가난하고 농민은 무식하며 착하다는 사실만을 나타내는 것이 아니라 그것을 통해서 우리나라의 구조적인 모순을 나타내는 것이었을 때 우리는 감동을 받게 되고 좋은 작품이라는 평가를 내릴 수 있는 것이다. 이것은 비단 농촌 소설 혹은 농민 문학에만 국한되는 것은 아니다.

문학의 소재주의의 천박성은 배격되어야 한다. 왜냐하면 그것은 한국인의 삶을 전체적으로 파악하지 못하게 할 위험을 내포하고 있기 때문이다.

최근 이러한 소재의 이론을 벗어나기 위해서 농촌 문학과 농민 문학을 구분하고자 하는 이론도 있다. 즉 농촌 문학은 농촌을 소재로 다루고 있는 문학이라는 것이고, 농민 문학은 농촌을 통해 우리 사회의 구조적 모순을 드러내는 문학이라는 것이다. 일제 식민지 말기의 농촌 문학론을 보는 것 같아 흥미롭다. 좋은 작품은 농촌을 소재로 한 경우에도 있고 도시를 소재로 한 경우에도 있는 것이다.

그러나 일부 문인들 사이에서는 농민 문학 대신에 민중 문학이라는 용어를 쓰기를 주장하는 사람도 있다. 농민 문학만이 민족 문학이요, 민중 문학이라고 그들은 주장하고 있는데, 여기에 농촌 문학론의 심각한 오류가 있는 것 같다. 도대체 이 경우 '민족'과 '민중'이라는 말이 무엇을 의미하는 것인가? 이른바 '아시아'·'아프리카' 후진 국가에서 자주 사용되고 있는 민족이라는 말은 '국민'이라는 개념과 대립되어 사용되고 있을 때 국수주의적 요소가 들어가지 않는지 경계해야 하며 정치 선전의 도구로 전락하지 않도록 노력해야 한다.

따라서 민족 문학이라는 말이 그 용어의 감정적 성격 때문에 상당한 호소력을 갖고 있는 것은 사실이지만, 그것 때문에 스스로의 상당한 경계를 요하는 것도 사실이다. 그리고 신식민주의의 입장에서 농민을 민족의 자생적 '에너지'의 근원으로 보는 입장 역시 농민의 보수주의적 측면과 그것을 교정하려는 지식인의 노력을 직시하지 않으면 결국 소재주의에 다시 빠지게 될 것이다. 현재의 농촌 소설에서 볼 수 있고 농촌 소설을 주창하는 이론에서 볼 수 있는, 농촌을 도시와 표리 관계로 파악하지 않고 독립된 단위로 파악하는 것은 현실 인식의 불구성을 단적으로 드러내고 있다. 또한 농촌을 토속적인 것으로 파악하고 토속적인 것을 민족적인 것으로 인식했다면(실제로 이런 작품이 많이 있다), 그것은 향수를 달래는 태도지 변화하는 현실을 극복할 수 있는 태도는 되지 못할 것이다.

농촌 문학이 민중 문학이라는 것은 무슨 의미를 띠는가? 민중이라는 말이 일반적으로 권력 구조의 핵심에 들어가지 못한 계층을 이야기하는 것이라면 농민은 분명히 민중이라고 할 수 있을 것이다. 그리고 그런 의미에서라면 도시의 변두리에 사는 부유층들도 마찬가지일 것이다. 이른바 농촌 소설에서 나타나고 있는 농민들은 가난하고 무식하고 착하다는 도식에 의해 그려지고 있는 데 반하여 도시의 변두리의 서민들은 가난하지만 약삭빠르고 고약하게 나타난다. 농민을 의미하는 민중은 지식인들과 대립 개념으로 쓰여지고 있다. 그러나 사실상 민중의 의사가 역사적인 의미를 띠게 되는 것은 지식인의 관심과 민중의 관심이 악수하게 될 때였다는 것을 상기할 필요가 있다.

그런데 농촌 소설에서 나타나고 있는 가난과 그것을 감내하는 인물의 소영웅화, 결말의 과격한 방화, 인정삽화의 되풀이, 지방주의의 강조 등은 민중 문학이라는 허울 좋은 이름 밑에 도피하여, 현실이 가해오는 압력을 괴로워하고 역사의 의미를 반성해가며 그것을 극복하려고 애쓰는 지식인들을 오히려 배격함으로써, 지식인과 민중을 이간시키는 결과를 가져오게 한다. 그리하여 '달리 생각하는' 지식인의 의사가 양쪽으로부터 배격 당하게 함으로써 체제에 봉사하는 결과를 가져오게 한다.

사실 현실의 정체성에 관해서 회의하지 않는 이론가란 지성의 문제를 도외시할 수밖에 없겠지만 농촌 소설의 단순화된 현실로써 만족해서는 오늘의 상황을 정확하게 인식하기란 대단히 어려운 것이다. 가난이나 그것을 극복하려는 인물의 소영웅화 등은 농민의 감정 표현이라 할 수 있겠지만 이러한 감정의 묘사나 발산이 그것 자체로 끝나지 않기 위해서는 그러한 현실을 논리적으로 극복하는 길을 모색하지 않으면 안 된다. 그러기 위해서 농촌 소설은 한국 현실을 전체적으로 관찰할 수 있는 폭넓은 관점을 가짐으로써 지금의 단순성을 탈피해가야 할 것이다.　　　　　　〔중앙일보, 1973년 6월 10일자〕

언어의 순수성과 풍요성

　최근의 외신 보도에 의하면 독일의 헌법 재판소는 독일어 철자법 개정을 둘러싼 지난 2년 간의 논쟁을 끝낼 수 있도록 정부의 개정안을 합헌으로 판정하였다. 여기에는 독일어에만 있는 철자법을 라틴어와 같은 방식으로 보편화하자는 의견이 들어 있다. 가령 단모음 뒤에 오는 에스체트 β 는 에스에스 ss로 바꿔 쓰고 대부분의 합성어는 분리해서 쓰며 많은 붙임표(-)를 생략하고 52개의 쉼표 규칙을 9개로 간소화한다는 것이다. 이러한 철자법 개정안은 독일, 오스트리아, 스위스, 리히텐슈타인 등 4개국 정부가 2년 전에 합의를 본 것이지만 독일이 낳은 세계적인 소설가인 귄터 그라스, 지그프리드 렌츠 등의 작가와 학자·지식인 들이 이를 반대하는 '프랑크푸르트 선언'을 발표함으로써 논란의 대상이 되었다. 그런데 이번에 독일의 헌법 재판소가 "정부의 철자법 개정이 국민의 기본권을 침해하는지 심판해달라"는 헌법 소원에 대해 합헌 판정을 내린 것이다.

　또 프랑스에서는 조스팽 총리가 이끄는 사회당 정부가 직업을 나타내는 남성 명사 앞에 여성 관사를 사용하거나 명사 자체를 여성으로 바꿔서 표기하는 철자법 개정안을 국회에 제출하겠다고 함으로써 아카데미 프랑세즈의 반발을 사고 있다. 아카데미 프랑세즈는 불어의 순화와 발전과 관계된 모든 사항에 대해서 유권적 해석을 내리는 프랑스 최고의 학술원이다. 원래 프랑스어에서 의사는 남자든 여자든 남성 명사 독퇴르docteur로, 장관은 남성 명사 미니스트르ministre로, 교수는 남성 명사 프로페쇠르professeur로 표현되고 있으나 개정안에 따르면 이들 명사를 남성과 여성 양쪽으로 쓸 수 있게 해서 직책을 맡은 사람이 여성일 경우 여성 관사를 사용하게 하자는 것이다. 옛날에는 이들 직책이 남성의 전유물이었기 때문에 남성으로만 사용된 데 반하여 오늘날에는 여성들이 의사·장관·교수의 직책을 맡고 있는 경우가 허다하기 때문에 이러한 제안은 자연스런 것으로 보인다. 그러나 불어의 전통과 아름다움을 지키고자 하는 아카데미 프랑세즈가 대부분 남성 회원으로 구성되어 있다는 것을 고려한다면 정부의 개정안에 반대하는 아카데미 프랑세즈의 태도는 시대에 뒤진 것으로 보일 수 있다. 그렇지만 여기에서 한 가지 짚고 넘어가야 할 것은 불어의 고유성을 지키고자 하는 아카데미 프랑세즈가 자신들에게 불리한 여론에도 불구하고 학술적인 신념을 지키고자 하는 태도다.

독일과 프랑스의 정부가 언어의 표현법을 바꾸고자 하는 이러한 시도는 언어를 대중화하고 편하게 사용하고자 하는 현대 문명의 특성을 잘 반영하고 있다. 그러나 자국어의 변화와 순수성 지키기는 오늘날 모든 나라의 언어가 안고 있는 문제다. 왜 독일의 작가와 프랑스의 학술원은 정부의 개정안에 반대하고 있는가를 다시 한번 생각해볼 일이다. 언어는 바로 그들의 문화이고 동시에 정신이기 때문이다.

한 나라의 언어에서 문자를 바꾼다고 하는 것은 혁명적인 변화를 의미한다. 그렇기 때문에 오늘의 중국이 그들의 문자를 '간자체(簡字體)'로 바꾼 것은 문화 혁명과 같은 비상 수단을 쓰지 않고는 불가능한 일이다. 복잡한 한자(漢字)를 간소화해서 국민 전체의 문자 생활을 편리하게 하고자 한 것은 높이 살 수 있으나 언어를 의사 소통의 도구이면서 살아 있는 생명체와 같다는 사실을 염두에 두면 그것의 인위적인 개정은 언어가 가지고 있는 문화와 역사의 때[垢]를 고려하지 않은 기능적이고 기계적인 변화에 지나지 않는다. 그것은 자칫하면 언어와 문자에 대한 폭력이 될 수 있다.

집안의 손녀 때문에 어린이 도서를 이것저것 들춰보다가 옛날에 출판된 것과 요즈음 출판된 것이 시기에 따라 다른 맞춤법의 적용을 받고 있는 것을 발견하고 새삼 놀랐다. '……했읍니다'가 '……했습니다'로 바뀐 반면에 '……했음'은 '했슴'으로 써서는 안 된다든지, '대가(代價)'는 '댓가'로 쓰지 않으면서 '회수(回數)'는 '횟수'로 써야 한다든지, '더우기'가 '더욱이'로 '일찌기'가 '일찍이'로 바뀐 것이 과연 한글을 배우는 어린이들에게 쉽고 편리한 일인지 생각하지 않을 수 없다.

한글을 어원에 맞고 가능한 한 소리나는 대로 적어야 한다는 기본적인 정신에 동의하면서도 이미 우리말로 굳어져 있는 표기법을 10여 년 전부터 바꿔놓은 것이 과연 그런 원칙에 들어맞는지 자문하지 않을 수 없다. 뿐만 아니라 이미 관례가 된 표기법을 바꿈으로써 우리말의 과학성과 풍요성을 확보하는 데 얼마나 기여하고 있는지 생각해보아야 할 것이다. 아울러서 한글 전용화가 우리말에서 한자 교육을 배제시킴으로써 우리말의 깊이와 풍요성을 얼마나 훼손시켰는지 진지하게 검토해야 한다. 한자 문화권으로서 우리가 가지고 있는 동양적 사유의 고유성은 우리가 21세기의 세계에 내세울 수 있는 것이기 때문이다.　　　　　　　[『사람과 사회』, 1998년 6월 12일자]

사회에 대한 심려

김치수

개항 1세기, 문화적 측면에서 본 한국과 일본

개항 후 백년 동안 한일 관계의 문화사적 측면을 뒤돌아보는 사람이면 누구나 두 가지의 움직임을 발견하게 된다. 서세동점의 추세 속에서 일본의 모방 문화가 이 땅을 군국 일본의 식민지화하는 데 중요한 역할을 담당하고자 했던 것이 그 하나의 움직임이고, 19세기적 군국주의의 침략 앞에서 우리의 선각자들이 민족과 문화를 보존하고 발전시키고자 했던 것이 다른 하나의 움직임이었다.

이 이질적인 움직임의 역학 관계는 표면적으로 일본이 정치적·군사적 우위에 있던 한말에서 일제 시대에 이르는 동안에는 일본의 문화가 압도적인 영향력을 발휘하고 있었던 것처럼 보인다. 사실상 일본은 개항 이후 군대의 신식 훈련으로부터 시작해서 그들의 정치적·군사적 힘의 질과 양에 따라서 문화적으로도 이 땅을 지배함으로써 그들의 침략이 일시적인 것이 아니라 영원한 식민지화를 가능하게 하려 했던 것이다.

우선 그들의 교육 정책에 의해 나타난 결과를 보면 1910년의 전국 사립 학교의 수가 2080개교였으나, '조선교육령'(1911) 이후 점차로 줄어들어 1913년에 오면 불과 649개교로 현저히 감소한다. 이것은 사립 학교 교육이 '민족 교육'을 지향하고 있었기 때문에 취해진 식민지 정책의 영향이었던 것이다.

그들은 또한 전문 교육 기관의 신설을 막아 '민립 대학 설치' 운동을 방해하고, 그것의 무마책으로 관립의 '경성제국대학'을 설치하여 학생 수를 제한하는 한편 한국인에게 법정계의 진출을 억제하고 한국어와 한국사를 폐지하고, 일어와 일본사를 필수 과목으로 만들어 소위 '우민화'에서 '황민화' 정책으로 전환한 일제 교육 정책의 이면을 드러냈다.

한편 종교 정책에 있어서 일본은 한국 종교계의 분열을 획책함으로써 종교 단체의 민족적 추진력을 약화시켰다. 오랜 전통과 많은 신도를 갖고 있는 불교계에 대해서 1908년 통감부 시대에 원종을 만들고, 합방 이후에는 원종을 일본의 조동종과 합병시켜 불교계의 분열을 가져왔다.

기독교에 대해서는 침략 초기에 외국인 선교사들의 힘 때문에 한국 교인들에 대해서 간접적인 탄압을 시도하다가 소위 만주 사변을 전후한 1935년부터 신사 참배를 강요함으로써 기독교계를 신사 참배 지지파와 반대파로 분열시켰다. 그리고 동학에 대해서는 이용구가 이끌고 있는 진보회를 친일 단체 일진회에 합류시켜 천도교를 분열시켰을 뿐만 아니라 한일 합방을 한국인 스스로 원하는 것처럼 가장시켰던 것이다.

일본은 또한 한국사의 정리에 착수함으로써 그들의 침략을 역사적으로 왜곡·합리화시켰다. 그들은 통감부 시대부터 40여 년 동안 최초의 『조선통사』를 비롯하여, 『조선사강좌』와 『조선사』 36권 등을 간행, 한국의 역사를 그들의 식민지 사관으로 왜곡시켰다. 언어 정책에 있어서도 일본은 한국인의 한글 사용을 점차적으로 억제하면서 일본어 교육을 강화해가다가 제2차 세계 대전의 발발을 전후하여 한글 사용을 금지시키는 한편 조선어학회 사건을 조작하여 유일한 한글 연구 기관을 폐쇄하기까지 하였다. 그리고 이러한 언어 정책에 따라서 한국의 문학은 1920년~1930년을 전후하여 왕성한 발전을 이룩했음에도 불구하고 1930년대 말경에 와서는 그들의 침략적 구호를 외치는 작품과 일본어로 씌어진 작품만 허용되는 상황 속에 빠지고 만다.

그리고 소위 일선 동조론을 주장하면서 신사 참배와 함께 창씨 개명이라는 전대미문의 해괴한 정책까지도 서슴지 않고 수행하였다.

당초의 순응 정책에서 강제 정책으로 강화되는 이들의 문화 정책은 한국의 민족 정신, 민족 문화를 말살, 이 땅을 그들의 영구적 식민지로 만들려는 전근대적 제국주의에서 나온 것이었다. 따라서 일제의 문화라는 것은 군국주의 시녀로 타락한 것이었으며, 동시에 그들이 경험했던 서구적 침략의 방법론을 보다 악랄하게 이 땅에 적용시킨 것이었다.

그러나 우리 문화가 일제의 침략 정책에 의해 말살될 수 없는 이유는 그들이 아무리 문화 동화의 슬로건을 내걸고 한국적인 것을 일본적인 것으로 대치시키려 했지만 우리 민족의 자주적 근대화의 의지가 불과 몇십 년의 지배에 의해 소멸될 수 없었던 데 기인하고 있는 것이다.

불교계에는 임제종이, 기독교에서는 주기철 목사 등이, 천도교에서는 손병희가, 대종교는 나철이 항거하며 민족 의식을 고취하는 데 전력을 다했다. 이들이 3·1 운동의 중심 세력이 될 수 있었던 것은 바로 일제의 종교 정책이 실패하였음을 의미하고 있는 것이다.

그리고 교육에 있어서 민립 대학 설치 운동과 사학의 정신은 한국인의 자주와 개화 의지를 보여주는 것이었고, 국문연구소와 조선어학회로 이어지는 한글의 보존과 연구는 일제에 의해서 더디어졌지만 해방 후 한글학회로 재생되었다. 특히 역사학계에서 일제의 식민지작업 수행에 대립해서 광문회를 중심으로 최남선, 박은식, 신채호,

문일평, 정인보 등이 확립한 민족주의 사관은 식민주의 사관의 견강 부회를 극복하고도 남음이 있다.

이러한 우리의 선각자들에 의해 유지되어온 우리 문화는 그러나 앞으로 보다 많은 외래 문화의 도전을 받을 수밖에 없다.

일제 시대에 나온 『조선사』 36권보다 방대한 우리의 역사가 정리될 때까지(문화 전반이 한국적 전통으로 확고한 기틀을 잡을 때까지), 아직도 그들의 식민 정책이 한국의 근대화에 공헌했다고 믿고 있는 일본의 문화에 대해서 경계를 게을리 하지 않아야 할 것이다.

〔동아일보, 1970년 4월 23일자〕

인문주의의 회복을 위하여

며칠 전 미국 하버드 대학 루딘스타인 총장이 「대학 교육의 미래와 과제」라는 제목으로 서울대학에서 행한 강연은 대학 개혁의 소용돌이에서 자기 정체성을 찾고자 하는 오늘의 한국 대학의 현실에 시사하는 바 컸다. 그는 "대학에서 최선의 교육이란 직업적으로 생산력을 갖추도록 도와주는 데 그치는 것이 아니라 우리를 보다 사려 깊고 속 깊으며 보다 탐구적이고 통찰력 있게 그리고 보다 완전하고 원숙한 인간으로 만들어주는 것입니다"라고 강조함으로써 오늘날 좁은 의미에서 실용 제일주의라는 이념의 노예가 되어버린 대학 교육이 본래의 역할을 회복해야 할 이유를 밝히고 있다. 그는 "대학이 학생들에게 직업 훈련을 시키는 곳"이 아니라 "과학도가 예술을 음미할 수 있고" "예술학도가 과학을 이해할 수 있도록 도와주는" 곳이라고 하면서 대학이 걸어가야 할 정도를 밝혀주고 있다. 그는 "미국뿐만 아니라 거의 모든 나라의 대학 교육이 가시적인 경제 효과를 거둘 수 있는 분야의 연구 활동에만 치중돼 훌륭한 시민으로서의 교양과 정서를 함양할 수 있는 참교육은 등한시하고 있다"라고 오늘의 대학 교육의 현실에 대해서 신랄하게 비판했다. 그의 강연은 철저한 인문주의자의 그것이었다.

그의 강연은 오늘의 한국 대학이 안고 있는 문제의 핵심을 찌르고 있기 때문에 반성의 거울로 삼아야 할 것처럼 보인다. 학부제를 도입하고 대학원 중심 대학을 양성한다는 오늘의 교육 개혁안은 학부에서는 인문과학, 사회과학, 자연과학 등의 기초 학문에 폭넓은 교양을 쌓고 전문 대학원에 가서 전문 교육을 받도록 되어 있지만, 개혁안의 실행 과정에서 드러나는 현상은 기초 학문이 서야 할 자리를 잃게 되고, 영어와 컴퓨터 강좌 같은 실용적인 강의에만 학생이 몰리고 문학이나 철학, 역사나 예술 같은 과목은 폐강의 위기에 처해 있다. 이른바 수요자 중심의 교육이니, 대학에서의 경영 마인드의 도입이니 하며 대학을 자유 경쟁이라는 시장 원리의 지배를 받게 한다는 명분은 기초 과목을 담당하는 학과는 도태되고 도구 과목을 담당하는 학과만 살아남게 만들 것으로 예측되고 있다.

이런 현상은 지난 30여 년 간 경제 발전을 위해 첨단 과학과 기술에만 집중적으로 투자함으로써 기초 학문의 발전을 돌보지 아니한 현상과 맞물려서 오늘의 대학의 위기를 초래한 것이고 나아가서는 IMF 관리 체제 아래 들어간 우리 경제가 위기를 맞은 원인을 제공하고 있다. 기초 학문의 발전 없이 이루어진 경제 발전이나 첨단 과학의 발달은 우리 사회의 균형 있는 발전으로 연결되지 못할 뿐만 아니라 완전하고 원숙한 시민을 양성하지도 못한다.

기초 학문 가운데서 문학은 그 자체가 생산성을 갖고 있는 것이 아니다. 뿐만 아니라 그것은 때로는 생산성에 저해 요소가 될 수 있다. 특히 첨단 기술 문명이 지배하는 고도의 자본주의 사회에서 문학은 문화적 장식품이 되거나 오락적 소비재로 떨어질 위험을 안고 있다.

경제적 생산에 활용되는 지식에 가치를 부여하고 정당성을 인정하는 오늘의 사회 풍토는 지적·정신적 만족을 주고 개인을 자기 완성에 이르게 하는 문학의 가치나 효용성을 알지 못한다.

지난 40년 동안 괄목할 만한 경제 발전을 이룩했고 국민 소득도 올라갔지만 개인의 상대적 빈곤 의식이나 불행 의식이 줄어들지 않고 사회적 갈등이 확대되어온 것은 우리 사회가 문학의 가치와 효용성에 대한 이해가 없었기 때문이다. 문학은 개인에게 진정으로 가치 있는 삶을 추구하게 하며 인간이 추구할 수 있는 가치가 다양하다는 것을 가르쳐준다. 뿐만 아니라 문학은 자유로운 상상력의 원천이다. 그것은 독자의 상상력을 자극하여 끊임없이 새로운 사고와 경험을 만나게 하고 사물을 새로운 눈으로 볼 수 있는 창조적 능력을 길러준다. 그렇기 때문에 대학은 전공 분야뿐만 아니라 문학이나 철학, 역사학이나 외국 문학, 인문학에서 자연과학에 이르기까지 폭넓게 공부하게 하는 것이 필요하다. 이처럼 폭넓은 지적 탐구를 한 사람만이 새로운 발견을 할 수 있고 진정한 경제적 이익을 창출할 수 있다.

대학이 사회에 기여하는 것은 직업 교육을 받은 인재를 배출하는 것이 아니라 기초 학문의 교양을 갖춘 전문인을 양성하는 것이다. 그러기 위해서는 정부에서도 기초 학문에 대한 장려와 투자를 교육 개혁의 핵심으로 생각하고, 기업인들도 직업 교육을 받은 기술자보다 기초 학문의 교양을 갖춘 인재를 대학에 요구하며, 대학도 인기 있는 분야에 집중적으로 투자하지 말고 기초 학문의 연구와 교육에 보다 많은 노력을 기울이는 것이 필요하다. 그것의 첫걸음은 인문주의의 회복에서 시작될 수 있다.　　　　　〔『사람과 사회』, 1998년 3월 13일자〕

삶의 질을 높이기 위하여

IMF 관리 체계에 들어선 지 6개월에 접어든 요즈음 우리 사회 곳곳에서는 경제적 어려움을 이야기하고 있다. 주변의 친구들 가운데 회사를 그만둔 사람의 수가 늘어가고 있어서 오랜만에 만난 친구에게 안부를 묻기조차 꺼려진다. 주식 시장의 주가가 400선이 무너졌다고 하고 환율이 다시 치솟기 시작했다고 하며 실업자 수가 150만 명을 헤아린다고 하는 TV의 뉴스를 들으면 얼마나 우울하고 답답한지 말로 다할 수 없다.

그러나 세상이 어렵고 어둡다고 한탄만 하고 비관주의에 사로잡혀 있다고 해서 우리의 삶이 좋아지는 것은 아니다. 국민 소득이 1만 달러를 넘어섰다고 세계에 자랑한 것이 엊그제 같은데 하루아침에 6천 달러로 전락하고 말았으니 사회적으로 여러 가지 문제가 제기되지 않을 수 없을 것이다. 이러한 현상에서 확인할 수 있는 것은 옛 선인들이 이야기한 것처럼 재물이란 덧없는 것이라는 사실이다. 불과 반세기 전만 해도 전쟁의 폐허 속에서 국민 소득 100불이라는 세계에서 가장 가난한 나라에 속했던 때를 생각한다면 오늘의 위기는 지난 40년의 경제 발전에 대한 반성의 기회라고 할 수 있다.

실제로 우리는 경제 발전을 위해서 모든 것을 희생하며 살아왔다. 민주주의, 사회적 정의, 인권, 도덕적 가치, 환경, 문화 등 선진국에서 존중하고 지켜온 것들을 모두 경제 발전 이후로 유보하며 살아왔다. 우리는 국가적 관심을 오직 하나의 가치, '잘살아보자'에 집중시켜 전력을 기울였다. 사실 '가난으로부터의 해방'이 얼마나 중요한 덕목인지 인정하지 않을 사람은 없을 것이다. 오죽하면 '목구멍이 포도청'이라 했겠는가. 먹고사는 문제가 해결되지 않고는 사람이 사람으로서의 존엄성을 지킬 수 없다는 것을 알기 때문에 '잘살아보자'라는 군사 정권의 구호를 실현하기 위해서 모든 것을 희생하며 살았다.

이러한 경제 발전에도 불구하고 우리 사회가 오늘의 어려움을 겪게 된 것은 그 과정에서 제기했어야 할 질문을 망각하고 있었기 때문이다. 그것은 "어떻게 사는 것이 잘사는 것이냐"라는 질문이다. 경제 발전을 위해 모든 것을 희생하고 출세를 위해 수단과 방법을 가리지 않은 결과, 잘산다는 것이 재력과 권력의 의미로만 획일화되고 따라서 돈을 숭배하는 배금주의와 권력을 지향하는 출세주의를 실천하는 것을 잘사는 것으로 우리 사회는 착각하여왔다. 그리하여 우리 사회 곳곳에서는 모든 것을 편법으로 해결하고 자신의 출세를 위해 신의를 저버리는 일을 서슴지 않았다. 최근 몇 년 동안 일어난 금융 사고나 대형 건축물의 붕괴 사고, 권력자들의 부정 축재나 정치인들의 탈당 사태 등은 "어떻게 사는 것이 잘사는 것이냐"라는 질문이 없이 획일화된 가치만을 추구하는 데서 야기된 우리 사회의 문제다. 그것은 우리 사회가 도덕성이 수반되지 않은 재력과 권력의 지배를 받고 있다는 것을 의미한다.

우리나라가 선진국 대열에 들어갔다는 장밋빛 환상이나 무역 규모가 세계 11위로 경제 대국이 되었다는 착각은 우리 사회가 획일적 가치의 지배를 받는 한 깨어날 수 없는 꿈이다. 국민 각자가 초가집을 버리고 아파트에 사는 것이 삶의 질을 향상시킨 것이 아니라 남들이 모두 아파트에 살 때 자신은 초가집에서 사는 행복을 누릴 수 있는 것이 삶의 질을 향상시키는 것일 수 있다. 왜냐하면 거기에는 가치의 다양화가 자리잡고 있기 때문이다. '삶의 질'을 진정으로 향상시키는 것은 이러한 내면적 가치가 다양화될 때 가능한 것이다. 내게는 대학에서 언어학과 철학으로 석사학위를 받고 철학박사가 된 프랑스인 친구가 있다. 그는 여러 가지 제약이 싫어서 대학에 남는 것을 거부하고 제약회사 외판원으로 생계를 유지하며 세계적인 저널에 글을 투고하는 생활을 한다.

IMF 관리 체제에서 우리가 스스로 회복해야 되는 것은 그런 생활

에서 행복을 느낄 수 있는 자신의 내면적인 가치를 발견하는 일이
다. 6천 달러 시대에도 1만 달러 시대보다 행복할 수 있는 가치를 발
견하는 일이 우리 각자에게 요구된다. 나는 그것을 문화주의라고 생
각한다.　　　　　　　　　　〔『사람과 사회』, 1998년 5월 15일자〕

제대로 된 여론 선도층을 만들기 위하여

　20세기를 마감하고 21세기를 눈앞에 두었다고 해서 전세계가 축제
분위기에 휩싸여 있는데 우리 사회는 세기말의 어수선한 분위기를
벗어나지 못하고 있다. 옷 로비 의혹 사건이다, 파업 유도 사건이다
등으로 인해 특검 제도가 도입되고 거짓말이 거짓말을 낳게 되어 전
직 검찰 총수와 사정 책임자가 구속되었다. 언론사에 종사하고 있는
기자가 언론 대책 문건이라는 것을 작성하여 정보 기관에 언론을 장
악하는 방법을 스스로 제시하고도 그것이 개인적인 문건인데 왜 문
제가 되는지 모르겠다고 주장하는가 하면, 또 다른 현직 기자는 그
문건을 몰래 복사해서 엄청난 대가를 받고 정치인에게 넘겨주었다가
구속되었다. 재벌들이 세금을 내지 않기 위해서, 혹은 부를 축적하기
위해서 주가를 조작하고 엄청난 불로 소득을 올렸다가 수십 수백억
원의 세금을 추징당하였다. 불법으로 허가해준 경기도 화성군 씨랜
드수련원 시설에 화재가 발생하여 수많은 유치원생들이 희생된 지
얼마 되지도 않아 불법으로 영업을 한 인천의 호프집에서 수십 명의
청소년들이 화마에 휩쓸려 희생된 뒤에야 행정 책임자가 구속되었
다. 우리 사회의 치부를 보는 것 같은 이러한 사건들을 보면 20세기
를 우리가 얼마나 부끄러운 세기로 마감하고 있는지 깨닫게 된다. 지

난 40년 간 눈부신 경제 발전을 이룩했다는 우리들의 자부심이 IMF 관리 체제로 인하여 하루아침에 무너지듯이 이러한 사건들의 연속은 우리가 아직도 얼마나 후진국인지 알게 한다.

이러한 사건이 우리 사회에서 가능했던 것은 그러한 현상들을 감시하고 이를 바로잡을 수 있는 여론의 선도층이 없어졌기 때문이다. 지난 40년 동안 군사 정권이 집권하고 있을 때 여론의 선도층은 경제 발전의 논리를 개발하며 정부의 경제 정책을 이끌어갔던 고위 관리들과, 이들의 발전 논리가 인권의 희생을 대가로 지불해야 하는 부당성을 비판한 이른바 재야의 지식인들이었다. 전자가 고도의 경제 이론으로 무장된 해외 유학파의 고위 관료나 대학교수들이라면 후자는 언론 기관의 기자들과 재야의 법조인들, 종교계의 지도자들과 뜻있는 문인들이다. 서로 상반되는 입장을 대변하는 이 두 종류의 여론 선도층들은 때로는 극단적인 대립을 보이고 때로는 대화를 시도하면서 균형잡힌 여론을 이끌어갈 수 있었다. 한쪽에서는 '조국 근대화'라는 기치 아래 무시무시한 유신 정권을 합리화시킨 반면에 다른 쪽에서는 어떤 비판도 허용하지 않고자 했던 긴급 조치 아래에서도 역사의 방향이 왜곡되지 않도록 하려다 온갖 박해를 받았다. 아마도 그 당시 비약적인 경제 발전을 이룩할 수 있었던 것은 여론 선도층으로서 이 두 세력의 맞섬이 엄청난 생산성으로 전환될 수 있었기 때문인 것 같다.

그러나 군사 정권이 무너지고 문민 정부가 들어선 이후 우리의 지식인 사회는 군사 정권과 같은 강력한 투쟁의 대상이 사라짐으로 인해서 비판 세력으로서 영향력을 잃게 된다. 문민 정부와 국민의 정부가 들어섬에 따라서 과거의 야당 인사들이 권력을 쥐게 되자 비판 세력으로서의 지식인들은 과거의 동지들에게 비판의 칼날을 세울 수 없게 되었고, 그 일부는 권력에 아부하며 그 언저리를 기웃거리거나 재벌로부터 돈을 받고 그들의 불법과 비행을 합리화시키는 보고서를 작성하거나, 돈을 버는 지식인을 '신지식인'이라 부르면서 이론적인 깊이도 없으면서 정책에 참여하게 된다.

　과거의 여론 선도층으로서의 두 세력의 구도가 무너진 다음에 등장한 것이 이른바 엔지오 운동에 속하는 각종 시민 운동 단체들이다. 경실련, 참여연대, 환경운동, 소비자연맹 등으로 이름붙여진 이들 시민 단체들은 비판적 지식인 세력이 약화된 오늘에 있어서 민간 감시 기능과 여론 선도 기능을 동시에 수행하는 시민 단체로서 민주화된 시민 사회의 가장 바람직한 대체 세력이다. 이들 단체들이 바람직한 것은 다양화가 필연적인 새로운 세기에 명망있는 지식인에게 지나치게 의존하지 않고도 필요에 따라 조직될 수 있고 얼마든지 다양화시킬 수 있으며 정치적으로 혹은 경제적으로 중립성을 유지할 수 있기 때문이다.

　이들 시민 운동 혹은 사회 운동 단체들이 한 가지 경계해야 할 것은 그들에게 끊임없이 뻗쳐오는 정치적 유혹의 손길이다. 시민 운동으로 여론을 선도하는 세력으로 이름을 얻게 되면 정치적 야망에 사로잡히기 쉽다. 그러나 바로 그 순간 그가 이끌어온 사회 운동은 그의 정치적 야망을 실현시키는 도구가 되어버리고 여론을 선도하는 세력으로서 중립성이 손상되며 그와 함께 그 운동에 참여했던 많은 순수한 사람들을 배반감에 사로잡히게 한다. 지난번 국회의원 선거에서 사회 운동을 이끌어온 많은 사람들이 출마했다가 낙선함으로써 시민 운동에 타격을 입힌 것은 우리가 좋은 교훈으로 삼아야 한다.

　다가오는 21세기에는 과거의 군사 정권 때처럼 카리스마적인 개인을 중심으로 한 여론 선도층의 형성은 불가능하다. 이제는 순수한 시민 운동 단체나 다양한 사회 운동 단체를 형성해서 권력을 감시하고 여론을 선도해야 될 시대가 왔다. 　〔조선일보, 2000년 1월 20일자〕

인종 차별주의와 지성

　프랑스인들이 자주 사용하고 있고, 프랑스의 신문에서 이따금 크게 다루는 말에 '라시즘 racisme'(번역을 하자면 '종족주의' 혹은 '인종 차별주의'가 될 것이다)이라는 것이 있다. 실제로 이 말처럼 모든 프랑스인들이 싫어하는 말은 어쩌면 없지 않을까 생각이 들 정도로 프랑스인들은 이 말을 듣는 것을 싫어한다.

　원래는 나치 독일이 자기 민족의 우수성과 다른 민족의 열등성을 전제로 하고 사용했던 이 말이 오늘날 그처럼 커다란 거부 반응을 불러일으키고 있는 이유는 프랑스 국민이 여러 민족들로 구성되어 있는 데서만 연유하는 것도 아니고, 나치 독일에 대한 역사적 증오에서만 나온 것도 아니며, 미국에 있어서 흑백의 인종 차별을 비난하기 위해서 나온 것도 아니다. 여기에는 지구상에 현존하고 있는 모든 문제는 무엇이나 제기해야 한다는 지성적인 사유가 도사리고 있는 것이다.

　그렇다고 해서 프랑스 안에서는 라시즘과 같은 문제가 내재하고 있지 않으냐 하면, 그래서 프랑스 사람들은 남의 나라에서 발견되는 문제만을 들고 나오기를 좋아하느냐 하면 그렇다고 말할 수 없을 것이다. 사실 라시즘의 문제만 해도 프랑스인들의 의식 속에 없는 것이라고 할 수 없으며, 프랑스 사회가 현실적으로 그 문제를 문제로서 안고 있다고 말할 수 있을 것이다. 그 구체적인 예로서는 얼마 전 프랑스에서 굉장한 관객을 동원한 영화 가운데 「뒤퐁 라 주아 Dupont La Joie」라는 영화가 있었다.

　이 영화의 주인공은 알제리 출신의 아랍 사람으로서 피서지에서 프랑스인에게 온갖 학대와 천대를 받다가 나중에는, 어느 소녀를 강간하려다 살인을 하게 되는 프랑스인의 누명을 뒤집어쓰고, 온갖 고초를 겪은 다음에 그 프랑스인을 총으로 쏘게 된다. 이러한 줄거리의 영화가 프랑스에서 나온 것은 바로 아랍 민족에 대한 프랑스의 인종 차별주의가 현실적으로 존재하고 있음을 말해주기에 충분하다(뒤퐁은 프랑스에서 흔한 이름으로 평범한 사람을 가리킨다).

영화에서뿐만 아니라 실생활에서도 보면 거리에서 쓰레기를 치우고, 도로 보수 공사에서 막노동을 맡고 있는 사람이 대부분 아랍인들이며, 그러면서도 경찰서에 거주 신고를 하러 가면 제일 늦게 별도로 신고 업무를 마치게 되는 것도 아랍인들이고, 이따금 남불의 마르세유 같은 항구 도시의 카페에서 죄 없이 총에 맞고 죽어가는 사람들도 대부분 아랍인들이라는 사실을 두고 프랑스 사회에 그 문제가 상존하고 있지 않다고 주장할 수는 없을 것이다. 그러니까 아랍 혹은 알제리 사람들의 입장에서 보면 수백 년 동안 식민지로서 착취를 당한 다음 가난 때문에 프랑스에 이주를 한 뒤에도 이와 같은 인종 차별을 받는 설움은 어디에도 비교할 수가 없을 것이다.

그런데 위에서 말한 영화가 나올 수 있다는 것은 바로 프랑스인의 지성적인 측면의 한 표현이라고 볼 수가 있다. 다시 말하면 한편으로는 '위대한 프랑스'라는 드골 식의 권위 의식이 상당히 많은 프랑스인의 사고 방식을 지배하고 있으면서도(그렇기 때문에 프랑스인들은 프랑스보다 더 강한 나라들에 대한 힘의 열등 콤플렉스를 느끼면서도 문화와 지성에 있어서 우등 콤플렉스를 동시에 갖고 있는 것이다), 다른 한편으로는 그러한 권위 의식을 감시하는 지적 의식이 대부분 프랑스인의 의식 속에 깔려 있는 것이다.

그것은 프랑스인 자신의 내부에 존재하고 있는 모순을 끊임없이 의식의 표면에 노출시키고자 하는 의지의 표현이면서 그렇게 함으로써 자신의 모순을 극복하고자 하는 노력의 표현인 것이다.

그러한 예는 가령 드골의 일대기를 기록하고 있는 영화, 「프랑스인들이여, 만약 당신들이 안다면……」에서도 드러난다. 이 대작의 영화에는 독일군이 파리에 입성할 때의 파리 시민의 환영 광경과 연합

군(특히 미군)이 독일군을 물리치고 파리에 입성할 때 파리 시민의 환영 모습을 기록 영화로 보여주고 있다. 이 의도적인 편집 내용은 어쩌면 유사한 두 장면을 통해서 프랑스 내부에 있는 역사적 치부를 들추어내면서도 바로 그 두 장면의 동시적인 조응에 의해 그들의 정직성과 자신감을 강조하기 위한 것일 수도 있다.

하지만 보다 깊이 관찰해보면 그들이 '위대한 프랑스'라는 권위 의식을 갖고 있음에도 불구하고, 그 권위 의식이 우상 숭배의 상태로 가는 것에 대해서는 끊임없이 경계를 하고 있음을 말한다. 그리고 그러한 예는 전쟁 후 오늘의 프랑스를 만드는 데 가장 큰 공헌을 한 드골을 두 번씩이나 그 자리에서 물러나게 한 데서도 찾아볼 수 있다.

이러한 현상은 오늘날 대학에서도 찾아볼 수 있다. 세미나 시간에 주제 발표를 하기로 한 학생이 엉뚱한 방향으로 자신의 주제를 이끌고 가는 데도 교수는 그 학생의 발표를 중단시키거나 자신의 권위로 그 내용의 엉터리성을 야단치지 않고 그대로 말하게 하는 것을 본 적이 있다. 이때 교수는 그 학생이 발표하고 있는 동안에 열심히 그것을 받아쓴 다음 잘못된 방향이 어디에서 시작되었고, 왜 잘못되었는지 학생들 스스로 발견하도록 유도만 하고 있었다. 빠른 해답을 주어서 아까운 시간을 소비하지 않도록 하는 것이 그의 임무가 아니라, 자신도 그 토론에 참가하면서 오류의 발견 과정을 깨닫게 하는 것이 그의 역할이었다. 그리고 교실에서 '당신vous'이라고 하는 존칭 대신에 '너tu'라는 인칭을 주고받는 교수의 수가 대학 사회에서 늘어가는 것도 최근의 경향이라고 하지만, 여기에는 자신들의 생활의 일부인 권위주의를 의식화시키려는 지성이 작용하고 있기 때문인 것 같다.

3년 전인가 스페인의 프랑코가 작고했을 때, 사르트르가 프랑코를 지칭하여 "모든 라틴 민족 가운데 가장 추악한 라틴인"이라고 한 적이 있었다. 그때 각 신문의 독자 투고란에는 수많은 사람들이 사르트르의 표현을 인종 차별적이라고 비난한 적이 있었다. 여기에서 발견되는 것은 우선 라시즘에 대한 격렬한 반발이라 할 수 있겠지만 나처럼 외국에서 온 사람에게는 사르트르 같은 대가의 말 속에 그러한 표현이 들어 있다고 그 대가의 말에 그처럼 도전할 수 있는 것이 무엇일까 생각해보았다. 거기에는 '말'로 표현되지 않은 생각은 생각이 아니라는, 그래서 사르트르의 말에 대해서도 자신의 생각을 표현하고자 하는 지적 노력이 숨어 있었던 것이다. 그렇기 때문에 그들에게 있어서 '말하지 않는 사람'은 모두 '아무것도 모르는 사람'이며, 그래서 어디에서나 자신의 의사 표시가 뚜렷한 것처럼 보인다.

어느 해 7월 14일 저녁 어느 카페에서 70도 넘어 보이는 한 노파를 만났다. 아니 그 노파가 우리의 이야기 속에 끼여들었다. 젊은 프랑스인들은 상당히 거북해 했지만, 나는 그 노파가 프랑스의 국내 사정은 물론 세계의 냉전 체제, 자원 고갈의 문제, 생태학적인 관점, 여성해방 운동, 인구 문제 등에 대해서 젊은이들과 열심히 토론하는 걸 관심 있게 보았다.

나는 그 노파가 그처럼 많은 정보와 뚜렷한 주관을 갖고 있는 데 놀랐다. 토론이 끝난 뒤에 그 노인은 그 자리에서 이야기를 하게 해주어서 고맙다고 했다. 옆에 있던 프랑스 친구에게 그 이유를 물어봤더니 친구의 대답은 혼자 살고 있어서 이야기할 기회가 없을 뿐만 아니라 그렇기 때문에 자기의 생각의 오류가 무엇인지 모르는 노인이 젊은이와의 대화를 통해서 자신의 사고의 결점을 찾아보려 한다는 것이었다. 이 노파의 끼여들기가 어쩌면 라시즘과 그것을 이야기하는 지적인 노력, 즉 말을 함으로써 자신의 모순을 의식화시키려는 것을 상징적으로 드러내줄지도 모른다. 모순을 안고 있지만 그 모순을 의식화시킴으로써 모순을 극복하고자 하는 것이 그들의 지성일 것이다.　　　　　　　　　　　　　　　〔조선일보, 1978년 11월 4일자〕

생의 감각

김치수

휴대폰 유감

　최근에 널리 보급되기 시작하는 휴대폰은 우리의 일상 생활에 엄청난 변화를 가져오고 있다. 길거리를 지나가며 통화를 하는가 하면 음식점에서 밥을 먹으면서도 통화를 하기도 하고 자동차 운전을 하면서도 통화를 한다. 심지어 대형 강의실에서 수업을 들으면서도 전화를 하고 시장을 보면서도 통화를 한다. 이러한 현상을 보면서 오늘의 사회를 통신의 천국이라고 일컬을 수도 있을 것이다.

　얼마 전까지만 해도 전화 한 대를 집안에 가설하기 위해서는 상당한 액수의 금액을 전화국에 예치시키지 않으면 안 되었는데 삐삐가 나오고 핸드폰이 나오고 시티폰이 나오더니 이제 PCS가 널리 보급되어 그것을 소유하지 않은 사람은 마치 시대에 뒤진 사람 같은 인상을 줄 정도로 일반화되고 있다. 게다가 모든 전화가 디지털화됨으로써 언제 어디에서나 마음대로 전화를 걸거나 받을 수 있게 된 것은 통신의 혁명이라고 해도 지나치지 않는다. 편리함의 관점에서 본다면 휴대폰은 현대 문명의 꽃 가운데 하나일 것이다. 위급한 사태가 발생했을 때 휴대폰으로 구조를 호소할 수 있고 교통이 막혀 약속 시간을 지킬 수 없을 때 휴대폰으로 양해를 구할 수 있고 사랑하는 사람의 목소리를 듣고 싶을 때 언제나 휴대폰으로 통화를 할 수 있다는 것은 이 문명의 이기가 벨의 '전화의 발명' 이후 1세기 만에 온 가장 큰 발명 가운데 하나라고 할 수 있다.

그러나 이러한 휴대폰이 오늘의 일상 생활에서 꼭 요긴하게만 쓰인다거나 아름답게만 보이는 것은 아니다. 고속도로에서 앞에 달리는 자가용이 차의 흐름을 따라가지 못하고 멈칫거리고 좌우로 흔들리며 달릴 때는 틀림없이 그 운전자가 운전 중에 통화를 하고 있는 것을 확인할 수 있다. 길거리에서 휴대폰으로 전화하는 사람의 통화 내용을 들어보면 "지금 어디 있느냐" "시장에는 갔다 왔느냐" "밥 먹었느냐" 하는 따위의 것으로서 길을 걸으면서 전화를 걸어야 할 만큼 긴급한 내용이 전혀 아닐 뿐만 아니라 꼭 알고 싶어서 묻는 내용도 아닌 것이다. 이러한 통화 내용을 본의 아니게 듣게 되면 나는 그 사람이 휴대폰을 과시하기 위해 전화를 건 것이 아닐까 생각하게 된다. 또 지하철이나 버스 안에서 갑자기 울리는 휴대폰 소리 때문에 나는 이따금 깜짝 놀라게 되는데, 그때의 통화 내용은 "나 지금 어디쯤 가고 있는데 15분 후에 들어갈 거야"라든가 "음, 밥 먹었어" "그래, 알았어" 따위의 것이다. 이쯤 되면 전화를 거는 행위가 길거리에 밥상을 차려 놓고 오가는 사람들 앞에서 밥을 먹는 행위와 다를 바 없다.

원래 전화란 송수신자 두 사람 사이에 이야기를 주고받는 기계로 두 사람 이외에는 누구도 들을 수 없는 비밀을 보장받을 수 있다. 그래서 공중전화 박스에는 소음을 차단한 유리문이 있고 예의를 아는 사람은 그 안에서 이루어지는 대화에 귀를 기울이지 않는다. 알베르트 카뮈는 「시지프의 신화」에서 공중전화 박스 안에서 온갖 표정을 짓고 손짓을 하며 전화를 걸고 있는 사람과 그것을 바라보고 있는 사람 사이에 유리 칸막이가 있어서 서로 의사 소통이 되지 않는 단절을 부조리의 예로 들고 있다.

　전화를 거는 사람이나 받는 사람이 주변 사람에게 자신의 목소리를 들리지 않게 하는 것이 예의임에도 불구하고 휴대폰의 등장 이후 그 불문율이 깨지고 있다. 옛날에는 전화를 소음으로부터 보호하기 위해서 칸막이가 필요했으나 휴대폰이 등장한 이후에는 휴대폰의 소음으로부터 우리를 보호하기 위하여 휴대폰을 칸막이 속에서 사용하는 운동을 펼쳐야 할 것 같다.

　특히 전화가 거리에 관계없이 의사 소통을 하고자 하는 인간의 욕망을 실현시켜준 문명의 이기라면 오늘날의 휴대폰 풍속은 오히려 진정한 의사 소통을 불가능하게 할 수 있다. 진정한 의사 소통은 소음으로 가득 찬 거리에서 이루어지는 것이 아니라 두 사람만이 공유하는 공간 속에서 오래 생각한 말을 주고받는 가운데 이루어지기 때문이다. 휴대폰 풍속에는 말을 남용하는 경향이 있다. 말을 가슴속에 간직하지 않고 생각나는 대로 뱉어버리는 것이 휴대폰 풍속이라면 그것이 미칠 영향을 깊이 반성해볼 필요가 있다.

　휴대폰의 등장과 함께 젊은이들 사이에 편지 쓰는 일이 사라지고 있다는 사실은 우려할 만하다. 하얀 편지지 앞에 앉아서 자신의 생각과 마음을 옮겨 쓰는 순간 우리는 자신의 삶을 깊이 성찰하고 정확한 표현을 찾는 노력을 하기 때문이다.

　휴대폰은 우리의 일상 생활에서 가장 풍요로운 부분을 빼앗아가고 있다. 정보화의 시대가 우리를 쓸데없는 정보의 홍수 속에서 살게 하는 것과 마찬가지로 새로운 통신의 시대가 우리를 무용한 통화의 욕망 속에 살게 한다. 때와 장소를 가려서 선택적으로 하는 통화 예절이 절실하게 필요한 시대에 우리는 살고 있다.

〔『사람과 사회』, 1998년 4월 17일자〕

추억의 골목을 찾아서

서울의 거리를 돌아다니면서 느끼게 되는 서글픔은 서울에 골목이 없어져가고 있다는 사실이다. 이렇게 말하면 높은 빌딩과 그 빌딩 사이로 난 바둑판 같은 길을 가리키며 서울이 발전하고 있는데 옛날의 낡은 추억만 찾고 있으면 어떻게 하느냐고 나무랄 수 있다. 무교동에 가도, 명동에 가도 옛날의 정취는 없어지고 깎아지른 듯한 고층 건물들만 숲을 이루고 있다. 옛 모습을 간직한 곳은 기껏해야 덕수궁 돌담길이나 창경궁 돌담길 정도만 남아 있을 따름이다. 하지만 그곳에 가 보아도 주변에 고층 빌딩이 자리잡고 있어서 아늑하고 은밀한 기분이 들기보다는 살벌하고 비인간적인 광물성을 느끼게 한다. 한옥이 보존되어 있는 가회동이나 계동의 골목들도 여기저기에서 이웃집 아저씨가 나올 것 같은 분위기는 사라지고 주변의 고층 빌딩의 침입을 막느라고 힘겹게 버티고 있는 모습뿐이다.

골목의 좋은 점은 그곳이 일상적 삶의 애환이 그대로 묻어 있어서 언제 보아도 낯설지 않고 이웃과 더불어 살던 훈훈한 인심이 느껴져서 친근감을 갖는 데 있다. 서울 같은 대도시에 그러한 골목이 남아 있다면 메마른 일상 가운데서도 삶의 때가 묻어 있는 그곳에 가서 산보를 함으로써 잃어버린 시간을 되새겨 볼 수도 있고 잊고 있던 옛 친구를 그리워할 수도 있을 것이다. 과거를 되돌아본다는 것은 회고적 감상이 아니라 자신의 삶의 풍요를 위해 필요한 것이다.

과거에 살았던 골목길은 자신의 정신의 고향이다. 그곳에는 사랑과 미움이, 기쁨과 슬픔이, 즐거움과 괴로움이, 꿈과 좌절이 함께 있어서 현재의 자신이 어떤 상태이든 그것을 받아들이는 너그러움을 허용한다. 되돌아갈 고향이 있는 사람과 마찬가지로 산보할 골목이 있는 사람은 행복한 사람이다.

서울에서 가장 긴 골목은 아마도 오늘에도 남아 있는 피마골일 것이다. 광화문에서 동대문에 이르는 이 길은 종로와 나란히 난 길이다. 그 길은 양반들이 말을 타고 다니는 대로로부터 말을 피해 다니는 길이라는 의미로 피마골이라는 이름이 붙여진 이래 우리의 서민들의 애환이 서려 있는 길이다. 1960년대에 그곳에는 열차집이니, 족발집이니 하는 대폿집들이 줄지어 있어서 서민들이나 대학생들이 그들의 울분과 설움을 달래고 환희와 사랑을 노래할 수 있었다. 오늘날에도 그곳에는 수많은 대폿집과 음식점들이 있어서 옛날의 정취를 맛볼 수 있으나 이제는 대로변의 고층 빌딩에 가려서 찌들고 때묻고 음침하게 느껴질 뿐 옛날의 낭만을 맛볼 수 없다. 그래도 아직 피마골이 남아 있다는 것은 초라하지만 옛날의 사진첩을 들여다보는 감회가 있다.

우리의 근대화는 옛날 건물을 파괴하고 그곳에 새 건물을 짓는 것을 의미했다. 그렇기 때문에 오랜 전통이 있는 도시를 기대하고 서울에 온 외국인들은 빌딩 숲을 이룬 중심가를 보고 서양의 어느 도시와 다를 것이 없는 모방의 도시로 인식하게 된다. 서울을 개발하기 위해서는 강남을 현대 도시로 설계하여 발전시키고 강북의 전통적인 건물들을 보존하였어야 한다. 그랬더라면 오늘의 서울은 세계적으로 자랑할 만한 도시가 되었을 것이다. 어디를 가나 미로처럼 뚫려 있는 골목길을 따라가면 도처에 우리의 삶의 때가 묻어 있고 과거의 흔적들이 남아 있을 것이다. 그런데 우리의 근대화는 전통적인 도시를 흔적도 없이 파괴하고 서구식 빌딩을 무질서하게 세워놓았다.

그렇지만 아직도 늦지 않았다. 많지는 않지만 아직 남아 있는 서울의 골목을 보존하는 방안이 모색되어야 한다. 그곳 주민들이 개인적 재산권 침해를 받지 않도록 지원함으로써 그 골목에 사는 것을 긍지로 생각하게 만들어야 한다. 새로운 건물을 짓는 것이 중요한 것이 아니라 옛 건물을 보존하는 것이 더욱 중요하다. 살기 좋은 도시는 골목이 많은 도시라는 것을 유럽의 오래된 도시를 보면 알 수 있다.

골목이 많으면 사람들은 자동차를 타기보다는 걸어다니는 것을 더 좋아할 수밖에 없다. 구시가지가 그대로 보존되고 신시가지가 새로 조성된 유럽의 도시들은 우리에게 부러움의 대상이 아닐 수 없다. 일상적 삶의 풍요로움은 골목에서 나오기 때문이다. 인사동을 정비해서 관광객을 유치한다고 하는데 옛 모습을 살려놓는 방향에서 정리가 되기를 기대해본다.　　　　〔『사람과 사회』, 1998년 4월 17일자〕

속독 · 속필 · 예봉
—— 김현을 추억하며

그가 간 지 3년이 된다. 그의 전집도 3주기에 맞추어서 완간될 예정이다. 그래도 그는 아직 내 옆에 살아 있는 것 같다. 그의 글을 읽으면 여전히 그가 살아 있음을 느낄 수 있다. 그의 문체가 그만큼 독특하고 그의 사고가 그만큼 탁월하며 문학에 대한 그의 열정이 그만큼 뜨겁다. 그가 길지 않은 일생 동안 많이 읽고 많이 썼음을 그의 전집을 보면 알 수 있다.

그가 많이 읽은 것은 단순한 지식을 얻기 위함이 아니라 그 자신과 세계, 문학과 학문, 다시 말하면 그의 삶 자체의 길이와 넓이를 획득하기 위함이다. 그가 많이 쓴 것은 자신의 앎을 단순히 전달하고자 한 것이 아니라 자신의 문제를 남과 함께 생각하기 위함이다. 그래서 그의 글은 우리에게 문제 제기적인 글이다.

그에게 독서광이라는 별명을 붙일 수 있다. 그는 언제 어디에서나 글을 읽었기 때문이다. 그는 친구들과 어울릴 때도 잠깐만 시간이 나면 책을 읽고, 여행을 할 때도 책을 읽었다.

그는 단순히 책을 읽는 것이 아니라 남다른 감식력을 가지고 있다. 그는 처음 몇 페이지를 읽어서 그 책의 가치를 인정할 때 끝까지 읽고 그렇지 못할 때는 책을 내동댕이친다.

대개의 경우 그가 책을 버릴 때 그 나름의 이유를 갖고 있다. 가령 그 글이 거칠다거나 독창성이 없다거나 새로운 것을 일깨우지 못할 때 그는 서슴없이 책을 버린다. 그에게 있어서 책을 버리는 이유는 너무나 분명해서 내가 제기한 반론에 대해 그는 거침없이 대답한다.

이것은 그의 두뇌의 명석함을 입증하고도 남는다. 그가 명석한 두뇌를 가졌다는 것은 그의 독서의 속도를 보아도 알 수 있다. 그는 1시간이면 세계 문학 전집을 200페이지에서 300페이지 가량 읽어내는 속도를 가지고 있다.

나처럼 보통 사람이 1시간에 70페이지에서 100페이지 가량 읽어내는 데 비춰볼 때 그는 적어도 3배 가량 빠른 속도를 갖추고 있는 셈이다. 더욱 놀라운 것은 그토록 빨리 읽으면서도 내가 어떤 디테일에 대해 질문을 하면 그는 즉각적으로 정확한 대답을 들려준다는 사실이다.

그가 박학할 수 있었던 것은 1시간이면 웬만한 책 한 권을 읽어내는 그의 속독 능력에서 기인한다. 속독 능력은 현장 비평가라면 누구나 필요로 하는 능력이다.

언젠가 그가 소설책 한 권을 들더니 불과 15분 만에 그것을 쓰레기통에 던져버렸다. 내가 깜짝 놀라 그 이유를 물었더니 그는 "내가 읽을 가치가 없다고 생각한 책을 남에게 읽게 만드는 것은 죄악이야. 그것은 내 몸에 해로운 음식을 남에게 먹이는 것과 같다"라고 대답했다.

얼핏 보면 독선적으로 보일 수도 있는 이러한 태도는 다독·속독·판단력에서 기인한다. 평소에 깔끔한 그의 성격은 자기가 하기 싫은 일을 남에게 시키지 않는 것으로 나타난다.

그런 그가 어느 날 술좌석에서 어떤 후배에게 호통을 치는 것을 보았다. 아마도 그 후배 비평가가 스스로 그 작품을 읽지 않고 풍문으로 들은 말로 어떤 작품을 비평했을 것이다. 그는 "너, 그 작품 읽었어? 어디에 그런 말이 있더냐? 그 작품의 줄거리를 말해봐!"라고 후배를 다그쳤다. 후배가 스스로 읽은 것이 아니라고 고백을 하자 그때야 좋은 말로 타이르면서 비평가는 자기 눈으로 읽은 것만을 말해야 한다고 강조했다.

그는 책을 읽는 것만 빨리 한 것이 아니라 쓰는 것도 다른 사람의 추종을 허락하지 않을 정도로 빨랐다. 원고지에 씌어진 글자를 본 사람은 누구나 기억하겠지만 그는 대단히 작은 글자, 흔히 말하는 깨알 같은 글자로 글을 쓰기 때문에 최소한의 움직임으로 글씨를 쓴 셈이다. 그의 글 쓰는 속도도 보통 사람의 3배는 빨랐던 것 같다.

그는 원고 청탁을 받으면 언제나 마감 전에 글을 써서 보내기 때문에 그에게 원고 독촉이란 있을 수 없는 일이다. 언제나 독촉을 받아야 끝을 내는 게으른 나는 그의 속필에 감탄하고 그것을 부러워했다.

이러한 속필에도 불구하고 그의 글에는 언제나 새로운 사유가 번뜩인다. 그 사유는 우리의 생각이 가지고 있는 맹점을 정확하게 비추어 우리를 깨달음에 이르게 한다.

언젠가 신문에서 '가정 파괴범'이라는 말을 쓰지 말자는 그의 논설이 신문사의 거절로 게재되지 않은 적이 있다. 그는 내게 신문의 보수성이 사태를 제대로 보는 것을 막고 있다고 씁쓰레했다.

여성의 순결이 폭력에 의해 짓밟혔다고 해서 가정이 파괴되어서는 안 된다는 것, 여성에게만 순결의 중요성을 강조함으로써 폭력이 순결을 짓밟아 여성의 입을 막고자 한다는 것을 '가정 파괴범'이라는 표현 속에서 읽어낸 그의 정신의 날카로움은 그의 속필에도 불구하고 우리에게 전율을 느끼게 한다.　　〔『월간 에세이』, 1993년 6월호〕

제 2 부

분석 정신과 열린 사유: 김치수의 비평을 비평한다

상황과 선택
──김치수 비평의 전개 양상

권오룡

왜 비평을 읽는가? 아니, 비평을 읽는 즐거움이나 보람은 어떤 것인가? 작품들과 마찬가지로 비평 역시 각양각색의 무늬와 색채로 우리의 지적·예술적 성감대를 자극한다. 어떤 비평은 촌철살인적인 기지와 통찰의 날카로움으로 우리의 감성을 시리게 하고, 어떤 비평은 묵직한 이론의 성채의 위용으로 우리를 압도한다. 또, 한편에 경쾌하고 현란하며 심지어는 관능적이기까지 한 재미로 우리를 유혹하는 비평이 있는가 하면 도덕적 이념의 광채로 우리의 의식을 고양시키는 비평이 있기도 하다. 이 밖에도 또 여러 가지 무늬와 색채를 뿜내는 비평들이 있을 것이다. 분석의 예리함을 자랑하는 비평이 있는가 하면 스케일 큰 종합의 웅장함으로 우리의 시야를 넓게 밝혀주는 비평, 대담한 의미 부여와 평가를 통해 우리의 둔한 감상을 충격하는 비평이 있기도 하다. 아무튼 이들 모두는 각기 비평이라는 장르가 아우르는 전체의 어느 특징적 일면을 두드러지게 부각시키는 것들이지만, 그러나 역(逆)의 관점에서 보면 이 특징적 일면들은 또한 그러한 면모의 비평들이 지닐 수 있는 약점의 실마리이기도 할 것이다. 기지와 통찰의 날카로움은 자칫 경박해질 수 있고 이론의 성벽은 그 꼭대기에서 문학을 떨어뜨려 인접 학문의 보조적 위치로 전락시킬 수 있다. 비평을 통해 지적 쾌락을 추구하는 태도가 언어와 사고의 고급한 유희로 떨어질 수 있는 위험성을 안고 있다면, 닭 잡는 데 소 잡는 칼을 들이대는 식의 거칠음과 무모함을 저지를 수 있다는 것이 이념으로 무장한 비평이 경계해야 할 사항일 것이다.

정점이건 약점이건을 막론하고 비평의 이러한 면모들은 각 비평가들의 개성이나 문학적·이론적 취향 같은 주관적 요소와 문학(사)적·학문적·시대적·사회적 조건들과 같은 객관적 요소의 상관 관계를 바탕으로 하여 교대적으로 그리고/혹은 중층적으로 부각되는 것으로 이해되어야 할 것이다. 여기서 일단 1960년대를 즈음한 시점에서부터 오늘날까지의 한국 비평 문학의 흐름을 이러한 상관 관계의 객관적 요인의 틀에 입각하여 정리해본다면, 우선 1950년대 말, 1960년대 초에 있어 비평은 당시 새롭게 출현한 비평가들의 강한 문학사적 자각과 탄탄한 학문적 수련을 바탕으로 한, 이론적이면서 개성적 면모가 강한 비평이었던 것으로 이해된다. 무엇보다도 한글 일세대로서의 자각과 4·19를 계기로 하여 획득할 수 있었던 역사 인식, 이에 덧붙여 서구의 문학과 이론을 풍문으로가 아니라 실체로 접근할 수 있었던 그들의 학문적 토대는 그들보다 앞선 비평가들을 대타화(對他化)하여 자신들의 비평의 입지점을 구축하는 것을 용이하게 해주었다. 그러나 5·16 이후 들어선 군사 정권의 장기 집권과 산업 사회화의 추세에 따라 한국 사회의 모순과 갈등이 첨예화되면서 한국 문학은 점차 그 내용을 달리하게 되었고, 이에 따라 비평에 있어서도 사회적 기능과 도덕적 이념을 강조하는 경향이 보다 뚜렷한 흐름으로 자리잡게 된다. 이러한 경향은 1960년대 후반 이후 10월 유신 하의 1970년대를 거쳐 광주 민주화 항쟁 이후의 1980년대에 이르기까지, 내용적으로는 매우 복잡하게 분화되면서도 그 포괄적인 면모를 강화시켜나가는 줄기찬 흐름을 보여왔다. 이에 비해, 아직 평가가 이른 감이 있지만, 1990년대 이후 일군의 신예 비평가들에 의하여 이루어지고 있는 비평은 전시대의 비평과 맥락을 공유하면서도 그것의 선조적(線條的) 계승이나 발전이 아니라 일탈과 해체의 방향으로 진행시켜나가는 과정에서 생겨나는 해체적 열정을 비평의 즐거움으로 삼는 것처럼 보인다.

　이상과 같은 대략의 개관은 1960년대 이후의 비평가들이 보여주고 있는 비평적 관심의 개별성을 가늠할 수 있게 해주는 테두리가 된다고 말할 수 있다. 다시 말해 1960년대 이후의 비평가들 개개인의 개성적인 몫은 이러한 개괄적인 테두리에 대한 의식을 바탕으로 한 선택과 배제, 그리고 그 발전과 극복의 의지를 논리적으로 가다듬어나가는 과정에서 확보될 수 있었다는 것이다. 이러한 관점에 입각해본다면 김치수의 초기 비평이 우선 두드러지게 드러내 보이는 면모도 앞서 말한 바와 같은 이론적 관심과, 앞 세대의 비평가들과의 대비에서 부각되는 개성적인 면모다. 예를 들어 김치수의 문단 데뷔 평론인 「자연주의 재고: 염상섭론」이나, 이와 유사한 관심에 의해 씌어진 것이라 할 수 있는 「'이즘'과 작가: 김동인론」 등과 같은 평론이 일차적인 목표로 삼고 있는 것은 백철이나 조연현 등과 같은 앞 세대의 비평가들에 의해 주로 문예 사조적인 틀에 입각하여 이루어져왔던 이들 작가들에 대한 평가의 내용을 문예 사조에 대한 보다 정확한 이해를 통해 바로잡는다는 것이다. 그리하여 「자연주의 재고」에서는 졸라, 뒤랑티 등과 같은 프랑스 문학가들의 이론을 상세히 소개하고 있는가 하면, 「'이즘'과 작가」에서도 그제껏 김동인의 소설을 이해하는 길잡이로 여겨져 왔던 사실주의·탐미주의·인도주의 등과 같은 사조나 개념에 대한 엄청난 논의를 시도하고 있다. 이러한 접근 방식은 탄탄한 이론적 바탕에 의하여 뒷받침되지 않고서는 시도하기도 어려울 뿐만 아니라 효과의 파장이 넓기를 기대하기란 더욱 어려운 것이다. 그럼에도 불구하고 이러한 예상되는 어려움을 오히려 적극적으로 무릅쓰고 있다는 점에도 이론적 관심에 대한 경사의 일단을 엿볼 수 있거니와, 이러한 이론적 관심은 문학 이론뿐만 아니라 역사학의 분야에서 이루어진 연구 성과들을 수용하여, 주로 식민지 시대의 문학의 의미에 대하여 식민지 사관을 벗어난 민족 사관의 시각에서 새로운 해석을 시도함으로써 문학의 이해에 인접 학문의 시각까지를 동원하는 종합적 관심으로까지 발전되어 있다. 그리하여 염상섭의 작품에 대한 종래의 비평 방법을 비판한 연후에 김치수가 제시하고 있는 결론들은 "한 나라의 문학사를 정리할 때에는 그 나라 안에서의 필연성, 그 나라 문학 자체에서의 필연성을 발견해서 그것에 의하여 정리하지 않으면 안 된다"는 것이고, "외국의 문학 사조를 이 땅에 도입하기 위해서는 그 사조의 개념을 정확히 파악하고 그것의 굴절 기능성에 관한 고찰을 통해야 한다"는 것 등이다.

오늘날의 비평에 일반적으로 전제되어 있는 방법론적 동의의 시각에서 볼 때 이러한 주장의 가치는 어쩌면 빛 바랜 것으로 보일 수도 있겠으나, 적어도 1960년대 초의 비평의 분위기에서 이것이 갖는 의의의 파장은 큰 것이었다. 이런 점에서 일단 이것은 김치수의 초기 비평이 동세대의 비평들과 공유하고 있었던 이론적 관심에 의한 수확이라고 할 수 있지만, 그러나 겉으로 드러나 보이는 이러한 이론적 관심의 이면에 자리잡고 있으면서 그 이론적 관심을 정당한 것으로 만들어주는 것은 오히려 이론적 이해의 굴절을 거치지 않고 작품과 직접 대면하고자 하는 작품 자체에 대한 관심과 애정이다. 가령 김동인의 작품에 대한 종래의 사조적 이해의 오류를 지적하고 있는 「'이즘'과 작가」에서 "이처럼 도식적인 용어로 파악하지 않는 김동인의 세계는 무엇인가"라는 물음 형식을 빈 논점의 제시에 따라 도출해내고 있는 "식민지 시대의 한국적 정신적 상황" "식민지 조국의 현실에 대한 인식" "장인(匠人)의 세계에 있어서 하나의 작품을 만드는 데 필요한 고통의 세계" 같은 사항들은 무엇보다도 작품에 대한 이해를 선행시키는 방법에 의해 확대된 비평적 시각이 포착해낸 내용들이라

할 수 있는 것이다. 이처럼 김치수의 초기 비평에서 드러나 보이는 이론적 관심은 오히려 작품을 이론적 이해의 속박으로부터 해방시켜 그 의미의 풍요로움을 살리고, 작품과 이론 사이에 있어서의 중요성의 순위를 작품 우선의 것으로 조정하기 위한 수단으로서의 의미를 갖는 것으로 이해할 수 있다. 그러니까 정작 그의 이론적 관심의 목표는 작품(텍스트)의 해방에 있었던 것이고, 이처럼 작품 자체의 자율성·독자성을 강조하고 존중하는 태도는 김치수 비평의 변함없는 방법론적 전제를 이루게 된다. 이런 태도의 연장선상에서 김치수는 현대 비평의 흐름에 대해서도 '작품 자체에 대한 비평'의 방향으로 발전되어왔다고 파악한다. 이것은 분명 옳지만, 그러나 최근의 비평까지를 함께 고려한다면 김치수의 경우 이 명제의 의미가 너무 좁게 해석되고 있는 것이 아닌가 하는 의구심을 품어볼 수 있을 것이다. '작품 자체에 대한 비평'의 의미란 작품으로부터 출발하는 비평이라는 의미이지 작품에만 제한된 비평이라는 의미는 아닐 것이기 때문이다.

초기 비평의 방법론적 근간을 이루고 있는, 작품 존중의 태도와 결합된 이론적 관심에 의해 확보된 개성은 식민지 시대의 작가에 대한, 다시 말해 이미 앞 세대 비평가들의 비평적 담론의 대상이 되었던 작가들에 대한 새로운 관점과 이해 내용의 제시에 매우 효과적인 것일 수 있었다. 그것은 무엇보다도 김치수를 위시한 1960년대 비평가들의 개성적인 면모가 앞 세대 비평가들과의 대비에서 도출되는 변별성에 대한 강한 자각과 의식으로부터 가다듬어진 것이었기 때문인 것으로 보인다. 그러나 바로 이러한 이유로 말미암아 동시대 작가들에 대한 김치수의 초기 비평은 그 단호함이나 명확성에 있어 식민지 시대의 작가들에 대한 비평에서 보여주었던 그것들에 훨씬 미치지 못하고 있는 것으로 보인다. 좀더 구체적으로 논의하면, 김승옥·서정인·이청준·박태순·박상륭 등과 같은 1960년대 작가들의 작품의 시대적 특성을 조명하려는 의도에서 씌어진 것이라 할 수 있는 「반속주의(反俗主義) 문학과 그 전통」이나 「60년대 작가에 대한 별견(瞥

見)」 같은 비평에서 이들 1960년대 작가의 특성을 이들 작가 자신들에 입각한 직접적 방식으로가 아니라 염상섭·채만식 등의 식민지 시대 작가들의 문학 정신에 대한 참조라는 대비적이고 간접적인 방식을 통해 부각시키고 있다든가, 이들 작가들이 보여주는 편차에 대해 "이것을 작가의 개성이라고 부른다면 작가의 개성 가운데 과연 어느 것이 바람직한 것이며 보편 타당한 가치를 지니는 것인지 규명하고 발전시켜야 할 것"이라고 함으로써 보다 직설적이고 명확한 평가를 유보하고 있는 것이 그 한 예일 것이다. 분명 이것은 김치수의 초기 비평이 그 특성이나 강점과 함께 지니고 있는 취약한 면모일 터이지만, 바로 이러한 취약한 면모로부터 선명히 드러나는 것은 대략 1960년대의 시기로 한정할 수 있는 초기 비평의 단계에 있어서의 김치수의 문학 이해 방법이 사회적이고 공시적이기보다는 역사적이고 통시적인 방법에 접근해 있었다는 사실이다. 그 역사적 방법이란, 보다 구체적으로는 문학의 의미와 가치를 정신사적·지성사적 맥락 속에서 이해하고자 하는 것을 말한다. 1960년대의 김치수에게 있어 문학은 무엇보다도 시대 정신의 산물이었고, 작가는 정신사의 흐름을 형성하는 지식인이었다. 그래서 식민지 시대의 문학의 흐름을 개관하고 있는 「식민지 시대의 문학」의 논의 범위는 "한국 정신사의 맥락을 찾는 방향으로서의 지성(혹은 지식인)과, 상황과의 관계 규명으로서의 일제 식민지 시대에 관한 별견"으로 명확히 한정되고, 문학을 다른 지식(예컨대 역사학)과 동등하게 취급하는 것에 대해 "문학 작품을 분석·검토·종합의 과정을 통해 파악하게 되면 똑같은 결과를 얻을 수" 있으리라는 견해를 피력하기도 한다. 그러나 정신사를 사실적 수준의 역사와 동떨어져 있는 것으로 생각할 수는 없는 일이다. 오히려 정신사가 서술되기까지에는 사실적 수준에서의 실제적인 사실들 낱낱을 일정한 이념형에 따라 정리하여 그것들의 의미를 정신적 가치의 수준에 접맥시킬 수 있는 역사학적 탐구가 필수적인 선행 조건이 된다. 따라서 문학을 정신사적 흐름 속에 위치시켜 이해하고

자 하는 방법은 역사학이나 사회학 같은 인접 학문의 분야에서 어느 정도의 학문적 연구 성과가 축적되어 있는 과거의 문학을 대상으로 할 때에는 유효한 방법일 수 있어도 동시대의 문학만을 대상으로 할 경우에 있어 이러한 시각에서의 접근 결과는 자칫 문학만을 일방적인 견해에 불과한 것으로 그 의의가 국한될 수 있다는 편협화의 가능성을 내포하고 있는 것이다. 초기 비평에 있어 동시대의 작가들에 대한 일말의 머뭇거림의 원인은 바로 이 점에 있었던 것으로 이해할 수 있다.

　이처럼 비평 활동의 초기에 있어 역사적이고 통시적인 방향으로 기울어져 있었던 김치수의 비평 방법은 그러나 1970년대 이후 문학 사회학·구조주의·형식주의 등과 같은 문학 이론이나 프랑크푸르트 학파의 비판 이론, 누보 로망 등과 같은 경향에 대한 깊이 있는 연구를 통해 사회적·공시적인 방향으로의 전환을 모색하게 된다. 특히 문학사회학 이론이 김치수 비평의 방향 전환에 끼친 영향은 매우 큰 것으로 보인다. 이러한 이론들에 대한 관심은 불문학자인 김치수에게 있어 당연한 것으로 여겨질 수 있지만, 그러나 반드시 전공 분야라는 이유에서만이 아니라 한국 문학에 대한 비평에 있어서도 역사적인 방향으로 일방적으로 치우쳐 있던 비평 방법의 기울기를 조정하여 사회적 현실과 관련된 동시대적 관심을 바탕으로 문학을 이해할 수 있는 시각의 확보를 위해서도 그것은 절실하게 요청되었던 것이라 할 수 있다. 그 까닭은 김치수의 비평이 초기 역사적 관심에 입각한 비평에서 1970년대의 사회적 관심으로 그 역점이 이동된 비평으로 전환되는 과정에는, 1960년대 후반 이후 군사 정권의 장기 집권에 따른 민주주의 이념의 왜곡과 경제 개발 정책의 추진에 따른 산업화의 결과로 사회적 모순이 증대되었다는 정치·사회적 측면에서의 변화와, 문학적으로는 이른바 '순수-참여 논쟁'으로 대표시킬 수 있는, 문학의 사회적 기능에 대한 고찰이라는 문제가 거의 핵심적인 사항으로 대두되어 있었던 상황이 개입되어 있기 때문인데, 이런 사실들과의 관련에서 볼 때 문학사회학에 대한 김치수의 관심은 사회적 현실의 변화와 이에 따른 문학 내부의 요청에 부응하는 방식으로 이루어진 것이라 할 수 있다.

문학사회학에 대한 김치수의 관심은 사회적 변화는 물론 그 변화에 따라 점증하는 모순에 대한 대응이었다. 따라서 그것은 문학의 사회 참여를 주장하는 도덕적 비평의 태도와도 그 관심의 출발에 있어서는 어느 정도 일치하는 것이었다고 할 수 있다. 비단 문학사회학뿐만이 아니라 구조주의에 대한 관심에도 현대 사회의 실제적 전개 양상에 대한 비관적 견해에 근거한 이러한 대응성이 자리잡고 있는 것이었다. 그러나 김치수는 이러한 출발선에서 사회적 차원에서의 문학의 기능의 즉각적 효용성을 강조하는 방향으로가 아니라, 문학의 전위성이 갖는 전복적 성격을 발견하고 그것을 확대함으로써 궁극적으로 이룰 수 있는 사회적 변화의 가능성을 역설하는 방향으로 나아간다. 이러한 방향의 선택에는 김치수 비평의 뿌리가 섭취하고 있는 사르트르적 자양이 결정적인 역할을 한 것으로 보인다. 즉 이러한 방향 선택의 이론적 근거에는 첫째, 문학의 선택은 곧 언어의 선택이라는, 혹은 "말한다는 것은 행동한다는 것"이라는 사르트르적인 근원적 선택의 의미의 수용과, 둘째 "어떠한 도덕적 이념이나 이상적인 사회상도 그것이 일단 실체화되면 억압적인 힘이나 체제로 작용하게 된다"라는, 도덕과 사회의 실체적 가치에 대한 강한 회의론을 바탕으로 한 도덕적·사회적 투기(投企)의 중요성에 대한 역설이 자리잡고 있는 것이다. 다시 말해 김치수는 실체로서의 도덕이나 사회의 가치를 부정(否定)하는 입장의 이론적 근거를 형식의 갱신을 통해 부단히 스스로 혁신해나가는 문학의 자기 부정의 정당성에서 찾고 있는 것이다. 문학의 본질적 성격으로 제시된 것이라 할 수 있는 이러한 부정의 태도는 무엇보다도 즉자(卽自)적 현실이나 존재에 대한 부정을 통해 대자(對自)적 현실이나 존재로의 역동적 지향성을 생성시켜 끊임없이 스스로를 투기해나간다는 사르트르적 실존의 구도와 상통하는 것이다. 그러니까 김치수에게 있어서는 현실의 부정과, 이상적인 모습에 보다 접근한 새로운 현실의 생성의 연속성 메커니즘, 골드만의 발생론적 구조주의에서 중요한 의미를 갖는 '구조화 structuration'와 '구조 해체 destructuration' 또 문학사회학에 있어 현대 사회 속에서의 삶의 구조에 대한 이해의 전제가 되어 있는 '진정한 삶'과 '타락한 삶'의 괴리라는 상황적 조건 위에서의 진정한 삶의 추구, 그리고 형식의 파괴를 통한 문학의 자기 혁신과 같은 개념들은 사르트르의 실존적 투기 개념의 확대 적용으로서의 의미를 갖는 것이라고 말할 수 있다. 이렇듯 부정을 도덕이나 이념, 혹은 행동의 차원으로 실체화시키지 않고 문학의 자기 부정으로 전화시켜 수용하는 데에서 문학의 부정(否定)의 기능이 사회적으로 어떻게 발현되는 것인가라는 문제에 대한 김치수의 견해를 읽을 수 있다.

문학사회학과의 만남을 통해 김치수의 비평은 중요한 변모의 양상을 보이게 된다. 그중 첫째로 꼽을 수 있는 것은, 이미 암시되어 있는 것과 같이, 문학에 대한 이해의 태도가 통시적인 방법에서 공시적인 방법으로, 아니 보다 정확하게는 통시적 방법과 공시적 방법을 종합한 구조적 방법으로 전환되었다는 것이다. 이 같은 전환을 바탕으로 하여 김치수의 비평은 비로소 동시대적 사회 현실의 심층 구조와의 관련에서 동시대 작가들의 작품에 대한 보다 적극적이면서 동시에 적절한 의미 부여와 평가를 행할 수 있게 된다. 최인호를 위시하여 황석영·조선작·윤흥길·조세희 등과 같은 1970년대 작가들에 대한 평가는 이러한 바탕 위에서 이루어질 수 있었던 것들이다. 문학사회학의 영향 아래서 이루어진 것으로 볼 수 있는 김치수 비평의 또 다른 변모는 문학을 정신의 산물로 간주하던 문학관에서 삶 자체와의 상동적 구조물로 보는 문학관으로 전환된 점이다. 문학의 구조와 삶의 현실적 조건과 양상의 집약적 표현물로서의 사회 구조와의 상동성을 실증적 차원의 사실로 주장하는 골드만류의 문학사회학의 관점에서 볼 때 문학과 삶은 바로 그 구조적 상동성을 바탕으로 하여 동질적이고 동형적인 관계에 놓이는 것으로 파악된다. 이렇게 볼 때 문학 작품이란 다름 아닌 일상적이고도 구체적인 삶의 형식화이고 구조화이며 '삶에 대한 인식의 방법'인 것이다.

그러나 김치수가 문학사회학의 관점에 의지하여 문학과 삶을 구조적 동형 관계에 있는 것으로 파악했다고 해서 그 양자가 완전히 일치하는 것으로 생각하고 있는 것은 아니다. 그는 "문자로 삶을 그린다고 하는 것은 문자가 가지고 있는 상징적 성질 때문에 이미 삶 자체를 제시하는 것이 아니라 일차적으로 삶의 상징적 모습을 제시하는 것"이라고 밝히는 것을 통해 문학과 삶의 층위를 명확히 구분한다. 문학과 삶은 동질적이고 동형적이지만 그것들은 각기 그 의미화의 층위를 달리하는 것이다. 그런데 문학이 그 수단인 문자, 혹은 언어가 지니는 상징성으로 인해 그 기반을 상징적 차원에 둘 수밖에 없는 것이라고 한다면, 삶은 바로 이 문학의 상징성으로부터 구체적 의미를 판독해내는 의미화의 장이 된다. 이렇게 본다면 문학과 삶은 각기 기표와 기의의 수준에 대응하는 것이라 할 수 있는데, 김치수는 작품과 독자의 관계의 의미도 문학과 삶의 이 같은 관계에 의하여 새롭게 정립한다. 앞서 인용한 바와 같이 문학을 '삶에 대한 인식의 방법'이라고 이해한다면, 그리고 문학의 궁극적 의미가 완성되고 발휘되는 것이 삶의 차원에서라고 한다면 작품과 독자의 관계에서 무엇보다 중요시되는 것은 독서 행위, 혹은 독자의 역할이다. 비평이라는 작업 역시 작품에 대한 읽기를 전제로 하여 이루어지는 것이라는 엄연한 사실을 상기한다면 독서 행위와 독자 역할의 중요성에 대한 강조가 새로울 바는 아니지만, 아무튼 문학―독자―삶과의 관계에서 독자는 객체이며 동시에 주체라는 이중적 성격을 갖게 된다. 즉 독서 행위에 있어 독자는 작품이나 작가에 대하여 객체의 위치에 놓이는 것이지만, 자신의 삶에 투영시켜 작품의 의미를 완성하고 또 이를 통해 자신의 삶으로 하여금 새로운 의미로의 역동성을 지닐 수 있도록 긴장을 부여한다는 점에서 작품과 삶에 대한 의미화의 주체다. 김치수에게 있어 독자는 문학 작품의 단순한 향유자가 아니라, 다시 말해 작품과의 관계에 있어, '소비적 독서 행위'를 매개로 하여 객체로만 머무는 존재가 아니라, '창조적 독서'를 바탕으로 하여 문학 작품에 적극적이고 능동적으로 의미를 부여함으로써 궁극적으로는 스스로의 삶까지를 변화시켜 진정한 삶을 지향해나갈 수 있는 행동의 결단을 내려야 하는 주체인 것이다. 따라서 이러한 관계에 입각해볼 때 비평의 역할이란 모든 독자로 하여금 자신의 삶과 문학 작품의 의미화의 주체로 전환시키기 위하여 일단 그들을 객체의 자리로 유도하는 것이 된다. 비평의 역할에 대한 이러한 이해를 바탕으로 하는 김치수는 비평은 바로 이런 이유로 해서 작가의 비밀스러운 면을 파헤치는 식의 직관적이고 분석적인 비평이 아니라 작품을 바탕으로 독자를 설득하고 이해시키기 위한 텍스트 중심적이고 설명적인 비평이 된다. 이런 점에서 문학의 가치를 독자들에게 주지시키고 이것을 새로운 삶, 새로운 사회의 의미와 가치의 정립에 연결시키고자 하는 김치수 비평의 문학적 계몽주의의 면모를 보게 된다고 할 수 있을 것으로 보이거니와, 아무튼 작품의 의미를 독자의 삶의 의미로 증폭시키고자 하는 비평 정신의 원리를 김치수는 최근의 평론집에서 '공감의 비평'이라고 집약적으로 표현하고 있다.

공감을 통하여 전이되는 문학의 의미는 삶의 차원에서 진정성을 향한 지향성의 동력으로 작용하게 된다. 이러한 지향의 정당성과 중요성은 현대 사회 속에서의 삶이 지니는 이중적 성격으로부터 비롯된다. 경제적 활동이 주가 되는 산업 사회 속에서 삶은 바로 그 경제 활동의 일반적 진전에 따른 사회 구조의 이중적 분화 과정에 대응하는 이중적 성격을 불가피하게 띠게 된다. 이른바 '사용 가치'에서 '교환 가치'로의 전이 현상으로 대변되는 '사회의 이중적 성격'은 그 각각에 대응하는 '타락한 삶'과 '진정한 삶'의 이중성을 낳게 된다는 것이다. 현대 사회와 그 속에서의 삶이 노정하고 있는 이러한 구조적 현상은 골드만의 문학사회학 이론의 바탕이 되어 있는 것이지만, 동시에 이것은 한국 사회에 있어서도 특히 1970년대 이후로 부인할 수 없는 사실로 등장한 경험적 현실이기도 한 것이다. 이렇게 볼 때 김치수가 보여주는 사회와 삶의 이중성에 대한 인정은 문학사회학으로부터 받아들인 것이기도 하지만, 보다 근본적으로는 한국 사회와 문학의 실제적 변화 양상에 대한 성실한 추적 과정에서 필연적으로 요청된 것이었다. 이러한 삶의 이중성에 있어 타락한 삶으로부터 진정한 삶으로의 투기는 현대 사회 속에서 사람들의 윤리적 과제로 대두되는 것이다. 그리고 그것은 또한 삶과의 관련에서 문학이 추구해야 하는 목표이기도 하다. 그러나 이러한 과제의 윤리성에 대한 확인만으로 문학이 그 사회적 기능을 수행할 수 있는 것은 아니다. 오히려 윤리성이 절대적이면 절대적일수록 그로 인하여 문학의 자율성이 훼손될 여지는 더욱 많아진다. 문학의 자율성에 대한 김치수의 입장은 매우 확고한 것이다. 그는 "문학 속에 다른 분야가 들어왔을 때 문학 외적인 분야는 그 속에 용해되어야 하며 문학 외적 요소는 그리하여 새로운 가치의 창조에 이바지하게 되는 것"이라고 말한다. 문학의 자율성·독자성이 곧 문학의 창조성의 바탕이 되는 것이라고 역설하는 이러한 시각에서 볼 때 삶의 윤리적 과제는 오히려 적극적으로 문학의 논리로 용해됨으로써만 효과적인 수행을 기대할 수 있는 것이다. 그렇다면 삶의 윤리적 목표를 문학은 어떻게 추구하는 것인가? 바로 이 문제와의 부딪침에서 김치수의 관심은 문학의 형식 문제에 쏠리게 된다.

문학의 형식에 대하여 김치수가 부여하는 가치의 중요성은 매우 각별한 것이다. 문학에서 형식이 중요시되는 것은 문학의 표현 매체인 언어 자체가 '형식 지향적'이기 때문이다. 즉 언어는 그것이 "사용되는 목적에 따라 언제나 일정한 형식을 요구"하는 것이다. 이렇게 볼 때 실용적 목적을 갖는 일상 언어와 달리 문학에서의 언어는 실용성에서 벗어난 미학적 목적을 갖기 때문에 이에 따른 독자적인 형식을 갖게 되고, 또 가져야 한다는 것이다. 그러나 이렇게 목적 지향성에 따른 형식의 차별성이라는 견해는 형식주의에 대한 보다 깊은 연구와 병행하여 목적이 아니라 언어를 사용하는 방법에 따른 형식의 차별성으로 수정된다. 이 같은 수정의 근본적인 이유는 아마도 미학적 목적이라는 것이 지니는 일단의 선험성 때문이었을 것이다. 그러나 어쨌든 김치수에게 있어 문학 형식이 각별한 중요성을 지니는 보다 근본적인 이유는 그것이 삶과의 관련에서 수행하는 기능 때문이다. 그에게 있어 형식이란 문학 작품 자체의 내적 원리이면서 동시에 삶과 경험을 변형시킬 수 있는 원리다. "문학은 말이라는 형식 밑에서 경험의 대상들을 재구성함으로써 경험을 변형시킨다. 〔……〕 그러므로 새로운 문학 양식이 경험의 대상들을 해체 구성한다는 것이 문학 작품이 가지고 있는 가장 본질적이고 전복적이며 전위적인 성격에 속한다." 경험에 대한 재구성과 변형의 방식으로서의 형식은 그 자신의 해체 구성과 변형을 통해 삶과 사회에 대한 전복적 기능을 수행한다. 따라서 김치수에게 있어 문학의 형식이나 양식의 의미는 정형화된 어떤 틀이 아니라, 어떠한 형태의 정형화도 거부하는 동력 자체이거나 이러한 동력을 내포한 정신으로서의 의미를 갖는다. 그에게 있어 형식이란 탈형식으로서의 형식이다. 사르트르의 초기 비평의 면모를 연상케 하는 문학 형식에 대한 이러한 이해를 바탕으로 함으로써 김치수는 모든 정형화된 것, 기성화된 것들을 부정하고 미지의 것에 대한 추구를 이어나간다. 바로 이러한 점이 전위적이거나 형태 파괴적인 문학 작품들에 대한 그의 애정을 낳는다. 1980년대에 들어와서도 김치수가 새로이 등장한 작가들, 예컨대 김원우·이인성·최수철 등의 새로운 경향의 작품들에 대하여 보여주고 있는 끊임없는 애정과 관심은 바로 이러한 문학관의 드러남이라고 할 수 있거니와, 이렇듯 끊임없는 자기 혁신을 내적 원리로 지니는 형식 개념을 중심으로 하는 것이기에 김치수의 문학관에 입각한 역사 의식은, 비록 추상적이라는 단서가 붙기는 하겠으나, 러시아 형식주의나 구조주의, 골드만류의 문학사회학의 역사 의식과는 달리 역동적이고 전망적이다. 김치수에 의하면 문학은 "역사가 없을 경우에는 역사를 있게 만드는 것이어야 하고 역사를 창조하는 것이어야" 하는 것이다.

　자기 부정과 자기 혁신의 정신으로서의 문학 형식은 지각을 통하여 삶, 보다 정확히 표현하면 타락한 '즉자적'인 삶과 사회에 대한 부정과 혁신의 동력으로 전화된다. 문학 형식이란 따라서 삶 자체를 의식하고 각성하게 만들어주는, 비유적으로 말해 거울과도 같은 것이다. 이렇게 볼 때 문학 작품을 이해한다는 것은 작품들이 개별적으로 지니고 있는 특징적인 형식이 독서 과정에서 지각에 일으킨 변화의 내용을 추적하여 재구성하는 작업이다. 바로 이 재구성의 과정에서 문학의 형식에 담겨 있는 정신이 삶의 차원으로 전이되는 것이다. 김치수 비평의 많은 부분은 바로 이 재구성의 작업에 할애되어 있다. 특징적인 예로 전상국·유재용·강석경·김국태 같은 소설가나 오규원·김준태·문충성·송수권 같은 시인들에 대한 작가론들이 한결같이 '……의 작품을 읽으면'과 같은 구절로 시작되고 있다는 것은 김치수의 비평이 얼마나 독서 과정에서 생기는 지각의 변화 내용에 대한 추적과 재구성에 충실하고자 하는가를 입증하는 단적인 사례라고 할 수 있을 것이다. 아무튼 문학의 이해는 곧 삶의 각성이다. 이렇듯 지각의 계기로 삼아져 있는 문학 형식은 바로 이런 이유에서 내용과 대립되는 순전히 문학적인 개념이기보다는 게슈탈트적인 개념에 가까이 접근해 있다. 김치수가 러시아 형식주의 이론들 가운데서도 특히 '낯설게 하기' 방식의 개념을 중요시하는 것은 바로 이 방식이 사람들의 지각에 가하는 충격 효과에 주목하고 있기 때문이다. 또한 삶자체에 대한 반성적 자각의 윤리적 필요성은 앞서 말한 바와 같은 사회 구조의 변화를 배경으로 하는 것이다. 현대 사회에 있어 "자신의 내면을 갉아먹고 있는 죽음의 위협"으로 등장해 있는 "의식과 지각의 자동화"에 맞서 사람들의 진정한 삶의 회복 가능성을 문학에서 찾고 그 실천적인 방식으로 형식의 기능에 주목하는 김치수의 비평은 그래서 프랑크푸르트 학파의 이론가들 중에서도 마르쿠제의 이론적 입장에 대한 강한 친근성을 보인다.

  그러나 김치수의 비평에 많은 이론적 기여를 한 문학사회학은 또한 사회 현실이나 구조에 대한 일종의 선험적 부정의 태도를 낳게 만들고 있는 것도 부인할 수 없는 사실이다. 주지하는 바와 같이 골드만의 문학사회학은 시장 경제 체제가 출현한 이후의 근대 사회의 각 단계에 상응하는 문학의 구조를 설명한다. 교환 가치에 의한 사용 가치의 점진적인 사라짐, 그리고 진정성의 추구를 간접화된 수단으로밖에는 이룰 수 없도록 만드는 타락한 삶의 방식의 일방적 진전을 불가피한 추세로 야기하는 것은 바로 근대 사회에 있어 모든 사회적 활동의 바탕이 되어 있는 시장 경제 체제다. 그런데 이렇듯 시장 경제 체제를 근간으로 하는 사회 구조는 역사적으로 매우 오랜 기간에 걸쳐 지속적인 자기 발전을 거치며 현실적으로 사람들의 삶의 거의 모든 차원을 지배하고 있는 존재 구속적인 상황인 것이지만, 문학의 관점에서 그것은 진정한 삶의 터전이 될 수 있는 공동체를 지향하여 벗어나기 위한 탈피의 대상으로밖에는 인식되지 않는다. 다시 말해 사회 구조가 기본적으로 시장 경제 체제에 입각해 있고 사람들의 삶이 시장 경제의 논리에 따라 타락한 양상을 보이고 있다고 관찰하는 한 사회 구조에 대한 부정의 내용은 지극히 단순해질 수밖에 없다는 것이다. 이럴 때 문학과 사회의 구조적 동형성을 전제로 하는 문학사회학은, 그리고 이론적으로 이에 근거해 있는 비평에 있어서는 사회 구조의 내용과 의미에 대한 탐구의 많은 부분이 생략되어 결과적으로 작품 자체의 구조에 대한 탐색만으로 그 범위가 좁아지게 된다. 대략 1980년대 중반 이후의 김치수의 비평이 보여주는 면모는 이에 해당하는 것으로 보인다. 한 예로 1970년대의 김치수의 비평이 보여주었던, 사회적 변화 내용과 작품의 의미 내용에 대하여 균형 있게 배분되어 있었던 관점은 그러나 그 이후 산업화와 같은 사회적 변화에 따른 의식의 마비 현상에 대한 관찰 이상으로 크게 발전하지 않고 있는 것이다. 가령 사회의 변화가 문학의 양식, 특히 소설의 양식을 변화시키는 중요한 요인이라고 한다면, 문학 양식의 변화를 유도해냈거나 유도할 수 있는 사회적 변화 내용들에 대한 개별적이거나 종합적인 고찰이 깊이 있게 이루어지지 않고 있는 것이다. 그리하여 김치수의 비평은 작품의 범위를 크게 벗어나지 않는 작품 중심의 비평이 된다. 물론 작품 자체에 대한 비평의 중요성과 가치를 부정하는 것은 아니지만, 김치수의 경우에 있어 그것은 비평적 관심의 폭을 좁힘으로써 얻어진 결과인 까닭에 이에 대한 적극적인 평가에는 약간의 유보가 불가피할 것으로 보인다.

그러나 또한 이러한 부정의 선험성은 김치수 비평의 또 하나의 특징인 아이러니의 정신을 낳는다. 이 아이러니의 정신은 현대 사회 속에서의 문학의 위상에 대한 정직한 관찰을 바탕으로 하면서도 이를 극복하려는 강렬한 의지에서 생기는 것이다. 그것은 문학의 무력함에 대한 인식과 문학의 강력함에 대한 믿음간의 충돌에서 빚어지는 정신이다. 현존의 사회 구조라는 것이 그것으로부터 벗어나기 위한 부정과 탈피의 대상이면서도 또한 현실적으로 사람들을 구속하는 것이라 할 때 그것의 해체와 그것으로부터의 탈피를 꿈꾸는 문학의 욕망이 온전한 현실로 성취되기를 기대하기란 어려운 일이다. 김치수의 비평적 관점에서 볼 때 이 어려움을 더욱 가중시키는 것은 문학이 추구하는 가치는 그것이 어떠한 형태로도 현실화되는 순간 이미 그것은 새로운 부정과 파괴의 대상으로 존재하게 된다는 점이다. "문학이 목표로 하는 것은 어떤 구체적인 체제가 될 수 없는 것이고 어떤 구체적 도덕률이 될 수가 없는 것이며 이미 존재하는 어떤 이념이 될 수가 없는 것"이라고 말하는 김치수에게 있어 문학은 끊임없이 자기와 현실로부터 초월해나가야 하는 것이다. 그러나 이 초월까지도 '타락한 방식'으로밖에는 이루어지지 못하게 만드는 것이 사회 구조의 실상이라고 한다면 사회 구조와의 대결에서 삶과 문학에게 거의 예정적으로 마련되어 있는 것은 벗어날 수 없는 패배주의의 수렁이다. 이러한 사실을 직시하여 김치수는 "패배주의의 극복이 가능한 것은

146

아니지만 그것을 극복하려는 시지프적 노력이 바로 새로움을 추구하
는 문학"이라는 역설적 견해를 피력한다. 이렇듯 예정되어 있는 패배
에도 불구하고 그것을 무릅쓰는 이러한 아이러니의 정신이야말로 그
의 실제 비평의 대부분이 소설 작품에 대한 비평에 할애되게끔 만드
는 근본적 이유일 것이다. 이러한 아이러니의 정신은 탈형식으로서
의 형식을 말하는 그의 형식관에도 반영되어 있는 것이라 할 수 있는
데, 현대 사회 속에서의 문학의 존재 방식이나 형식에 대한 생각에
깊이 뿌리 박혀 있는 이러한 아이러니의 정신에 더욱 적합한 것은 시
보다는 소설 쪽일 것이기 때문이다. 그리고 또한 아마도 이 아이러니
의 정신이야말로 1980년대 이후 김치수의 비평이 이론의 여지없는
열악한 사회적 상황에 대한 커다란 분노를 간직하면서도 이념이나
도덕을 빌려 분출하지 않고 문학의 테두리 안에서의 논의만으로 자
제할 수 있도록 만들어준 근본적 힘이었을 것이다. 이리하여 그의 비
평은 1980년대 이후에도 이념적 주장이나 도덕적 구호에 함몰되지
않고 작품 자체에 근거한 비평이라는 문학 비평의 본령을 꿋꿋이 지
킬 수 있었다.

지금까지 우리는 김치수 비평의 기저에 놓여 있는 이론적 관심에
대한 검토를 중심으로 거칠게나마 그의 비평의 전개 과정을 살펴본
셈이다. 이러한 관점을 택한 것은 이러저러한 문학 이론들이 김치수
의 비평에 얼마나 영향을 끼쳤는가를 알아보기 위해서가 아니라 비
평 활동의 초기에서부터 오늘날에 이르기까지 한국 사회의 역사적
전개에 따라 만들어진 상황과의 관련에서 그의 비평이 단계적으로
보여주는 문학적 선택의 필연성을 알아보고, 그리함으로써 한국 비
평의 주된 대강의 흐름 속에서 김치수 비평만이 갖는 개별성을 살펴
보기 위한 이유에서였다. 1960년대부터 시작된 김치수의 비평 활동
은 우리 사회 현실의 전개 과정에서 시대와 상황에 따라 다른 차원에
서 다른 내용으로 제기된 문제들에 대한 촉각의 민감성을 견지하면

서도, 그 문제들에 대한 인식의 방법은 물론 그 극복의 방법까지를
문학 내적인 구조적 원리로 정립하고자 했다. 문학의 자율성과 독자
성에 대한, 어쩌면 고집스러워 보이기까지 하는 그의 확고한 생각은
문학이야말로 보다 사람들의 삶과 이것이 처한 사회 현실을 현재의
상태로 고정시키지 않고 보다 진정한 삶, 보다 건전한 사회를 이루어
나갈 수 있는 문화적 동력의 핵이라는 믿음에 근거한 문학의 긍지와
자부심의 수준으로까지 승화되어 있는 것으로 보인다. 이러한 고집
스러움이 김치수의 비평적 논의의 목을 좁게 만든 것으로 여겨지는
측면이 있는 것이 사실이기는 하나, 그렇다 하더라도 바로 이러한 문
학의 자율성에 대한 존중을 바탕으로 함으로써 비로소 이루어지는
것이라 할 수 있는 '공감의 비평'이, 사회적이거나 역사적인 현상들
의 표면을 스치는 피상적인 논리를 아무런 여과 없이 문학의 논리로
수용하는 폐단을 체험한 우리의 비평 문학에 대하여 시사하는 바는
매우 크다.   〔『문학과사회』, 1992년 봄호〕

동행자로서의 비평

―김치수론

정과리

여기에는 말을 유창하게 할 필요가 없다.
때로는 더듬고 장황한 것 자체가 현실이고
삶의 진정한 모습을 보여준다. (공감: 53)*

그는 박경리와 이청준을 한꺼번에 말하면서, "한의 언어화라고 할 수 있는 이들의 소설은, 이 땅에서 숨쉬고 사는 사람의 오랜 역사적 정서가 되어버린 한의 세계를 탐구하고 있고, 그 탐구의 과정까지를 포함해서 문학이라는 양식으로 언어화시키고 있다"(박이: 3)라고 적는다. 지칭된 두 작가의 이름을 보통명사로 치환하면, 이 말은 김치

---

* 김치수의 비평집을 다음과 같이 약기(略記)하며, 약명 다음의 숫자는 그 책의 쪽수를 가리킨다.

『현대 한국 문학의 이론』(공저), 민음사, 1972 → 현대

『한국 소설의 공간』, 열화당, 1976 → 공간

『문학사회학을 위하여』, 문학과지성사, 1979 → 사회

『박경리와 이청준』, 민음사, 1982 → 박이

『문학과 비평의 구조』, 문학과지성사, 1984 → 구조

『공감의 비평을 위하여』, 문학과지성사, 1991 → 공감

『삶의 허상과 소설의 진실』, 문학과지성사, 2000 → 진실

수 비평의 시선을 선명히 보여주고 있는 듯이 보인다. 당연히 문학에 대한 시선인 그것은 "~의 언어화"라는 말로 요약할 수 있으며, 그것의 풀이는 "~의 세계를 탐구하고 있고, 그 탐구의 과정까지를 포함해서 문학이라는 양식으로 언어화"하는 것이라고 할 수 있다. 준말도 풀이말도 새삼스러운 건 아니지만, 그러나 풀어지는 과정에서 그만의 독특한 시선, 아니 방법론이라 말해야 할 비평의 함수가 나타난다. 풀이말을 다시 세분하면 이렇다. 1) 작가는 세상을 탐구한다. 2) 탐구에는 (탐구 대상과) 탐구 과정이 있다. 3) 문학은 그 탐구의 언어화다. 4) 이 언어화는 문학적 양식으로 언어화하는 것이다.

이 분절된 문장들을 통해 우리는 비평가의 시야와 시각을 짐작할 수 있다. 우선 그의 시야는 넓다. 시야가 넓다는 것은 그가 삶의 대상성과 주체성을, 문학적 제재와 형식 전체, 문학의 자동성과 타동성을 함께 인정하는 균형 감각을 잃지 않는다는 것을 뜻한다. 1)과 2)를 통해서 비평가는 세상은 주체(작가)의 대상이며, 동시에 그의 삶 자체라는 것을 가르쳐준다. "탐구의 과정까지를 포함해서"라는 말의 함의가 그것이다. 작가의 작업에는 그 탐구의 과정까지도 포함되어 있다. 탐구를 실천하는 것은 당연히 작가이니까, 그의 작업 속에서 대상은 주체 바깥의 대상이면서 동시에 작가 자신의 작업이다. 1)과 3)은 두번째 항목에 해당한다. 1)은 "작가의 일은 세상의 탐구다"와 같은 뜻의 문장이다. 그런데 작가의 일은 곧 문학이다. 따라서 문학은 세상의 탐구다, 라고 할 수 있다. 그렇다면 문학에는 두 개의 정의가 있는 셈이다. '문학은 세상의 탐구다'가 그 하나라면 '문학은 탐구의 언어화다'가 그 둘이다. 상식이나 다름없지만 실천하기는 어려운 게 문학의 내용과 형식을 한꺼번에 아우르는 일이라면, 비평가는 별로 표냄이 없이 그것을 능숙하게 지적하고 있다. 하지만 거기서 그치는 게 아니다. 분리시켜 읽으면 문학은 한편으로 세상을 탐구하고 다른 한편으로 그 탐구를 언어화하는 것이겠지만, 겹쳐놓고 읽으면 세상의 탐구가 곧 탐구의 언어화다. 그리고 겹쳐놓고 읽는 게 타당하다.

"탐구의 과정까지를 포함해서"를 다시 상기하면 그렇다. 작가에게 있어서 탐구의 과정은 곧 세상을 언어화하는 작업이다. 그것을 이렇게 간단하게 표현할 수 있다.

세상 탐구 과정＝세상×언어

그런데 비평가는 문학은 그 탐구의 과정까지를 포함한다고 했다. 그 식은 이렇게 될 것이다(세상을 W, 세상 탐구를 S, 그 과정을 P, 언어화를 L, 그리고 글쓰기 혹은 문학을 E라고 하자).

$$E=SL=WL+PL=WL+(WL\times L)=WL(1+L)$$
$$[S=W+P,\ P=WL]$$

이 산술식에서 세상-읽기는 글-쓰기와 맞붙어 있다. 글이 세상을 읽을 때 그 글의 언어는 타동적이다. "나는 ～을 보았다. 따라서 나는 ～을 쓴다"가 그것의 기본 문법이다. 그런데 그 탐구를 언어화할 때 글은 재귀적이거나 자동사적이다. 그것의 문법은 "나는 내가 읽는 것을 본다. 나는 나를 쓴다"이거나 "나는 보인다. 나는 씌어진다"이다. 김치수가 롤랑 바르트에 기대어 "작가에게 있어서 본질적인 것은 언어체 밖에 있는 것이 아니라 언어체 자체"(구조: 18)라고 말할 때, 그는 이 문학의 자동성을 온전히 받아들이고 있는 것이다. (지나가는 길에 덧붙이자면, 재귀성과 자동성은 구별할 필요가 있다는 게 내 생각이다. 그러나 그 구체적인 내용에 대해서는 나중에 따져볼 일이다.)

그러나 이 사실 자체가 중요한 것은 아니다. 한국 비평에 구조주의가 소개된 이래로 "글쓰기는 자동사다"라는 바르트의 유명한 명제는 아주 흔한 인용구 중의 하나가 되었다. 중요한 것은 김치수가 문학의 타동성과 자동성을 공평하게 인정하고 있다는 것이며, 그것을 하나의 문장 안에 가두고 있다는 것이다. 그는 "시적 언어나 문학에 있어서 타동사적인 성격을 완전히 배제시킨다는 것이 가능하지 않"(구조: 18)다고 말하고 있는데, 그와 같은 진술은 그가 문학을 타동사적인 것과 자동사적인 것이 배합된 존재 형식으로 이해하고 있다는 것을 가리킨다. 그로부터 아주 상반된 두 개의 이념적 관점을 포괄하는 태도가 나온다. 즉, "굶주린 아이 앞에서 소설의 존재 이유에 대해 탄식"하는 사르트르적 입장과 "문학이란 굶주린 아이가 존재하고 있다는 사실 자체를 추문으로 만드는 것"이라는 리카르두의 입장을 한꺼번에 인정하는 태도 말이다. 도구로서의 언어관과 사물로서의 언어관은 문학의 정치성에 대해 근본적으로 화해할 수 없는 상반된 시각을 역사적으로 보여왔다. 극렬한 논쟁을 야기한 이 두 입장을, 그런데 그는, 동시에 인정하고 있는 것이다.

문학 비평의 길을 그와 동행한 김현의 시각과 비교를 하면, 그 태도의 미묘함은 더욱 뚜렷해진다. 김현은 사르트르의 많은 점들을 인정하면서도(특히 '실존적 정신분석') 저 언어관에 대해서만은 동의하지 않았다. 「시의 언어는 과연 사물인가」(『김현 문학전집』 11권)에서 사르트르의 시/산문 언어의 구별에 대한 비판들을 상세히 검토하면서, 그는 사르트르식의 언어관이 "인간을 위한다는 미명하에 보편성과 모든 인간을 혼동시켜 인간의 미학적 실존을 지워버리려"(『김현 문학전집』 11권: 158) 하는 "부르주아지 이데올로기"에 지나지 않는다는 주장에 공감하였다. 김현은 투명한 창과 같은 순수—도구로서의 언어는 존재하지 않으며 단지 "목청 높은 구투의 형태 보존적 노력"(『김현 문학전집』 1권: 57)이 있을 뿐임을 적기하고, "형태 파괴"적 시도, 즉 문학적 체제와 규범을 벗어나는 시도들에 내기를 걸었다. 왜냐하면 문학적 형태가 미학적 실존을 이루는 것이라면, 형태 파괴는 "우상 파괴"이며 "물신적 사고의 파괴"(『김현 문학전집』 11권: 162)이기 때문이다.

김치수와 김현의 차이는 김치수가 김현에 비해 더 너그럽다는 것을 뜻하는 것인가? 혹은 느슨하다는 것을 가리키는 것일까? 그러나 비평의 입장을 윤리적 태도로 설명할 수는 없다. 무엇보다도 비평은 과학이고, 너그럽거나 느슨함 자체도 하나의 이론적 구조의 산물이다. 우리는 오히려 김현의 비평적 관심과 김치수의 비평적 관심이 다르며, 그 관심의 차이에 의해서, 각각의 비평의 문학 전체의 공간 내에서 자리하고 있는 위치가 달라졌다는 점에 주목해야 할 것이다.

실상 문학 이념의 차원에서 김현과 김치수의 비평은 많은 부분에서 공집합을 이룬다. 김치수가 김수영을 거론하면서, "문학의 본질적인 기능을 체제의 유지가 아니라 체제의 파괴에서 찾고 있다"(사회: 156)라고 말할 때, 그것은 그가 김현이 "형태 파괴적 노력"이라고 부른 것을 지지하고 있음을 그대로 가리킨다. 그것을 증명하는 예문들은 무수히 많다. "문학의 언어 사용은 언어 자체를 소비하는 것이 아니라 새로운 언어를 창조하는 것이다"(구조: 15) "〔1980년대 중반의 소설의 활기는〕 1970년대와는 다른 소설의 목소리가 나타났다는 것과 1980년대의 새로운 작가를 평가할 줄 아는 동시대의 비평가들이 등장했다는 것으로 해석되어야 한다"(공감: 65) "문학의 근대성은 문학 자체의 형식이 굳어져서 제도화되는 것을 방지하기 위해 스스로 자기 혁신을 시도하는 데 있다"(진실: 42).

그가 누보 로망의 작가 미셸 뷔토르의 전공자이고 구조주의 비평이론을 체계적으로 소개한 사람 중의 하나였다는 것까지 말할 필요는 없으리라. 문학적 형태에 대한 자의식 혹은 바꿈 의식은 이론의 여지가 없는 그의 기본 문제틀이다. 그러나 그럼에도 불구하고 그가 그것만이 옳다고 주장하지는 않는다면, 그것은 그와 김현이 문학적 입장은 공유하지만 그 실천의 방식에 대해서는 서로 다르다는 것을 암시한다. 실천의 방식은 비평적 글쓰기의 문제로 귀착한다.

김치수·김현을 비롯한 『문학과지성』 동인들이 한국 문학의 텍스트들을 가능한 한 폭넓게 이해하려고 했다는 것은 주지의 사실이다. 선명한 입장을 자주 드러낸 김현이나 김주연의 경우조차 그랬다는 것은 그들이 한국 문학을 그 선명성의 축에 기대어 해석했다는 것이지, 그것을 잣대로 분석 대상을 좁혔다는 얘기는 아니다. 그들은 한국 문학의 실제에 대한 가장 왕성한 탐식가들이었다. 그러나 말하는 방법은 저마다 다르다. 김병익의 기본적인 어법은 감싸기의 어법이다. "이것에도 불구하고 저것이다"가 그것이다. 반면, 김주연의 어법은 저울의 그것이다. "이것이냐 저것이냐"가 그것이다. 김현의 어법은 횡단의 어법이다. 그는 "이것들"을 꿰면서 회전한다. 김치수의 어법은 무엇인가? 그는 "이것과 저것"이라고 말한다. 그때 이것과 저것은 뚜렷이 대립한다. 대립하는데도 김치수는 그것들을 피아노 건반 위의 상아와 흑단처럼 사이좋게 놓는다. 그는 박경리와 이청준을 나란히 놓은 책을 냈다. 이런 진술도 좋은 예다. "황석영의 순수성과 최인호의 탈음흉성은 그 기본적 태도에 있어서는 같지만 그 방법론에서는 대조적인 것이다. 이 두 경향이 서로 견제하고 대립하고 융화되는 한, 문학은 독자를 기만하지도 배반하지도 않을 뿐만 아니라 새로운 양식을 발견해낼 수 있을 것이다"(공간: 254).

감싸기의 어법이 꿈꾸는 것은 이해이고, 저울의 어법이 재는 것은 가치이며, 텍스트의 횡단이 실천하는 것은 창조다. 건반 위의 글쓰기가 내려앉는 곳은 어디인가? 왜 그는 그렇게 하는가?

아마도 그가 문학사회학을 최초로 소개한 사람 중의 한 명이었다는 것에 눈길을 주어야 할 것이다. 문학사회학은 문학 텍스트의 존재를 사회적 현상의 하나로 이해하는 학문을 말한다. 문학사회학적 접근은 그러나 다양해서 문학 텍스트를 일률적인 사회적 현상의 하나로 보는 관점(에스카르피)도 있고, 다른 것들과 경쟁하는 사회적 체제instance로 보는 관점(부르디외)도 있다. 김치수가 수용한 문학사회학은 흔히 구조발생론이라 불리는 골드만의 입장과 프랑크푸르트 학파의 부정의 변증법에 근거한 것으로 문학과 사회를 동위체이자 동시에 대립체로 보는 한편, 그 대립을 통해 문학하기를 사회적 실천태로 이해하는 관점을 말한다. 그 동위성 homologie의 측면으로 들어가면 모든 문학 작품들의 발생과 유통과 수용은 공평한 사회적 현상으로서 이해되며, 그 실천성 praxis의 단면을 자르면 각각의 문학적 실천들에 대한 평가가 가능해진다(그 평가의 첫번째 틀은 대립성, 즉 문학의 자율성에 있다).

김치수 비평의 너그러움은 그가 문학사회학의 두 가지 면을 똑같이 중시한다는 것을 가리킨다. 그리고 바로 그 점에서 그는 거의 유일한 문학사회학자다. 김현 또한 프랑크푸르트 학파로부터 많은 영향을 받았지만 무엇보다도 부정의 변증법에, 즉 그것의 실천성에 더 친근하였다. 그는 그가 경쾌하게 주파해나가며 왕성히 소화한 그 모든 이론적 입장과 철학적 태도들을 모두 "억압 없는 사회"라는 극점으로 수렴시켰다. 김치수는 반면에 문학사회학 그 자체에 더 깊은 관심을 보였으며, 그 문학사회학의 이해·설명의 틀을 통해서 문학의 실천적 의미를 캐내는 방향으로 나아갔다고 할 수 있다.

가령, 그는 문학과 사회의 동위성에 입각해서 미학적 실존에 대한 자의식을 결여하고 있는 한국 문학의 일반적 현상이 불가피했던 역사적 이유가 있음을 밝힌다. "한국 문학은 정치적 억압으로 인해 언론이 제 기능을 하지 못할 때 그 기능을 대신"(진실: 34)했다는 것이다. 이러한 해석은 사회적 과잉 억압과 문학적 토양의 박탈의 동위성에 근거해 문학의 최소한의 실천을 긍정하고 있는 것이다. 이 태도는 김현이 그 문학의 보수적 형태가 사회의 억압적 구조와 다를 바 없다고 가차없이 바라보는 것과 분명히 다르다. (물론 김현은 추상적인 차원에서 그런 입장을 밝혔을 뿐 실제 비평에 있어서는 거의 침묵을 지켰다. 그것은 그 역시 한국 사회의 억압성을 깊이 생각하고 있었고 그래서 비판의 비율을 조절했기 때문일 것이다.)

그러나 이렇게만 본다면 김치수 비평의 너그러움은 일종의 기능적 역할 분담에서 해법을 찾은 데서 나오며, 따라서, 가치의 차이를 매기는 너그러움이다. 다시 말해 작가 écrivain가 쓰는 진정한 문학(문학의 자율성에 근거한)과 지식 서사 écrivant가 쓰는 언론으로서의 문학을 구별하고, 후자에 대해서는 문학적 가치보다는 사회적 효용성을 인정하는 것이다. 그러나 꼭 그렇게만 읽을 수가 있을까? 물론 그가 "참여라고 하는 답답한 장막이 눈앞에서 사라진 오늘날 아무것도 없는 백지에서 자유로운 상상력에 의해 처음부터 다시 시작할 수 있는 작가만이 진정한 작가라고 할 수 있다"(진실: 43)라고 말할 때 그러한 태도가 의중에 있는 것은 분명해 보인다. 그러나 이 판단을 김치수 비평의 근본적인 태도로 일반화할 수는 없다.

왜냐하면, 그는, 가령 박경리와 이청준 혹은 황석영과 최인호처럼, 문학 세계가 상이한 두 작가를 함께 병치시키기를 즐기는데, 그때에는 오히려 두 작가를 공평히 인정하는 관점이 작용할 뿐 둘 사이에 등급을 매기거나 기능적 구분을 하지는 않기 때문이다. 게다가, 둘을 함께 보는 태도는 비평가의 아주 체질적인 태도로 보인다. 가령, 그의 평론집의 목차를 보라. 「예술의 자율성과 현실 참여」「개인과 역사」「성장소설 혹은 꿈꾸면서 살아가기」「두 개의 '혼불'」「소설의 반성, 반성의 문체」 등 때로는 '과' '와' '혹은'의 대등 접속사에 의해서, 혹은 쉼표에 의해서, 때로는 숫자 2로서 문학의 두 면을 보여주기를 즐기는 것이다. 그런 제목들은 그의 평론집 전체에서 십중팔구를 차지한다. 그렇다는 것은 그것이 의식적이라기보다 무의식적이라는 것을 뜻하고 따라서 그의 성향은 문학사회학의 비교적 가치 중립적인 태도에서 영향을 받은 결과라기보다는 그 이전에 형성된 것으로 보는 게 오히려 타당할지 모른다. 더 나아가 양면을 아우르는 비평가의 성향이 그 밑자리에 어떤 하나의 심리적 동인, 혹은 문학적 지향에 의해 지탱되고 있다고 추정할 수 있을 것이다.

김치수의 초기 비평에서 주목할 점은, 1960년대 작가들에 대한 집중적인 관심을 논외로 한다면(이는 4·19 세대 비평가들의 공통적인 현상이다), 염상섭에 대한 각별한 관심이다. 염상섭에 관한 그 글들은 외국 문학 사조와 한국 문학 창작 사이의 괴리에 대해 날카로운 메스를 대는 것이 출발점에 놓인다. 식민지 시대 작가들의 서구 문예 사조의 무분별한 수용이 얼마나 부정확한가를 그는 꼬집는다. 그렇다는 것은 그가 정명환의 영향을 강하게 받았다는 것을 암시한다. 정명환은 외국 이론의 정확한 수용에 역점을 두고 스스로 실천한 비평가이다. 그 엄격성은 때때로 지나치게 나가서 외국의 작가(소설)에 기대어 그[것]와 유사한 경향을 보여준 한국의 작가(소설)의 미흡한 면을 공박하는 편향을 보이긴 했지만, 일본의 배급망을 통해서 이중으로 왜곡되어 수입되기 일쑤였던 외국 이론에 그 본래의 의미를 복원시켜줄 수 있는 거의 유일한 비평가였다. 4·19 세대가 천명하고 실천한 외국 이론의 주체적 수용이라는 명제는 정명환이 닦아놓은 '정확한 수용'이라는 교량이 없었더라면 아마도 부실을 면치 못했을 것이다. 김치수는 정명환의 불문과 제자였다. 김현 역시 그러했지만 김현은 스승의 정확성을 그대로 배우기에는 자유로운 사유와 정신적 모험에 대한 취향이 강했다. (그러나 스승의 영향은 그의 말년에 실증성에 대한 적극적 관심을 통해 깨어난다.) 흥미롭게도 염상섭은 정명환도 크게 관심을 보인 한국 작가였다. 그는 졸라의 자연주의와 염상섭의 자연주의를 비교하면서 그 둘이 얼마나 대척적인 자리에 놓이는가를 섬세히 분석한 바가 있다. 그러나 정명환이 「염상섭과 졸라」를 발표한 것은 1974년(『연세대 한불 연구』)으로 김치수가 염상섭에 대해 처음으로 언급한 「식민지 시대의 문학」이 씌어진 1960년대 후반보다 늦게 나온 것이다. 따라서 둘 사이에 염상섭을 보는 관점에 대한 직접적인 영향 관계는 없다고 보아야 할 것이다. 다만 스승과 제자 사이에 사적인 차원에서 이야기가 오고 갔는지는 모른다. 어쨌든 이 흥미로운 사실은 정명환의 비평적 태도와 김치수의 비평적 태도가 다르다는 점에서 더욱 호기심을 부추긴다. 정명환의 분석은 철저한 내용 비교 분석이며, 그 분석의 결과는 "전통의 중압의 결핍이 가져온 방법론의 불비와 보수적 입장에서의 가치 판단과 절대의 탐구를 모르는 문학적 관례"(『졸라와 자연주의』, 민음사, 1982, p. 286)에 대한 의혹이다. 그에 비해 김치수의 해석은 어떠한가?

동시대의 많은 문학인들이 서구 문학의 무비판적 수용, 새로운 문물에 대한 찬양으로 일관하고 있는 데 반해서 염상섭은 이론적으로는 그것을 받아들임으로써 실패하고 있지만 작품에서는 독창적인·세계를, 문학인으로서 정당한 사고를 보여준 점에서 실패와 성공의 양면성을 지니게 되는 것이다. (현대: 86; 공간: 123)

김치수가 염상섭을 특별히 선택한 이유가 분명히 나타나 있다. 그는 염상섭의 자연주의가 서양의 자연주의를 오해한 데서 나온 것임을 밝히지만, 그 오해와는 별도로 작품으로서 성공하였다는 것을 적기하고 있다. 강조점이 후자에 있다는 것은 이 문장의 앞부분만을 다시 한번 일별하는 것으로 충분히 알 수 있다. 그렇다면 그는 스승에게서 정확성에 대한 훈련을 받았지만 그것과 함께 다른 감각을 스스로 개발하였다고 할 수 있다. 그 다른 감각은 문학의 자율적 가치에 대한 감각이면서(“독창적인 세계”) 동시에 문학의 현실 관여성의 의미(“정당한 사고”)에 대한 감각이다. 그 “정당한 사고”는 정확성으로 따질 수 있는 문제가 아니라, 현실에 대한 긴장 혹은 태도로서 살필 수 있는 문제다. 그가 춘원을 두고, “농민이나 독자의 삶 속에 뛰어들지 않고 그것의 외형적 결점만을 고치고자 했지, 외형적 결점을 만들어낸 요인을 관찰할 수 없었던 것이다. 그 자신이 알고 있었던 지식은 외래 사상의 본질적인 면보다 현상적인 데 현혹된 것이며 그것은 그의 지식이 참다운 것이 아니었음을 입증하는 것이다”(현대: 113)라고 말할 때, 그 ‘참다움’은 순수 이성이 아니라 실천 이성으로 에돌아 나타나는 삶에 대한 진실한 이해, 즉 자기에 대한 성실성과 세계와의 최적의 긴장을 가리킨다.

때문에 우리는 사태의 양면을 함께 펼치는 태도가 그의 비평적 궤적의 초입에서부터 이미 존재하고 있었으며, 그것은 그 두 면의 어느 하나의 입장에 근거한 것이 아니라, 전혀 다른 어떤 심리적 동인 혹은 문학적 지향에 의해 뒷받침되고 있다고 생각할 수 있다. 실로 지금까지의 이야기에서 우리가 누락한 부분이 그것이다. 모두에서 우리는 김치수 비평을 네 개의 단문으로 나누었다. 그 네 문장 중 살피지 않은 것이 하나 있다. 그것은 바로 4)이다. 즉 문학은 세상과 세상 탐구를 언어화하는 것이되, 문학적 양식으로 언어화하는 것이라는 명제다. 이미 앞에서 우리는 세상 탐구의 언어화 자체가 언어의 자동성과 타동성을 함께 아우르고 있음을 분석한 바 있다. 그렇다면 그것으로써 문학이 성립할 필요 조건을 갖추었다고 할 수 있다. 그런데 비평가는 거기에 다시 '문학'을 추가하고 있는 것이다. 마치 문학은 그의 육체인 언어를 초월해 있다는 듯이. 혹은 문학은 붙잡을수록 끝없이 뒤로 달아나는 그림자라는 듯이. "문학은 그것이 스스로의 형태를 파괴하고자 하는 노력까지도 문학을 지키기 위한 것임을 내게 보여주었다"(공감: iv)와 같은 진술도 '문학'을 개별화시키고 그것을 어떤 언어의 점령(정의)으로부터도 보호하려는 그의 무의식적인 기도를 보여준다. 그 심리적 동인은 무엇이고 그렇게 해서 그의 문학-비평이 튼 방향은 어디인가?

김치수 비평의 심리적 동인을 알 수 있는 자료는 찾기 힘들다. 언제나 타자에 기대어 타자에 대해서만 말하는 비평가는 그 자신의 체험을 토로할 기회를 거의 만나지 않는다. 아니 그런 것은 비평가의 의지에 속하지 않는다. 그는 작가에게 항상 체험의 구체성을 요구하지만 정작 그의 구체성은 부재한다. 그는 타자 속으로 스며들어 타자의 입으로 발성한다. 그는 구체성을 말하긴 하되, 항상 그것의 허수로서 존재한다. 문학이 그림자인 게 아니라 차라리 비평가가 그림자다. 그리고 이 말은 김치수에게는 안성맞춤이다. 우선은 그가 사적인 이야기를 한 흔적이 보이지 않기 때문이다. 그러나 부재의 양태로서가 아니라 현존의 양태로서도 우리는 그 판단의 증거들을 잡을 수 있다. 바로 그의 문학적 지향을 검토할 때 그렇다.

사르트르와 리카르두에 대한 언급으로 되돌아가보자. 그는 단지 둘의 관점을 공평히 인정하는 선에서 그치지 않는다. 그의 진술을 그대로 인용하면 이렇다.

> 사르트르가 굶주린 아이 앞에서 자신의 소설의 존재 이유에 대한 탄식을 하는 것이나, 리카르두가 문학이란 굶주린 아이가 존재한다는 사실 자체를 추문으로 만드는 것이라고 주장한 것은 모두 문학을 하는 것에 대한 회의에서 나온 것이다. (박이: 3)

사르트르와 리카르두를 잇는 매듭이 있었던 것이다. 그것은 바로 문학에 대한 회의다. 그 회의는 "역사 속에서 현실의 힘이 그 어떤 것보다 강하게 지배하며 언어가 자위의 도구로 전락하는 것을 보고 문학의 새로운 자리를 찾으려 한 것이고, 이 절망적인 노력을 통해서 문학 자체가 제도화되지 않는 길을 모색"한다는 의미에서의 회의다. 그러니까 그 회의는 문학 그 자신에 대한 내적 · 외적 반성을 뜻한다.

이 회의만이 있는 게 아니다. 문학의 전 국면에서 전혀 다른 두 세계를 잇고 버텨주는 이러한 결절점은 대체로 다음 셋으로 압축할 수 있다.

1) 문학적 대상: 개인(의 운명).
2) 문학하기: 회의, 혹은 문학 그 자신에 대한 끝없는 질문.
3) 비평적 대상: 작품.

풀자면 이렇다. 1) 그는 언제나 문학이 어떤 정치적 입장을 선택하든 그것을 개인의 운명의 차원에서 드러내야 한다는 점을 역설한다. 아무렇게나 보기를 뽑아보자. "〔김승옥〕의 역할은 문학의 관심을 사회 전반의 개조와 역사의 흐름 전체의 파악으로부터 개인의 발견으

로 회전시켰다는 점에서 주목의 대상이 되었던 것이다"(공간: 52)
"[박경리]의 그 많은 인물들이 독특한 개성을 갖고 있다든가 개개인
의 인물이 가지고 있는 한과 비애와 비극을 공적인 자아의 차원에서
가 아니라 사적인 자아의 차원에서 끝까지(죽음까지) 드러내고 있다"
"우리에게는 모든 창조적 노력이 가능한 사회가 필요한 것이고, 사회
내부에서 끊임없이 개인의 다양한 창조를 억압하는 것을 경계해야
하는 것이다"(사회: 177) "소설이 근본적으로는 삶과 세계 속에 있는
인간의 탐구라면 소설은 필연적으로 개인으로서의 인간의 특수한 체
험의 서술을 통해서 보편적인 어떤 것을 드러내 보이는 문학 장르일
것이다"(공감: 171) "이들 개개인의 운명의 변화는 이 작품을 이끌어
가는 힘이다. 거기에서 주는 감동이 없다면 이 작품은 오늘의 사회를
이해하는 데 큰 도움이 되지 못할 것이다"(진실: 90). 2) 그가 누보
로망의 작가 미셸 뷔토르에 대해서 주목하는 점은 소설의 새로움 그
자체라기보다, 그 새로움이 소설 그 자신에 대한 회의와 갱신의 결과
이기 때문이다. "초기의 그에게 끊임없이 제기되는 문제는 소설이란
무엇인가 하는 것이다. 실제로 문학의 역사에서 위대한 소설이란 이
런 종류의 장르적 반성에서 씌어졌다고 해도 지나치지 않다"(공감:
287). 이처럼 문학하기의 모든 동인은 스스로 화석화되지 않으려는
질문과 모색이다. 보기들: "삶을 천천히 살며 관찰하는 사람이 읽을
수 있는 작품은 이 세계에 대해서 문제 제기적인 것이며, 삶의 원리
에 대해 회의적인 것이고, 문학의 존재에 대해서 반성적인 것이다"
(진실: 79) "한 편의 소설을 쓴다는 것은 이 세상의 삶에 대한 하나의
질문을 제기하는 것이다"(진실: 342) "질문이 없는 창작이나 독서는,
그것이 틀에 박히게 된다는 이유 때문에, 따라서 필요에 따라서만 행
해지기 때문에 진정한 의미에서 창조적인 행위가 되지 못하고 소비
적인 행위가 되는 것이다"(박이: 140). 3) 그는 "작가는 작품으로 말
하는 것"(현대: 86, 공간: 123)이라고 단언한다. "문학에 있어서 사조
는 작품에 선행하는 것이 아니고 어떤 작품들을 바탕으로 해서 나올

수 있는 것"(현대: 79, 공간: 113)이다. 그것은 비평이 작품을 바라보는 관점에도 그대로 적용된다. "아놀드가 이야기하고자 한 것은 한 시대의 정신과 작품 사이에 존재하고 있는 혈연 관계를 작품의 분석을 통해서 비평이 밝힐 수 있다는 전제에 의한 것이었지, 어떤 사상이 어떤 작품의 제작에 필수 요건이라는 것은 아니[다]"(사회: 121) "많은 비평가들이 문학은 무엇이어야 하는지 이념적 논쟁을 벌이느라고 문학 작품에 대한 진지한 독서를 소홀히하고 있었다"(공감: iv).

이 세 항목들은 그 자체로서 의미있다는 것이 아니다. 그것은 차라리 4·19 세대 비평가들의, 적어도 『문학과지성』 동인들의 공통된 태도다. 우리가 주목하는 점은 이 항목들이 김치수 비평의 출발점에 있는 게 아니라 차라리 결절점에 있다는 것, 다시 말해 그 특유의 사태의 양면을 향해 동시에 뻗어나가는 태도를 지탱하는 축의 역할을 한다는 것이다. 그것은 그만의 독특한 비평적 실존태를 질문케 한다.

앞의 세 항목을 다른 방식으로 나누면, 창작과 비평 그리고 대상과 행위의 두 기준에 의해 좌표화될 수 있다. 도표로 짜면 이렇다.

	대상	행위
창작	개인	질문
비평	작품	?

이 표의 물음표에 이제는 대답을 넣을 때가 되었다. 비평의 행위란 그에게 무엇인가? 다른 세 항목들의 공통점을 추출함으로써 우리는 그 대답을 발견할 수 있을 것이다. 그 공통점은 그가 생각하는 문학은 대상과 회의에 대해서 두루 정직성과 성실성의 결합으로서의 절실성을 실천하는 것이라는 점이다. 그 절실성은 작가가 혹은 비평가가 탐구의 대상을 밖의 사물로서가 아니라 안의 타자로서 이해할 때 나오는 것이다. 그렇다면 그의 비평적 실존의 장소는 바로 작품의 곁에 있는 것이 아닐까? 작품의 곁에 위치함으로써, 작품을 열고 그것

을 무한한 해석의 가능성으로 쇄신하는 것 말이다. 가령, 그는 이렇게 말하는 것이다. "완성된 형태로서 제시된 문학 작품은 끊임없는 독서 행위에 해당하는 비평에 의해 열린 세계로서 우리에게 제시되어 있는 것이다. 문학 작품이 '열린 세계'라고 하는 것은 해석이 끝난 것이 아님을 말한다"(사회: 139). 사르트르 문학관의 한 핵심인 즉자-대자의 끝없는 순환(사르트르의 『문학이란 무엇인가』에서 실제로 주목할 점이 이것이다. 그런데 한국에서는 그 책이 단순히 앙가주망 이론의 개설서로서만 이해되고 있다는 것은 아쉬운 일이다)을, 그는 사르트르와는 달리 아주 자연스럽게 풀어내고 있다. 그 자연스러움은 비평이 작품의 동반자임을 자처할 때 가능한 태도다. 사르트르에게 그것이 아주 의식적인 것은 그가 작품을 완강히 바깥의 사물(지옥)로서 대했기 때문이다. 사르트르의 욕망이 해석에 대한 욕망이라면, 김치수의 꿈은 이해다. "비평 행위란 일종의 독서 행위라고 이야기했을 때, 독서의 공간이란 작가의 의식과 한 독자의 의식이 만나는 장이라 이야기할 수 있을 것이다. 이 경우 비평은 작가와 작품 앞에서 오만할 수 없을 것이고, 그것들을 우선 이해의 눈으로 바라볼 수밖에 없는 것이다"(공간: 2).

작품의 곁에 함께 있기의 태도는 그의 발언보다도 그의 문체에서 더 잘 보인다.

그의 개성은 그의 소설이 우리 소설사에서 뚜렷한 자리를 차지하게 만든다. (진실: 186)

그것은 그가 대중보다 지식도 많고 역사를 꿰뚫어보는 안목도 갖고 있음에도도 불구하고 (현대: 113)

강조한 부분은 비평가들의 문장에서는 보기가 힘든 어법이며 동시에 한국어로서는 아주 자연스러운 문장이다. 그것이 자연스러운 것은 한국어가 서양어와 달리 한 문장 안에 두 개의 주어를 허용하기 때문, 아니 "문장 속에 문장을 안을 수 있게"(남기심·고영근, 『표준국어 문법론』, 탑출판사, 1987, p. 17) 하기 때문이다. 그러나 이런 문법은 한국 비평가의 글에서는 찾기 어려운 것이 되어가고 있다. 서양어의 세례를 많이 받았기 때문이기도 하지만, 비평 특유의 분별주의가 그런 문장을 꺼리게 하기 때문이다. 김치수의 문체는 오히려 분별을 무시하고 어울리기를 좋아한다. 함께 어울려 작가의 목소리와 비평가의 목소리를 슬그머니 겹쳐놓는다. 가령, "겉으로 드러난 이 평화의 내면에서는 보이지 않는 균열이 일어나고 있고 일상적 삶이 가지고 있는 허구적이고 위선적인 틈새가 나타나기 시작한다"(진실: 167)와 같은 진술은 작품의 해석이 아니라, 작품을 달리 되풀이해서 쓰는 것이다. 그가 텍스트를 분석할 때 작품의 줄거리를 꼼꼼히 따라가며 읽는 것도 같은 태도다. 줄거리 전체를 꼼꼼히 따라가며 읽는 태도는 정명환과 그가 공유하는 특유의 비평 쓰기의 방식이다. 그런데 정명환의 경우에 그것은 치밀한 논리적 따짐의 형식으로 나타나는 데 비해, 김치수의 따라 읽기는 되풀이해서 체험하기의 형식으로 나타난다. 또 다른 특징도 있다. "되풀이되는 이야기지만"(현대: 117), "흔히 이야기되는 것처럼"(현대: 224), "이러한 단정이 감정적인 것이 되지 않기 위해서는"(현대: 224), "그의 소설은 소설의 역사에서 중요한 자리를 차지할 것으로 기대된다"(진실: 280)에서와 같은 수동형 진술이 그렇다. '되풀이'라는 단어만을 가지고 김현의 『한국문학의 위상』에서 그 단어가 쓰인 어법을 뒤져보면, 김현은 자신의 행위를 이야기할 때는 전부 그것을 '되풀이하다'라는 능동형으로, 그리고 대상에 대해 이야기할 때는 '되풀이되다'라는 수동형으로 엄격히 갈라서 표현하는 것을 확인할 수 있다. 반면에 김치수는 자신의 행위를 가리킬 때도 빈번히 수동형으로 쓴다. 그것은 그가 작품 '에 따라서 함께 행위한다'는 태도를 무의식적으로 가지고 있음을 보여주는 한 증거가 될 수 있다.

　김치수는 "문학은 한 장면을 한꺼번에 보여주는 영상과는 달리 마치 천을 짜듯이 엮어가는 과정을 보여줌으로써 삶의 장면들이 끊임없이 생성되며 서로 얽혀가는 과정을 제시한다"(진실: 184)라고 말하고 있는데, 이것은 문학 일반에 대한 비평가의 생각을 보여주기도 하면서, 동시에 그의 비평의 핵심을 요약하는 것이기도 하다. 그에게 문학은 항상 '길' 속에 있고, 비평은 그 길을 가는 작품의 동행자다. 그 동행자는 작가와의 대화를 통해서 그의 작품 세계가 한 번의 완성으로 닫히는 것을 막고 끝없이 열려 움직이게 한다. 앞서가는 자는 뒤에 따라오는 자가 돌로 굳어지는 것을 보지 못한다. 오르페우스의 비극은 창조자의 운명이다. 그러나 곁에 함께 있는 자는 창조를 실천하지 않는 대신에 창조자에게 끝없이 산소를 불어넣는다. 그 또한 값진 운명이 아닐 수 없다.　　　　　　　[『문학과사회』, 2000년 가을호]

대화적 상상력과 공감의 비평

우찬제

1. 종합적 시선과 비평의 진실

넉넉한 문학혼을 바탕으로 문학과 비평의 넓고 깊은 진실의 자리를 탐사하는 김치수의 글은 비평의 살아 있는 가능성을 입증한다. 10여 년 전에 그는 "우리 비평에 꼭 필요한 것이 비평가와 작가의 의식의 만남"[1]이라며 그것을 '공감의 비평'이라고 부르고 싶다는 말을 한 적이 있다. 그 공감의 비평의 흔적들로 꾸며진 새 비평집은 비평 읽기의 진정한 즐거움을 선사한다. 그는 소설의 미세한 숨결에서 거센 파동에 이르기까지 놓치지 않고 교감하려는 의식의 더듬이를 지닌 비평가다. 그 더듬이는 섬세하면서도 유현하고, 부드럽게 문학이라는 대상을 끌어안으면서도 문학적 현실에 대한 냉철한 판단을 가능케 하는 비평 기제다.

부드럽게 투시하는 비평적 통찰력을 지닌 김치수는 분석적이면서도 종합적인 인문주의자다. 그의 비평은 항상 텍스트의 현실과 작가

---

1) 김치수, 『공감의 비평을 위하여』(문학과지성사, 1991), p. ⅴ.

의 현실, 텍스트가 재현하고 있는 세계의 현실, 독자의 현실을 두루 고려하는 대화적 상상력의 공간이 된다. 또 동서고금의 문학적 자양분을 온축하여 지금, 여기의 새로운 문학 창조에 기여하려는 비평적 의지가 구현되어 있는 공간이기도 하다. 현실과 문학 지형의 변화에 예민하게 반응하고 새롭고 실험적인 경향에 대해서 넉넉하게 반응하면서도 문학의 진정성을 보듬으려는 노력이 그의 비평에 긴장의 자장을 형성한다. 아울러 프랑스의 누보 로망론이나 기호학 이론, 그리고 문학사회학 이론을 소개하고 분석하는 과정에서 보여주었던 대로, 형식 시학과 사회 시학의 통합이라는 그의 비평적 목표는 매우 의미 있는 것이 아닐 수 없다.

『삶의 허상과 소설의 진실』의 비평 세계를 조망하기 위해 이 글에서는 우선 김치수 비평의 특징 몇 가지를 주목하고자 한다. 1966년 중앙일보 신춘 문예로 등단했으니, 그는 올해로 꼭 35년째 비평 활동을 하고 있는 셈이다. 앞에서도 말했다시피, 그 동안 김치수는 문학에 대한 새로운 자기 인식 태도를 견지해왔고 또 비평과 시학 내지 여러 시학 체계나 비평 방법론들의 열린 종합을 위해 노력해왔다. 그런 노력들이 모여 소설 비평의 풍요로움으로 승화된다. 다채로우면서도 진지한 소설 읽기 결과와 함께 그가 제기하고 있는 '표현 인문학' 론 역시 많은 이들의 관심을 끌고 있는 게 사실이다.

2. '문학의' 자기 인식과 '문학에 대한' 자기 인식

일찍이 1970년대 초에 김치수는 "문학이 항상 새로운 현실을 추구해야 한다면, 그러기 위해서 투철한 자기 인식을 전제로 한다"[2]라고

---

2) 김치수, 「한국 소설의 과제」, 김병익 외 3인, 『현대 한국 문학의 이론』(민음사, 1972), p. 158.

적었다. 그 이후 줄곧 '문학의' 자기 인식과 '문학에 대한' 자기 인식의 문제는 김치수 비평의 밑바탕을 형성했다. 그는 "문학 작품이야말로 하나의 의미를 지향하는 모든 분야의 삶의 탐구를 종합적으로 바라볼 수 있는 유일한 분야일 것"[3]이라고 생각한다. 자연이나 삶에서 무질서하게 보이는 것을 문학 작품에 수용함으로써 거기에 어떤 질서를 부여하는 문학의 특성은 문학의 자기 인식의 결과에 다름 아니다. 때때로 문학 언어가 혼란스럽거나 애매성을 띠고 있는 것처럼 보이는 것 역시 문학의 자기 인식 과정이 단순한 것이 아니기 때문이다. 이런 문학의 자기 인식을 이해할 수 있는 차원에서 문학에 대한 자기 인식이 요청된다. 이는 문학에 대한 다각적인 탐구와 관찰로 얻을 수 있을 것이라고 그는 생각한다.

문학 언어란 사실 인간의 고통을 바탕으로 하고 있기 때문에 작가가 삶과 세계에 대한 탐구에 기울인 노력에 해당하는 것을 독자가 기울였을 때 독서 행위는 생산적인 것이 된다. 작가가 많은 노력을 기울인 문학 작품을 독자가 아무런 노력을 기울이지 않고 읽으려고 하는 태도는, 문학 언어의 독서를 한가한 시간 메우기의 방법이 되게 하고 문학 언어를 소비적인 것으로 취급하게 하는 것이다. 보다 과감하게 이야기한다면 문학 언어는 그 자체가 순수한 것만도 아니고 현실적인 것만도 아니다. 문학 언어는 그 두 가지 요소를 동시에 가지고 있는 복합체이기 때문에 그것을 읽고자 하는 사람의 삶의 태도에 따라서 얼마든지 달리 읽혀질 수 있는 것이다. 그러한 점에서 문학 언어는 삶의 총체성을 지니고 있고 따라서 삶에 대해서 접근하는 모든 과학의 방법론을 문학에 적용할 수도 있는 것이다. 그렇기 때문에 문학 언어의 독서 방법으로 사회학적 접근, 정치학적 접근, 경제학적 접근, 정신분석학적

---

3) 김치수, 「문학 언어와 일상적인 삶」, 『문학과 비평의 구조』(문학과지성사, 1984), p. 33.

접근, 심리학적 접근, 언어학적 접근, 철학적 접근, 순수한 문학적 접
근 등 무수하게 많이 있을 수 있다.[4]

위의 논점은 분명하다. 1) 문학 언어는 인간의 고통을 바탕으로 하
고 있다. 2) 문학 언어는 순수성과 현실성의 복합체다. 3) 문학 언어
는 삶의 총체성을 지닌다. 4) 문학 언어는 독자의 삶의 태도와 접근
방법에 따라 얼마든지 달리 읽힐 수 있다. 물론 이런 논점들은 상호
연관되어 있다. 삶이 고통스럽다는 인식과 좀더 좋은 삶의 필요성에
대한 인식은 문학을 포함한 인문·사회과학의 공통된 특질이라고 김
치수는 생각한다. "인간이 고백하고 있는 고통의 양상이며 고통의 언
어 자체"라고 할 수 있는 문학에 대한 적절한 자기 인식을 위해 여러
접근 방법들이 원용될 수 있는 것은, 그러므로 매우 자연스럽다. 따
라서 문학 언어를 읽는 행위는 삶의 위안을 어설프게 얻으려고 하는
데서 벗어나야 한다. 삶의 문제를 제기하고 고통의 참뜻에 관해 질문
해야 한다. 그것이 바로 '나'를 '나'이게 만들고 우리의 '삶'을 '삶'
이게 만드는 방법인 까닭이다. 이에 김치수는 말한다. "문학 언어를
읽는 행위는 고통스러움에도 불구하고 '나'를 '나'로 인식하고 '나의
삶'을 발견하는 방법이 되어야 하고 동시에 새로운 삶에 대한 비전을
모색하는 과정이 되어야 한다. 그렇게 되기 위해서는 문학 언어를 너
무 쉽게 받아들이거나 너무 쉽게 소비하는 행위로서 독서 행위가 이
루어져서는 안 된다. '왜 문학인가?' 하는 근본적인 질문이 끊임없이
뒤따라야 하는 것이다. 그 경우에만 '왜 삶인가?' 하는 질문과 함께
문학이 우리의 삶 속에 살아서 존재하는 것이다."[5]
이렇게 문학의 자기 인식과 문학에 대한 자기 인식이 스미고 겹쳐
지는 가운데 우리는 문학과 인간과 현실에 대한 의미 있는 발견과 새

---

4) 앞의 글, p. 35.
5) 앞의 글, pp. 36~37.

로운 비전을 얻을 수 있다. 이는, 김치수가 거듭 강조하고 있거니와, 문학과 문학의 자기 인식과 문학에 대한 자기 인식의 복합성 때문이다. 가령 소설의 경우 현실에서 그 재료를 취하는 것이 사실이다. 하지만 일단 소설이란 공간 안에 들어온 현실은 들어오기 이전의 경험적 현실과는 다른 것이다. 언어라는 매개와 소설 양식이라는 특수한 예술 장치와 상관되면서, 소설가의 개성이나 관점 혹은 방법론에 따라 각기 독특한 허구적 현실이 독특한 소설 형태로 구축되게 마련인 까닭이다. 즉 경험적 현실이나 대상들이 해체·재구성되는 것이 새로운 문학 양상의 출현 조건이다. 그러기에 문학은 기본적으로 전복적이며 전위적인 성격을 획득한다. 이런 문학의 성격은 "독자로 하여금 이미 존재하고 있는 가치관 속에 안주하게 하는 것이 아니라 스스로 그 가치관을 깨뜨리게 하는 고통스런 상황 속에 빠지게"[6] 하고 고통을 발본적으로 성찰할 수 있는 계기를 마련해준다. 이 때문에 우리는 문학에 대한 자기 인식 태도 혹은 문학의 수용 태도를 새롭게 다지지 않으면 안 된다. "문학에 있어서 전위적인 움직임을 기존의 도덕률에 의거하여 비판하는 것은 문학을 옹호하는 태도가 아니라 체제를 옹호하는 태도임을 인식해야 한다. 오히려 전위적 움직임에 대해서 취해야 할 태도는 그것의 정신의 중요성을 찾아내는 일이고 동시에 그것으로 하여금 단단한 기성 관념에 대응할 수 있는 힘을 갖게 만들어주는 일이다."[7] 이런 관점의 채택은 지극히 당연해 보이지만 문학 소통의 현실에서 구체적인 실천력을 가지기는 쉽지 않은 일이다. 하지만 김치수는 시종 이런 태도를 견지하며 문학의 자기 인식과 문학에 대한 자기 인식을 위한 긴장을 계속해온 비평가라고 할 수 있다. 『삶의 허상과 소설의 진실』에 수록된 대부분의 작가론·작품론들이 그 구체적인 결실로 보인다.

---

6) 김치수, 「문학과 문학사회학」, 『문학사회학을 위하여』(문학과지성사, 1979), p. 21.
7) 앞의 글, p. 23.

3. 비평과 시학

문학의 자기 인식과 문학에 대한 자기 인식은 서로 스미고 짜일 수 있어야 한다. 그래야 문학도 살고 비평도 살 수 있다. 그러나 우리 비평계의 사정은 그렇지 못한 점이 많았다. 문학에 대한 자기 인식에 비해 문학의 자기 인식을 소홀히 한 경우가 많았던 까닭이다. 즉 문학 그 자체의 자율성이나 복합성 혹은 형식성에 대한 고려가 부족했던 것이다. 김치수의 지적대로 '휴머니즘'이라는 말로써 모든 것을 재단하려는 비평 경향이 우세했던 터이다. 그 결과 "문학 작품에서 언어의 속성에 대한 연구를 도외시하고 오히려 문학 외적인 것의 지나친 개입으로 문학의 본질에 대한 과학적 고찰을 하지 않으려 해온 것이 지금까지의 문학 비평, 혹은 문학 연구의 일반적 경향"[8]이었다고 그는 지적한다. 예의 막연한 소재주의 혹은 인상주의 비평은 결국 시대나 지배 이념에 종속되고 말 것이라는 게 그의 우려다. 그렇게 되면 문학의 자유와 자율성이 불가피하게 훼손되게 마련이다. 여기서 벗어나기 위한 한 방안으로 그는 분석 비평을 제안하고 소개한다. 내용과 형식의 표리 관계를 전제하고, "구체적 분석과 검증의 대상이 되는 형식의 분석을 통해 소설의 양식을 찾아보려 하는 노력"[9]이 중요하다고 말한다. 그럴 때 상황을 결정하는 주어진 '세계'와 작품에 관련한 독자의 상황에 대해서도 새로운 이해의 지평에 이를 수 있다는 것이다. 요컨대 소설 시학적 측면에서 새로운 텍스트 비평이 가능할 것이라는 생각이다.

"오늘날 소설의 새로운 기도(企圖)는 모험의 기술(記述)이라기보다는 기술의 모험"(리카르두)으로 정의될 수 있다든지, "문학비평사

---

8) 김치수, 「분석 비평 서론」, 『문학사회학을 위하여』, p. 287.
9) 앞의 글, p. 293.

에서 지난 백년은 소설론과 시학의 시대"(슈탄첼)라는 저쪽의 말을 원용하면서 그는 시학과 비평의 긴밀한 협력을 통한 문학 이해의 바람직한 지평을 모색한다. 비평과 시학은 어찌 보면 '읽다'라는 동사의 양면 양태일 수 있다. 즉 하나의 작품을 '읽는다'는 것에는 작품에 대한 비평을 한다는 것과 시학의 정립을 위해 그 작품 분석을 이용한다는 것이 포괄된다는 논지다. 여기서 김치수는 "하나의 작품에 대한 비평이란 시학의 정립 없이는, '문학성'을 밝히는 데 도움을 줄 수도 없을 뿐만 아니라 문학 작품으로서 그것을 읽는다기보다는 어떤 '가치관'에 의해서 읽는 것이 되기 때문에 문학 외적 요소의 압도적 지배를 받게"[10] 될 것이라는 입장을 밝힌다. 물론 작품에 대한 문학 외적 독법이 무조건 타기될 것은 아니지만, 문학 내적인 독법에 의해 보완되지 않는다면 현실의 지배적 이념에 수렴당하고 말 것이라는 게 그의 우려다.[11] 그래서 비평은 시학적 천착을 하는 게 좋다고 본다. 시학과의 연대 없이 비평은 작품의 '총체성'을 드러낼 수 없다는 게 그의 생각이다. 그는 이렇게 적는다. "한 작품에 대한 비평을 할 경우에는 '총체'로서 소설을 다루는 것이어야 한다. 왜냐하면, 하나의 소설은 그것이 전체를 형성하는 것이고, 그 안에 어떤 동기에 의해 계기된 여러 요소들이 융합되어 하나의 전체를 이룬 것이고, 그리고 각 작품마다 하나의 모험(사건이라는 의미), 즉 새로운 것을 제시하고 있기 때문이다."[12] 이렇게 '구조화된 하나의 총체'로서 소설에 접근하기 위해서는 방법적 다양성이 요구된다. 총체적 대상에 대한 총체적 접근이라고 할 수 있다. 하지만 시학적 접근에 치중하다 보면 소설의 개별적 특성에 대한 통찰이 부족해지는 경우도 생긴다.

---

10) 앞의 글, p. 296.

11) 나아가 그는 "'가치관'이나 '윤리관'은 '현실'과 '문자'의 중간 단계에 있는, 즉 접점에 있는 문학 밖의 문제이며 따라서 그것은 이념적 문제로 환원"(앞의 글, p. 296) 될 여지가 많다고 지적한다.

12) 앞의 글, p. 297.

그러므로 진정한 비평은 시학의 정립에 기여하는 읽기이면서도 문학 작품의 개성을 여실하게 드러낼 수 있는 읽기가 되어야 할 필요가 역력하다. 이 지점에서 분석 비평의 의미가 부각된다. "분석 비평의 목적은 바로 그것의 일반적 성격을 규명해냄으로써, 시학 이론의 정립에 접근하면서도, 동시에 그 작품 하나만이 갖고 있는 단수적인 요소를 끌어내는 일이 중요하다. 소설의 소재에 경도되거나, 인상주의에 의해 그 작품을 보게 되는 경우, 이 단수적 의미는 언제나 도외시될 가능성이 있는 것이다."[13] 분석 비평은 한때 현실과 독립적인 텍스트 내부로만 관심을 집중했던 적도 있으나 이제는 "우선 텍스트 내재 비평을 하면서 다른 한편으로 '상황'과 '기술'의 관계를 밝히려는 노력"[14]을 하고 있기에 비평의 활성화에 유용할 것이라는 게 김치수의 견해다.

4. 소설 현장과 공감의 비평

『삶의 허상과 소설의 진실』은 주로 1990년대 소설의 주요한 흐름과 특징들을 포착하고 있는 비평집이다. 두루 알다시피 1990년대는 문학의 위기가 자주 운위되던 연대였다. 문화적인 측면에서 영상 문화의 약진과 인터넷을 중심으로 한 새로운 정보 문화의 득세, 통신 문학의 등장으로 익명 혹은 무명의 문학들이 출몰함에 따라 글쓰기의 하향 평준화 경향 등은 소설을 비롯한 문학의 위기 증후로 받아들여지기에 족했다. 어쨌든 여러 문학 환경의 변화와 아울러 소설의 변화 또한 뚜렷했던 게 1990년대의 풍경이었다. 이렇게 "급변하는 현실 속에서 전통적인 문학 양식만을 고집하는 것은, 독자로부터 외면 당하

---

13) 앞의 글, p. 297.
14) 앞의 글, p.299.

고 시대에 뒤떨어지게 되어 '문학의 죽음'을 가져올 수 있다"[15]라는
게 그의 생각이다. 이에 달라진 세계에 상응하는 문학적 변화의 한
방법으로 포스트모더니즘 경향에 대해서도 유연하게 받아들이려는
자세를 보인다. 과거의 기억이나 인식에 고착된 태도로는 새로운 현
실의 변화나 문학의 변화를 비평하기 곤란하다는 생각이 분명해 보
인다. "암흑의 1980년대의 체험을 가진 사람들이 1960년대의 리얼리
즘 문학의 주창자들처럼 그 참담한 기억을 망각 속에 묻으면 안 된다
고 이들의 문학을 비판하는 것은 정당하지 못하다. 정치적인 투쟁을
위해 당대의 문학을 불태워버린 과거의 기억에서 자유롭지 못한 것
은 오늘처럼 급박하게 돌아가는 사회적 변화 속에서 자기 정체성을
발견하지 못하게 한다. 우리 민족에게 분단이라는 현실은 분명히 19
세기적인 유물이거나 아니면 냉전 시대의 유물이지만, 우리가 살고
있는 삶은 자동화되고 무선화된 위성 통신과 영상 매체의 후기 산업
사회다. 이처럼 변화된 세계 속에서의 삶을 받아들이고 인정하는 것
이 참다운 리얼리스트의 태도다"(p. 28). 이 비평집에서 신경숙·김
소진·김영하·김운하 등 1990년대 젊은 작가들의 작품들에 대해 열
린 대화적 상상력의 비평을 보여주고 있는 것도 그가 '참다운 리얼리
스트의 태도'를 견지하고자 했기 때문일 터이다.

　앞에서 거론한 대로 문학의 자기 인식과 문학에 대한 자기 인식을
겹쳐 인식하고 비평과 시학의 호환 가능성에 진지한 관심을 보이는
'참다운 리얼리스트'이고자 하는 그이기에, 게다가 공감의 비평을 지
향하는 그이기에 이 비평집의 2부와 3부에 짜여진 작가론·작품론은
매우 인상적이다. 우리 평단에서 본격적인 작품론과 작가론의 경지
를 열어보인 세대의 비평가답게 김치수는 문학에 대한 감동과 애정
을 바탕으로 개별 작가나 작품에 걸맞은 이름을 붙여준다. 가령 홍성

---

15) 김치수, 「해방 50년의 한국 소설」, 『삶의 허상과 소설의 진실』(문학과지성사, 2000),
　　p. 28. 이하 이 비평집에서 인용한 부분은 본문의 괄호 안에 그 쪽수만을 표기하기로
　　한다.

원의 소설에는 갈등의 미학을 넘어서 대결의 미학을 축성한 남성 문학이란 이름을 붙여준다. "굵직한 성격 창조를 추구한다는 점, 이야기의 구성에 대담한 생략법을 사용한다는 점, 문체가 감상에 젖지 않고 메마르면서도 핵심을 분명하게 드러내 애매하지 않다는 점으로 요약"(p. 72)될 수 있는 남성 문학이라는 것이다. 이청준의 『서편제』에서는 "처절한 삶의 표현의 절정을 지향하되, 내면화되고 풀어버린 한의 표현"(p. 111)을 읽어내고 "우리 서민들의 놀라운 생명력을 보여주기 위한 것"이라고 해석한다. 박완서의 『너무도 쓸쓸한 당신』은 깊고 통렬한 삶의 진실을 꿰뚫고 있기에 감동적이라고 말한다. 그가 보기에 억압된 욕망의 진실을 찾고자 하는 이인성의 소설은 사회적 제도와 제도화된 소설의 억압이라는 이중의 억압에 대해 전복적인 힘을 지닌다. 최윤은 사물 자체의 본성과 역사성, 그 사물에 대해서 개인이 겪은 정서적 체험 등을 제대로 파악하기 위해 예민한 촉수로 사물을 끝없이 더듬고 있는 작가다. 젊은 작가들의 경우도 마찬가지다. 신경숙 소설을 읽을 때는 슬픔의 정체를 탐문한다. 서하진 소설에서는 이 땅에서 여성주의자가 어떻게 형성되는가를 주목한다. 김영하의 소설에 대해서는 "작품의 모든 결말을 독자에게 맡김으로써 독자 참여의 길을 열어놓은 작가의 소설 기법은 독자를 단순한 소비자로 전락시키지 않는 놀라운 결과를 가져올 수 있다. 그는 참을 수 없이 가벼운 우리의 일상적 삶을 충격적인 기법으로 도려내서 깊이 있는 세계로 환원시켜주고 있다"(p. 374)라고 본다. 모두가 김치수다운 개성적인 독법의 결과다.

　대부분의 작가론·작품론에서 김치수는 열린 공감의 비평을 보여준다. '구조화된 하나의 총체'로서 소설의 내적 요소들을 면밀하게 분석하면서도 현실과 작가의 상황, 독자의 상황까지 충분히 고려하고 있기에, 우리는 거기서 대화적 상상력의 비평의 새로운 가능성을 알게 된다. 특히 작가와 작품을 너그럽게 감싸안으면서 텍스트의 감동의 구조를 드러내는 총비평적 전략은 매우 인상적이다. 그렇다고 해서 그가 부드럽고 우호적인 발언만으로 일관하고 있는 것은 결코 아니다. 현실과 소설에 대한 날카로운 비판적 성찰 또한 우리의 관심을 끈다. 예컨대 '감각의 혁명'이라고 할 수 있는 1990년대 문학에 대한 우려의 전언만 하더라도 그렇다. 영상 매체 시대에 문학이 지나치게 영합하다보면 마치 일회용 식품처럼 문학이 하나의 소비재로 전락하여 후기 산업 사회의 문명 속에 함몰될 수도 있다는 점을 그는 분명히 지적한다. 더구나 젊은 작가들이 패스티쉬다 패러디다 하며 남의 상상력을 자신의 것으로 삼는 것이나, 소비적인 섹스를 남용하는 것 등을 '게으른 정신'에서 유래한 것이라고 질타하며, 그럴 경우 남는 것은 '문학의 죽음'일 뿐이라는 사실을 강조한다. "삶의 순간들을 반영하고 질문하고 사유하여 보다 나은 삶에 대한 꿈을 꾸게 하는 문학은 살아남을 수 있지만, 가볍고 감각적이고 즉각적이며 유희적인 성질에만 머무른 소설은 문학을 소비재로 전락시켜버린다"(p. 30).

그는 현실과 문화 상황의 변화가 "문학 형태의 변화에 영향을 미칠 수는 있지만, 이야기로서의 문학의 본질을 돌려놓을 수는 없다"(p. 8)라는 사실을 강조한다. 중요한 것은 프랑스의 누보 로망의 경우가 그랬듯이 "이전까지 존재해온 그 모든 것의 양상에 대한 반성"이며, "새로운 작중 인물, 새로운 이야기, 새로운 구성"(p. 9)이다. 그러니 "무엇을 어떻게 쓸 것인가"의 문제를 근본적으로 제기해야 한다. "무엇을 어떻게 쓸 것인가 하는 문제를 근본적으로 다시 제기하는 작가만이 살아남을 수 있는 시대가 온 것이다. 참여라고 하는 답답한 장막이 눈앞에서 사라진 오늘날 아무것도 없는 백지에서 자유로운 상상력에 의해 처음부터 다시 시작할 수 있는 작가만이 진정한 작가라고 할 수 있다. 처음으로 자유를 획득한 날 처음으로 무엇을 할 것인지 자유롭게 생각할 것이라고 한 마르쿠제의 말이 생각난다. 그 어느 때보다 문학의 자율성이 가능한 여건이 조성되었기 때문이다"(「예술의 자율성과 현실 참여」, p. 43).

지난 1980년대까지 문학 외적인 현실 상황의 문학 내적 침입 현상이 얼마나 심했던가를, 그리고 1990년대 들어 그 상황이 얼마나 달라졌는지를 잘 아는 우리로서는, 김치수가 강조하려 했던 게 무엇이었는지 충분히 짐작할 수 있다. 1990년대 이후 많은 논자들이 '이제는 문학이다'라는 테제에 대해 얘기했다. 문학 외적 현실로부터 비교적 자유로워진 상황을 그는 문학의 자율성이 가능한 여건으로 파악하고 있다. 밖에서 주어진 것이 아닌 문학 안에서 새롭게 창조해야 되는 것이 한껏 중요해진 시대이기에 무엇을 어떻게 새로 쓸 것인가 하는 문제만큼 절실한 것은 없다는 그의 판단은 매우 당연한 것이 아닐 수 없겠다. 그리고 문학의 자율성 측면에서 어떤 이야기가 어떤 스타일로 창작되었는지를 비평적으로 조망한 것이 이 비평집의 세목을 형성한다.

5. '표현 인문학' 론과 비평의 새로운 가능성

문학의 자율성의 조건이 신장되었다고 해서 문학의 조건이 전반적으로 좋아진 것은 아니다. 오히려 1990년대 이후 문학의 위기론에서 거론되었다시피 문학의 조건은 상대적으로 나빠졌다는 느낌이다. 물론 이것은 문학 자체만의 문제가 아니며 문화적 변동 상황과 그에 따른 인문학 전반의 위기와 맥락을 같이 하는 것이다. 「문학과 인문학

---

16) 인문학의 위기 조건을 김치수는 다섯 가지로 요약하고 있다. "첫째, 자연과학과 사회과학의 성공이 인상적이고 현저한 만큼 인문학의 영향력과 영역은 그만큼 축소되었다. 둘째, 인문학은 전공 분야에 따라 세분화 과정을 거침으로써 넓고 깊게 보는 안목을 잃고 역사적 예언자의 목소리를 잃어가고 있다. 셋째, 절대주의의 쇠퇴와 다원주의의 등장이라는 지성 논리의 변화는 인문학의 발언의 장이었던 거대 담론의 종언을 가져왔다. 넷째, 인문학의 고유한 접근 방식이고 내용이었던 질적 인간 이해는 사회과학적인 접근 방식인 인간의 양적인 이해에 의해 대치되고 있다. 다섯째, 사회과학과 자연과학은 그 실질적 내용을 인문학적 글쓰기로 표현함으로써 설득력을 얻어가고 있다"(p. 58).

의 새로운 조건」에서 김치수가 인문학의 위기 조건들[16]을 검토하면서 '표현 인문학'을 제안한 이유는 바로 거기서 찾을 수 있다.

　　이러한 위기 조건에서 인문학이 살아남기 위하여서는 '이해의 인문학'이라는 소극적 인문학으로부터 '표현 인문학'이라는 적극적 인문학으로 전환되어야 한다. 그것은 첫째, 몸과 마음이 분리된 이원론적 시각이 아니라 통합적 시각으로 사람다움의 표현을 시도하는 것이다. 둘째, 표현의 개인성과 표현의 통합성을 동시에 목표로 삼아야 한다. 셋째, 인문학은 정보 사회의 콘텐츠웨어를 창출할 수 있어야 한다. 넷째, 인문학의 대상을 영상으로 확대해야 한다. 따라서 영상 언어에 대한 학문적 접근은 인문학의 새로운 패러다임을 구성하게 될 것이다. 왜냐하면 지난 2천 년 동안 철학과 종교는 국가와 인종, 개인과 사회 사이에 있는 벽을 허문다고 주장해왔으나 갈등과 분열만을 초래하였기 때문이다. 이제 인문학은 모든 집단을 연결시키고 통합시키는 새로운 문화를 창출해야 한다. 그것은 영상 문화라는 도구를 통해서 '표현 인문학'을 만드는 것이다. (pp. 58~59)

　　물론 '전환'이라는 표현을 쓰고 있긴 하지만, 여기서 말하는 '표현 인문학'이 기존의 '이해의 인문학'과 배타적인 관계에 있는 것으로는 보이지 않는다. 오히려 상호 보완적 개념으로 보는 것이 온당할 것이다. 그렇다는 것은 디지털 영상 시대에 고전적 인문학이 어떻게 효율적으로 대응하면서 새로운 지혜를 펼칠 수 있을 것인가 하는 관심이 '표현 인문학'론의 제출 배경일 것이기 때문이다. '표현 인문학'론이 논쟁의 대상이 되었을 때, 김치수 역시 이 점을 강조한 바 있다. "오늘날처럼 정보 통신 분야가 발달하고 디지털 문화가 지배하는 시대는 누구나 표현할 수 있는 시대다. 그러나 반성과 비판의 정신이 없으면 어떤 표현도 적극적 자유의 확장으로서의 '사람다움'의 추구에 이를 수 없다. 그와 동시에 반성과 비판만으로 자기 표현에 도달

할 수 있는 게 아니다. 그런 점에서 '표현 인문학'이라는 새로운 개념을 설정한 것은 달라진 인간 조건에 상응하는 새로운 패러다임이라고 볼 수 있다."[17] 이해와 반성과 비판 중심 담론에서 그것을 포괄하면서도 적극적인 표현과 새로운 창안 가능성 및 수행성의 가치가 중요하다고 본 것은 얼마든지 수긍할 수 있는 일이다. 다만 그 구체적인 실천 방향이 아직은 마련되어 있지 않은 형편인데, 이는 김치수나 그의 공동 연구자들, 그리고 비판자들이 함께 인식하고 있는 점이다. 따라서 표현 인문학론 자체에 대한 비판과 논쟁보다는 그 구체적 실천 방안 모색에 지혜를 모으는 것이 더 생산적일 터이다. 이에 대해서는 새로운 지면이 요구되기에 여기서는 논의를 줄이거니와, 표현 인문학론의 주장이 문학 비평의 영역에도 여러 생각거리를 제공하는 것은 사실이다.

나는 일전에 비평의 새로운 가능성을 위해서 비평은 "비판과 반성의 담론을 넘어 생산과 창조의 담론을 지향해야 한다"[18]라는 말을 한 적이 있다. 명제나 실천 방안이 어떠하든 우리 시대의 비평이 위기에 빠진 문학과 인문학의 새로운 가능 지평을 위해 수행해야 할 일이 많다. 비평가 김치수의 '표현 인문학'론이나 대화적 상상력에 입각한 '공감의 비평' 역시 그 노력의 일환으로 읽혀진다.

〔『라 쁠륨』, 2000년 가을호〕

---

17) 김치수, 「표현 인문학 논쟁, 이렇게 본다: 인문학에 던진 한 화두, 실천 방향 과제로 남아」, 교수신문, 2000년 7월 17일자.
18) 졸고, 「비평의 새로운 가능성과 도전」, 『문학과사회』 50(2000년 여름호, 문학과지성사), p. 486.

'그리고'를 품은 '그러나'의 비평

이광호

'비평이란 무엇인가'라는 질문 앞에서 막막해본 적이 있는 비평가라면, 이 질문에 대답하기 위해서는 아주 많은 조건들을 고려해야 한다는 것을 알고 있을 것이다. 그러니까 그 질문의 배후와 맥락을 먼저 물어야 한다는 것을 말이다. 우리가 알고 있는, 이 질문에 대한 저 쉬운 대답들은 그 조건들의 일부를 무시한 것일 수도 있다. 그래서 예민하고 사려 깊은 비평가는 늘 그 질문 앞에서 망설이면서 그 이론적 조건을 다시 탐문할 수밖에는 없다. 비평가는 차라리 '비평이란 무엇인가'라는 질문을 '비평적 사유는 무엇인가' 혹은 '비평은 어떻게 존재하는가'라는 질문들로 바꾸어나간다.

여기에 한 비평가가 있다. 나는 일찍이 그의 『문학사회학을 위하여』를 통해 소설과 사회의 구조적 관련과 그 관련의 비평적 탐구 과정을 배웠다. 그는 '문학사회학'과 '구조주의'와 '누보 로망'의 성실한 번역자이며, 소개자였다. 그는 그 이론들을 자연스럽고도 부드러운 한국어로 풀어주었다.

그러나 그는 이론들의 절대성을 주장한 적이 없다. 그는 늘 그 이론들의 역사적 상대성을 사유했다. 그는 이론의 정확한 전신자임에도 불구라고 이론의 동일성에 집착하지 않기 때문에, 비평은 작품을 지도하는 것이 아니라, 읽기의 '감동과 행복'과 함께 한다. 이런 태도가 비평가로 하여금 다채로운 소설 문법들을 풍부하게 해석하고 분석해낼 수 있는 유연성을 제공한다.

김치수의 여섯번째 비평집, 1990년대를 통하고 9년 만에 나온 책인 『삶의 허상과 소설의 진실』은, 비평의 권위와 매혹이 여러 가지로 도전 받고 있는 상황에서 문학 비평은 무엇일 수 있는가를 다시 한번 생각하게 해준다. 가령 「예술의 자율성과 현실 참여」라는 글에서 그는 한국 문학의 편향성을 이렇게 이해한다.

그런 점에서 한국 문학은 경향성이 가장 강한 문학 가운데 하나일 것이다. 경향성이 강하다는 것은 문학은 근본적으로 이야기다라는 서사 구조의 이론에서 별로 벗어나지 않고 있음을 의미한다. 이처럼 문학이 이야기 문법에 충실하다고 하는 것은 그만큼 실험 정신이 부족하다는 말로 번역된다. 사실 우리 문학에서 가장 결여된 부분, 적어도 부족한 부분이 있다면 그것은 문학의 지진과 같은 실험적인 작품이다.(중략)

그럼에도 불구하고 한국 문학의 가능성은 그 건강성에 있다. 개인적인 문제를 사회적인 문제로 확대해서 보고자 하는 끈질긴 생명력은 현실에 관심이 있는 많은 독자들을 확보함으로써 세계에 자랑할 만한 문학 독자를 갖고 있다. 더구나 문학이 본질적으로 언어의 문제라는 인식 아래 묘사의 쇄말주의에 빠져버린 서구의 문학이 일반 독자로부터 외면 당하고 기껏해야 문학 전공자의 관심의 대상이 되어버린 현실을 볼 때 한국 문학은 아직 행복한 고민에 빠져 있다고 할 수 있다. 그러나 그것이 곧 한국 문학의 우수성이나 탁월성을 보장하는 것은 아니다. 문학이 사회 속에 제도로서 존재한다면, 그 문학은 끊임없는 자기 반성을 하지 않으면 죽은 문학이다. 문학은 하나의 제도이면서 그 제도를 혁신하는 길을 모색할 때, 다시 말하면 그 제도를 깨뜨릴 때 살아 있는 문학이 되는 것이다.

위의 예문에서 김치수는 두 번의 논리적 반전을 보여주며, 그것은 '그럼에도 불구하고' '그러나'라는 역접을 나타내는 두 개의 접속어를 통해 표현된다. 논리의 뼈대를 말하자면 "(그러나) 1) 한국 문학은 실험 정신이 부족하다. (그러나) 2) 한국 문학의 가능성은 건강한 사회성에 있다. (그러나) 3) 문학은 제도이면서 제도를 혁신한다"로 요약된다.

우선 여기서 김치수는 '예술의 자율성과 현실 참여'라는 고전적인 주제를 서구의 보편 이론들의 규범성에 기대어 이해하지 않고 한국 문학사 안으로 그것들을 끌어들여 이해하려는 노력을 보여주고 있다. 그는 단순히 사르트르적인 것과 바르트적인 것을 한국 문학에 적용하고 확인하려는 것이 아니라 이 두 명제들을 한국 문학 안에서 점검하면서, 그 점검을 통해서 그 명제들을 다시 인식하려고 노력한다.

중요한 것은 그 노력이 전체 글의 전개에서 '그러나'와 '그럼에도 불구하고'를 반복해서 사용하는 논리적 전환(들)의 과정을 거치고 있다는 점이다. 위의 글에서 비평가는 바르트의 개념을 인용하면서 문학이 '지식 서사'로 기능했던 한국 문학의 특수성을 위기로 설명하고, '그러나' "한국 문학이 하나의 사회적인 제도로서 역사적인 역할을 수행한 것에 대해서는 자랑으로 생각해야 한다"라고 단언한다. 그리고는 위의 예문에서 보이는 두 번의 논리적 전환을 다시 시도한다. 성급한 독자들은 그렇다면 도대체 비평가의 입장은 무엇이냐고 묻고 싶을지도 모른다.

비평가 김치수는 여기서 어떤 입장도 선택하지 않는 것 같고, 심지어 그 논리 안에 모순을 품고 있는 것처럼 보이기도 한다. 그는 우선 그 입장들의 맥락과 상황의 조건을 살핀다. 그 살핌의 과정에서 그는 몇 번의 논리적 전환 과정을 보여준다. 이때 '그러나'와 '그럼에도 불구하고'의 접속사는 앞의 논리들을 송두리째 부정하는 것을 의미하지 않는다. 그의 '그러나'는 이미 그 안에 '그리고'를 품고 있다. 그것은 앞의 논리 안에서 그 상대적 전환의 가능성을 다시 물어가는 논법이다. 이 논법은 논리 안의 모순을 발견해나가면서 부정의 방식을 통해 새로운 논리를 밀고 나간다는 측면에서 변증법적이지만, 그 '부정'이 앞의 논리를 껴안고 간다는 의미에서 기계적인 의미의 변증법이 아니라, 좀더 열려 있는 포괄적 반성의 논리다. 이런 비평적 글쓰기를 통해 그의 논리는 단계적으로 발전되어나가는 것이 아니라, 차라리 반성의 두께를 쌓아간다.

그는 「해방 50년의 한국 소설」이라는 글에서 한국 소설의 역사적 전개 과정에서의 특징적인 국면들을 역사적 가능성의 개방이라는 맥락에서 이해하고 있다. 그의 이러한 비평 태도가 다양한 소설 언어들과의 비평적 대화를 가능하게 하는 것은 필연적이다. 그는 이 비평집에서 홍성원·김원일·이청준의 동세대로부터, 이인성·최윤·신경숙·김영하에 이르는 세대에까지 광범위한 소설 언어들과의 대화를 시도하고 있으니까 말이다. 그리고 이 실제 비평의 영역 안에서도 그의 포괄적 반성의 논리는 계속된다. 가령 이인성론인 「두 개의 욕망」에서,

현대 소설에 대한 이해는 독자가 소설에 대해서 취하는 태도에 따라 결정된다. 자신이 모르는 것, 기대하지 않은 것, 보지 못하는 것을 새롭게 발견하고자 하는 태도를 가진 사람에게는 삶과 세계에 대한 새로운 이해의 길이 열릴 것이고 그런 것을 부인하고자 하는 태도를 가진 사람에게는 오늘의 삶과 세계가 말도 안 되는 것이라고 매도하는 것으로 끝난다. 소설은 전자에게는 풍요로운 삶의 배움터이지만 후자에게는 삶과 동떨어진 난장에 지나지 않는다. 문학에 있어서의 모더니즘과 리얼리즘의 논쟁도 여기에서 기인하고 있지만, 오늘의 문학을 이해하는 데 꼭 고쳐야 할 관문이 있다면 바로 이러한 전혀 다른 두 관점의

길항 관계다.

라고 말하면서 이인성의 소설을 "모더니즘이나 리얼리즘이라는 경직된 개념으로 이해하기는 어려운 소설이다"라고 평가한다. 김치수는 완강한 개념들의 경직된 도식 너머에 작품의 문학성이 위치하고 있다는 것을 끊임없이 보여준다. 가령 김영하론에서 "우리가 신문이나 잡지에서 하나의 토픽으로 보아 넘기는 사건들에서 그는 삶의 허구성을 끌어내고 우리 사회의 부랑자들의 환상 속에서 현실의 깊이를 상상하게 해준다"라고 날카롭게 분석할 때, 김영하의 소설은 '토픽'과 '허구'와 '환상'과 '현실의 깊이'가 함께 만나는 소설적 공간으로 드러난다. 이 경우 모더니즘과 리얼리즘의 이분법은 김영하의 실제 작품들과 별 관계가 없다.

개념의 도식에 대한 반성적 자의식이 누락된 질문 형태로서의 '너는 어느 입장이냐'라는 논법은 최근의 문학판과 지식 사회에서 흔히 발견되는 폭력적인 논법이다. 김치수의 비평적 사유는 입장을 밝히는 것이 아니라 입장의 조건과 맥락을 탐색하는 것이다. 그의 글은, 입장은 '밝히는 것'이 아니라 소통하면서 만들어가는 것이라고 말하는 듯하다.

소설을 말하면서 "그 하찮은 이야기가 중요한 것은 우리에게 한 번밖에 살 수 없는 삶을 여러 번 살게 하고 반성하게 하고 그리하여 다른 사람의 삶도 이해하게 하는 데 있다"라고 말하는 것은, 소설 장르 내부의 문제일 뿐만 아니라 그것을 바라보는 비평적 사유의 문제다. 그 태도는 비평적 사유가 타자의 정신과 삶을 이해하려는 대화적·반성적 사유라는 실천적 명제를 확인시켜준다.

개념적 이분법을 넘어서 사유하는 비평가의 태도는 문학의 존재론적 위상에 관한 조심스러운 낙관과 만난다. 그 믿음은 고정된 문학성에 대한 고루한 의식과 안이한 낙관적 미래학과는 다른 차원의 것이다. 그 믿음은 소설 언어의 비판적·반성적 효율성이 실용주의와 시

장주의가 장악한 세계에서 인간다운 삶을 보존할 수 있는 가능성에
관한 따뜻한 탐구와 관련되어 있다. 그 믿음은 오늘의 반문학적 상황
을 이해하면서 또한 넘어서는 '그럼에도 불구하고'의 사유다.

세계 인식의 다양성

김현

　김치수의 『한국 소설의 공간』은 그로서는 첫 평론집이다. 그 이전에 한두 권의 공저를 내지 않은 것은 아니나, 엄밀한 의미에서 그의 평론집은 그것이 처음이다. 그 평론집에 그는 1) 연평(年評)이나 월평 등 시사적인 글들과, 2) 공저에 실린 몇 편의 글을 제외하고는 거의 아무런 수정도 가하지 않은 채, 그의 글 거의 전부를 싣고 있다. 연평이나 월평 따위의 시사적인 글들을 싣지 않은 것은 "거기에서 다룬 작가와 작품에 대한 보다 자세한 분석을" 앞으로 해야겠다는 생각에서이고, 실린 글들에 부인하고 싶은 요소가 있었음에도 거기에 손대지 않은 것은 "과거를 은폐하는 것보다는 밝히는 것이 부정을 통해서 긍정을 발견하는 행위라고 생각했기 때문이다"라고 그는 「서문」에서 밝히고 있다. 연대기적으로 거기에 실려 있는 글을 따라가 보면, 1964년에 발표된 「작가와 문학적 변모」가 가장 오랜 것이고, 1972년에 발표된 몇 편의 글이 가장 최근의 것이다. 1972년 이후에 씌어진 글이 하나도 없는 까닭은, 그가 프랑스에 유학을 가서 그 이후에는 글을 쓴 것이 없기 때문이다. 비록 1976년에 발간되었다 하더

라도, 그 평론집에 수록된 글들은 그의 발전된 사고와 어울리지 않는
점도 있을 정도로 오래된 글들이다.

그런데도 그가 그 평론집을 발간한 것은 "실제로 여기 모은 글에서
여러 요소들이 현재로서는 아니다라고 이야기할 수 있는 것이긴 하
지만, 문학에 관한 근본적인 태도에 있어서는 그렇게 달라지지 않았
다는 것을 확인하게 되었기" 때문이다. 독자로서는, 앞으로 씌어질
그의 글을 통해, 그가 어느 점을 극복하였는가 하는 것을 알아보는
즐거움을 누릴 수가 있겠고, 그 평론집에 실린 글을 통해, 그의 "문학
에 대한 근본적인 태도"가 무엇인지를 찾아보는 일을 떠맡게 된다.

『한국 소설의 공간』은 크게 두 부분으로 나뉘어져 있다. 1부에 모
아진 글들은 대개 원론적인, 혹은 개괄적인 글들이다. 「작가와 반항
의 한계」「비평 단상」「문학사에서 전통 문제」는 원론적인 것들이고,
「식민지 시대의 문학」「6·25의 전쟁소설」「반속주의(反俗主義) 문학
과 그 전통」「60년대 작가에 대한 발견」은 개괄적인 글들이다.

「작가와 반항의 한계」에서 그는 반항을 참여와 비슷한 의미로 파악
하여, 작가가 작품을 통해서 하는 참여와 시민으로서 하는 참여로 참
여를 크게 구분하고, 작품을 통해서 하는 참여에서도 참여라는 말에
현혹되어 현실을 폐쇄적으로 이해하지 않아야 한다고 역설하고 있
다. 그 글에 카뮈의 반항이라는 개념과 사르트르의 참여라는 개념이
혼합되어 사용되고 있다는 비난을 받을 수 없는 것은 아니나 거기에
는 1) 외국의 이론이 한국에 적용될 때는 반드시 재검토되어야 한다
(그렇지 못할 때 그것은 문화적 사대주의를 낳는다). 2) 그 재검토는 정
확한 이해를 전제로 해야 한다. 3) 참여 문학이 문학의 범주 속에 있
기 위해서는 그것이 언어 예술로도 성공해야 한다. 4) 한국처럼 문학
적 유산이 적은 나라일수록 문학의 다양성이 더욱 인정되어야 한다
는 등의 주목할 만한 원칙론이 되풀이 표명되어 있다.

「비평 단상」도 「작가와 반항의 한계」에서 그가 내세운 주장들을 재
확인하고 있다. "현실이라는 어사의 뜻을 지나치게 협소하게 이해하

면 안 된다"라든가, "작품의 폭이 좁은 현실에서는 완벽한 문학이면 모두 우리에게 필요하다"라든가, 비평가에게는 "모든 대상을 한발 뒤로 물러서서 보는 심리적 거리가" 필요시된다는 것 따위가 그렇다. 더욱 첨예한 주장은 "작가가 글을 쓴다는 것은 이미 현실에 참여를 하고 있는 것"이라는 주장이다. 그때의 현실 참여란 좁은 의미의 정치적 현실 참여를 말하는 것이 아니라, 현실에 새로운 의미를 부여하고, 그것을 개조할 수 있게 되는 참여를 뜻하고 있다.

「문학사에서 전통 문제」에서 그는 1) 외국 이론의 무비판 수용은 "무슨 주의니 무슨 이즘이니 하는 이름을 붙여버림으로써" 작품의 조급한 개념화를 서두르게 되었다. 2) 문학에 있어서 전통은 영구불변의 절대적인 내용을 가질 수는 없다. 3) 전통이란 부정함으로써 재창조된다고 주장한다. 그 주장은 "전통이란 불변하는 것이다"라는 토착주의자들의 소론과, "전통이란 변화하는 것이다"라는 외래주의자들의 소론에 맞서, "전통은 부정되어야만 되살아난다"라는 변증법적 지양을 강조한다. 그것은 단순한 절충론이 아니라, 문학을 역동적 입장에서 이해한 그의 사고의 당연한 결과다.

그 세 편의 글에서 되풀이 강조되고 있는 것은 "문학이란 영원한 가치의 추구이며 인류 정신의 구원을 위한 창조적 노력"(「작가와 반항의 한계」)이라는 것이며, "문학 작품의 가치는 어느 시대에나 공감을 얻을 수 있는 다면성에 있는 만큼 시대의 변화에 의해 가치 기준의 변화에 맞도록 끊임없이 새로운 해석을 필요로 한다"(「문학사에서 전통 문제」)라는 것이다.

1부에 실린 4편의 개괄적인 글들은 독립된 글인데도 그것을 같이 읽으면 개화기 시대에서 1950년대에 이르는 한국 문학에 대한 그의 생각을 선명하게 이해할 수 있게 해준다. 그 4편의 글을 관류하고 있는 그의 태도는 문학을 가장 중요한 정신의 활동으로 인식하여, 정신이 세계와 어떻게 대립되어 있는가를 밝히려는 태도다. 그 태도는 문학사라는 용어 대신에 홍이섭(洪以燮)이 사용하고 있는 정신사라는

용어를, 문학인·저술가라는 용어 대신에 지식인이라는 용어를 더욱
즐겨 쓰게 만든다.

「식민지 시대의 문학」에서 그는 식민 제국주의에 문학인들이 어떻
게 저항했는가를 살핀다. 그는 그 저항을 1) 유학자 출신의 지식인들
과 2) 신교육을 받았거나 해외 유학을 한 지식인들의 그것으로 대별
하고, 뒤이어 유학자 출신의 지식인들이 끝내 변절하지 않고 일제에
저항한 신념인이었음을 밝히고 해외 유학을 한 지식인들의 변절은
그들이 서구 이론에 피상적으로 매달린 소시민적 지식인이었기 때문
이었다는 것까지 자세하게 논증한다. 사학계의 성과를 폭넓게 수용
하고 있는 성실한 그의 논증에서 독자들은 피상적인 현실 이해야말
로 식민지주의의 온상이라는 것을 깨닫게 된다. 서평자로서 아쉬운
것은 유학자 출신의 지식인들이 변절을 하지 않은 신념인이라는 것
외에, 그들의 신념의 보수성에도 상당한 분석이 행해질 수 있었으면
하는 것이다.

「6·25의 전쟁소설」은 소위 1950년대 작가라고 알려진 작가들이 전
쟁을 어떻게 받아들였는가를 간단하게 조망하고 있다. 개괄적인 글
에서 정채를 발하고 있는 것은 '1960년대 문학의 성격, 역사적 위치
규명'이라는 부제를 달고 있는 「반속주의 문학과 그 전통」이다. 1960
년대 후반의 세대 논쟁과 소시민 논쟁에 깊이 관여되어 있는 그 평문
은 김승옥·서정인·이청준·박태순·박상륭 등 중요한 1960년대 작
가들을 대상으로 하여 1960년대 문학의 '역사적 위치 규명'을 목적한
다. 그에 의하면, 1960년대 문학의 가장 두드러진 현상은 "일상적 자
아를 문학에 도입함으로써 개인의 능력의 한계와 문학의 역할에 대
해서 투철한 의식을 갖고 개성의 보존과 존재의 확인을 하려"든 데
에 있다. 그가 사용한 일상적 자아는 곧 평단의 주목을 이끌어 세대
논쟁의 중요한 쟁점이 되었는데, 그가 사용한 그 일상적 자아는 소시
민 의식의 자각을 가능케 한 일상적 자아다. "나는 소시민이다, 나는
개새끼다"라는 것을 의심할 수 있는 일상적 자아다. 그것은 자신이

소시민이면서 소시민이라는 것을 자각하지 못한 소시민의 자아가 아니다. 그가 말하는 소시민 의식은 결국 반속주의에 귀착한다. 서평자는 그러나 그의 그 반속주의가 '역사적 흐름의 전체성'과 어떤 연관을 맺고 있는가가 선명하게 설명되어 있지 않은 데 대한 아쉬움을 감출 수가 없다. 「60년대 작가에 대한 별견」은 「반속주의 문학과 그 전통」을 간추린 글이다.

2부에서 그는 13명의 작가를 다루고 있다. 그는, 김동인 · 염상섭 · 채만식 같은 식민지 치하의 작가에서부터, 최인호 · 황석영 등의 1970년대 작가들에 이르기까지 13명의 작가를 깊은 애정으로 다루고 있다. 2부에서 그가 작가를 다루는 방법은 크게 나누어서 한 작가의 전체적 모습을 다루는 방법, 한 작가의 한 작품을 자세히 분석하는 방법, 한 작가에 대한 재래의 해석을 재검토하는 방법의 세 가지 방법이다. 장용학 · 김문수 · 홍성원 · 신상웅 · 이문구 · 최인호 · 황석영을 다룬 방법이 첫번째에, 채만식 · 황순원 · 최인훈 · 박경리를 다룬 방법이 두번째에, 그리고 김동인과 염상섭을 다룬 방법이 세번째에 해당한다.

한 작가의 전체적인 모습을 다루는 데 있어서 그는 겸허하게 1) 작가가 현실을 인식하는 태도, 2) 작가가 작품 속에 그 현실 인식을 표현하는 방법, 3) 그 표현 방법에 의해 작가 자신도 모르게 끼여드는, 소위 신의 몫을 자세하게 천착함으로써 그 작가의 전모를 드러내려한다. 그의 최초의 평문이라고 할 「작가와 문학적 변모」에서부터 그 태도는 일관되어온 셈이다. 그것은 그가 마치 전지적(全知的) 태도를 취하는 작가가 인물을 대하듯 작품을 대하려 하지 않은 데서 얻어진 것이다. 그는 작가의 위에 앉아 작품을 판단하고 재판하는 것이 아니라, 그 작가와 가능한 한 같이 숨쉬고 행동하려 한다. 그의 비평이 보여주는 성실성과 애정은 거기에서 연유한다.

한 작가의 한두 작품을 다루는 경우에 그는 그 작품의 관건이 되는 주제를 찾는 데 주력한다. 그의 뛰어난 작품론 중의 하나인 「외로움과 그 극복의 문제」에서 그는 가령 황순원의 『일월』에서 외로움이 중심 주제임을 밝히고 그 주제가 어떻게 작중 인물들에 의해 느껴지고 이해되고 극복되는가를 다룬다. 마찬가지로 그는 최인훈의 『회색인』과 『서유기』에서 지식인의 망명, 월남민의 피난 의식의 변주를 문제 삼고 있다.

마지막으로 이미 어느 정도 평가가 내려진 작가를 재검토의 대상으로 삼을 때 그는 1) 사조주의에서 그를 가능한 한 건져내어, 2) 그의 작품의 구조를 주로 인물의 대사회적 태도에 의거해 분석하려고 노력한다. 사조주의에서 한 작가를 건져낸다는 것은 백철의 『신문학사조사』가 끼친 악영향에서 작가를 건져내고, 외국의 사조를 우선은 그곳의 사조로 정확하게 인식하여 외국의 사조를 한국 작가에게 적용함으로써 생기는 난점에서 한국 작가를 이끌어내보자는 것이다. 사조 중심주의는 무의식적으로 그 사조를 만들어낸 선진 문화국에 대한 이론적 추종을 낳게 하는데, 그것이 극복되지 아니하는 한 한국 문학은 서평자가 쓰는바, 새것 콤플렉스에서 벗어날 길이 없는 것이다. 그 태도를 두 편의 작가론, 「김동인론」과 「염상섭론」은 분명하게 보여준다.

『한국 소설의 공간』에 선명하게 드러나 있는 그의 비평 태도는 정신의 세계 인식의 다양성에 대한 긍정이다. 세계는 의미론적 다면체이며, 정신은 그 세계의 어느 한 면만을 인식할 수 있다. 그러면서도 그는 그 세계 인식의 다양성의 시대적 의미를 간과하지 않는다. 세계 인식의 다양성, 말을 바꾸면 세계 인식의 불완전성 · 비전체성은 시대적 제약에 의한 것이라는 것을 그는 잘 알고 있다. 그에게 있어 특이한 것은 그 시대적 제약이, 좌파 이론가의 경우처럼 경제적 현실의 제약만을 의미하지는 않는다는 사실이다. 그는 차라리 그 시대의 이데올로기적인 문제에 오히려 더 집착하는 경향을 보여주고 있는데, 그가 정신사 · 지식인이라는 용어를 빈번하게 사용하는 이유가 그 때문이다.

　서평자로서는 그가 경제적 현실과 문화적 사실 사이의 연계 구조
에 대해서 좀더 상세한 고구를 하였더라면 그의 논지가 더욱 뚜렷했
으리라 생각하는 것이지만, 서평의 대상을 이루는 『한국 소설의 공
간』에서 그것은 그렇게 선명하게 드러나 있지 않다. 그러나 서평자는
그 책의 저자가 4년 간의 공백 끝에 쓴 한 편의 글에서(「분석 비평 소
설」, 『문학과지성』 26호), 그가 작품의 구조를 분석하는 것은 세계의
구조를 분석하는 일이며, 그 구조 분석은 세계 인식의 기저를 이루는
이데올로기의 분석을 의미한다는 내용을 개진함으로써 그가 『한국
소설의 공간』에서 철저하게 분석하지 못한 여러 가지 문화적 사실들
에 대해 폭넓게 접근하겠다는 계획을 보여준 것을 부기함으로써 서
평자의 불만이 하나의 트집에 지나지 않는다는 것을 밝히는 즐거움
을 갖고 있다.
　〔『우리 시대의 문학』/『두꺼운 삶과 얇은 삶』, 김현 문학전집 14권〕

문학적 가치와 삶의 현실*

신동욱

저자는 이 책의 「머리말」에서 "비평 행위란 일종의 독서 행위"라고 말하면서 작품에서 작가 의식과 독자의 의식이 서로 만나는 '장'이라고 규정한다. 그리고 읽는 사람의 "정신의 모험에 자유를 부여"하고 싶다고 덧붙이고 있다. 그렇게 하는 이유는 "현재를 구성하고 있는 제요소들에 대한 스스로의 확인과 반성과 비판"을 독자들과 나누어 보고자 하는 목적성에 있다고 한다. 이러한 서두의 말에서 이 책의 저자는 지금의 사회의 구조와 삶의 관계를 문학 작품에서 알아보려는 뜻이 명확히 나타난 셈이다.

「식민 시대의 문학」이라는 상당히 긴 논문에서 근대의 지식인들이 어떻게 시대와 사회에 대처하여 왔는가를 역사적으로 조망하고 있다. 특히 이 글에서는 조선 왕조 시대의 지식인들이 보인 사상을 그 각 시기의 사회적 특질과 관계지어 말하면서 한국 지성의 특징을 포착하려고 노력하고 있다. 서양에서의 지성의 나타남과 우리의 것이

---

* 이 글은 『문학과지성』(1977년 봄호)에 실린 「문학적 가치와 삶의 현실」에서 김치수 부분만을 발췌한 것이다.

다르다 하더라도 '틀렸다'고 할 수는 없고 여기서 "오히려 한국의 정신사의 어떤 특질"을 찾아야 한다고 한다. 이러한 태도는 한국인의 주체적 사상을 존중한다는 저자의 신념을 표명한 것으로 보인다. 개화기의 유림은 '의리'에, 신지식인은 '서구 문물'에만 기울어진 현상을 지적하며, 신소설의 주제와 창가의 그것이 모두 그러한 "정신의 요체"를 보인다고 말한다. 서구 문물을 비판 없이 무조건 받아들이려는 개화파 지식인들에 대한 그릇된 시대 인식을 이 책의 저자는 상당히 단호한 어조로 비판하고 있는 것 같다. 그러나 이렇게 비판받고 있는 서구 문물의 도래는 필연적인 것이었고, 그것에 대응하는 한국의 지성인들이 더 문제되는 것이었다고 생각된다. 그렇다면 지나간 것의 현재적 의미를 파악함이 문제가 된다고 하겠으며, 그렇기 때문에 지나간 역사는 모두 현재적 의미를 지닌다고 하겠다.

저자가 이광수 문학을 비판하는 대목에서 『무정』에 "나타나고 있는 해외 유학이나 기독교나 자유 연애는 신식 문물에 대한 동경과 찬양의 범주를 넘어서지 못하고 있다"라는 사실을 지적하고 있다. 이러한 지적은 타당하지만 이광수가 처한 시대적 한계도 감안해야 될 것 같다. 왜냐하면 이광수의 약점은 사실상 그 시대의 지성 일반의 약점 중의 일부이고, 그보다 더 옳은 "전통과 외래 문화를 올바로 접합시키는 방향"(『한국 소설의 공간』, p. 17)은 이광수에서 찾기보다 다른 작가나 시인에게서 찾을 수밖에 없을 것이다. 또 이광수에 대한 비판은 또 다른 오늘날의 서구파 지식인의 당대적 대응에 대한 비판이 된다는 것을 잊을 수 없고, 그렇게 생각할 때 이광수의 약점이나 과오는 오늘의 새로운 서구파 지식인들의 과오를 간접적으로 말해주는 뜻이 깊다고 하겠다.

이 책의 저자는 신소설 · 창가 · 이광수 · 김동인을 비롯하여 낭만주의 · 자연주의의 시행 착오와 실패를 그의 관점에서 계속 지적해내고 있다. 그러나 이러한 실패의 지적은 서구적 문맥에서 비추어볼 때, 또는 오늘날의 시점에서 틀렸거나 실패일 수는 있어도 그 당대적 추세 속에서는 그렇게밖에 할 수 없었던 한계성이 있었으리라는 것도 감안해야 할 것 같다. 또 그러한 실패도 우리의 정신사의 일부이며, 그러한 실패가 있으므로 저자와 같은 견해의 성립도 가능한 것으로 보인다. 저자는 한용운을 비롯하여 염상섭·이상화·이육사·윤동주 등을 훌륭하게 보고 있는데, 그것은 사실이며 존중되어야 할 견해로 보인다. 또 더 많은 작가들의 정신 세계를 긍정적으로 해명하고 있다. 실패나 패배의 정신사보다는 정당한 저항과 성취의 그것을 희구하는 태도는 누구나가 바라는 바이지만, 실패 속에 숨어 있는 우리의 정신적 특질도 더욱 규명할 필요가 있다고 생각된다.

「6·25의 전쟁 소설」을 논급하는 데에서 송병수의 작품 『인간 신뢰』 『탈주병』 등이 지닌 인간애의 정신을 발견하고 있다. 그러면서 전쟁의 비인간적 측면을 드러내어 송병수의 문학 세계를 인간주의의 제고에 있다고 말한다. 그런데 「반속주의 문학과 그 전통」 같은 논문에서는 저자가 서두에서 밝힌 바와 같은 관점과는 다소간 거리가 있는 듯한 논지가 제시되지만, 누구나 생각해봄직한 문제인 것 같다.

상황이 어떠하니까 이런 문학만이 필요하다거나, 시대가 이러하니까 어떤 문학만을 해야 한다는 편협된 생각은, 항상 가장 높은 정신의 질과 폭을 보여주어야 하는 문학에 있어서, 가장 우수한 작품을 목표로 하지 못하는 결함을 지니고 있기 때문에, 오늘 우리가 배격해야 할 요소인 것처럼 보인다. (『한국 소설의 공간』, p. 42)

부연하자면 도식적이고 틀에 박힌 사고나 관점은 높은 수준의 창조 정신에 어긋난다는 말이 되겠다. 그런 뜻에서는 저자의 말은 타당하지만, 시대가 요구하는 문학을 만들어내는 것은 자연스럽고, 한 시대는 한 시대가 특징짓는 창조적 관례라는 것까지도 우리는 감안해야 할 것으로 안다. 가령 저자가 시인하고 있는 채만식의 『탁류』 같은 작품도 채만식이라는 사람이 살던 시대의 문제를 작품화했다고 생각된다. 이청준도 박태순도 서정인도 김승옥도 모두 그러한 테두리에 사는 보통 작가들이다. 이들에게서 저자가 받는 공감도 실상은 동시대인으로 갖게 되는 공통된 느낌에 대한 발견에서일 것이다. 그러면서도 시대를 꿰뚫고 공감케 할 수 있는 작품을 썼다면 훌륭한 작가일 것이고, 지역적인 한계를 초월하여서까지 공감할 수 있는 작품은 뛰어난 가치를 지니고 있을 것이다. 〔『문학과지성』, 1977년 봄호〕

그가 연 비평의 새로운 전망

이동렬

　김치수의 『문학사회학을 위하여』는 외국 문학의 전문적인 연구와 한국 문학의 일선 비평이라는 두 가지의 역할이 알맞게 조화되어 있는 보기 드문 평론집이다. 저자가 서문에서 밝히고 있듯이 『문학사회학을 위하여』는 문학사회학의 일반적이고 체계적인 이론서는 아니며, 골드만의 『소설사회학을 위하여』의 경우처럼 어떤 이론적인 체계를 작품 분석에 줄곧 적용한 저서도 아니다.

　문학사회학은 본격적으로 논의된 역사가 짧고 그 본고장인 유럽에서도 아직 통일된 체계를 갖지 못한 채 여러 갈래로 탐구하는 단계에 머물러 있는 만큼 그 개념은 아직도 모호하고 불분명한 것 같다. 그런데 저자는 여러 원론적인 글로 문학사회학의 이념과 배경과 전개 과정을 독자들에게 자세하게 설명함으로써 그것의 개념을 어느 정도는 분명하게 이해하도록 할 뿐만이 아니라 문학사회학의 발상과 이론에 바탕을 둔 비평문으로서 그 구체적인 적용의 보기를 보여주고 있다.

　프랑스 문학을 전공한 저자가 전문적인 처지에서 쓴 글을 여섯 편 싣고 있는 이 책의 제3부는 현대 프랑스 비평의 여러 경향을 두루 소개하고 있다. 그 가운데 골드만의 문학 이론을 검토한 「골드만과 발생구조주의」라는 글을 뺀 나머지 글들은 엄밀하게 말하면 문학사회학의 연구를 위한 글들은 아니지만, 오늘날의 여러 문학 연구 이론들의 맥락 속에서 문학사회학을 이해하도록 도와주고 있다. 이 부분에서 먼저 눈여겨볼 것은 한 비평 이론에 치우치지 않고 모든 흐름을 검토하고 수용하면서 현대의 사상과 문학의 흐름을 두루 이해하려는 저자의 폭넓은 관심과 해박함이다. 저자는 골드만의 문학사회학 이론뿐만 아니라 구조주의 일반 이론과 러시아의 형식주의 그리고 누보 로망의 이론들에 대해 상세하고 깊이 있게 분석하여 평가하고 있다. 따라서 이 부분은 문학사회학 자체에 관심이 있는 독자들뿐만 아니라 일반적으로 문화에 관심이 있는 모든 독자에게도 유용한 내용을 많이 담고 있으며, 프랑스 문학을 전공하는 사람에게는 오늘날의 문학의 흐름을 알기 쉽게 소개해주는 안내서의 구실도 할 수 있다.

「골드만과 발생구조주의」에서는 "작품과 사회 사이의 구조적 대응관계"로 요약되는 골드만의 문학사회학 이론에 대한 자세한 해설을 볼 수 있다. 그리고 뒤이어 나오는 「구조주의와 문학 연구」라는 글에서는 구조주의를 "하나의 분야에서만 나타난 하나의 사상적 이론이 아니라 여러 분야에서 나타난 일종의 방법론"이라고 정의하면서 많은 논의에도 불구하고 우리에게 분명하지 못한 개념으로 남아 있는 구조주의 전반을 알기 쉽게 풀이해준다. 또 구조주의의 영향 밑에서 이루어지고 있는 여러 가지 문학 연구 방법론을 검토함으로써 문학사회학의 비평 방법도 구조주의라는 커다란 흐름 속에서 이해할 수 있도록 해준다.

그러나 저자의 원론적인 글들이 외국의 사조와 비평 방법을 단순하게 해설하거나 소개하는 데에 그치는 것은 아니다. 모든 글들은 저자의 일관된 문학관으로 뒷받침되고 있으며 직접으로 간접으로 저자의 문학에 대한 태도를 드러내고 있다. 누보 로망에 대해 매우 호의적이고 긍정적인 해설을 하고 있는 두 개의 글은, "소설은 현실의 보이지 않는 혹은 감추어진 구조를 드러내야 한다"라는 저자의 생각에서서, "객관적 문학, 혹은 대물 렌즈의 문학과 비연속적인 것으로서의 문학"이라는 누보 로망의 측면에 적극적으로 동의하는 자세에서, 그리고 소설이 "자기 소외의 도구"로 떨어져서는 안 된다는 걱정에서씌어진 것으로 보인다. "작품의 내면적 비평"의 성격을 강조하면서문학 비평에 문학 외적인 것이 지나치게 개입하는 것을 경계하는 「분석 비평 서론」 같은 글도 분석 비평에 대한 해설을 넘어서서 저자의비평관을 잘 드러내는 글로 보인다. 여기에서 보이는 저자의 문학관이나 비평관은 한국 문학 작품의 구체적인 비평문을 포함하여 저서에 일관되게 나타나는데, 특히 책의 첫머리에 실린 「문학과 문학사회학」은 저자의 생각을 가장 잘 알 수 있게 해주는 글로 보인다.

문학사회학에 대한 일반 이론과 한국 문학 작품을 문학사회학의관점에서 분석하는 부분으로 나뉘어 있는 이 책에서 저자는 문학의속성을 이렇게 얘기하고 있다. "인간의 완전한 자유를 목표로 하는문학은 현재 존재하고 있는 더 나은 어떤 체제를 꿈꾸고 있는 것이아니라 일종의 이상적 상태를 목표로 하고 있는 것이다. 물론 이와같은 이상적 상태란 완전한 자유라는 말과 같이 대단한 막연한 상태에서밖에 이야기될 수 없는 것이다." 이러한 문학관은 필연적으로 기존의 모든 이념이나 도덕이나 체제로부터 문학은 자유로워야 한다는주장과 이어지며, 어떤 체제, 어떤 상황 속에서나 문학은 '전복적 성격'을 가질 수밖에 없다는 생각과도 연결된다. 곳곳에서 보이는 도덕주의에 대한 저자의 강한 혐오감은 바로 이러한 문학관에서 나온 것이다.

물론 이와 같이 문학의 절대적인 자율성을 옹호하는 것이 저자 자신이 선택한 관점이며, 이 관점에 동의하느냐 동의하지 않느냐 하는것은 독자의 자유로운 판단으로 남는다. 문학에서 좀더 현실적이고구체적인 역할을 기대하는 사람들이나 문학에 강한 윤리적인 성격과역사적인 사명을 부여하고자 하는 사람들에게는 김치수의 논리가 어느 면에서 막연하고 공소한 것으로 울릴지도 모른다.

문학사회학이 다루는 모든 주제와 문학사회학의 모든 방법을 얘기하고 있음에도 불구하고 저자의 비평 방법은 대체로 "작품의 내면적 비평"으로 특징지어질 수 있다. "소설사회학은 말하자면 작가가 어떤 작품을 썼고 독자가 어떤 소설을 읽든지 이미 존재하고 있는 작품을 대상으로 삼는 것이지 존재해야 할 작품을 이야기하는 것은 아니며 동시에 존재하고 있는 작품의 숨은 의미와 구조를 찾아내고 드러내는 것이다"라는 구절에서 볼 수 있듯이, 또는 문학을 문학 외적인 요소들에 종속시켜서는 안 된다는 거듭되는 주장에서 볼 수 있듯이, 저자의 태도는 작품 자체를 탐구하고자 하는 것이며 구체적인 비평문에서도 대체로 그러한 태도를 지키고 있다. 이러한 태도는 문학사회학의 전망을 너무 한계 지운다는 이의를 제기받을 수도 있겠지만 문학사회학에서 가장 중립을 지키는 방법이며 또 가장 주류를 이루는 방법으로 생각된다.

문단의 주목을 받는 거의 모든 작가들을 다루고 있는 저자의 방대한 비평문들은 그것이 모두 사회학적인 비평 방법을 엄격하게 적용하여 이루어진 것은 아니나 그 대부분이 문학사회학의 관점에서 조명을 받고 있다. 그리고 매우 분석적이고 지적인 문장으로 기술된 그 모든 글들은 저자가 배격하는 인상주의의 비평을 극복하면서 비평의 새로운 전망을 열어주는 것으로 보인다. 이 저서는 문학사회학의 "논의의 거점이 되거나 혹은 제기가 되었으면" 한다는 저자의 겸손한 바람을 충족하고 넘어서는 역저라고 할 수 있겠다.

이제 우리에게는 저자의 체계적이고 통일된 문학사회학의 저작이 나오기를 기다리는 일이 남아 있다.

〔『뿌리깊은 나무』, 1980년 1월호〕

비평의 엄정성과 탄력성

조남현

　김치수의 『문학사회학을 위하여』는 크게 3부로 구성되어 있는데 이 중 제2부는 1970년대 유명 작가의 작품 구조에 대한 관심으로, 그리고 제3부는 서구의 문학 연구 방법론에 대한 소개 및 재해석으로 짜여져 있다. 한마디로 제2부는 제3부가 현장 실습을 나온 것으로 비유될 수 있다. 제2부를 구성하고 있는 8편의 평론은 말할 것도 없거니와, 특히 제1부의 두 편의 글 「문학과 문학사회학」「산업 사회와 소설의 변화」는 제3부에서 체계적으로 설명되고 있는 발생구조주의 · 러시아 형식주의 · 분석비평론 등의 이론을 최인호 · 조선작 · 황석영 · 윤흥길 · 조세희 등을 분석하려는 데 도입 · 응용하려고 한 흔적을 아주 짙게 보여주고 있다.

　한국 문학의 입장에서 본다면 외국 문학 이론 중 '어떠한 것'을 수용했느냐 하는 문제보다는 외국 문학 이론이 한국 문학의 현장에 '어떻게' 응용될 수 있느냐 하는 문제가 더욱 중요한 것으로 감지될 수밖

---

　* 이 글은 『문학과지성』(1980년 봄호)에 실린 「비평에서의 엄정성과 탄력성」에서 김치수 부분만을 발췌한 것이다.

에 없는 것이다. 연전에 우리 사회학자들에게도 크나큰 관심거리로 부각된 바 있었던 '문학사회학Literatur soziologie'의 이념과 구체적인 방법론을 김치수는 특히 최인호의 주요 장·단편 소설을 매개로 하여 검증해보고 있다. 그는 「문학과 문학사회학」이란 글에서 문학과 정치 행위를 대립 개념으로 파악하여 "문학의 전복적·전위적 성격"(p. 13)을 강조하는 가운데 "사회적 관심의 변화는 필연적으로 소설 양식의 변화를 수반하게 된다"(p. 15)라는 골드만적 명제를 확인해보이고 있다. 특히 다음과 같은 논지는 김치수 특유의 문학관을 상징하고 있기까지 하다.

> 문학사회학은 그 가치관을 보완하고 합리화시키는 작업을 하는 것이 아니라 반대로 그 작품 속에 내재해 있는 파괴의 요소를 찾아내고 문학 작품을 가치관의 확립이나 전통의 계승이라는 보수적 측면에서 바라보기보다는 부인(否認)과 파괴를 통해서 전통의 창조적 부정을 노려야 한다는 것. (p. 19)

이다. 그는 제라파, 마르쿠제, 골드만 등의 견해에 힘입어 바로 "전통의 창조적 부정"은 "새로운 감수성"의 형태로 나타남을 인지하면서, 최인호는 바로 이러한 계열의 모델 케이스라고 서슴지 않고 단정짓는다. 종래 많은 비평가들의 찬반 토론을 가장 요란하게 받아왔던 최인호는 김치수의 문학사회학적 시선에 의해 새로운 조명을 받게 된다. 김치수는 그의 새로운 과학적 분석 방법에 의해 건강한 독자들의 고정 관념과 오히려 정반대되는 결론을 제시하기도 한다. '문학 연구의 과학화'를 표방하고 있는 그런 김치수의 촉수에 의해 최인호·조선작·조해일 등의 그 소문난 작품들(『별들의 고향』『영자의 전성 시대』『겨울 여자』 등)은 완전히 긍정적인 의미에서 재평가되고 있는 것이다. 예를 들어 김치수는 문학사회학의 조명하에서 최인호를 다음과 같이 예찬(?)하게 된다.

이 새로운 방법이 지배 이념의 엄숙주의와는 정반대의 방향에서 '장난기'로 등장하는 것이다. 이 장난기는 어떻게 보면 진지하지 못한 것으로 보일 수도 있다. 그러나 겉으로 진지하지 못한 '장난기'에 대한 최인호의 감수성은 도덕적 엄숙주의가 갖는 사회적 현실의 위선을 벗기는 데 결정적 역할을 하게 된다. (p. 36)

그런가 하면 김치수는 「산업 사회와 소설의 변화」란 글을 통해서 주로 조선작의 여러 작품에 나타나는 개인의 존재 방식 즉 산업 사회에서의 극히 평범한 개인들의 삶의 양식을 따져 보면서 그를 '부재자'로 파악하고 있다. '부재자'란 다름아닌 요즈음 유행어처럼 쓰이고 있는 '소외 개념'과 상통하는 개념이다. 김치수는 조선작이 "근친 증오의 정신분석학적 상처"(p. 64)를 보여줌으로써 어느 작가에서도 그 유례를 찾기 어려운 '부정 의식'에 도달하였다고 보고 있다. 그런가 하면 그는 황석영의 「객지」 등 여러 작품에 나타난 인물의 존재 방식을 '뿌리 뽑힌 자' '고향 상실자'로 파악하고 있다. 이외에도 김치수는 윤흥길의 『아홉 켤레의 구두로 남은 사내』의 주인공 권기용의 경우를 집요하게 분석해보고 있으며, 조세희의 『난장이가 쏘아 올린 작은 공』을 대상으로 하여 그 작품의 상징 체계, 구성 방법 그리고 대조법과 반복법을 중심으로 한 기교 체계를 꼼꼼하게 검토해보고 있다.

제2부에 오면 김치수는 대략 다음과 같은 작품들을 분석 대상으로 삼게 된다. 최인훈의 『회색인』, 서정인의 「후송」 「강」 「원무」, 김승옥의 「건」 「역사」 「서울, 1964년 겨울」 「무진기행」, 홍성원의 「무사와 악사」, 박태순의 「가슴속에 남아 있는 미처 하지 못한 말」, 김원일의 『오늘 부는 바람』, 윤흥길의 「집」 「장마」 『아홉 켤레의 구두로 남은 사내』, 이청준의 「예언자」 외 여러 단편, 조해일의 「아메리카」 『겨울 여자』 등등. 그런데 김치수는 이러한 작품들을 분석하는 자리에서 1)

주제론보다는 구조 분석 혹은 형식 분석에 주력하고 있으며, 2) 개별
적인 작품론을 통해 그 해당 작가의 전반적인 특징을 이끌어내려 하
고 있으며, 3) 앞에서 강조한 바와 같이 실제 작품 분석 과정에 있어
문학사회학·구조주의 등등의 이론을 과감하게 응용하려 하고 있다.
김치수는 어느 작가의 작품을 대상으로 하건 그 대상 작품 속에 내재
한 화자의 설정 방법, 서술 방법, 인물의 설정 방법 그리고 이러한 단
위들을 토대로 하여 이루어진 작가의 창작 심리학에 관해 날카로운
주목을 보이고 있다. 이러한 구조 분석을 감행한 끝에 그는 김승옥을
"가장 전위적인 성격을 띠고 있는 반질서주의"(p. 202)로 읽는가 하
면, 서정인에 대해서는 "화자를 통해서 작가 자신에 대한 의식화를
시도하고 있다"(p. 196)라고 판정을 내리거나 윤흥길에 대해서는 "사
물을 대할 때 언제나 가치 판단 직전의 상태에 머물러 있는 것처럼
보인다"(p. 226)라는 결론을 얻게 된다. 그도 김병익처럼 한 작가를
다른 작가와 대비시켜봄으로써 해당 작가에 대한 특징 부조에 있어
서 효과를 거두고 있다. 그는 인물 설정 방법의 측면에서 이청준과
윤흥길을 다음과 같이 선명하게 대비시켜보고 있다.

이청준의 주인공이 일상적 삶의 행복이라는 환상을 갖고 있지 않는
데 반하여 윤흥길의 주인공은 끊임없이 그러한 행복을 추구하되 실패
하는 현상을 내보이고 있다. 이런 차이는 이청준의 소설이 이중적 구
조를 갖고 있지만 윤흥길의 소설은 평면적 구조를 갖고 있다는 사실에
서 기인할 것이다. (p. 242)

이제 끝으로, 김치수의 『문학사회학을 위하여』의 가장 핵심적인 논
거를 다음과 같은 짤막한 진술에서 찾아볼 수 있을 것이다.

소설의 역사에서 보면 대부분의 뛰어난 소설가는 소설의 양식에 대
한 질문을 던지거나 새로운 혁명을 가져온 사람들이다. [……] 말을

바꾸면 좋은 소설은 소설의 양식에 어떤 혁명을 시도하게 되고, 그러한 양식의 시도가 소설의 내용의 변화와 언제나 일치해왔던 것이다. (p. 111)

단적으로 김치수는 "좋은 소설은 훌륭한 구조임"을 주장하고 있는 것이다. 한국 비평계가 당면하고 있는 가장 중요한 과제 중의 하나가 객관적인 분석 태도 혹은 능력의 결핍 증세인데, 김치수가 보여준 비평 태도는 이러한 과제를 해소하는 데 적지 않게 기여할 것으로 보인다.　　　　　　　　　　　　　　　〔『문학과지성』, 1980년 봄호〕

사회와 문화적 시각

—— 문학과 사회의 새로운 관점

김병익

『현대 한국 문학의 이론』(공저)과 『한국 소설의 공간』에서 이미 신중한 시선과 중후한 문체로 우리의 소설 문학을 분석한 김치수의 세 번째 비평집 『문학사회학을 위하여』는 이 책이 나오기까지 3년 간의 프랑스 유학과 3년 간의 귀국 후의 비평 활동을 통해 그가 자신의 사고를 어떻게 얼마나 확대 혹은 심화시켜왔는가를 보여준다. 그것은 기왕의 그의 비평서가 포괄적인 제목을 택한 것과 달리 이 책에서는 그 동안 저자의 비평 목적이 뚜렷하고 구체적임을 알려주는 '문학사회학'이란 전문 용어를 고른 데서도 확인되지만 이 책의 구성과 전편의 논문에서도 발견된다. 비록 여기에 수록된 3부 21편의 글들이 그때그때 잡지 편집자의 요구에 의해 씌어진 것이 많은 것으로 짐작된다 하더라도 일정한 학문적 또는 비평적으로 집중 연구한 과정을 드러내줄 뿐 아니라 그 모든 글들에 일관되게 이 저자의 관점과 방법론이 맥맥히 흐르고 있음을 우리는 어렵잖게 찾아보게 된다.

저자는 우선 제I부에서 「문학과 문학사회학」 등 7편의 논문을 통해 문학과 사회의 관계에 대한 기본적 입장과 폭넓은 시야를 개진한다.

골드만 혹은 루카치 이후 제라파에 이르는 발생구조주의 방법론에
의거한 그의 관점은 사회의 발전과 소설 장르의 상응 관계를 밝히는
작업으로부터 산업화 사회와 그것이 구조화한 계층이 소설 문학에
부여하는 형태상의 문제, 그리고 여성 해방과 대중화 현상 혹은 도덕
주의와 한국의 문화적 위상과 문학과의 관련을 깊이 있게 천착한다.

제Ⅱ부의 7편의 글은 제I부에서 밝힌 소설사회학에 의한 구체적 현
장 비평의 작업들이다. 여기서 그는 최인훈·서정인·이청준·김승
옥·박태순·윤흥길 그리고 최인호 등을 대상으로 다루고 있는데 그
의 작가·작품 연구가 1960년대 작가의 그것으로 집중되고 있는 것
은 제I부에서 최인호·조선작·조해일·조세희 등 1970년대 작품으
로 모아지고 있는 것과 대조하여 흥미롭다. 그것은 그가 1960년대 작
가들의 작품을 문학적 업적으로 인정하면서 1970년대의 그것을 문학
적 현상으로 지목하고 있는 그의 관점의 음성적 표현이겠다는 추측
을 가능케 한다.

제Ⅲ부의 6편의 글은 골드만 등의 발생구조주의와 러시아 형식주
의, 분석 비평 및 누보 로망을 소개·해설한 글들이다. 실존주의 이
후의 신비평들에 관한 기왕의 글들이 프랑스 문학자들에 의해 자주
소개되어온 것은 사실이지만 우리는 저자의 이 글들을 통해 새로운
비평과 그것들의 방법론을 잘 이해하게 되는 기쁨을 여기서 갖는다.

이런 우리의 이해는 그의 프랑스 유학이 가져다준 선물이겠거니와
이 책의 특징은 그것이 단순히 새롭고 해외의 것이라는 호사가적 취
향의 소산이 아니라 그의 책 I·Ⅱ부에서 넓게 개진된 한국 문학에 접
근하기 위한 그의 분석 도구로 사용되었다는 데에 있다. 외국의 이론
이 우리에게 필요한 것은 그것이 우리 것에 적용되어 우리 문학이 새
로운 의미를 띨 수 있는 경우에 더 해당되는 것이다. 저자는 외국 문
학자로서 한국 문학 비평가란 모호한 입장을 유용하게 활용하고 있
는 셈이다.

그러고 보면 한국 문학에 대한 그의 이해와 분석은 프랑스의 신비

평, 특히 뤼시앙 골드만의 영향을 깊이 받았으며 실제로, 그리고 극히 자연스러우면서도 즐거운 일은, 그런 새로운 관점과 방법론에 의해 우리의 문학적 작품들이 새로운 조명과 의미를 띠고 나타나 우리 문학에 대한 심층적이고도 다각적인 관찰을 얻게 되었다는 점이다. 그 새로운 의미망, 우리는 그것을 김치수로부터 '문학사회학'이란 용어로 배우게 되는데, 골드만의『소설사회학을 위하여』에서 차용한 듯한 이 전문어는 지난해의 우리 사회학회 세미나에서 '문학과 사회'라는 토론으로 전개된 평면적이고 즉물적인 양자의 관련 양상에 대한 접근이 아니라 사회의 구조적 변화와 문학의 양식상의 변화에 대한 발생구조주의적 관계의 해명을 목표로 두고 있다. 그렇기 때문에 그는 문학이 사회를 '반영'한다는 전통적이고 소박한 이론을 극복하고 서문에서 밝힌 것처럼 "문학 작품과 그것이 태어나고 생명을 유지하고 있는 사회를 다각적인 관련 체계로 파악"함으로써 "한편으로 문학 현상에 있어서 변화의 문학적 의미를 추출하는 작업이면서 다른 한편으로 세계의 비전을 문학의 차원에서 발견하는 작업"으로 부상시킨다.

 I부의 일반론과 II부의 작가·작품론의 기본 토대는 바로 이러한 작업 태도에 서 있는데 그것은 더 구체적으로 "타락한 사회에서 타락한 방법으로 진정한 가치를 추구하는" 것으로서의 소설 장르라는 골드만의 명제로 집중된다. 즉 여기서의 타락이란 자본주의 체제라는 오늘날의 사회 경제 체제가 사용 가치의 세계로부터 교환 가치의 그것으로 환치되고 그래서 우리의 가치관이 물신주의(物神主義)의 간접화(間接化) 현상으로 퇴락하고 있음을 뜻한다. 소설은 그러니까 이같은 타락한 사회에서 간접화의 방법으로, 그러나 그것을 거부하는 가치를 추구하는 노력의 소산이 된다. 저자의 이런 관점에서 씌어지고 혹은 분석되는 일련의 글들은 다음과 같은 두 가지의 심화된 비평의식을 내포한다. 하나는 소설과 사회가 타락한 변화의 상응된 관계를 갖는다는 것이다. 이 점은 프랑스의 문학사회학자들에 의해서도

표명되고 있고 이 저자의 서문에서도 지적되고 있거니와 사회에 대한 문학의 단절 의식은 타락과 역승화의 관계를 통해 소박한 참여론을 극복하는 계기를 이룩한다. 왜냐하면 끊임없이 타락하기를 강요해오는 사회에 대한 진정한 저항은 그것 자체에 종속되기를 거부하는 이론적 실천밖에 없을 것이기 때문이다. 여기서 은근하나 실은 매우 강경한 저자의 두번째 과격한 관점이 나타난다. 즉 문학은 그것을 수렴시키려고 억압해오는 체제에 대해 완강히 거부하는 정신의 소산이라는 것이다. 저자가 이론적으로나 작품의 현장 분석에서 완강하게 지키고 있는 것은 이처럼, 그 작품들은 문학이 물신주의적 세계인 기존 체제에 수렴되어 자신도 모르는 새에 체제의 강화를 도와주어서는 안 된다는 것이다. 그가 여성 해방을 다루든 산업 사회를 분석하든 대중 문화에 접근하든, 그의 기본적 입장은 그것이 그 작품을 생산하게 된 사회와 체제에 무관한가 어떤가이며 그가 주목하고 있는 작품은 주제에서든 창작 방법에서든 타락한 사회와 그 체제를 비판 부정하고 있는가 어떤가이다. 그는 문학의 의미를 그런 평가에 두고 있고 그 점에서 그는 적극적인 참여론자들보다 더한 래디컬리스트일 것이다.

그의 이 『문학사회학을 위하여』는 따라서 우리에게 문학과 사회라는, 그간 숱하게 토론되어온 문제들에 대한 명석한 인식 도구를 제시한다. 우리는 그의 방법론에 따를 때 대중 소설이라고 일방적으로 타기되는 창작들의 사회적 의미를 새로이 깨닫게 되기도 하고 도덕주의 혹은 윤리적 비평이 비록 그것들이 기존 체제의 부패와 억압을 비판한다 하더라도 그 도덕 혹은 윤리가 우리에게 새로운 억압 체계로 작용할 수 있다는 우려에 공감하게 된다. 그러면서 우리는 이 책에서 다음 두어 가지 궁금증을 갖게 되기도 한다. 첫째로 진정한 해방과 자유를 위해 기존 체제를 부정한다 하더라도 그 부정의 자〔尺〕로서 제시해야 할 새로운 가늠은 무엇일까 하는 점이다. 우리가 우리를 억압하는 체제에서 해방된다면 그 자체에서 자유로움을 얻는 것은 분

명하지만 그 자유로움에 의미를 부여하는 새로운 이념까지 억압으로
(왜냐하면 그 이념은 아직 드러나지 않았기 때문이다) 본다면 부정의
진정한 가치는 실천될 수 없다. 그렇다면 문학사회학은 그 이념의 출
현까지 거부하는 것인지, 혹은 앞으로 찾아져야 할 것인지, 찾았음에
도 아직 표현을 얻을 수 없게 된 것인지에 대한 일련의 질문들도 함
께 검토되어야 할 것이다. 둘째로 문학 현상과 문학 업적, 환언하면
'세계의 비전'을 드러내줄 업적과 변화의 양상을 반영해줄 현상을 우
리는 어떻게 구별할 수 있는가이다. 이것은 아마 미학의 문제일 것이
며 내용을 규정해주는 형식의 가치론적 의미 문제일 것이다. 1960년
대의 업적과 1970년대의 현상이라는 가치관적 평가는 단순히 시대적
범주로서가 아니라 미학적 관점으로서도 이루어져야 할 것인데 그에
대한 대답이 저자에 의해 음성적으로 여러 작품론에 제시되었다 하
더라도 보다 일반론적 기준으로 명시되어야 우리의 궁금증은 풀릴
것이다. 셋째로『문학사회학을 위하여』라는, 장르를 넘어선 포괄적인
어사를 선택했기 때문에 더욱 강조되는 것이지만, 시와 연극 등 소설
이외의 문학 활동에 대해 문학사회학이 어떻게 기여할 것인가이다.
저자가 이제까지 비평의 대상으로 소설만 한정해왔다는 것, 그리고
시에 대한 분석도 이 책 이후 시도(김명인의 시집『동두천』에 대한 해
설)된다는 점에서 이 문제는 그의 앞날의 과제로 맡겨야 할 것이다.
　이상의 이 책에 대한 개괄은 불충실하고 부분적이란 필자의 소감
을 억제하지는 못하겠다. 우리는 이 일관된 비평 작업의 소산에서 문
학과 문학 연구에 대한 폭넓고 다양한 관점을 얻게 됨과 동시에 그런
이해 위에서 우리 문학에 대한 새로운 지평을 보게 된다. 저자 김치
수 교수의 노고에 깊은 치하를 보내면서 그의 더 넓고 깊은 연구가
우리 창작계에 던질 높은 기여를 기대하게끔 되는 이유는 여기에 있
을 것이다.　　　　　　　　　　　　　　　　[『지성과 문학』, 1979]

시의 사회학도 보충되길

──김치수의 『문학사회학을 위하여』

김현

　김치수의 『문학사회학을 위하여』는 『한국 소설의 공간』에 이은 그의 두번째 평론집이다. 그것에는 그가 1972년 이후에 쓴 거의 모든 글들이 다 실려 있다. 그것은 세 부문으로 나누어져 있는데, 첫 부문에는 최근 그의 관심의 초점을 이루고 있는 문학사회학 관계의 글을 중심으로 한 원론적인 글 일곱 편이, 둘째 부문에는 근년에 나온 소설집에 대한 여덟 편의 서평이, 그리고 셋째 부문에는 그의 전공 분야인 프랑스의 누보 로망에 관한 논문을 중심으로 한 프랑스 문학 관계의 여섯 편의 글이 실려 있다. 그러니까 그 책에는 원론 비평가, 일선 비평가, 문학 연구가로서의 김치수의 면모가 잘 어울려 있다.

　이 책을 읽으면 감수성, 일상적 자아, 소설적 형태, 사조 등의 문학적 내포에 대해 그는 어느 때보다도 자세하고 깊이 있게 그의 의견을 개진하고 있음을 볼 수 있다. 그에 의하면 1) 문학은 현재 존재하고 있는 더 나은 체제를 꿈꾸는 것이 아니라, 일종의 이상적 상태를 목표하고 있는데, 2) 그러기 위해서 기존의 체제가 퍼트리고 있는 지배적 이념─가치관을 문학은 깨트려야 하며, 3) 그 깨트림은 동시에 문학의 제도화를 깨트림을 의미하는 것이며, 4) 감수성이란 그런 깨트림에 다름 아니다.

마루크제나 누보 로망의 이론가들에게서 큰 영향을 받은 듯이 보이는 그의 형태 파괴적 문학관은 당연히 전위적인 것을 옹호하게 되며, 소재주의적 비평을 공격하게 만든다. 그에 의하면 전위적인 것은 제도 속에 갇힌 의식을 계속해서 일깨우는 전문적인 것이며, 그 전위적인 것이 없다면 예술은 제도화되어 인간을 오히려 소외시켜 기존 제도에 수렴되게 만든다. 소재주의적 비평은 이러이러한 작품이 씌어져야 한다거나 이러한 주인공이 사회 현실에 비추어볼 때 바람직하다고 주장하는데, 그것은 현실태와 이상태 사이의 복합적 의미 관계를 단절화시켜, 문학 작품을 어떤 체제의 도구나 이념으로 타락시키고 만다. 문학은 창조적 부정이기 때문에 어떤 형태의 기만적 제도에서도 벗어나지 않으면 안 된다. 이러한 이론적 근거 위에서 김치수는 분석 비평의 한 양태로 문학사회학에 깊은 관심을 쏟고 있다. 그의 문학사회학은 사회적 현실이 소설 속에서 어떤 역할을 맡고 있는가를 따지는 분석적 소설사회학이다(실제로 이 비평집에는 시에 관한 글이 하나도 없다). 그의 문학사회학은 사회적 현실을 문학은 그대로 반영한다는 반영사회학, 소위 고전적 반영사회학이 아니라, 사회적 현실의 구조와 문학적 현실의 구조 사이의 관계를 따지는—그 따짐을 그는 의미화라고 부르고 있다—사회학이다. 그가 사회적 현실의 구조적 변화 못지 않게 소설적 형태의 구조적 변화—그것은 형태 파괴적 의지의 실험적 결과이기 일쑤다—에 민감한 관심을 표명하는 것은 그것 때문이다. 그것은 문학과 사회가 서로 엇물려 있다는 것을, 그리고 문학은 형태로서 그 엇물림을 초월적으로 표현한다는 것을 전제하고 있다.

김치수의 그러한 추론에 서평자는 완전히 동의한다. 그러나 그의 추론이 더욱 정치해지기 위해서는 1) 시의 사회학이 소설의 사회학과 마찬가지로 성립될 수 있을 것인가, 2) 전위는 어디까지 나아갈 수

있을까가 더욱 깊이 있게 논의되어야 하리라 생각된다. 시의 형태는
소설의 형태와 근본적으로 다른 것인가 같은 것인가, 시에 있어서의
현실이란 무엇인가가 따져지지 않는다면, 말의 엄격한 의미에서 그
의 문학사회학은 소설사회학으로 굳어버릴 것이다. 또한 전위적 감
수성마저 곧 사회 속에 편입시켜버리고 마는 현대의 무시무시한 대
중화 현상 속에서 전위는 어디까지 나아갈 수 있을 것인가를 따지지
않는다면, 전위란 한갓 기교적 체조에 지나지 않게 된다.

그러나 서평자는 이 책을 읽으면서 평소에 정리되지 않았던 생각
의 상당 부분을 체계화시킬 수 있었음을 밝혀둔다. 이 책은 깊이 있
는 성실성의 표현이다.

〔『행복한 책읽기/문학 단편 모음』, 김현 문학전집 15권〕

새로운 스타일의 문학 평론집

조남현

1

　김치수 평론집 『박경리와 이청준』은 한마디로 평론집에 관한 이제 까지의 통념을 거부하고 있는 것으로 보인다. 이제까지의 평론집은 대체로 그 평론가가 가장 핵심적인 것이라고 생각하는 개념을 표제 로 잡아왔으며, 또 한 책의 공간 내에서 여러 작가의 여러 작품을 논 의의 대상으로 삼아왔던 것이다. 한 작가나 한 작품의 입장에서 본다 면 그만큼 충분하면서도 본질적인 분석이 안 되었다는 불만이 나올 법도 한 것이다. 그런가 하면 이제까지의 평론집은 기술 비평의 형식 만을 절대적인 것으로 받아들여온 게 사실이다. 평론집 『박경리와 이 청준』은 바로 이상에서 지적한 통념이 과연 바람직한 것인가 아닌가 를 근본적으로 되돌아보게끔 해준다.

　이 평론집은 박경리 · 이청준 두 작가만을 '집중적으로' 논구한 점, 대담 형식의 평문에 큰 비중을 둔 점을 특징으로 삼고 있다. 물론 이 전에도 평론집에 대담 형식의 글이 들어간 경우가 전혀 없었던 것은 아니나, 『박경리와 이청준』에서처럼 해당 작가와 비평가가 단독 대좌

하여 일정한 작품에 관한 의견을 서로 들려주는 경우는 거의 없었던 듯하다. 기본적으로 이러한 대담 형식은 일정한 작품을 보다 적극적이면서 철저하게 해석해보겠다는 의욕의 구현으로 풀이할 만하다. 혹자는 대담을 통해서 작품에 얽힌 비화를 다 털어내 보이면 작품이 가지고 있는 신비감이 반감될 것이 아니냐고 의문을 가질지 모르지만, 비화를 많이 안다고 해서 작품을 '읽고' '느끼고' '이해하는' 과정에 해를 끼치는 것은 아니다.

이 평론집에 수록되어 있는 김치수·박경리간의 대담은 대하 소설 『토지』의 안팎에 얽힌 이야기를 나누는 데 초점이 맞추어져 있다. 이 자리에서 박경리는 『토지』를 쓰게 된 동기, 『토지』를 쓰는 과정에서 겪었던 정신적·육체적 고통, 그리고 고통의 깊이와 양에 비례해서 나타날 수 있었던 보람 및 사명감의 내용 등을 들려주면서 『토지』의 밑바닥에 깔려 있는 작가의 주제 의식의 실체를 드러내 보이기도 하였다. 그리고 작가의 입장에 서서 작중 인물들의 성격과 의미를 분석해보이기도 하였다. 박경리의 이러한 이야기들은 세밀하면서도 날카로운 김치수의 비평적 안목에서 빚어진 질문들에 의해 유도된 것인데, 이러한 대담 내용을 통해서 작가 박경리의 인생관과 세계관을, 또 비평가 김치수의 비평 방법론을 충분히 가늠해볼 수 있지 않을까 한다.

이처럼 김치수는 박경리와 대화를 나누는 자리에서는 주로 『토지』라는 작품에 국한시킨 반면, 이청준과 대담하는 자리에서는 이청준의 모든 작품들을 관류하고 있는 작가 의식 혹은 주제 의식을 검출해보려 했다. 가령 김치수가 이청준의 최근 소설집 『잃어버린 말을 찾아서』에 수록되어 있는 소설들을 남도 사람들의 삶이라든가 소리로 대표되는 계열의 서정적인 면을 나타낸 소설과, 말에 대한 어떤 인식 과정을 그린 소설로 나눌 수 있다고 한 것에 대해, 이청준은 이 두 계열의 소설은 결국 고향에서 쫓겨나서 헤매는 사람들의 이야기라는 공통점을 지닌다고 덧붙이고 있다. 이외에도 이 대담을 통해서 작가 이청준이 소설을 쓰게 된 동기, 소설을 쓸 때 작가의 머리를 지배하는 억압 관념들의 참모습을 엿볼 수 있게 된다.

그런데 이 대담 자리에서 그냥 무시하고 넘어가기 어려운 점 하나를 부산물로 발견할 수 있게 된다. 같은 작품을 놓고 보는 작가의 견해(흔히 이는 '의도'라고 부르지만)와 비평가의 견해(이는 '이해' '해석'이라고 한다) 사이에 작든 크든 늘 거리가 있을 수 있음을 확인할 수 있다는 것이다. 비평하는 사람들은 이러한 거리가 노출되는 것을 생리적으로 좋아하지 않는 일면을 지니기도 한다. 작가가 의도한 내용과 비평가가 비평한 내용이 서로 어긋나 있음을 드러내는 것은 비평가의 입장으로 보아서는 일종의 큰 용기에 해당되는 것이다. 이 점 하나만으로도 평론집 『박경리와 이청준』은 비평 형식의 면에 있어서 새로운 국면을 열어놓았다고 할 만하다.

2

박경리를 논의의 대상으로 삼은 제1부는 「불행한 여인상」 「비극의 미학과 개인의 한」 등 네 편의 글로 구성되어 있는데, 「불행한 여인상」에서는 「영주와 고양이」 「하루」 「암흑 시대」 「불신 시대」 등 박경리의 초기 단편을 검토한 끝에 "박경리 소설의 본질은 한 전쟁 미망인의 자전적 기록"(p. 14), "박경리의 작품에서 보다 더 주목해야 할 것은…… 자신을 지탱하기 위해 무한한 고통을 느끼며 버티고 있는 인물들을 통해서 한편으로는 인간의 무한한 생명력과 다른 한편으로는 그때그때의 사회의 풍속을 볼 수 있다는 것"(p. 14) 등의 결론에 닿고 있다.

「비극의 미학과 개인의 한」에서는 『김약국의 딸들』 『전장과 시장』 『파시』 등의 세 작품을 집중적으로 분석하고 나서, 이 세 작품은 『토지』의 준비 과정이라는 점에서 주목하지 않을 수 없다고 한 가운데,

"한국인이면 누구나 겪었던 현대사의 비극을 재현함에 있어서 뚜렷한 개성을 가진 인물을 창조한 데서…… 그 비극 속에 이름도 없이 죽어간 한국인의 절망과 고통과 포한을 깨닫게 한 데서"(p. 31) 박경리 소설의 뛰어난 점을 찾을 수 있다고 하였다.

김치수가 제1부에서 가장 힘을 기울인 곳은 바로 『토지』를 분석한 부분이라 할 수 있다. 그는 이 자리에서 주인공 화법·관점·배경 등의 여러 측면에서 『토지』의 특징을 6가지로 요약한 다음, 그 전제 아래서 작품에 나타나는 사건의 의미, 각 인물 성격의 특징, 그리고 여러 갈등 관계를 면밀하게 검토해보고 있다.

『토지』의 제2부는 간도를 배경으로 한 작품으로, 김치수는 『토지』 이전에 간도에서의 한국인의 삶의 모습을 그린 바 있는 최서해의 「고국」「탈출기」「홍염」 등의 단편과 안수길의 장편 『북간도』를 분석해보는 기회를 스스로 마련하여 한국 소설에 나타난 '간도 체험'이 매우 큰 의미를 지니는 것임을 역설하게 된 것이다. 『토지』를 이해하고 분석하는 자리에서 한국 소설의 간도 체험이라는 개념 단위를 상정할 수 있게 된 것은 김치수 한 개인으로 보나 한국 현대 소설 연구자들의 입장에서 보나 큰 수확이 아닐 수 없다.

3

김치수만큼 이청준을 열심히 '읽고' '해석' 해온 비평가도 드물 것이다. 제2부 이청준론은 「언어와 현실의 갈등」「변화와 탐구의 공간」 등 다섯 편의 글로 짜여져 있는데, 이 다섯 편의 글을 통해 이청준의 소설이 거의 다 해명되었다고 보아 무리가 없을 듯하다.

「소설에 대한 두 질문」이란 글에서 김치수는 이청준의 소설은 「줄」「매잡이」「과녁」「불 머금은 항아리」 등처럼 장인의 삶의 의미를 탐구한 소설, 「눈길」「거룩한 밤」「예언자」「황홀한 실종」 등처럼 개인들의 특이한 경험 세계를 소재로 취한 소설, 「조율사」「소문의 벽」「병신과 머저리」「지배와 해방」 등처럼 작가란 무엇이며 글을 쓴다는 것은 무엇인가를 근본적으로 질문하고 있는 소설로 유별해볼 수 있다고 암시하면서(p. 133) 결국 이 세 가지 소재들은 "나는 어디에 있는 것인가?"라는 질문을, 말하자면 주제 의식을 각각 다른 단계에서 제기한 것에 지나지 않을 것이라고 매우 조심스럽게 추리해보고 있다.

그는 「언어와 현실의 갈등」이라는 또 다른 글에서 이청준의 소설을 지식인을 다룬 소설과 장인을 다룬 소설로 크게 양분해보면서, 전자는 '진실의 언어화'와 폭력이 지배하는 공포 상황과의 긴장 관계를 드러내는 것에 초점을 맞추었다고 풀이하였고, 후자는 우리 누구나 갖기 쉬운 '정신적 상처'의 문제를 탐구한 것이라고 해석하였다. 그런가 하면 최근작 「여름의 추상」을 분석하기 위한 「고향 체험의 의미」란 글에서는 이청준의 작품들에서 드러나고 있는 '공포'의 종류를 섹스의 금기를 어겼을 때 당하게 된 폭력에 대한 공포, 집안의 가난으로 인한 고향에 대한 공포, 역사적 사건으로 인한 죽음에 대한 공포의 세 가지로 요약하고 있다.

이상에 몇 가지 예를 든 유별화 작업은 대상 작가의 작품에 대한 종합적이면서도 세심한 파악이 없이는 실제 가능치가 않은 것이다. 이러한 유별화 작업의 안내를 받음으로써 독자들은 이청준의 작품 세계에 대해 보다 친숙감을 느낄 수 있게 될 것이며, 또 이해와 공감의 폭도 한결 넓힐 수 있을 것이다.

한마디로 이 평론집은 박경리와 이청준이라는 두 작가의 문학 세계의 참모습을 알리기 위해 김치수가 노력하는 과정을 '현장감' 있게 담은 것이라고 할 수 있다. 　　　　　　　　　［『신동아』, 1983년 1월호］

김치수와 김현의 텍스트 읽기

성민엽

1

문학 비평에 있어서 텍스트 읽기의 중요성을 부인할 사람은 아마도 없을 것이다. 창작을 비평에 종속시키려 하는 사람들이라면 혹시 반대할는지도 모르지만, 그 중요성은, 텍스트 읽기가 비평의 토대이자 최종적 목적이라고 말할 수 있을 정도로 큰 것이다. 그러나 실제에 있어서는, 텍스트 읽기가 경시되거나 무시되는 일이 뜻밖으로 많다. 이 말은 작품을 읽지 않는다는 뜻이 아니고 '어떻게 읽을 것인가' 라는 문제에 대한 가열한 탐색이 흔히 결핍되어 있거나 충분치 못하다는 뜻이다. 그럴 때 비평은 무반성적이고 따라서 반비평적인, 심하게 말하면 일종의 폭력 행위로 추락해버리기 쉽다.

이런 맥락에서, 김치수의 『문학과 비평의 구조』와 김현의 『책읽기의 괴로움』은 비평의 본령을 실천하고 있는 평론집으로서 주목된다. 이 평론집들은 대체로 '어떻게 읽을 것인가' 라는 문제에 대한 가열한 탐색을 바탕으로 한 실제 비평들로 이루어져 있다.

'어떻게 읽을 것인가' 라는 문제 의식의 확보는, 이 두 평론집이 공

통적으로 도달하고 있는 "텍스트는 단일한 의미만을 갖지 않는다"라
는 인식에서 비롯된다. 이를테면 이들은 각각,

    1) 한 편의 소설은 그 형식이 일정하지 않고 전달하고자 하는 의미
가 '하나'가 아니다. 물론 소설에도 작가가 전달하고자 하는 '의미'가
전혀 없는 것은 아니다. 다만 작가가 전달하고자 하는 의미가 소설에
서는 절대적이지 않아서 여러 가지일 수도 있고 또 별로 중요하지 않
을 수도 있다. 소설에서 우리가 '작가의 몫'과 '신의 몫'을 이야기하
는 것은 문학이나 예술 작품 속에는 작가가 의도하지 않은 어떤 것이
더욱 중요할 수 있음을 이야기한다. (김치수, p. 13)

    2) 비평은 작품이 갖고 있는 여러 의미 중의 하나를 붙잡아내어 그
것을 남이 이해할 수 있도록 체계적으로 설명하는 지적인 작업이다.
작품 속의 여러 의미 중에서 어떤 의미를 붙잡아내는가 하는 것은 대
개 비평가의 개성과 관련되어 있다. (김현, p. 11)

라고 언명하고 있는 것인데, 이러한 공통된 인식을 기반으로 하면서
이들은, 당연하게도, 서로 다른 텍스트 읽기 방식을 취하고 있다. 이
는, 말할 것도 없이, '어떻게 읽을 것인가'에 대한 서로 다른 탐색에
서 비롯된다. 이 상이한 텍스트 읽기의 두 모습을 고찰함으로써, 우
리는 우리의 문제 의식을 보다 심화할 수 있는 계기를 찾을 수 있을
것이다.

2

    『문학과 비평의 구조』는 『문학사회학을 위하여』(1979) 이후 5년 만
에 펴낸 김치수의 세번째 평론집이다. 『문학사회학을 위하여』가 골드

만의 발생구조주의, 러시아 형식주의, 누보 로망의 소설 이론 등 이론적 천착을 통한 방법론 탐구에 힘을 기울였는 데 반해, 『문학과 비평의 구조』는 실제 비평에 주력하고 있다. 말하자면 방법론의 적용인 셈이다.

맨 앞에 실린 「문학 언어와 일상적인 삶」은, 『문학사회학을 위하여』와 『러시아 형식주의』 『누보 로망을 위하여』 『구조주의와 문학 비평』 등 번역 및 편역 작업에서의 방법론적 모색들을 일관된 논리로 종합하는 글이다. 주로 러시아 형식주의 이론을 원용하면서, 문학 언어의 특수성과 독자적 언어체로서의 문학 작품의 면모를 해명하고 그에 대응하여 독서 행위의 의미를 밝히고 있는데, 그 주요 논점들을 요약하면 다음과 같이 된다.

1) 일상 언어는 '지시적인' 기호 체계이기 때문에 하나의 의미로 단순화되기를 지향하지만, 문학 언어는 하나의 '무엇'을 가리키는 본래의 '지시적' 기능을 수행하면서 동시에 그밖에 무수한 '무엇'을 가리키는 기호 체계다.

2) 일상 언어의 언어 행위는 자동화되는 데 반해 문학 언어는 인간 지각의 무의식적이고 습관적인 현상에 충격을 가하며, 우리의 삶이 지각의 자동화로 인해서 부재 상태에 빠져 있는 것을 지각하게 해준다.

3) 독자적 언어체로서의 문학 작품은 총체성을 띠며 삶의 모든 것을 포함한다. 따라서 문학을 한다는 것은 삶을 하나의 창구로 보겠다는 것이 아니라 다각적인 창구로 관찰하고 탐구한다는 것이다.

4) 문학 언어는 인간의 고통을 바탕으로 한다. 작가가 삶과 세계에 대한 탐구에 기울인 노력에 해당하는 것을 독자가 기울였을 때 독서 행위는 삶과 세계에 대한 고통스런 인식의 방법으로서 생산적인 것이 된다.

이렇게 요약되는 저자의 방법론적 탐구는, 거칠게 말하면, 문학 언어에 대한 형식적 탐구와 문학사회학적 접근 방식의 통합을 의도하고 있는 것임이 분명하다. 그것은, 저자 자신의 다음과 같은 진술에도 잘 나타나고 있다.

문학이 독자적인 언어체이면서 동시에 사회적인 현상 가운데 하나임을 받아들임으로써 복합적인 측면에서 문학과 언어에 대한 보다 광범한 연구가 이들(러시아 형식주의, 프랑스 구조주의, 누보 로망─인용자)의 작업을 토대로 이루어져야 할 것이다. (p. 28)

이 문제 제기는 사실상, 문학 텍스트와 현실의 관계에 대한 통찰에 초점 맞추어진 것인데, 저자는 "문학 텍스트와 현실 사이에는 밀접한 관계가 있다"라는 막연한 규정에 안주하지 않고 그 관계의 구체적 양상의 해명이라는 중요한 문학적 과제에 정면으로 부딪쳐가고자 하는 것이다. 그 부딪쳐감에 있어서 저자의 탐구 대상으로 선택된 것이 형식적 측면에서의 그 관계의 구체적 양상이다.

문학 언어에 대한 형식적 탐구와 문학사회학적 접근 방식의 통합을 목표로 하고 있기 때문에, 저자의 실제 비평은 삶 혹은 세계를 새롭게 포착하고 있는 새로운 형식을 식별해내고 거기에 의미를 부여하는 데 있어서 두드러진 성과를 보인다. 그 좋은 예가, 김원우의 「죽어가는 시인」과 이인성의 「낯선 시간 속으로」를 분석하고 있는 「흔들림과 망설임의 세계」다.

이 글에서, 저자는 "정신의 모험 없이는 새로운 형식의 추구가 있을 수 없고 또 형식의 개혁 없이는 정신이 바뀔 수 없다"라는 전제 아래 "이야기로서의 기능의 강화"로 특정지어지는 1970년대 소설이 그 강화의 정도만큼 "소비재로 전락해버릴 수 있는 가능성"의 증대를 부정적 한계로 가질 수 있다고 진단하고, 두 신인의 작품에서 새로운 소설적 가능성을 발견한다.

　이 두 신인은, 중요한 현실을 모두 괄호 속에 감추고, 그럼으로써 모든 것이 논리적인 인과 관계에 의해 이룩되었다고, 따라서 우리 자신이 언제나 편안히 현실을 바라볼 수 있다고 우리에게 가르치고 납득시키고 있는 데 대해 우리로 하여금 우리가 살고 있는 현실의 불안한 정체를 깨닫게 하고, 그를 위해서는 우리가 소설에서 우리를 안심시키는 것을 추구하는 것이 아니라 우리를 의혹과 질문 속에서 고민하게 하는 것을 추구해야 함을 보여주고 있다. 그런 때문에 그들의 주인공들은 거리낌없이 그들의 생애를 개척해나가지도 못하고 매순간 회의와 망설임과 질문 속에서 자신의 진로를 더듬고 괴로워하고 있는 것이다. 그리고 그 흔들림과 망설임이 소설의 형식 자체에도 동일한 효과를 가져오고 있다. (p. 201)

　이 글의 결론인 위 인용에서 보듯, 저자는 「죽어가는 시인」과 「낯선 시간 속으로」에서 '현실의 불안한 정체──작중 인물의 흔들림과 망설임──흔들림과 망설임의 형식화──독자의 의혹과 질문' 이라는 상응 관계를 추출해내는 것이다. 이 결론이, 저자의 문학관·방법론과 텍스트 읽기와의 긴밀한 결합 속에서 수행되는 구체적 작품 분석──「죽어가는 시인」에서 "사건 자체의 유창한 흐름이 있는 것이 아니라 주인공 자신의 끝없는 자기 반성과 질문이 되풀이해서 등장하고 있음"을 꼼꼼히 읽어내고, 「낯선 시간 속으로」에서 "젊음의 정신적 상황을 서술하려는 작가의 고통스런 자기 노출"을 섬세하게 추적해내는──으로부터 필연적으로 형성되는 것이라는 데 이 글의 뛰어난 점이 있다.
　이렇게 보면, 김치수의 텍스트 읽기는 연역적 편향을 지니는 것이라 할 수 있다. 그 연역적 편향은, 저자의 문학관·방법론에 적합한 대상에 대해서는 탁월한 비평적 성과를 낳지만, 그렇지 못할 때──주로 적절한 분석 대상으로서의 형식적 범주를 포착하지 못하거나 혹은 충분히 구체화시키지 못할 때──자칫 비평적 약점으로 귀결될 수도 있는 것이다. 저자는 이 점을 경계하는 듯이 보인다. 머리말에서 "많은 작가·시인의 구체적인 작품을 만날 수 있었다는 것이 남아 있는 수확이라면 이론적으로 새로운 진전이 없음과 나의 글읽기의 미숙함은 부끄러움으로 남아 있다"라고 한 데서 그 경계심을 읽게 되는 것은, 문학 텍스트와 현실과의 관계의 구체적 양상에 대한 이론적 탐구를 보다 심화·확대하는 일과 텍스트 읽기를 자신의 연역적 편향으로부터 보다 자유롭게 하는 일이야말로——그 두 가지 일은 서로 독립되어 있는 것이 아니라 교호 작용의 관계에 있는 것일 터이다——그 편향에 내포된 약점을 발전적으로 극복할 수 있는 첩경이기 때문이다.　　　　　　　　　　　　　　　〔『외국문학』, 1985년 봄호〕

부드러움의 두 갈래*

김태현

보다 교활한 체제에 의해 표현의 자유가 억압당하면서 조성된 혼탁한 분위기가 비평계 외부를 둘러싸고 있지만, 비평계 내부에서는 새로운 도약을 모색하는 움직임이 지금 활발하게 진행되고 있다. 즉, 종래에는 독자로부터 별다른 반응을 기대하기 어려웠던 비평 장르가 1970년대 후반부터 양적 확산과 질적 심화의 동시적 구현에 힘입어 서서히 독자의 관심을 모으기 시작하더니, 이제는 비평의 시대가 도래하였다는 말이 결코 무색하지 않을 정도로 활기를 띠고 있다.

우리 시대의 제반 문제와 밀접한 관련 속에서 제기되고 있는 실천론·민중문학론·문화운동론·제3세계문학론 등이 점차 그 깊이를 더해가며 토대를 확고히 쌓아가고 있고, 한편으로는 구조주의·수용이론·문학사회학·기호학 등이 소개의 단계를 차츰 탈피하여 우리의 관점에서 재해석되고 응용되어 결실을 거두고 있다는 것을, 이런 주장이 가능하게 된 구체적인 증거로 우선 꼽을 수 있을 것이다. 여

---

* 이 글은 『열린 세계의 문학』(문학과지성사, 1988)에 실린 「부드러움의 두 갈래」에서 김치수 부분만을 발췌한 것이다.

기에다 젊은 비평가들이 가혹한 현실과 발표 매체에 대한 음양의 탄압에 적극적으로 대응하며, 전 세대의 비평가 못지않은 날카로움과 신선함을 겸비하고 비평의 영역을 확장하고 있음을 덧붙일 수도 있을 것이다. 그러나 비평계의 심층 구조에서 일어나고 있는 이런 변화가 어느 날 갑자기 일어나는 것이 아니라 그 동안의 많은 비평적 업적들로부터 도움을 받아 일어난다는 것은 두말할 필요도 없을 것이다.

김치수의 『문학과 비평의 구조』는, 1980년에 5·17 정변으로 "갑자기 비어버린 시간표의 빈 칸"을 메우는 작업의 일환으로 씌어진 "고통스런 행복의 기록들"이다.

유신 시대의 억압이 보다 세련되고 강화된 방식으로 모든 방면에서 유지되고 있는 현재, 우리의 삶이 개선될 전망은 더욱 불투명한 상태에 놓여 있는데, 일찍이 이 같은 어두운 시대의 도래를 지진계처럼 예민하게 포착한 김치수는 실존적 결단으로써 이에 맞섰다. 그후의 그의 삶이 고통이라면, 그가 그 기간 동안에 문학에 대해 집중적으로 질문해온 결과가 이 책이라는 점에서, 이 책은 행복의 기록인 셈이다. 그러나 우리가 고통스러웠던 그의 삶에서 언뜻 연상하기 쉬운 엄숙함이나 매서움을 이 책에서는 찾아보기 힘들다. 정직과 성실이 부족하면서도 거친 목소리를 내기 쉬운 우리의 관습으로 보자면 그의 이런 부드러움은 낯설기조차 한 일일지 모르나, 그가 문학과 사회와의 관계를 열린 관계로 파악하려고 노력해왔던 사실을 기억하고 있는 사람들은 그의 이런 일관성을 쉽게 이해할 수 있을 것이다.

모두 4부로 구성되어 있는 『문학과 비평의 구조』는, I부에서는 문학 이론을, II부와 IV부에서는 소설론을, III부에서는 시론을 싣고 있다. 여기서 두드러지게 눈에 띄는 것은, 그가 문학에 대한 이론적 탐구를 새롭게 하는 일보다, 정밀한 독서를 바탕으로 소설론에 심혈을 기울이고 있다는 점과, 시에 대한 비평을 거의 삼가해왔던 이전과는 달리 8명의 시인을 취급하고 있다는 점이다. 즉 『문학사회학을 위하여』에서, 문학사회학에 대한 이론적 탐구와, 소설을 대상으로 문학사회학의 구체적인 비평적 가능성을 타진함으로써 커다란 반향을 불러일으켰던 그가, 그 연속선상에서 작업을 추진하기보다 그 궤도에서 한 걸음 벗어나, 구조주의와 분석 비평을 활용해 근년의 시와 소설을 친절하게 분석·종합하는 일에 몰두하고 있는 것이 이 책의 특징이다. 그것에 조응하여, 자상하고 차분한 어조로 비평 대상을 가능한 한 감싸안으려는 그의 부드러움이 모든 글에 골고루 융해되어 있다.

　이 책에서 그의 문학관이 비교적 선명하게 표현되어 있는 「문학 언어와 일상적인 삶」을 살펴보면 이 총괄적 인상의 골격을 어느 정도 잡을 수 있다. 이 평론집을 관류하고 있는 그의 생각을 거의 집약하고 있다고 해도 과언이 아닐 이 글에서 그는 문학에서 쓰이는 언어를 질문 또는 규명함으로써 문학을 질문 또는 규명하고자 시도하고 있다.

　문학과 언어의 문제는 문학이란 무엇인가라는 질문처럼, 일정한 해답이 있는 것이 아니라 영원히 질문으로 남아 있는 것임을 전제한 김치수는, 문학에서 쓰이는 언어가 일상 언어와 달리 의미 전달의 수단으로 사용되기보다는 "비실용적인 자체 미학을 지향할 때" 그 참된 의미를 획득한다고 강조한다. 그래서 그는 "문학 작품이 언어체로 된 구성물이라는 특유의 예술 양식"임을 주장했던 러시아의 형식주의, 프랑스의 구조주의, 누보 로망을 예로 들면서 자신의 논리적 근거를 확보하고 있다. 그 이유는, 문학과 언어의 관계에 대한 위의 연구와 반성이 여러 가지 한계를 지니고 있음에도 불구하고 그것이 다른 경향의 연구나 반성보다 훨씬 과학적이고 전위적이기 때문이라는 것이다.

　물론 I부에 실려 있는 「누보 로망과 두 작품」과 「문학과 문학 이론」에서도 계속되고 있는 그의 이런 생각이 우리에게 생소한 것은 아니다. 예전부터 누보 로망, 러시아 형식주의, 구조주의 등에 관심을 기울여온 그는, 그 동안에 그것들에 대한 많은 소개의 글과, 『누보 로망을 위하여』『러시아 형식주의』등의 역서와『구조주의와 문학 비평』
의 편저를 통해 일반 독자들도 쉽게 이해할 수 있도록 그 해박한 지
식을 유감없이 발휘한 바 있기 때문이다. 그러나 그런 노력을 지속해
온 근원적인 동기가 바로 비과학적이고 보수적인 문학관을 거부한
데서 비롯된 것임을 「문학 언어와 일상적인 삶」에서 우리는 다시 한
번 분명하게 확인할 수 있다.

　그렇다고 해서 그가 언어체로 된 구성물로서의 문학만을 고집하는
것은 아니다. 일상적인 삶 속에서 문학이 차지하고 있는 역할도 대단
히 중요하다는 것이다. 그의 말을 빌리면, "우리가 여기 '있음'을 '없
음'으로 만들어버리는 것" "우리가 옳다고 생각하는 것을 불의로 만
들어버리는 것" "우리의 정신이 살아서 움직임으로써 얻게 되는 창조
적 능력을 말살시키는 것, 나아가서는 정신의 깨어 있음 자체를 방해
하는 모든 것"이 모두 "죽음의 위협"인데, 문학은 그 "죽음의 위협"
을 극복하게 해준다는 것이다. 이 같은 그의 문학관은 아래와 같이
재차 요약되고 있다.

　　문학 언어의 경우 '기표 signifiant'는 하나이지만 '기의 signifié'는
　무수하거나 무수하게 생성되는 '다의적' 기호 체계인 것이다. 그렇기
　때문에 문학 작품이란 총체성을 띠고 있는 것이고 삶의 모든 것을 포
　함하고 있는 것이다. 따라서 한 편의 문학 작품은 어느 것이나 모든 인
　문·사회 과학적 방법에 의한 접근이 가능한 것이며 또 그 접근의 방
　법에 따라 다른 의미를 나타나게 되는 것이다.

　이 책의 총론에 해당될 만한 이 글에서 뚜렷이 표명되고 있는 것과
같이, 문학 작품의 다의성을 승인하는 김치수의 입장은 비평에서 다
양한 관점을 승인하는 것과 맞닿아 있으며, 고정된 세계관에 입각하
여 작가나 작품을 바라보는 일을 탐탁하게 여기지 않는 태도와도 상
통하고 있다. 그의 그런 입장은 각론에 해당되는 Ⅱ~Ⅳ부의 글에서

여실히 드러나고 있다.

먼저 Ⅱ부에서 대상이 된 작가들을 열거해보면, 황순원·김동리·최인훈·서기원·한승원·이문구·김주영·전상국·유재용·윤흥길·최인호·오정희·김원우·이인성·정소성·강석경·현길언·김국태 등이다. 이 목록에는, 신인에서 노장까지, 희곡을 쓴 사람에서 소설가까지, 흔히 리얼리즘 계열로 손꼽힐 수 있는 작품을 쓴 사람에서 실험성이 강렬한 소설을 쓴 사람까지, 그야말로 각양각색의 작가가 망라되어 있음이 한눈에 들어온다.

그러면 개성에 있어서나 문학사적 위치에 있어서나 작품 세계에 있어서나 매우 광범위한 차이를 보이고 있는 이들을 하나의 비평 공간으로 끌어들일 수 있는 요인은 무엇일까? 결론부터 말한다면, 김치수의 비평 세계에는 크게 세 범주가 자리잡고 있는 것으로 보인다. 총체성·미학성·전위성이 그것이다. 좀더 설명하면, 우리의 삶 전체를 드러낼 수 있는 총체성, 이야기의 기능을 조직적으로 강화시켜주는 미학성, 실험 정신과 새로운 기법으로 우리의 삶을 의식화시켜주는 전위성이 작품에 내재하면, 그는 주저 없이 그 작품을 비평의 대상으로 채택하여 분석해낸다. "비판 이전에 이해를 함으로써 한 작가 안에 열려 있는 무한한 공간을 내다보는 행위가 선행되어야 할 것"이라는 그 특유의 비평적 부드러움이 그 모든 것의 밑바탕을 이루고 있음을 물론 간과해서는 안 될 것이다. 이런 사실을 보다 상세히 확인하고 싶으면, 세 비평 범주가 어느 글보다 투명하게 드러나 있는, 김주영의 『객주』에 대한 글과, 황순원과 최인호의 소설에 대한 글과, 정소성과 이인성의 소설에 대한 글을 차례로 검토해보는 것으로 충분하리라 생각된다.

「역사 소설과 역사 의식」에서 "역사 소설이 문학이 되는 것은 작가의 상상력이 작용한 부분 때문"이라고 못박고 있는 김치수는 『객주』에서 "사실에 입각한 역사책보다는 상상력의 도움을 받은 허구의 소설 속에 현실적 진실이 더욱 깊고 넓게 수용될 수 있다는 문학적 힘을 깨닫게" 된다고 진술하고 있다. 즉 김치수는 민중 사관이나 선악·시비의 판단에 따라 『객주』를 해석하는 것을 온당한 처사로 간주하지 않는다. 그는 "우리의 삶 속에서 볼 수 있는 모순되고 무질서한 것들을 종합적으로 제시하는 가운데 어떤 질서가 드러나게 만드는 것," 다시 말해 총체성이 드러나게 하는 것을 높이 사고 있는 것이지, 그 작품에 나타나 있는 메시지에 관심을 집중하지 않는다. 오히려 그것을 그는 경계하고 있다.

그런가 하면, 그는 황순원의 소설에서 볼 수 있는 탁월한 구성, 절제된 문장, 묘사나 서술의 정교성과 감각적인 예민성을 나열하며 황순원이야말로 정성스럽게 언어를 다루는 대표적인 소설가라고 규정한다. 다른 글에서도 그렇지만 여기서도, 그는 황순원 소설이 갖고 있는 한계에 대하여 문제를 제기하거나 비판을 곁들이지 않고, 황순원 소설의 조직성 혹은 미학성에 대한 비평적 애정을 유감없이 노출하고 있다. 그것은, 이야기로서의 기능이 강화될 때 소설이 소비재로 전락할 위험이 다분하다고 우려하면서도 상업주의 소설가라는 명예스럽지 못한 에피세트가 곧잘 따라다니는 최인호와 그의 소설 세계에 대해 긍정적인 시선을 보내는 것에서도 계속 이어지고 있다. 그는 최인호와 그의 소설에 대해서 도덕적인 비난을 앞세우는 것을 몹시 못마땅해한다. 그래서 자신의 세계관이나 신념에 비추어 비판하는 일을 자제하고 오히려 최인호의 "개성과 그 개성 속에 있는 다양한 재능"에 주목하고 있다. 이런 그의 태도는 모두 문학이 미학성을 절대적으로 필요로 한다는 그의 지론에서 연유한 것이다.

한편, 「문학 언어와 일상적인 삶」과 「누보 로망과 두 작품」에서 문학의 전위성이 갖는 중요성을 거듭 강조한 바 있는 김치수는 커다란 기대를 걸며 정소성과 이인성의 실험적 소설을 분석하고 있는데, 이 일은 그에게 있어서 어색하기는커녕 무척 자연스런 귀결인 것처럼 보인다. 그는 현대 사회에서의 우리의 현실이 매우 불투명해서 "주어진 관념이나 제도화된 관점으로" 그 현실을 제대로 바라볼 수 없다고

믿고 있기 때문에, 소설이 전위적 혹은 실험적 정신으로써 세계와 문
학에 의혹과 질문을 내놓는 것을 지극히 정당한 일로 여기고 있다.
바꾸어 말하면, 문학의 전위성에 상당한 비중을 두고 의미를 부여하
고 있고 나아가 이를 적극 옹호하고 있다는 것이다.

　거칠게 살펴본 김치수의 이러한 비평 세계는, 1982년과 1983년에
발표된 단편 소설을 개괄하고 있는 Ⅳ부에서도 변함없이 재현되고 있
다. Ⅲ부에서는 소설과 다른 양식을 지닌 시를 다루는 관계로 인해,
소설에서 볼 수 있었던 비평 방법이 그대로 답습되고 있지는 않다.
그렇지만 김수영 · 오규원 · 최하림 · 김준태 · 문충성 · 김명인 · 송수
권 · 최승자 등 여덟 시인의 시를 세밀하게 분석함에 있어서도 부드
러운 관점을 잃지 않고 있다는 것은 별도의 설명을 요하지 않을 만큼
명확하다.　　　　　　　　　　　　　　〔『열린 세계의 문학』, 1988〕

반성으로서의 소설, 의미화로서의 비평

김병익

김치수 교수의 『삶의 허상과 소설의 진실』은 『공감의 비평을 위하여』로부터 9년 만에 상자된 비평집으로, 대학과 학회의 무거운 직책으로 글쓰기에 전념할 수 없었던 그 짧지 않은 기간에도 그는 끊임없이 작품들을 읽고 문학의 흐름을 성찰하며 사회와 문화의 변화에 그 의미를 질문하고 우리가 새로운 시대적 전환에 어떻게 대응할 것인가를 고민해왔음을 보여준다. 그 사유의 일단이 우리의 생활 세계에 더욱 깊이 드리우는 가짜의 삶에서 문학이 그 허위를 벗겨내고 진실을 밝혀야 한다는 그 표제에서 압축되거니와 그의 「책머리에서」는 그 같은 사유의 근거를 선명하게 밝히고 있다. 즉, 소설이란 우리 일상적 삶과 관련된 하찮은 이야기에 지나지 않지만 그 하찮은 이야기가 중요한 것은 "우리에게 한 번밖에 살 수 없는 삶을 여러 번 살게 하고 그리하여 다른 사람의 삶도 이해하게 하는 데 있기 때문이다." 우리가 보다 나은 삶을 꿈꾸고 나와 남의 삶을 반성하고 그래서 진정 가치 있는 삶을 발견할 수 있는 것은 소설의 그러한 독특한 내면적 성격 덕분이다.

그의 근래의 비평적 작업은 바로 이 반성과 이해와 의미화로 모여

지고 있다. 제1부의 3편의 글은 해방 이후 50년 동안의 한국 소설의 전개를 성찰하고 그것이 오늘의 우리에게 던지는 의미를 천착하고 있다. 우리의 말과 글을 되찾고서 전개되기 시작한 반세기 간의 우리 소설의 역사를 요령 있고 이해하기 쉽게 정리한 「해방 50년의 한국 소설」은 1940년대 후반과 1950년대의 분단과 전쟁의 수난 속에서 피어난 우리 문학을 휴머니즘 문학으로, 1960년대는 개인주의 문학으로, 1970년대는 산업화와 그 모순에서 빚어지는 사회소설과 대하 역사소설로, 1980년대는 노동문학과 실험문학으로 시대 변화와 더불어 점진적으로 진화해온 우리 소설의 주류화 과정을 균형 있게 설명한다. 그는 1990년대의 감각과 소비의 문학이 유행하는 모습에서 "인쇄 매체의 문학을 영상 매체의 문학으로 바꿔놓는" 현상을 우려하며 "새로운 상상력을 창조적으로 사용하는 것이 아니라 소비해버리는"(p. 29) 경향에 상당히 의혹적인 시선을 보내고 있지만 그렇다고 해서 그것이 '문학의 죽음'이라고 단정하거나 문학의 장래를 비관하고 있는 것은 아니다. 「예술의 자율성과 현실 참여」에서 밝히고 있는 것처럼 그는 우리 소설 문학의 가능성, 혹은 "건강성"(p. 35)을 여전히 신뢰하고 있기 때문이다.

　참여 논쟁 이후의 문학적 정황을 추적한 이 두번째 글이 강조하듯이, 예술이란 자율성 위에서, 혹은 초실용성 위에서야 억압의 현실과 실용의 세계를 반성할 계기를 획득하게 되는데 우리 문학은 이제 영상 문화의 시대에 변두리로 밀려감으로써 그것의 자율적 공간을 더욱 강하게 확보할 수 있게 되었고 또 다른 한편 상대적으로 이념적 금기가 해체되면서 얻게 된 언론의 자유 덕분에 1970, 80년대 문학이 감당해야 했던 현실 비판의 실용성으로부터도 해방될 수 있게 되었다. 그는 이제야말로 "근대성과 관련된 개념으로서의 자율성"(p. 42) 확보를 통해 문학은 스스로 자기 혁신을 시도하면서 문학적 반성과 삶의 진실을 자유롭게 모색할 수 있게 된 것으로 생각하고 있는데 우리 소설 문학의 가능성과 건강성에 대한 신뢰는 여기서 비롯된 것이다. 그럼에도 그는 낙관만 하고 있는 것이 아니다. 「문학과 인문학의 새로운 조건」에서 그 자율성이 근본적으로 위협당하고 있는 현실적 조건을 그는 결코 무시할 수 없기 때문이다. 코소보 전쟁과 그것을 보도하는 방송의 태도, 게임처럼 그 생중계를 즐기는 우리 자신들의 태도에서 그는 새로운 나치주의, 악덕 자본주의, 상업주의, 도덕적 불감증 등 후기 현대의 나쁜 증상들을 발견하며 그 모두가 "인문학적 반성의 결여"(p. 45)에서 비롯된 것임을 그는 확신하고 있다. 세계에 대한 관심 부족, 과정에 대한 유희적 묘사, 첨단 문명에 토대를 둔 상상력의 특징을 가진 신세대에 대해 그들의 '정신적 세속화'를 지적하는 그는 근래 대안으로 '표현 인문주의'를 제시하고 영상 문화를 비판적으로 포용하는 그 이론의 발전에 노력하고 있는데 그 발전은 인문학으로서만이 아니라 그 토대로서의 문학에도 크게 기여할 것이다.

제2부와 3부는 실제 비평 작업의 성과로서 거두어들인 작가-작품론인데 그 편성은 전통적인 1960, 70년대의 작가와 그들의 소설, 1980, 90년대 새로운 세대의 새로운 작품들로 가름된다. 이 가름은 편의적이기는 하지만 그 편의 속에는 근대적 리얼리즘의 문학과, 느슨한 의미에서의 누보 로망의 구분이 있고 거기에는 역사 속에서 현실의 고통을 천착하는 문자 문화로서의 소설과 영상 문화의 영향 속에서 시대 변화의 징조들을 싸안고 있는 디지털 시대적 문화로서의 소설이라는 차이가 끼여들어 있다. 김치수가 여기서 다루고 있는 작품들은 박경리의 「시장과 전장」 외에는 모두가 지난 10년 동안 발표된 작품들이어서 그의 평론들은 새 밀레니엄을 앞둔 우리 1990년대 소설 문학 전반을, 그 '주류'를 통해 조감하고 이해하는 한마당이 되고 있는 셈이다.

홍성원의 문학 전반을 검토하며 그의 '남성 문학의 세계'를 발견하고 그의 대하소설 『먼동』에서 '개인과 역사'의 관계를 해명하는 두 편의 글은 "역사가 집단의 공유물이라면 문학적 상상력은 개인의 재능"(p. 75)이란 김치수의 관점을 적절하게 드러낸 작가론과 작품론이다.

그는 홍성원이 당대의 전쟁이든, 그가 살고 있는 지식 사회든, 그리고 그 근원으로서의 역사에서든 공동체의 억압적이고 허위적인 삶에서 개인의 존재 의미를 지키려는 고전적 휴머니즘의 작가이며 이런 그의 문학적 성격은 그의 남성적 문체와 현실 인식에서 비롯된다는 것을 지적하고 있는데 개인과 사회 혹은 역사간의 대결적인 상황에 대한 이 같은 김치수의 관점은 전쟁과 가난을 겪고 분단 민족으로서의 설움 속에서 독재 권력과 산업화의 모순 같은 강한 현실적 억압을 함께 살아야 했던 동세대 비평가와 작가로서 서로의 이해를 위해 잘 어울리는 코드가 되고 있다. 그러면서 반성적 사유인으로서의 김치수는 선후배와 동료 작가들에게서 그들의 독자적인 개성과 세계를 발견하고 의미화한다. 김원일의 정신주의, 이청준의 한의 정서, 박완서의 늙음의 달관, 김주영의 성장기의 상처, 오정희의 외출과 귀환을 통한 '다른 곳에의 꿈,' 박상륭의 구도 과정, 강호무의 '감춤을 통한 자기 표현,' 이문열의 아버지 콤플렉스, 박범신의 저주받은 예술가의 운명, 최명희의 풍속사적 묘사, 이원규의 역사의 무게 등 그가 밝히고 있는 작가들의 주제와 문학적 정조가 그런 것들이다.

이인성에게서 "삶과 세계에 대한 새로운 이해의 길"을 보는 제3부에서는 김치수의 관점은 대서사의 역사와 현실이란 무게로부터 비켜나 "새로운 형식과 개념"(p. 344)으로 "화해하기 위한 전복"(p. 355)으로 움직이고 있는 신세대 문학에 접근하고 있다. 여기서 다뤄지는 작품들이 이인성의 「강 어귀의 섬 하나」, 채영주와 김소진의 두 연작 소설집, 최윤의 「열세 가지 이름의 꽃향기」, 서하진의 「사랑하는 방식은 다 다르다」, 김운하의 「언더그라운더」, 이재실의 「오디」 등 '낯선 소설'들과 신경숙·김영하의 전래의 것과 "다른 감수성"(p. 363)을 보여주는 작품들이다. 디지털 시대의 가벼운 문화에 대해서는 매우 비판적이지만 다양한 색깔의 이 1990년대 신세대 작품들을 보는 그의 눈은 따뜻하고 그 태도는 포용적이다. 흥미로운 것은 새 형식을 시도하는 이 작품들에 대한 접근은 리얼리즘 시대의 작품들에 대한 것과 비슷하게, 그 주제와 이야기, 인물의 성격에 집중되면서 그것을 형상화하는 새로운 형식적 방법론에 대해서는 별로 분석을 가하지 않고 있다는 점이다.

그는 역시 여전히 아날로그 시대의 전통적인 비평가이며 그래서 신세대가 기피하는 반성과 의미화의 기제로서의 문학을 강조하여 바라보고, 그 비평을 수행하는 평론가인 것이다. 그 작업에서, 텍스트를 정확하게 읽고 그 서술에 기대어 현상학적인 해석을 가하며 그 의미를 깊이 천착하고, 비평적 주장의 드러냄 없이 작가의 내면 세계를 존중하는 태도는 김치수의 비평 문학이 지닌 아름다운 덕성임이 분명하다. 이 책의 마지막 말처럼, "좋은 비평가 한 사람을 만난다는 것은 행복한 일이다"(p. 382).　　　　　〔『서평문화』, 2000년 10월 17일자〕

도저한 낙관의 비평
―김치수 비평집 『삶의 허상과 소설의 진실』

성민엽

　우리 문학에서 비평에 대한 불신이 확산되기 시작한 것은 그리 오래된 일은 아니지만 그 정도가 벌써 위험 수위에까지 도달한 듯이 보인다. 비평가와 작가 사이의 불화는 언제 어디에서나 있는 것이고 그 자체가 꼭 부정적인 것만은 아니고 오히려 창조적 승화의 계기가 되기도 한다. 그러나 오늘날의 비평에 대한 불신은 상업주의, 분파주의 등과 맞물리면서 작가만이 아니라 독자 일반에까지, 심지어는 비평가 자신들에게까지 확산되고 있다. 비평의 자기 반성이 필요함이 분명하다 할 것인데, 그러나 문제는 비평 쪽에만 있는 것이 아닌 듯하다. 문학과 관계되는 가장 원론적인 곳에서부터 가장 현실적인 곳에 이르기까지 전면적인 성찰이 필요하다. 어느 의미에서든, 또 어떤 방식으로든, 비평의 위기는 곧 문학의 위기로 직결되는 것이다.

　김치수의 비평집 『삶의 허상과 소설의 진실』은 그러한 비평에 대한 불신 풍조를 성큼 넘어서는 개별적 사례로 주목할 만하다. 폭넓은 문화사적 조망과 꼼꼼하고 깊이 있는 글읽기를 바탕으로 하면서 전통적인 것에 대한 정당한 존중과 새로운 것에 대한 열린 이해를 함께 갖추고 있다.

현실 순응을 단호히 거부하면서 그렇다고 순진한 이상주의에 함몰되지도 않는 균형 잡힌 비판 의식이 믿음직하고, 평이한 표현과 문체로 독자와의 소통을 증대시키고자 노력하는 자세가 귀중하다. 그리고 그 모든 것들을 문학에 대한 신념과 열정이 든든히 받치고 있다. 비평력 35년 간 이 비평가에게 변치 않고 일관되어온 것이 있다면 바로 이 신념과 열정이다.

좀더 자세히 들여다보면, 박경리, 홍성원, 이청준, 김원일, 김주영, 박상륭, 강호무, 오정희, 박범신, 최명희, 이원규, 이인성, 최윤 등 중견 이상의 작가들과 채영주, 김소진, 신경숙, 서하진, 김운하, 김영하, 이재실 등 비교적 젊거나 아주 젊은 작가들을 두루 살피고 있는데, 그들에 대한 비평 방식은 다양하지만 일관되는 태도는 따스한 이해와 공감의 그것이다.

필자는 김치수의 비평이 문학에 대한 도저한 낙관의 비평이고 그 낙관의 밑자리에 프랑스 누보 로망에 대한 김치수 나름의 이해가 숨어 있다고 생각해왔는데, 바로 그런 면모가 이번 비평집에서 대단히 긍정적으로 살아나고 있는 듯하다. "이전까지 존재해온 그 모든 것의 양상에 대한 반성"을 중시하는 입장에서 그는 작가들로부터 그러한 반성과 새로운 것에 대한 모색을 읽어내고 있는 것이다.

비평의 위기라든지 문학의 위기라는 이야기들이 지나친 호들갑일 수 있음을 이 비평집은 차분히 보여주고 있다.

〔조선일보, 2000년 7월 10일자〕

문학의 반성과 성찰
── 김치수의 『삶의 허상과 소설의 진실』에 대하여

심은진

　김치수의 평론집 『삶의 허상과 소설의 진실』은 문학에 대한 애정과 문학의 위기에 대한 우려가 담긴 글이다. 『삶의 허상과 소설의 진실』이라는 제목은 문학에 대한 그의 생각을 함축적으로 알려준다.

　'삶의 허상'이란 무수한 허구의 이미지들로, 그 허구들이 만들어내는 허구의 가치들로 가득 찬, 지금, 우리의 삶을 의미한다. 넘쳐나는 정보 속에서, 현실보다도 더 정교하고 영리한 가상의 이미지들 속에서, 우리는 살아간다. 허상의 세계 속에서는 공간의 경계도, 시간의 구분도 모호해진다. 주체에게는 자신의 정체성이 더 이상 문제되지 않는다. 그 세계 속에서 주체는 나이와 성, 혹은 인종·국적 이러한 것들을 모두 감추고 익명으로도 존재할 수 있다. 중요한 것은 누가 더 빠르게 더 많은 양의 정보를 가지는 가다. 그러므로 질보다는 양이, 그리고 그 양을 획득하게 만드는 속도가 가치의 기준이 된다. 이러한 익명의 존재들은, 시간과 공간을 쉽사리 이동하는 여행자, 정보의 바다를 항해하는 자들, 혹은 새로운 목초지, 새로운 정보를 찾아 이곳저곳으로 떠도는 '유목민'들이다. 종착점은 어디인가? 아탈리

Attalie는 21세기의 유토피아를 논하는 한 글에서 방랑하는 유목민들, 현대인들에게는, 그 어느 때보다도 삶에 대한 반성이 필요하다고 말한다. 우리의 삶이, 구체적인 것들보다는 가상적인 것들로 점차 채워지는 만큼, 그 가상들에 대한 비판이 더욱 필요하다는 말이다. 우리는 지금 어디로 가고 있는지, 무엇이 우리를 그곳으로 내모는지, 지금 우리가 보고 있는 저 먼 곳의 오아시스가 신기루인지 아닌지를 확인해야 한다. 끊임없는 반성과 성찰이 21세기의 유토피아를 만드는 토대다.

김치수가 말하는 '소설의 진실'이란 바로 우리가 삶을 반성하고 점검하도록 도와주는 장치들이다. 김치수에게 있어 소설은, 우리의 삶을 이야기하는 것이고 소설이 제기하는 질문들은 바로 우리 삶에 대한 문제 제기다. 지극히도 소박하지만, 본질적인 이러한 정의는 그의 글을 모두 감싸고 있다.

이 평론집에서 그가 집요하게 질문을 던지고 또 대답하는 것은 바로 사유와 반성으로서의 삶이다. 그는 반성이 없는 문학은 더 이상 문학이 아니고, 반성 없는 삶 역시 삶이 아니라는 극단적인 결론에까지 이른다. 반성이 없는 문학은 존재론적인 당위성을 상실한 문학이다. 자신의 존재나 혹은 자신의 가치에 대한 일말의 점검도 없이 상업주의의 늪 속에 빠지는, 혹은 쾌락의 도구를 위해 던져지는 문학에 대한 그의 우려는 허상의 세계 속으로, 그 세계의 유혹에 자신을 완전히 내맡기는 우리 삶의 모습에 대한 우려다. 문학의 임무는 '속도'라는 가치를 위해 우리가 놓쳐버리는 반성과 성찰의 시간들을 되돌릴 수 있게 해주는 것이다. "진정한 작품은 천천히 읽는 사람이 아니면 읽을 수 없는 불편을 동반하지만 스스로의 속도 때문에 모든 것을 잃게 하는 오늘의 삶에 균형을 유지하게 하는 유일한 장치의 역할을 한다"(p. 79).

3부로 이루어진 평론집의 구성도 이러한 그의 의도를 표현한다. 1부에서는 현 단계의 문학을 총괄적으로 점검하고 지금의 문학이 갖고 있는 한계와 인문학의 위기 상황을 지적한다. 연대기적인 고찰을 담고 있는 이 일반론들은 무엇보다도 소설이 어떠한 반성의 장치를 지니고 기능을 해왔는지를 보여주고 있다. 이러한 고찰들은 실은 현재의 작가들, 젊은 '신세대' 작가들을 겨냥한 말들이다. 젊은 작가들이 보여주는 지나친 개인주의, 자율성이라는 이름으로 주장되는 문학의 자기 합리화에 대한 경고의 글이다. 반성이 없는 자유란 방만함일 뿐이다.

인문학의 위기란 궁극적으로는 가치의 급격한 변화, 가치관들 사이의 단절이다. 작가의 죽음을 이야기하던 문학은 이제 문학 그 자체의 죽음, 문학의 토대가 되는 인문학의 죽음을 이야기하고 있다. 문학은 과연 죽어가는 것인가. 그렇지 않다. 문학은 단지 변화하고 있을 뿐이다. 그러나 반성과 성찰이 없으면 문학은 죽게 된다. 이것이 김치수의 결론이다.

최근의 작가들에 관한 소설론을 3부에 두고 2부에 이전 세대의 작가들을 배치해놓은 것은, 물론 시간적인 순서에 따른 것이겠지만, 그러나 그보다도 지금의 작가들이 이전의 것들로부터 배워야 할 덕목, 즉 반성과 자기 성찰로서의 문학을 이야기하기 위한 배려다. 반성과 성찰만이 세대 사이의 단절된 가치들을 이어줄 수 있고, 또한 변화하는 시간 속에서 문학이 살아남게 되는, 인간이 인간다운 삶을 유지할 수 있게 되는 유일한 전략이다.

김치수의 글들은 참으로 편안하다. 그 편안함은 현학적이거나 현란한 외양을 거부하는 문체의 편안함이다. 그의 글들은 우리에게 낮고 차분한, 침착한 소리들, 소박하지만 진실된 소리들을 전해준다. 그의 분석과 설명은 작가에 대한 가식 없는 애정과 문학에 대한 절실한 사랑을 이야기한다. 반성과 성찰을 이야기하는 그는 계몽주의자이다. 그러나 계몽주의자이기 이전에 무엇보다도 그는 휴머니스트다. 인간에 대한, 문학에 대한 애정과 희망을 결코 버리지 못하는 진정한 의미의 휴머니스트다.

　소박한 말들은 가식이 없기 때문에, 감추는 것들이 없기 때문에, 때로 너무나도 큰 무게로 우리에게 다가온다. 김치수의 글들이 그러하다. 선방의 큰스님들이 쉽고 소박한 비유로 삶의 본질을 이야기하면서 우리의 정신을 흔들어놓듯, 김치수는 소설에 대해, 문학에 대해 쉽게, 소박하게 이야기하지만, 그 말들의 무게는 본질의 빈약함을 현란하고 요란한 치장으로 감추려는 글들보다 훨씬, 그런 것들과는 비교할 수 없을 정도로 무겁다. 김치수의 글들은 문학에서의 큰스님의 말씀이다.

실제 비평으로서의 번역

김현

　1980년도 후반에 『구조주의와 문학 비평』을 편역한 후, 김치수 교수는 계속해서 『누보 로망을 위하여』와 『러시아 형식주의』를 내놓고 있다. 소설사회학에 깊은 관심을 쏟고 있는 한 문학비평가가 왜 그것과는 아무런 관련도 없어 보이는, 얼핏 보기에는 공연히 어렵기만 한 책들을 번역하고 있는 것일까 하는 의문이, 그 세 권의 역서를 눈앞에 두었을 때 곧 생겨난다. 그러나 그 세 권의 역서를 꼭 그가 이것들을 번역할 필요가 있었을까 하는 관점에서 공들여 다시 읽어보면, 그것들이 그의 실제 비평의 이론적 근거를 이루고 있음을 알게 되며 바로 그것 때문에 그가 그것들을 번역했겠구나 하는 인식론적 안도감을 갖게 된다.

　그 세 권의 번역서에 번역되어 있는 것은, 토도로프, 슈클로프스키, 바르트, 주네트, 지라르, 골드만(『구조주의와 문학 비평』), 로브-그리예(『누보 로망을 위하여』), 아이헨바움, 슈클로프스키, 야콥슨, 티니아노프, 프로프, 토마체프스키(『러시아 형식주의』)이다. 서지학적으로 따지자면, 『구조주의와 문학 비평』에 번역되어 있는 것은 위에 적은 필자들의 책이나 그들의 글이 실려 있는 잡지에서 뽑아낸 글들이며, 『누보 로망을 위하여』에 번역되어 있는 것은, 동명의 책 속에 실린 비교적 원론에 가까운 것들과 로브-그리예의 서울 강연 및 『르 몽드 *Le Monde*』지와 한 인터뷰며, 『러시아 형식주의』에 번역되어 있는 것은, 토도로프가 불어로 옮긴 『문학의 이론』 속에서 그가 중요하다고 생각한 몇 개의 글이다. 그 서지학적 고찰은 그의 번역이 그의 자의적 선택이 크게 작용한 것임을 보여준다. 선택이란 무의식적으로도 주체자의 어떤 성향을 보여주게 마련인데, 김치수 교수의 그것에도 그런 성향이 뚜렷하게 나타나 있다. 그 성향이란, 러시아 형식주의, 누보 로망, 구조주의 문학 비평을 같은 정신의 움직임으로 파악하려는 성향이다. 과연 그 세 책에 번역되어 있는 비평가 중에서 비교적 인류학에 가까운 지라르를 제외하면, 그 움직임에서 벗어난 비평가가 없다. 일반적인 상식으로 러시아 형식주의란 형식에만 집착하여 내용의 중요성을 망각한 것이며——둔한 이론가들은 의기양양하여 어떻게보다 무엇이 더욱 중요하다고 강변하면서, 형식주의의 한계를 비판한다. 무엇과 어떻게가 밥과 국처럼 서로 떨어질 수나 있는 것처럼——! 누보 로망이란 인간이 사상된 사물들의 세계를 그리는 기교주의적 문학이며, 구조주의 문학 비평이란 언어학적인 지식을 동원하여 괜히 어렵게 대상을 설명하는 현학주의다. 그런데 그 셋을 김치수 교수는 하나의 정신적 움직임, 그것도 바로 형식주의·기교주의·현학주의에 반대하는 움직임 속에 통합시켜 그것을 이해하려 한다. 김치수 교수가 보기에 그 셋은 바로 굳어 있는 형식에만 집착하는 형식주의에 대한 반발이라는 움직임을 공통 분모로 갖고 있다. 가령 형식주의의 경우,

　　형식주의자들은 형식/내용이라는 전통적인 상관 관계로부터 벗어났고, 또 봉투로서의, 그 위에 액체(내용)를 쏟아붓는 그릇으로서의 형식의 개념으로부터 벗어났다. 예술적 사실들은 예술의 특유한 차이가 작품을 구축하고 있는 요소들 속에 표현되는 것이 아니고 그 요소

들의 특수한 활동 과정에서 표현된다는 것을 증명하였다. 〔……〕 형
식이라는 개념은 〔……〕 그 자체 안에 내용을 지니는 구체적이고 역
동적인 전체인 것이다. (『러시아 형식주의』, pp. 39~40)

러시아 형식주의에서 논의되는 형식이란, 내용/형식의 그 형식이
아니라, 각 요소들의 활동 과정으로서의 형식, 전체의 의미를 띤 형
식(『러시아 형식주의』, p. 63)이다. 그것은 문학, 문학적 사실을 포괄
하는 개념인 것이다(『러시아 형식주의』, p. 45). 형식주의자들이, 자기
들이 사용하는 형식의 의미에 대해 분명한 규정을 하려고 애를 쓴 것
은 정통적인 마르크스주의자들과 경직된 계량주의자들이 사용하는
형식과 그것이 다른 것이라는 것을 확연히 보여주기 위해서였지만,
그들의 문헌의 대부분이 필사본의 형태로만 전파되었던(!) 1920년대
의 문학적 분위기 속에서는 그 말의 의미가 왜곡되어 전달될 수밖에
없었던 것이며, 바로 형식주의자들의 원텍스트를 읽을 때 우리가 받
는 당혹감은 통설과 사실 사이의 차이에서 연유하는 것이다.
　그 다음 누보 로망의 경우,

　사회주의 리얼리즘의 지지자들을 혼란에 빠뜨리게 될지도 모를 것
이 하나 있다면 그것은 그들의 논거와 그들의 용어와 그들의 가치 개
념들이 가장 경직된 부르주아 비평가들의 그것과 완전히 닮았다는 것
이다. 예를 들어 한 편의 소설의 형식을 그 내용과 구분하는 것이
〔……〕 문제가 되는 경우가 그것이다. 〔……〕 좋은 소설가란 아름다
운 이야기를 만들어내는 사람이거나 그 이야기들을 잘하는 사람으로
통하고 있다. 〔……〕 그 순간부터 (내 소설에 대해) 형식주의라는 비
난이 양측의 우리의 신랄한 비평가들의 입에서 나오는 가장 중대한 비
난이 되는 것은 당연하다. 〔……〕 그 형식주의라는 용어는 자기네들
의 내용에 지나친 배려를 하는 소설가들에게만 적용되어야 할 것이다.
그들은 그 말을 보다 잘 이해시키기 위해서 불쾌하게 하거나 깜짝 놀

라게 할 위험을 무릅쓰고 글에 대한 일체의 탐구를 기꺼이 피하는 사
람들이다. 그들은 〔……〕 힘도 생명도 없는 하나의 형식을 채용하고
있는 사람들이다. (『누보 로망을 위하여』, pp. 52~58)

로브-그리예에 의하면, 비평가들은 자기의 소설이 형식에만 집착
한, 인간이 빠진 형식주의적 소설이라고 비평하고 있지만, 진짜 비평
되어야 할 형식주의란 힘도 생명도 없는 형식을 채용하여 구태의연
한 인간을 그리는 형식주의이지 자기의 형식주의가 아니다. 그의 형
식주의는 차라리 새로운 인간을 닮을 수 있는 새 형식을 찾는 모험주
의·전위주의에 가깝다.
　그 다음 구조주의 문학 비평의 경우,

　작품들의 동기나 원천을 고려하지 않고 하나의 작품 속에 몰두하고
있는 분석은 모두 암암리에 구조주의적이다. 그리고 구조적인 방법은,
이 내재적 연구에 일종의 이해의 합리성을 부여하기 위하여 개입될 것
이고, 이때 이해의 합리성은 작품의 원인들의 탐구와 함께 포기된 설
명의 합리성을 대신하게 될 것이다. 〔……〕 주제에 따른 분석은
〔……〕 장 루세가 다음과 같이 씀으로써 설정한 구성이었다. 즉 어떤
화음, 어떤 관계, 어떤 힘의 반향, 어떤 집요한 모습, 존재나 반향의
경위, 수렴의 망이 있는 곳에만 포착할 수 있는 형태가 있다. 정신 세
계를 드러내주고, 각 예술가가 자기의 필요에 따라 재발명하는 이 형
식적 향수, 이 관계들을 나는 구조라고 부르겠다. (『구조주의와 문학
비평』, pp. 160~61)

위의 글을 쓴 주네트는 루세와 마찬가지로, 내용/형식의 그 형식이
아닌, 각 예술가가 자기의 필요에 따라 만나는 형식적 향수를 구조라
고 부름으로써 하나의 전체로서의 형태를 이해할 것을 제안하고 있
으며, 그 이해의 합리성이 바로 구조주의적 방법이라고 주장하고 있

다. 그것은 설명의 합리성에 대응하는, 작품에서 최대의 의미를 이끌
어내는 합리성이다.

　그러니까 『러시아 형식주의』 『누보 로망을 위하여』 『구조주의와
문학 비평』에서 제일 호되게 비판당하고 있는 것은, 굳어 있는 형식
이다. 그 굳어 있는 형식은 무엇보다 어떻게가 더 중요하다고 주장할
때의 그 어떻게에 가깝다(대개 다 짐작했겠지만, 지나가는 김에 덧붙이
자면, 중요한 것은 어떻게도 아니고 무엇도 아니다. 중요한 것은 그들의
관계다). 그 형식은 잘 쓴 글이라고 할 때의 그 잘 쓴 형식이며 장식
적 형식이다. 그러나 진정한 형식은 골드만의 용어를 빌리면, 최대한
의 가능한 의식이 움직이고 있는 형식, 그 형식 속에 세계가 새롭게
포착되어 있는 형식이다. 『러시아 형식주의』 『누보 로망을 위하여』
『구조주의와 문학 비평』에서 흥미로운 것은 그 형식, 진정한 의미의
형식이 역사적인 성격을 띠고 있다는 것이다. 그때 역사적이란, 시간
에 따라 바뀌는이라는 뜻이다. 형식은 역사적으로 조건지어져 있으
며, 그 역사적 제약이 바뀔 때 형식은 자신의 죽음을 목도한다. 가령
형식주의자가,

　　우리에게 있어서 이론과 역사는 하나가 될 따름이다. 우리는 역사에
　의해 너무나 잘 교육을 받았기 때문에 이 결합을 피할 수 있다고 생각
　할 수 없다. 모든 것을 설명하고, 과거와 미래의 모든 경우에 관해서
　해답을 주며, 또 그 때문에 발전을 필요로 할 수도 없는 어떤 이론을
　우리가 가지고 있다고 고백하지 않을 수 없게 되는 날에는, 그와 동시
　에 형식적 방법이란 이제 그 존재를 잃어버렸다는 것을 〔……〕 우리
　는 고백하지 않을 수 없을 것이다. (『러시아 형식주의』, p. 77)

라고 고백하고, 로브-그리예가,

　　소설의 발전은 플로베르, 도스토예프스키, 프루스트, 카프카, 조이

스, 포크너, 베케트…… 등 계속해서 강화되어왔다. 우리는 과거를 일소하기는커녕 우리 선배들의 이름들을 드는 데 쉽게 의견 일치를 보았다. 그리고 우리의 야심은 단지 그들의 계승자가 되는 것일 따름이다. (『누보 로망을 위하여』, p. 92)

라고 말한 뒤,

소설의 형식이 지나간다는 것은 바로 누보 로망이 말하는 바의 것이다. (『누보 로망을 위하여』, p. 128)

라도 단언하는 것은, 한 구조주의자가,

책이 지식의 주된 전달 수단이기를 멈추게 되는 날에도 문학은 아직도 그 의미를 바꾸게 되지 않을 것인가? 어쩌면 우리는 단순하게 책의 최후의 시대에 살고 있을지도 모른다. 〔……〕 즉 우리는 마치 문학의 존재가 당연했던 것처럼, 그리고 그 문학이 세계와 인간들과 맺고 있는 관계가 결코 변화한 적이 없었던 것처럼 문학에 관해서 무한정으로 이야기할 수는 없다. (『구조주의와 문학 비평』, p. 174)

고 말한 것에 완전하게 대응한다. 형식·문학·예술은 역사적인 것이지 고정되어 있고 추상적인 어떤 것이 아니다. 이상한 일치로서, 바로 그 역사적인 성격에서 형식주의, 누보 로망, 구조주의 문학 이론의 과학적 성격이 나온다. 과학적인 것이 앞서 존재한 과학을 새로운 세계 이해에 의해 파괴하는 것이라는 롤랑 바르트의 진술이 옳은 것이라면, 그것들은 과거의 문학에 대한 실증적·탐미적 접근을 파괴하고 새로운 관점에서 —— 지금, 여기의 관점에서 문학의 자리를 매김하려 하고 있다는 점에서 과학적이다. 과학적은 그러니까 우상 파괴적, 자기 반성적, 자기 분석적이라는 뜻이다. 바로 여기에 이르면 김치수 교수가 왜 그토록 집요하게 형식주의·누보 로망·구조주의의 문헌들에 매달리고 있는가 하는 문제에 대한 암시적 핵심에 이르게 된다. 그는 문학의 역사적·과학적 접근이, 문학에 대한 기존의 이해의 파괴력으로 작용할 것을 기대하고 있다. 그의 실제 비평에 나타나는 도덕적 엄숙주의에 대한 비판과 그의 번역은 표리의 관계를 이루고 있는 것이다. 과연 그는, 『러시아 형식주의』의 옮긴이의 말에서,

형식주의 이론이 중요한 것은 문학을 새로운 눈으로 바라볼 수 있는 가능성을 열어놓았고, 나아가서는 지극히 임의적이고 주관적이었던 문학 비평 내지는 문학 연구에 하나의 학문적 접근의 가능성을 보여주었기 때문이다. (『러시아 형식주의』, p. 3)

라고 말하고, 『누보 로망을 위하여』의 해설에서,

언어의 속성에 대한 지금까지의 묵계들은 언어 하나하나가 지금까지 쓰인 역사적 경로를 보아서 부르주아 문화나 사회주의적 새로운 귀족 문화에 대해서 공헌하거나 수렴당했기 때문에, 묵계 자체를 해체시키는 방향으로 가지 않는 한 삶 혹은 나와 기술 사이에서 발견되는 빈틈을 메꾸는 데 도움을 주지 못하게 되어 있다. (『누보 로망을 위하여』, p. 167)

라고 감히 말하고 있다. 그의 그러한 의도를 간파하지 못하고, 그의 번역에서 단순한 지식의 습득만을 바라는 독자들은, 형식주의자들에게 행해진 형식주의적이라는 비판에 대해 아이헨바움이 대답한,

스콜라 학파의 냄새를 풍기는 〔도식의 제작이나 분류법의 제작을 일삼는〕 형식주의는 역사적으로나 그 본질에 있어서는 〔우리의〕 작업

과 연관되지 않았다. 우리는 거기에 대해 아무런 책임도 없다. 그 반대로 우리는 그런 형식주의에 가장 반대하고 가장 비타협적인 절대자인 것이다. (『러시아 형식주의』, p. 48)

라는 대목을 한번만 다시 읽어보길 바란다.

이 번역서들에는 많은 토론의 재료들이 들어 있다. 번역상의 문제로는, 가령 김치수 교수가 우화, 주제라고 옮긴 'fable, sujet'를 얼리치 Erlich 같은 연구자가 옮긴 대로 제재, 플롯이라고 옮기거나, 내가 제안한 대로 일차 이야기, 종속 이야기라고 옮기는 것이 더욱 타당하지 않을까 하는 것이 있다. 형식주의 문학 이론에서 매우 중요한 역할을 맡고 있는 그 어사를 김치수 교수는 우화, 주제라고 옮긴 뒤에, 할 수 없어서 우화나 주제에서의 의미 적용을 테마 thème라고 옮기고 있다. 내용상의 문제로서 우선 주목할 수 있는 것은, 시의 이미지가 과연 시적 언어의 다른 방법들과 똑같은 방법으로 정의되어야 할 것인가 (슈클로프스키, 『형식주의』, p. 41), 리듬이 담화의 표면에 남아 있는 표면상의 부가물이라고 하더라도(브리크, 『형식주의』, p. 55) 그것이 심리적인 것에서 완전히 자유로울 수가 있을까 따위다. 그런 것들은 서평자가 거기에 계속 관심을 쏟고 있기 때문에 얼른 눈에 띈 것들이지만, 형식주의자나 누보 로망 이론가들, 구조주의자들의 주장에는 검토해서 유익한 많은 문제점들이 있다는 것이 서평자의 생각이다. 나는 독자들이 이 번역서들에 씌어 있는 것을 뛰어난 이론이라고 감탄하면서가 아니라 하나하나를 비평하면서 과학적으로 읽어주기를 바란다. 그것은 그 읽음이 한국 문학 연구의 수준을 어느 정도 바꿔 놓을 수 있게 해주리라 믿기 때문이다.
　　〔『존재와 언어/현대 프랑스 문학을 찾아서』, 김현 문학전집 12권〕

제 3 부

축제의 언어: 김치수를 영원히 기억하기

나 자신과 나 사이의 대지
─김치수를 위하여

미셸 뷔토르

하나의 다른 문자 다른 언어 다른 불행
밀밭 대신 펼쳐진 논들
여기엔 코스모스와 과꽃들이 저 멀리로는
수평선 위로 각기 다르게 윤곽이 뚜렷이 드러나는 산들이

특유의 소리로 나를 놀라게 하곤 했던
이상한 형상으로 씌어진 동양 문자와
거리 표지판 위에 씌어진 글자들을 대조하며
나는 몇몇 문자들을 확인해보려 하네.

국립 박물관에서 나란히 줄지어 가는 어린이들
대부분이 들국화처럼 밝은 노란빛의
유니폼을 입고 있으면서 그들은
연초록빛까지 포함해 다른 모든 빛깔들을 갖고 있다.

조금 나이를 더 먹은 몇몇 아이들은
수줍게 염치없는 미소를 지으며
내게 다가와 "Welcome in Korea"를 중얼거리기 위해
가끔 그룹에서 벗어나기도 한다.

양국 국기는 모두 같은 색
그런데 우리 것은 마치 반쯤 열어 젖혀져 있는 문처럼
세 개의 패널로 이어져 있으며, 우리는
여명을 향해 그리고 출발을 향해 그것을 기대한다.

태극기는 음의 물결이 양의 불꽃 속에서 춤추듯 움직이며
그리고 네 귀퉁이에 씌인 낱말들은
바람에 펄럭이는 하얀 페이지 위에
수학적 문체로 된 검정을 곁들인 것이다.

프로방스 지방에서도 볼 수 있는 마늘과 매미들
도시와 고속도로의 폭발적 현상
많은 인명을 앗은 국토 분단선에 대한 강박 관념
도처에 있는 재난과 참사의 흔적.

옛 은둔 왕국의 친구들이 내가 계속해서
세계 일주를 하기 전에 나를 점점 동방으로 끌어들였기에,
이 극동에서 나는 국경에 위치한 산들 속에서
나의 고향을 되찾으리.

아! 나는 당신들을 맞이하기 위해 코스모스를 뿌리리.
시골의 명주에서 나오는 약간의 빛과
당신들의 양념에서 나는 약간의 진한 신선함을
모호한 나의 언어로 옮기려 노력하면서.

나는 막걸리 한 사발을 들이키며
당신의 초대, 당신의 언어 그리고 동양 문자 등 주위의 모두에게

그렇게 많은 소음 속에서도 당신들이 지켜올 수 있었던 고요를 가져
올 수 있도록 즐거운 여행을 기원하네.   〔함정임 옮김〕

La Terre entre moi-même et moi
—— pour Kim Chi-Sou

Michel Butor

Une autre écriture une autre langue un autre malheur
les rizièresà la place des champs de blé
ici les cosmos et les marguerites, là-bas
les montagnes qui se découpent sur l'horizon différemment.

J'essaie d'identifier quelques caractères
en les confrontant sur les panneaux de signalisation
aux bizarres transcriptions en lettres occidentales
m'é tonnant souvent du son du j'entends.

Les enfants qui défillent dans les monuments nationaux
ont des uniformes brillants jaunes pour la plupart
comme le chrysanthéme sauvage mais aussi
de toutes les autres couleurs même céladon.

Cerains de leurs camarades plus agés
se risquent parfois à se détacher de leur groupe
pour me murmurer "Welcome in Korea"
avec un sourire timidement effronté.

Les couleurs des deux drapeaux sont bien les mêmes
mais alors que chez nous cela fait trois panneaux
comme les deux battants immobiles d'une porte
entrouverte an l'espère sur l'aube et le départ.

Ici les vagues de yin se jouent dans les flammes du yan
et les trigrammes aux quatres coins ajouent
le noir de leur écriture mathématique
sur la page blanche qui claque au vent.

L'ail et les cigales comme en Provence
l'explosion des villes et des autoroutes
la hantise des frontières meurtrières
les traces partout des catastrophes et des massacres.

Amis de l'ancien royaume ermite avant de continuer
mon tour du monde en m'enfonçant de plus en plus l'orient
si bien qu' à l'extrème je retrouverai
mon village dans ses montagnes à la frontière.

Oh je vais semer des cosmos pour vous acceuillir
tentant de faire passer au brouillard de mes mots
un peu de la lumière de vos soies campagnards

un peu de la fraîcheur chaleureuse de vos épices.

Je souhaite en levant un bol d'alool de riz
bon voyagé à vos invitation votre langue et votre écriture
tous autour du monde pour leur apporter un peu
du calme que vous avez su conserver parmi tant de bruit.

1991. 10. 12.

(Bulletin du Livre Français, N. 12-Printemps 1992, Ambassade de France en COREE)

치수

송준만

물줄기 대신
글줄기로 이름에 값하려
넋의 풍요 꿈꾸며 평생을 사는

큰물 막아
일부러 자연 거스르지 않으려
칼끝 핏줄에 대지 않고 사는

생명의 수호신
지성으로 섬기며 한눈 팔지 않으려
다짐하며 그는 산다

천둥소리
마른번개 훔치려 하지 않고
화장하지 않은 순박한 얼굴로

삶의 진실
유행가에 실어도 포도주 향내가 나
지성의 계보 벗어나지 못하고

친한 벗
잊은 듯 태연한 표정으로 살며
여린 속 감추는 모습이 서툴구나

시대의 증상
이해는 용서라는 자각으로 감싸며
모진 넋의 고통을 이기고 살아남아

세대의 업보
여기 부려놓을 수 없는 안쓰러움
지닌 채 웃는 얼굴로 돌아설 수 없는

그 모습

어둠 모르는 이들은
평화롭다 하리라!

흙과도 같은, 그리고 영원한

최하림

김현과 김승옥·김치수, 그리고 내가 처음『산문시대』동인을 결성하고, 동인지 발간을 논의하고 있을 때다. 우리는 을지로 2가인지 3가쯤을 걷고 있는데 불쑥 김현이 "치수만 있으면 걱정할 것 없어"라고 했다. 나는 거리의 젊은 여자들을 보거나 별 쓰잘 데도 없는 이야기를 이죽거리고 있는데, 김현은 그 순간에도 동인지를 어떤 이름으로 하고 어떤 책형으로 하고 누가 교정을 보고 일을 진행시킬지를 점검하고 있었던 모양이었다. 네 사람 가운데 누구보다도 새 동인지에 열의가 있었던 사람은 김현이었다. 김현이 힘차게 새 동인지를 이끌어가고 있었다면 세 사람은 그뒤를 따르거나 끌려가고 있는 셈이었다. 김현은, 김치수와 함께라면, 김치수가 뒤를 밀어주고 그의 결함 요소는 시정하고 보완해준다면 걱정할 것이 없다고 생각했던 듯하다.

김치수와 김현은 그런 사이다. 그들은 이체일심(二体一心)이라 해도 되었다. 두 사람의 이 같은 관계는, 당시 김현의 설명에 따르면, 서울대 불문과에 들어온 날부터 비롯되었다. 그들은 지척지간에서 살고 있었고(그들은 신당동에서 하숙하고 있었다), 같은 지역 출신이므로 말이 통했고, 호흡이 들어맞았다. 김현이 너무 앞서 나간다면 김치수는 그의 등을 잡을 수 있었고, 김현이 일(또는 생각)을 벌이거나 어지럽힌다면 김치수는 그것을 정리하고 마무리할 수 있었다. 대학 1학년 때부터 졸업할 때까지 그들은 거의 매일 대학로까지 걸어다니면서 말라르메나 랭보를 이야기했다. 불문과에서는 김현이 있는 데 김치수가 있으며, 김치수가 있는 데 김현이 있다고 했다. "치수가 있다면"이라는 김현의 자신에 찬 말은 두 사람의 그런 관계와 믿음을 내포하고 있는 것이라고 보아야 한다.

그날 우리 네 사람은 동인지 이름을 『질주』라고 하자는 데 쉽사리 합의했고 책형도 직사각형에다가 미봉의 프랑스 소설책을 본뜨기로 했다. 그리고 첫 호만은 과감히 활자를 버리고 타이프로 찍어내기로 했다. 『질주』라는 동인지 이름을 누가 먼저 꺼냈는지 확실한 기억은 없다. 김현이었던가 김승옥이었던가. 하지만 그 이름이 이상의 「오감도」 '제1호'에서 가져온 것만은 분명하다. 우리 네 사람은 각기 "네 사람의 아이가 도로를 질주하오(길은 막다른 골목이 적당하오)"라고 중얼거렸다. 우리는 그 첫 호를 이상에게 바치기로 했다. 그날 또, 우리가 합의했던 것은, 우리와 같은 뜨거운 마음으로, 값싸게, 잘, 책을 내줄 곳을 찾고, 계약하고, 교정을 볼 사람으로 김치수를 지명했다.

그는 거절하지 않았다. 그런 책임을 맡기에 그는 너무도 정확하고 넉넉한 사람이었다. 그날의 대화 과정에서 나는 어설피 감지했는데, 김치수는 상대방의 말을 막고 무찌르거나 말꼬리를 붙잡고 늘어지는 대학생다운 면모를 거의 보이지 않았다. 그는 성인처럼 상대의 말을 듣고, 말의 마디와 마디를 똑똑 끊으면서 자기 의사를 정확하게 개진 하였다. 상대의 말을 부정하거나 수정하려 드는 경우에도 "충분히 그럴 수 있는데…… 그것을 그렇게만 생각하지 말고…… 이렇게 하면 어떨까" 하고 정중하면서도 완곡하게 자기 의사를 드러냈다. 우리는 그의 의사를 따를 수밖에 없었다. 무어라고 할까, 그는 그때부터 성인이 다 된 사람이었다. 그는 그가 태어난 '고창'이라는 고읍(古邑)의 지혜와 관용을 몸과 마음으로 소화해낸 사람 같았다.

며칠 후 나는 목포로 내려갔다. 목포에서 전주에 '가림출판사'라는 곳이 있다는 사실과, 그곳 활자는 서울의 삼화출판사에서 얼마 전에 가지고 온 최신의 것이라는 것과, 사장님이 문화에 헌신하는 분이라는 이야기를 들었다. 가림출판사에 전화를 걸었더니 종이 값만 내고 인쇄를 하라고 사장님(김종배)이 선선히 응해주셨다. 이리하여 타이프 인쇄는 값싸고 일반인이 읽기에 좋은 활자로 바뀌어졌고, 동인지 이름은 『질주』에서 『산문시대』로, 간행 책임도 김치수에게서 내게로 넘어왔다. 첫 호 3백 부 한정판이 전주에서 서울로 감격 속에서 이송되었고, 다음해 여름에는 두번째 호가 인쇄에 들어갔다. 김현과 김치수, 내가 먼저 전주로 내려가고, 일주일 뒤쯤 김승옥이 「무진기행」이라는 단편소설을 써가지고 왔다. 『사상계』의 청탁을 받고 쓴 소설이었다. 어두컴컴한 하숙방에서 김승옥이 「무진기행」을 읽고 우리는 침도 삼키지 않으면서 귀기울여 들었다. 그리고 감탄과 비판이 터져 나왔다. 문장이 다자이 오사무에 버금가는 감성이라는 것과 스토리는 신파적이라는 것이었다.

그때까지도 술 실력이 젬병이었던 우리는 소주를 몇 병 비우고 밤이 어두워지자 하숙집 마당에 있는 대나무 평상에 앉아 유행가를 부르기 시작했다. 음치인 나는 밤 10시가 넘자 방으로 들어왔고, 한 시간 뒤쯤 김현이 들어왔고, 둘이는 잠으로 떨어졌다. 새벽녘에 눈을 뜨고 보니, 밖에서는 아직도 노랫소리가 이어지고 있었다. 김치수가 부르고 나면 김승옥이 이어받고 다시 김치수—김승옥—김치수—김승옥으로 이어졌다. 동요와 찬송가, 전우가까지 동원되었다.

나는 김치수만큼 많은 곡목을 알고 있는 사람을 본 적이 없다. 김동길 교수도 김치수의 노래 솜씨와 곡목 수에 찬탄하는 글을 쓴 적이 있다. 나는 그의 노래가 그의 기억력에서 오는 것인지, 판소리를 집대성한, 신재효를 낳은 고창이라는 땅에서 오는 것인지 생각해본 적이 있다. 인간은 고향을 쉽사리 떠날 수 없다. 두보는 하남성을 떠나지 못했으며 알베르 카뮈도 알제리를 방황했다. 김치수도 고창을 떠난 적이 없을 것이라고 나는 단언했다. 그의 문장에는 흙냄새가 물씬하고, 그의 출세작인 「염상섭론」에도 흙과 인간의 사실주의가 흐르고 있다. 김치수가 프랑스 유학을 마치고 돌아온 뒤, 김현은 "나에게 신소설을 가르쳐준 김치수에게 이 책을 바친다"라고 한 평론집을 헌정한 적이 있는데, 김현이 말한 '신소설'이 어떤 것인지 나는 모르지만, 김치수의 문학 정신은 프랑스 유학을 떠나기 전이나 떠난 뒤에나 '고창'이 관류하고 있을 것이라고 생각한다. 김수영은 김이석에 대해 쓰면서 "이식(移植)할 수 없는 피양 사람"이라고 했다. 김치수도 이식할 수 있는 종자는 못 된다. 그의 지혜와 포용력·온화함·인내력·항상(恒常)력은 고창의 흙 속에 언제나 깊이 뿌리를 내리고 있다. 그래서 그는 변함이 없으며, 변하려고 하지 않으며, 훈훈하고, 소박하다. 그의 벗들은 영원한 벗이다. '문학과지성'이라는 문학 스쿨을 초기에 이끌어온 '4김' 체제는 김치수의 따뜻한 접착력이 작용하지 않고서는 오늘과 같은 문학적 성과를 거둘 수 없었을 것이라고 나는 확신한다.

동시대의 삶 속에 그를 만난 내 소설의 행운

이청준

　나는 바둑을 모르지만, 바둑판 앞에 앉은 김치수 형이 제법 확신에 찬 얼굴로 바둑돌을 한 점씩 놓는 양을 곁에서 지켜보노라면, 위인이 참 바둑을 '맛있게' 둔다는 느낌을 받곤 한다. 뿐만 아니다. 그는 노래도 맛있게 부르고 술도 별나게 맛있게 마신다. 예나 지금이나「새드 무비」에「댄서의 순정」같은 1960년대 이래의 단골 레퍼토리가 등장하는 그의 능청스런 '절창' 순서가 생략되는 술자리가 없어 왔거니와, 그의 주풍 또한 저 궁핍스런 신구문화사와 청진동 시절부터 오늘에 이르기까지 변함없이 주위의 주점 길 향도로서 늘 처음과 끝이 깔끔한 운신을 보면, 술잔을 앞에 했을 때의 흐뭇하고 넉넉한 그의 표정과 함께 그 술과 술자리의 시간을 얼마나 아끼고 맛있게 즐기는지를 알 수 있다.

그래서 그의 얼굴에선 늘 호인풍의 웃음기가 떠나지 않는다. 나는 저 동숭동의 '문B반' 시절 이래로 웃음기를 띠지 않은 그의 얼굴을 기억해내기가 힘들 정도다. 그가 어쩌다 웃음기를 띠지 않을 때는 "그 식의 노기의 표시로 여겨 무방할 것이다"라고 하는 것은 그가 그의 삶과 세상을 그만큼 '맛(멋)있게' 살아간다는 말이기도 하다. 그리고 그런 삶은 자신과 세상사에 대한 도저한 믿음과 도량을 지니지 않고서는 어려운 일일 것이다. 덕담 삼아 그를 호인으로 추켜대려서가 아니라, 자신과 세상에 대한 그런 믿음과 도량이 그의 삶과 문학에 매우 두꺼운 탄력성과 안정적 균형을 보장해주는 큰 덕목임을 말하고 싶어서다.

내 졸작 『눈길』을 발표하고 얼마 뒤에 그가 느닷없이 집으로 전화를 걸어왔다. "자네 왜 우리 집 사람을 그렇게 울려대? 오늘 아침 이 사람 눈이 퉁퉁 부어 있기에 무슨 일이냐니까 어젯밤에 자네 『눈길』을 읽었다나. 이 사람 자랄 때 편모 처지가 비슷했잖아." 다름아니라 그것은 눈길 속 '노인네'나 그의 장모님의 삶의 아픔에 대한 자신의 소회를 말함이었다. 그것을 슬쩍 부인을 빌려 우회함으로써 자기 감정의 노출을 조절한 것이었다. 그의 그런 웅숭깊음은 1980년대 그가 해직되었을 때 가장 큰 미덕을 보였다. 그는 자신이 그 시대의 직접적인 피해자이면서도 그것을 고통스러워하는 모습을 겉으로 드러내는 일이 거의 없었다. 일상의 만남 가운데에선 늘 남의 일 농담하듯 대범하게 덮고 넘어갔다. 그 대신 그는 그 무렵 특히 비이성적 권력의 폭력과 공포 상황에 대한 조용한 궁구('언어와 현실의 갈등' 따위) 속에서 그 폭력 상황과 더욱 침착하게 맞섬으로써 그의 삶과 문학에 한껏 유연(幽然)한 성찰의 깊이와 격조를 더해갔고, 그의 시선은 더욱 부드럽고 넓게 열려갔다. 이와 관련하여 그가 1982년에 출간한 한 비평집 서문에서 "글이란 어쩌면 자신의 고통과 부끄러움을 감추기 위해 쓰는 것이라는 생각을 하게 된다"라고 한 술회는 새삼 음미해 볼 만하거니와, 그런 열린 시선의 글들 속에 나는 『소문의 벽』이나 『당신들의 천국』 '언어사회학 서설' 연작을 비롯해 내 작품 대부분이 새 빛을 얻어 다시 태어나는 행운과 빚짐의 즐거움을 누려온 셈이었다.

소설을 쓰는 자가 비평가에게 신세짐을 피할 수는 없는 노릇이지만, 그 신세짐도 신세 나름이다. 한 예로 그는 내 소설의 정보 배분 방식과 관여하여 '동반의 관점'이라는 것을 찾아주었다. 내 작품들이 그의 글 속에서 다시 태어남을 누린다고 했지만, 그것은 물론 내 소설이 그의 비평의 덕을 입어 전혀 다른 작품으로 변질된다는 뜻이 아니다. 그는 무엇보다 그 동반자 관점의 공유 속에 내 소설들을 작자인 '나와 함께' 지극히 꼼꼼하고 성실하게 읽어준다. 그리고 작품의 제 요소와 구조에 대한 정밀한 분석을 거쳐 비로소 새 해석의 밝은 빛을 비쳐주곤 했다. 그의 글이 그렇듯이 늘 일방 통행적이기보다 '함께 읽는' 형식이니 그에 바탕한 작품의 새로운 해석이 내 작의와 동떨어진 것이 될 수 없고, 내가 거기 즐겁게 승복할 수밖에 없어온 것이다.

내 소설로 그에게 빚진 일 한 가지만 더 고백하자면, '언어사회학 서설' 연작과 '남도 사람' 연작의 주제가 그의 글(「말과 소리」)에서 분명한 연결고리를 찾아내준 일이다. 나는 그 두 연작 이야기를 우리 삶의 양면성으로 상정하고 조화와 통합의 시도로 두 세계의 주인공들이 만나는 결편의 형식을 마련한 데 그쳤음에 비해, 그는 고맙게도 말의 세계와 소리의 세계를 말의 기표와 기의의 단계로 연결 지어 안팎 세계 관계로 밝혀 읽어준 것이다. 그가 남도 소리의 핵심 정서라 할 수 있는 '한(恨)'의 본질을 그만큼 깊이 이해한 덕이겠지만, 그래서 나는 그가 나처럼 척박하고 남루한 시골내기였음과 더욱이 판소리가 성행한 고창 고을 태생(胎生)임을 무척이나 다행스럽고 마음 편하게 생각하는 것인지 모르겠다.

열린 시선으로 남의 글의 참값을 찾아내 높이려는 그의 비논쟁적·수용적 태도가 그의 글에서뿐만 아니라 실제 삶에서도 마찬가지일 건 당연하지만, 나는 그가 누구와 다투거나 시비에 휩쓸리는 것을 본 기억이 거의 없다. 그래 여기 추억 삼아 그 자신도 기억하지 못할 듯싶은 일 한 가지를 적어두고 싶다. 1960년대 후반 그가 결혼한 무렵 어느 날. 갓 신혼 여행을 다녀온 그가 동교동 어디쯤에서 글친구들에게 베푼 주연 자리에서였다. 한 짓궂은 친구가 주반 일을 거들고 계신 그의 장모님을 곁눈질하며 짐짓 큰 소리로 신랑을 나무랐다. "치수 자네 결혼식 날 보니 되게 서툴더구먼. 처음이라 그랬을 테니 다음번엔 좀 잘해보라구." 그 소리를 들으신 그의 장모님이 대뜸 맞받으셨다. "지금 그 사람, 그럴 일은 없을 테니 안심하시고, 지금 당장 이 집에서 나가주시래라!" 그런데 그 친구는 집을 나가기는커녕 느물느물 신랑을 을러댔다. "자네 이따 두고 봐. 나를 내쫓으려 하신 자네 장모님 탓에 통 봐줄 수가 없으니까. 내 신랑 다루기 솜씨 소문 들어 잘 알지?" 그런데 잠시 뒤 술기가 얼큰해진 그 친구가 정말로 쇠젓가락을 모아 쥐고 위협적으로 다가가자 신랑은 정말로 겁을 먹고 후닥닥 방문을 박차고 대문 밖까지 도망쳐 나갔다. 그리곤 장난 삼아 뒤쫓아나간 그 신랑 다루기 전문가를 상대로 저쪽 골목길 어둠 속에서 맨발로 장시간 돌아올 엄두를 못 내고 사정과 다짐을 되풀이하고 있었다. "너 정말 심하게 굴 거야……? 그러지 않는다는 걸 내가 어떻게 믿어!" 어언 30년 저쪽 일인데, 그 순진한 겁쟁이 신랑이 그날의 신부와 함께 그 세월을 건너 이제 환갑 고개를 넘는다니 참으로 감회가 새롭다.

지난 한 시대를 그와 함께하며 그의 문학과 우의 속에 내 삶과 문학을 크게 의지하고 위로받아온 자로서 진심의 축하와 함께, 이후로

도 그의 삶과 문학의 행로에 부질없는 시비나 장애 없이, 길이 넓고
화창한 빛의 길만 이어져가기를 기원한다.

시골 형다운 김치수

황동규

  김치수 하면 시골 형이 생각난다. 나처럼 시골에건 서울에건 따로
둔 형이 없는 사람에겐 '시골 형'은 각별한 감정이다. 나는 그가 화를
내는 것을 본 일이 없다. 적어도 내 뇌의 하드 디스크에는 들어 있지
않다. 화가 날 때 그저 얼굴을 돌릴 정도인 것이다. 남 앞에서, 특히
서울에서, 서울 사람들 앞에서, 화를 내는 시골 형을 본 적이 있는
가?
  그는 노래를 썩 잘 부른다. 목소리도 괜찮고 억양도 좋다. 그러나
한 번 마이크를 잡으면 '절대로' 놓지 않는다. 계속 한 목소리를 듣다
보면 그가 부르는 노래들이, 때로는 새로 나온 스마트한 것들까지 포
함해서, 모두 곰팡이 냄새를 띄게 된다. 그런 걸 서울 술집에서 고집
스럽게 감격적으로 부르니 근거지가 어디냐가 문제되는 것이다.
  그는 바둑을 잘 둔다. 김병익 · 김원일을 비롯한 몇몇 친구들은 이
말을 들으면 배아파해 하겠지만 내가 사랑방처럼 드나들기도 하는
문학과지성사 바둑판에서는 그가 제일이다. 그러나 그처럼 승패에
연연하지 않는 기사(棋士)는 드물 것이다. 물론 상대의 대마를 잡는
장면에선 그의 얼굴은 걸쭉한 웃음으로 가득 찬다. 그러나 앞사람이

거북해할 말이나 손짓은 삼간다. 진 상대방의 장점을 부각시키려 들기도 한다. 그래선가 나는 무슨 문제가 있을 때면 그에게 전화를 걸어 의논하곤 한다. 그의 해결책이나 충고는 언제나 '시골 형'의 것이었다.

그가 쓰는 글도 예리하기보다는 둔중하다. 그러나 자세히 읽어보면 끌고 가는 논리는 언제나 섬세하다. 자신의 주장을 위해 이상한 외국 이론을 대거나 억지를 부리는 일은 없다. 칭찬할 때는 정중하다. 비판할 때는 필자의 모자라는 부분이 좀 안됐다는 어투를 띠곤 한다. 나는 이것이 그의 장점이라고 내놓는 것은 아니다. 어떤 때는 좀더 날렵하고 속도감 있었으면 좋겠다는 생각도 하게 된다. 그러나 그러면 죽도 밥도 안 될 수도 있어 그가 자신의 무게 있는 진심의 발걸음을 계속 지켰으면 하는 바람을 동시에 가지게 된다.

그러나 그에게는 영 '시골 형'답지 않은 면모가 있어 사람을 한 면만 보아서는 안된다는 깨달음을 주기도 한다. 예를 들어 포도주에 관한 얘기를 꺼내 보라. 막걸리나 소주 아니면 하이트 맥주 정도에 만족하고 있을 법한 그의 인상이 어느 샌가 스르르 바뀌고 세계 각국의 포도주에 대한 해박한 지식이 흘러나올 것이다. 그것도 책에서 읽거나 얻어들은 지식이 아니라 직접 마셔보며 자기 것으로 만든 지식인 것이다. 그렇다고 해서 그가 비싼 포도주를 즐겨 마실 만큼 부유한 것은 아니다. 두세 번 마실 것을 한 번으로 줄여 얻은 맛인 것이다.

또 하나 예를 들면 씨름이나 족구(足球) 그런 것에나 관심을 가지고 있을 법한 그가 야구나 축구에 대해, 유럽이나 일본 팀이나 선수에 대한 것까지 포함해서, 해박한 지식을 가지고 있는 것을 보면 또 한 번 놀라게 된다. 하긴 요새 '시골 형'들도 박찬호나 맥과이어를 잘 알고 있을지도 모르니 '~답지 않은' 면모라고 할 수 없을지도 모르지만.

지금은 두루 편안하게 해결되었지만 몇 년 전 어떤 일로 문학과지성사의 대표였던 김병익과의 사이가 좀 뜨악해진 적이 있었다. 상당히 화가 난 나는 그때 소위 몽니를 좀 부려봤다. 사정을 알고 있던 주위 사람들은 나중에 나와 김병익의 사이가 다시 가까워지기를 침묵으로 기다렸다. 그러던 어느 날 김치수는 그 문제로 나를 나무랐다. 물론 그도 내 몽니의 이유를 알고 있었을 것이고, 그때 내 해명에 대응도 제대로 하지 못했다. 그러나 그 대화는 후에 나를 좀 부끄럽게 만들었다. 그게 바로 '시골 형'이 하는 일이 아니겠는가.

저러면 안 되는데

홍성원

가까운 친구로 오랜 시간을 두고 사귀었어도 그 속을 좀체 알 수 없는 난해한 사람이 세상에는 가끔 있다. 김치수가 바로 그런 난해한 사람인데, 나는 요즘도 몽고 족장 같은 그의 질박한 외모에 현혹되어 그를 사람 좋은 물퉁이로 알았다가 그로부터 예상치 못한 호된 반박이나 핀잔을 당하곤 한다. 그의 핀잔을 예방하기 위해 세상에 미리 경고해두거니와, 김치수는 그 외모에서 풍기는 수더분한 인상과는 달리 감각적으로 매우 예민하고 섬세한 사람이다. 특히 몇 개의 감각기관은 남들이 보기에 민망할 정도로 예민해서, 그 예민함을 감추기 위해 그는 가련하게도 음흉한 술수를 쓰기도 한다. 부모에게서 물려받은 그의 질박한 외모 속에 그 날카로운 감수성을 능청스레 숨기는 것이다.

김치수에게서 풍기는 수더분한 인상은 대개의 경우 그의 소탈한 외모에서 비롯된다. 그는 듬직한 체구에 골격이 크고 튼실해서 동년배 친구들 사이에서는 마치 건강의 화신처럼 많은 선망과 부러움을 사고 있다. 그러나 그 속내를 한 꺼풀 벗겨보면 이것은 전혀 그의 본모습과는 다른 김치수만의 슬픈 위장일 따름이다. 그는 부모에게서 건강한 체질을 물려받지 못한 것 같다. 말하자면 김치수의 지금의 건강은 타고난 것이 아니라 본인이 정성스레 가꾸어 만든 눈물겨운 노력의 결과다. 그는 동년배 중에서 등산과 테니스 등으로 가장 많은 양의 운동을 한다. 본래부터 운동을 잘하거나 운동에 취미가 있어서가 아니라, 하지 않으면 안 되기 때문에 비지땀을 흘리며 열심히 운동을 하는 것이다(그와 대조되는 인물로 가까운 친구 B가 있는데 그는 환갑이 지난 지금까지 아무 운동도 하지 않았건만 남들이 부러워할 만큼 탁월한 건강을 유지하고 있다. 부모에게서 건강한 체질을 물려받았기 때문이다). 김치수가 이렇게 운동에 매달리게 된 데는 그만이 겪은 유년 시절의 슬픈 사연이 숨겨져 있다. 어딘가에 글로 밝힌 김치수 본인의 고백을 들어보자.

"어렸을 때 몸이 허약했던 나는…… 여름마다 학질에 걸렸고 겨울마다 감기에 걸려…… 영양가 있는 보신 음식과 보약이 늘 나를 따라다녔고…… 몸이 약해 대처(전주)의 학교에 다닐 수가 없어 형님들과는 달리 시골 중학교를 다녔는데……"

아홉 형제 중에 여섯번째로 태어난 10세 전후의 김치수는 바로 이렇게 몸이 허약한 약골의 가냘픈 소년이었다. 그러나 그는 이 약골의 파리한 소년을 지금의 장대하고 우람한 건강체로 키우는 데 성공한다. 그의 성공 비결은 성실하고 충실한 운동을 통해 가능했고, 그것은 또 김치수만이 지닌 비장의 특장(特長)이 준비되어 있었기에 가능한 일이었다.

김치수의 가장 큰 특장은 아마도 그의 경외스러운 근면성일 것이다. 그는 부지런하다. 이것은 단순한 수사로서가 아니라 김치수 하면 근면이라고 할 만큼 그의 부동의 트레이드 마크다. 어느 글에선가 나는 그를 꿀벌에 비유한 일이 있는데, 그는 정말 잠시 잠깐도 쉬지 않고 붕붕대는 꿀벌 같은 사람이다. 하루 24시간을 빈틈없이 토막을 쳐서 강의실로 출판사로 술집으로 학회로 그는 동에 번쩍 서에 번쩍 꿀벌처럼 날아다닌다. 그의 이러한 천의무봉(天衣無縫)의 근면 덕분에 주변의 가까운 친구들은 그에게서 셀 수 없는 크고 작은 덕들을 보아왔다. 학술 회의건 놀이 마당이건 등산이건 술판이건 그는 이 세상 누구보다도 우리를 위해 많은 '자리'를 편안하게 만들어준 사람이다.

이 글마당은 원래 이 글의 주인공인 김치수의 미담이나 덕담을 늘어놓기로 마련된 자리다. 그러나 헤프고 어설픈 덕담은 그 신빙성이 의심스러워서 때로는 솔직한 험담보다 더 듣기에 거북할 때가 있다. 그래서 나는 이제부터는 김치수의 흔치 않은 약점과 험담을 늘어놓을 생각이다.

얼마 전 미국에 살고 있는 시인 마종기가 한국에 와서, 가까운 친구들 몇이 그와 더불어 영주 부석사와 불영계곡 등지로 일박 이일 동안 짧은 여행을 다녀온 일이 있다. 타고 갈 차를 배정하다보니 나는 요행히도 김치수가 운전하는 차를 타게 되었는데, 그 덕분에 열 시간 이상을 나는 그와 단 둘이 오붓하게 밀회를 즐길 수 있었다. 김치수는 그 우람한 체구에도 불구하고 일상적인 여러 동작들이 매우 귀여운 사람이다. 약간 안짱다리 걸음걸이로 땅을 다지듯이 타박타박 걷는 모습과, 바둑을 둘 때 왼손으로 바둑알을 추켜든 채 반면을 뚫어지게 응시하는 무아경의 모습들이 바로 그런 귀여운 장면인데, 그중에도 특히 나의 웃음을 자아내는 것은 운전할 때 두 팔을 올려 운전대를 끌어안 듯이 감싸쥐는 그의 특이한 운전 자세다. 마치 도망치려는 연인을 두 팔로 감싸듯이 운전대를 끌어안는 그의 운전 자세는, 타고난 조심성과 완벽주의에서 비롯된 것일 게다. 그는 흐트러진 것, 혼돈스러운 것, 어지러운 행동 따위를 매우 싫어하고 못 견뎌한다. 그의 서재에나 연구실에는 흐트러진 신문이나 잡지가 없다. 심지어는 바둑을 둘 때도 상대가 제자리에서 좀 벗어나게 돌을 놓을 경우,

그는 재빨리 손을 뻗어 그 돌을 바로잡고 나서야 다음 수를 착수한다. 이 깔끔한 정돈주의는 그의 타고난 성격 탓일 텐데, 그래서 그는 환갑을 지난 친구들에게도 걸핏하면 야단을 치고 이래라저래라 잔소리를 늘어놓는다. 특히 내가 가장 많이 그의 잔소리를 듣는 편인데 그는 나를 친구로만 알았지 격식에 얽매이는 것을 가장 싫어하는 작가라는 것을 모르는 것 같다. 운전을 처음 배울 때도 나는 한없이 그의 잔소리를 들어야 했다. 차는 이렇게 세우는 게 아니다. 좌회전을 할 때는 좌우를 잘 살펴라. 어떠한 경우라도 차선은 꼭 지켜라……

이번 부석사 여행에서도 그의 가르침은 여전했다. 서울에서 영주까지 여정이 길다보니 우리는 끊임없이 교통 위반 차량이나 난폭 운전과 부닥치곤 했다. 그때마다 김치수 왈, "저러면 안 되는데……" "저러다가 사고 나는데……" "저건 신호등 위반인데……"

그러나 어느 순간 나는 그의 잔소리가 단순한 잔소리가 아님을 깨달았다. 그의 잔소리는 대개의 경우 삐뚤어지거나 잘못된 것을 바로잡기 위한 것이다. 잘못된 것을 잘못된 채로 보아 넘길 수 없는 것이 가련한 김치수다. 그에게 이 세상은 온통 바로잡고 뜯어 고쳐야 될 잘못투성이의 교육 대상이다. 그는 바로 하늘이 내린 타고난 교육자인 것이다.

그러나 김가여, 이 글을 끝내면서 부탁하나니 제발 환갑 지난 노인들을 가르치려 하지 말라. 이 나이에 우리가 또 무엇을 더 배울 것이 있단 말인가. 자네가 무서워지기 전에 그 버릇 좀 내버리소.

김치수씨에 관한 오래된 명상

김주영

이화여자대학교에 입학한 생기 발랄한 신입생들이 MT를 떠나기 위해 설레는 가슴으로 대형 버스들이 대기하고 있는 대학 캠퍼스로 들어서면, 캠퍼스 여기저기를 숭어뜀을 하며 유난히 바쁘게 오가는 한 어수룩한 남자를 발견하게 된다. 신입생들은, 산골 마을에서 상경한 지 오래되지 못한 것 같은 외양을 가진 그에게로 스스럼없이 다가가 때로는 자신 있는 하대말로 그녀가 타고 갈 버스가 어디에 대기하고 있는지 묻고 안내 받는다. 그의 격의 없는 처신은 신입생들 대다수로 하여금 그를 학교의 경비원으로 알게 한다. 뿐만 아니라, 그 경비원은 MT 현장까지 뒤따라와서 허드렛일도 전혀 개의치 않고 헌신적으로 학생들 뒷바라지에 열중하고 있는 모습을 다시 발견한다. 그런데 신입생들이 놀라게 되는 것은, 그 다음의 일이다. 본격적인 교수진 소개가 시작되면서 경비원으로 알았던 바로 그 사람이 그녀들이 선망해 마지않았던 불문학과의 교수라는 것이 들통나기 때문이다. 어떤 학생들은 학교를 졸업할 때까지 입학 때 받았던 첫인상 때문에 그가 유명한 불문학자라는 것을 까먹어버릴 때도 없지 않다는 것이다.

김치수 교수가 무척 대범하고 원만한 성격일 뿐만 아니라, 경지에 다다른 불문학자라는 것을 내게 알려준 사람은 소설가 이문구씨였다. 1976년 경상도 산골에서 상경하여 바야흐로 궁핍한 서울 생활이 시작되고 있었던 시점이었으므로 이문구씨의 말을 귀담아듣긴 했지만, 김치수 교수를 만날 기회는 수년 동안 쉽사리 다가오지 않았다.

이상하게도 그를 약속에 의존하지 않고 자연스럽게 만날 수 있는 날이 다가오기를 바라고 있었다. 물론 은근히 기대했었던 대로 우리는 자연스럽게 만나게 되었는데, 그것이 어느 해 어떤 계절이었는지도 기억에 없을 만큼 그와 나는 그야말로 매우 자연스럽게 만난 것 같다.

가을이 다가와 노랗게 물든 은행나무 잎들이 엽서들처럼 우수수 떨어져 스산한 바람에 흩날릴 때, 어떤 모임에서 1차가 대충 끝나고 말아서 간절하게 2차가 가고 싶어졌을 때, 남을 헐뜯기 즐겨하고 계산 잘하는 사람과 만나 께름칙한 점심을 먹은 그날 오후 해질 녘에, 오랜 시골 여행에서 다시 도회로 돌아와 내 살고 있는 도시가 낯설고 거북하게 느껴질 때, 오래 전 돌아가신 나의 외삼촌이 문득 생각날 때, 아니면 우연히 문지 동인들의 모임에 끼었는데 그 자리에 김치수의 얼굴이 보이지 않을 때, 그가 보고 싶어지고 안 보이면 섭섭하다.

더욱더 섭섭할 때는, 거의 몸을 제출물로 가늘 수 없을 지경으로 대취하고 말았을 때, 그가 보이지 않으면, 절망에 빠진다. 술자리를 위한 모임에서 다음 약속이 없는 한 그가 먼저 자리를 뜨는 법은 좀처럼 없다. 자신도 혀가 꼬부라질 지경으로 취했으면서도 그 시각이 새벽 2시가 되었든 3시가 되었든 합석했던 한 사람 한 사람 모두가 무사히 귀가할 수 있도록 철저하게 뒷바라지를 해주고 작별한 뒤 마지막으로 자리를 뜨는 사람이 그다.

그런데 마지막으로 자리를 뜬 그가 자신의 집으로 돌아가서 보여주는 행동은 그렇지가 않다는 소문이 있다. 그의 아내는 새벽까지 남편을 기다리다가 지쳐 전등을 켜둔 채 잠이 들 것은 자명한 일이다. 술자리에서 만났던 친구들에게는 그토록 철저한 뒷바라지를 했던 그가 집으로 돌아가 낙엽처럼 잠자리에 쓰러지면서 십중팔구 곤하게 잠들어 있는 아내를 들깨워서 전등을 끄게 한다는 것이다. 약속을 잘 지키고 처신도 분명한 그에게 의심스럽고 미진한 부분이 있다면 바로 그것이다. 어째서 자신이 잠자리에 엎어지기 직전에 전등 끌 것을

생각하지 못하는 것일까. 그래서 김치수씨는 참으로 이상한 매력을
가진 남자다.

짧은 우정론

김현

  우정이 있는 게 아니라, 가끔 친밀감을 느끼는 사람이 있을 뿐이라
고 한 작가는 꼬집듯 말하고 있다. 사람의 이기적인 면을 잘 꼬집는
말이지만, 그 말이 옳다는 생각은 들지 않는다. 우정이니 뭐니 하는
거창한 말은 빼더라도, 언제 만나도 편안하고 마음 놓이는 친구들이
있다. 나는 진정한 의미에서의 친구란 아무 말 없이 오랫동안 같이
앉아 있어도 불편하지 않은 사람이라고 생각하고 싶다. 어떤 사람들
은 같이 있는 것은 불편해서, 괜히 담배를 피우거나, 해도 괜찮고 안
해도 괜찮은 말을 계속해야 되는 경우가 있는가 하면, 어떤 사람들은
그냥 곁에 있는 것만으로 편안해져서, 구태여 의례적인 말들은 하지
않아도 되는 경우가 있다. 같이 아무 말 않고 오래 앉아 있으면 불편
해지는 사람을 친구라 부르기는 거북하다. 친구란 아내 비슷하게 서
로 곁에 있는 것을 확인만 해도 편해지는 사람이다. 같이 있을 만하
다는 것은 어려운 삶 속에서 같이 살아갈 만하다고 느끼는 것과 같
다. 그런 친구들이 많은 사람은 행복할 것 같다.
  내 곁에도 그런 친구들이 서넛 있는데, 그런 친구들의 고마움을 새
삼 느낀 뜻깊은 경험을 지금 나는 하고 있다. 내 친구 중의 한 명은

신촌에 있는 여자대학교의 선생인데, 얼굴이 시커멓고 몽고 추장이라는 괴상한 별명이 있다. 내가 술병으로 한 일년을 고생하는 것을 옆에서 아무 말도 안 하고 지켜보던 그가 어느 날 아침 갑자기 전화를 걸더니 관악산에 등산가지 않겠느냐고 물었다. 나는 아무 말 없이 그의 뒤를 따라나섰는데, 서울대학교 4·19탑 뒷길을 한 10여 분 걸어가다가 도저히 못 가겠다고 내가 멈춰 서자 그는 나를 한 일이 분 물끄러미 들여다보더니 아무 말 없이 앞장서 내려오는 것이었다. 한 달 뒤 그가 다시 전화를 걸어 이번에는 청계산을 가보자고 하였다. 나는 아무 말 없이 다시 그의 뒤를 따라나섰고, 부끄러워라, 무려 다섯 번이나 쉬면서, 지친 노새처럼 헉헉대고 청계산 제1야영지까지 올라갔다. 그는 내가 쉴 때마다 옆에 앉아 5월의 신록이나 산세의 아름다움, 맑은 하늘을 예찬하곤 하였다. 그 다음 주일에도 그가 전화를 걸어 청계산엘 갔는데 이번에는 세 번 쉬고 올라갔고, 그 다음 주일에는 한 번 쉬고 올라갔다. 그 다음 주일부터는 조금씩 걷는 길이가 길어졌고, 한두 시간쯤 걷게 되자, 다른 산 구경을 하자면서, 그는 나를 북한산으로 데려갔다. 이제는 다섯, 여섯 시간 정도는 산길을 걸을 수 있을 정도로 몸이 튼튼해졌지만, 오 분만 쉬지 않고 걸어도 구식 증기 기관차 같아지는 내 숨소리를, 참고 듣고 이런 험한 길로 나를 데려온 놈이 어떤 놈이냐는 호령 소리를 옆에서 아무 말 없이 다 받고서 그냥 빙긋 웃어버리는 것이 그의 버릇이었다.

일요일마다 산행을 하면서 그와 나는 거의 말을 하지 않는다. 처음에는 내가 숨이 가빠서 그런 것이지만, 숨이 별로 가쁘지 않은 요즘에도 그러하다. 우리는 아침 7시에 만나 별말 없이 산길을 걷는다. 그가 쉬자고 하면, 어느 틈엔지 숨이 목까지 차 있다. 그는 참외나 사과, 배를 꺼내 깎아 반쪽을 나에게 준다. 그는 어린애 달래듯, 혹시 내가 이젠 못 하겠다 하고 나자빠질까봐 하는 소리다.

육개월을 넘기니까, 이제는 식욕도 좋아지고, 겁나는 일이지만, 다시 술맛도 난다. "내가 자네 때문에 술병이 거의 나은 것 같네"라고

말하면 "내년 가을에는 설악산에 데려다줄게"라고 대답한다. 알랑방
귀뀌지 말라는 말일 게다. 그는 매주일 나를 데리고 산엘 가는데, 이
제는 그 친구가 갑자기 "이제부터는 혼자 다니게"라고 말하지나 않을
까 겁난다. 그래서 이런 자리를 빌려 "그런 나쁜 짓을 하면 못쓰네"
하고 그를 타이르고 있는 중이다.
 우정이 있는 것이 아니라고 말한 그 작가는, 바다가 놀라운 것은
거기에 놀라운 것이 하나도 없는 것이라고 말했다. 좋은 친구가 놀라
운 것은 거기에 놀라운 것이 하나도 없기 때문이다. 과연 놀랍다!

[『행복한 책읽기』, 1992]

산도 청산도 안기어 드는 소리
─내 친구 김치수

김화영

    꽨, 찬, 타, ……
    꽨, 찬, 타, ……
    꽨, 찬, 타, ……
    꽨, 찬, 타, ……
    수북이 내려오는 눈발 속에서는
    까투리 메추라기 새끼들도 깃들이어 오는 소리, ……
    괜찬타, ……괜찬타, ……괜찬타, ……괜찬타, ……
    폭으은히 내려오는 눈발 속에서는

낯이 붉은 處女아이들이 깃들이어 오는 소리, ······

울고
웃고
수그리고
새파라니 얼어서
運命들이 모두 다 안끼어 드는 소리, ······

큰놈에겐 큰눈물 자죽, 작은 놈에겐 작은 웃음 흔적,
큰이얘기 작은 이얘기들이 오부룩이 도란그리며 안끼어 오는 소
리, ······

괜찮타, ······
괜찮타, ······
괜찮타, ······
괜찮타, ······

끊임없이 내리는 눈발 속에서는
山도 山도 靑山도 안끼어 드는 소리, ······
　　　　　　　　　　　——미당의 시, 「내리는 눈발 속에서는」

　짧은 글 머리에 엉뚱한 시를 길게 인용하여 미안하다. 내 친구들
중에서도 가장 자주 만나고, 가장 자주 전화하고, 같이 밥 먹고 술 먹
고, 주말에는 산에까지 같이 다니는 김치수에 대하여 새삼스레 '글'
을 써보라는 청탁을 받으니 난감하기만 하다. 그 난감한 짐을 오랫동
안 마음속에 끌고만 다녔다. 그 짐을 끌고서 산에도 같이 갔다. 산길
에서 그런 말을 꺼내지는 않았다. 글을 쓰자면 어떤 식으로건 약간의
'거리'가 필요하다. 그런데 김치수로부터는 도무지 그런 거리가 확보

되지 않는다. 그래서 일단 미당의 시로 에둘러 가보는 쪽을 택했다.

하긴 그의 고향이 미당의 고향 질마재에서 그리 멀지 않은 것으로 안다. 얼마 전 미당의 시 「영산홍」 가운데 "산 너머 바다는 보름살이 때, 소금밭이 쓰려서 우는 갈매기"가 등장하는 대목의 얘기를 했더니 정말 그 고장의 정서가 물씬 배어 있는 시라고 새삼 감탄하던 그였다. 그러나 내가 미당의 시로 길게 우회한 것은 오랜 세월 동안 사귀어온 김치수의 인물 됨됨이를 이 시가 가장 잘 요약하는 것 같다고 느끼기 때문이다.

"괜찮아." 이 말을 들으면 김치수가 생각난다. 이 한 마디에서는 그의 도량의 크기가 보인다. 이 말은 원래 관대한 사람이 쓰는 말이다. 허물도 잘못도 그 커다란 가슴속에 껴안는 이가 하는 말이다. "울고 웃고 수그리고 새파라니 얼어서 運命들이 모두 다 안끼어 드는 소리." 서운한 일이 있어도, 웬만큼 잘못한 사람이 있어도 김치수는 "괜찮아" 하고 말한다. 말만 그렇게 하는 것이 아니라 마음으로도, 행동으로도 그렇게 푸근히 껴안는다. 미당이 "수북이 내리는 눈발 속에서" 그런 너그러움을 발견한다면 나는 김치수의 사람 좋은 웃음과 목소리에서 그런 큰 눈물 자국, 작은 웃음 흔적을 껴안아들이는 마음의 넉넉함과 푸근함을 본다. "괜찮아." 그래서 그런지 사귄 지 40년 가까운 세월 동안 그가 성을 내는 것을 본 기억이 없다. 그저 "괜찮아"로 모두 안아들인다. 그리고는 씩 웃는다. 그래서일까, 그의 평문을 읽어보아도 아프게 찌르는 대목보다는 성실하게 남의 글을 차근차근 읽고 깊이 이해하고 올바르게 해석하여 글쓴이의 의식과의 만남 혹은 공감에 이르고자 하는 노력이 더욱 돋보인다.

그를 처음 만난 것이 언제쯤이었을까? 내가 서울대학교 문리대 불문과에 입학한 것이 1961년 봄이니 한 학년 선배인 그를 만난 것은 그때였을 터이다. 40년 세월. 내 청춘의 사진 속에 그가 많이 찍혀서 웃고 있다. 그러나 어쩐 일인지 김치수에 대한 인상적인 기억은 그 몇 년 뒤로 물러나 있다. 그가 중앙일보 신춘문예 평론 부문에 당선

되던 1966년경의 추운 겨울날이었다. 그가 상금을 탔다고 김현(우리들 사이에서 그는 김광남이었다)과 김승옥 등과 같이 을지로 4가쯤 어딘가로 짐작되는 막걸리집으로 갔다. 그 술집의 아가씨 이름이 모두 미자여서 큰미자 작은미자집이라고 불렀던 기억이 아득하다. 가난했던 우리는 그 겨울 마음껏 취했다. 그 무렵 이래 내게는 김치수와 김광남, 아니 김현을 떼어놓고 생각하기 어려웠다. 그들 둘은 늘 한 사람처럼 묶여서 기억되었다. 그만큼 둘은 친했다.

내가 김현과 분리된 김치수와 참으로 가까워진 것은 프랑스 유학 시절부터였다. 내가 학위논문 정리의 막바지에 이르렀던 1970년대 초, 이미 한국에서 대학교수가 되어 있던 그가 프랑스로 유학을 왔다. 나는 포도주의 명산지인 보르도에서 어학 연수중이라는 그를 기어코 내가 있는 엑상프로방스로 오도록 편지로 유인했다. 외롭고 고달픈 객지 생활, 그것도 반미치광이가 되어 논문 쓰기의 마지막 바퀴를 돌고 있던 나인지라 그와 같이 지내며 위로받고 싶은 마음이 간절했던 것이다. 결국 엑스로 와 자리잡은 그가 나의 지도교수였던 소설가 레몽 장 선생의 지도를 받게 되었으니 우리는 그야말로 줄동창이 되었다. 유학 생활 막바지에서 그의 자상한 마음 씀씀이는 내게 커다란 힘이었고 이국에서 모처럼 만에 만난 그 지적 동지는 나의 믿음직한 아군이었다. 그때 바슐라르에 심취해 있던 내게 그는 다소 전투적인 유신 시대 한국의 지적 풍토를 전해주면서 '역사적' 관심을 많이 드러냈던 것으로 기억된다.

그러나 당시 프랑스는 일반언어학이라는 기관차가 이끄는 구조주의 왕국이었다. 그의 관심은 마침내 누보 로망과 언어 구조 쪽으로 선회했다. 우리는 엑상프로방스 '시테 데 가젤' 기숙사 방바닥에 신문지를 깔고 퍼질러 앉아 구조주의에 푹 재워두었던 불고기를 질보다 양 위주로 구워먹으며 밤을 지새우곤 했다. 그래서 우리들의 우정에는 그 지방산 포도주 '코트 드 론느' 냄새가 깊숙이 배어 있다.

그리고 서울에서 재회한 1970년대 이후 오늘까지 우리들의 삶은 고달프고 화려했으며 술냄새가 진동했다. 그리고 지칠 줄 모르는 김치수의 노랫소리가, 그 노래의 다채다양한 '레퍼토리'가 우리들의 술과 삶을 줄곧 동반했다. 그는 분위기를 밝게 하는 데 명수다. 1980년대 4년 동안이나 '해직교수'(그에게도 관대하게만 봐 넘길 수 없는 일이 있기는 있는 모양이다) 신세가 되어 고초를 겪으면서도 그는 늘 "괜찮아"라고 했다. 그리고 늘 자신보다는 남의 걱정을 먼저 했다. 술이 취해 비틀거리는 친구를 챙겨 수습하는 이도, 한쪽 구석으로 소외되어 있는 후배, 그리고 제자들을 다독거리는 것도 늘 김치수였다. 그 재미에 나는 그의 학교에 출강해달라는 부탁을 받으면 한 번도 거절하지 않았다. 그는 자상하고 친절하고 구수한 동시에 감당하지 못할 만큼 유쾌하기 때문이다. 강의는 힘들지만 그 뒤는 김치수가 책임지는 축제니까. 그러나 그 즐거움이 지나치는 법은 없다. 낙이불음(樂而不淫). 그것이 그의 균형 감각이다.

그런데 이렇게 남의 일, 공동체의 일에 스스로의 몸을 낮추고 가장 먼저 팔 걷어붙이고 돕는 그를 끈질기게 따라다니는 기이한 '전설'이 하나 있다. 하루 종일 밤늦도록 일터와 놀이터 혹은 술자리에서 분위기를 맞추고 남들 먼저 생각하고 챙기고 도와주고 난 그가 집에 돌아갔을 때 가끔 부인이 기다리다 지쳐 먼저 잠이 든 경우가 있단다. 그러면 그 옆자리에 턱하니 누운 다음 그는 곤히 잠든 부인을 흔들어 깨워서 "여보, 불 좀 꺼줘" 한단다. 요즘은 많이 개량되었지만 이 나라 안방에서 불을 끄려면 보통 벌떡 일어나 천정에서 늘어진 스위치 끈을 잡아당겨야 하지 않는가? 그래서 불을 끄고 나면 잠이 달아나버리고 잠이 들려 하면 일어나 불을 꺼야 하고…… 이 '전설'이 사실인지 지어낸 이야기인지 확인해본 적은 없다. 그러나 나는 혼자서 빙그레 웃으며 짐작해보곤 한다. 그가 그 오랜 세월 동안 "괜찮아" 하며 남들을 껴안을 수 있었던 것은 그의 집안에서 그를 더욱 크게 껴안아주는 또 다른 "괜찮아"가 있기 때문이 아닐까 하고. 그래서 가끔 내 귀에는 김치수의 집 지붕 위로 눈 내리는 소리가 들리는 것만 같다.

"괜찮타, ……괜찮타, ……괜찮타, ……괜찮타, ……끊임없이 내리
는 눈발 속에서는 산도 산도 청산도 안끼어 드는 소리"가 들리는 것
만 같다.

세 벗

송준만

　지난 20여 년 동안 김치수 선생은 나에게 세 벗이다. 아마도 사모
님을 빼놓고는 내가 제일 많은 시간을 함께 보낸 사람 중 하나라 해
도 틀리지 않을 것이다. 그렇게 오랫동안 사귀면서도 서로 얼굴 한
번 붉히지 않은 것은 나보다는 김선생의 인자(仁者)적인 덕(德) 때
문이다.

　김현 선생과 설악산을 다니기 전에 김선생이 참을성 있게 김현 선
생을 조금씩 청계산에 입문시켜 삶의 활기를 다시 찾게 한 과정은 산
을 좋아하는 내가 따를 수 없는 인자의 모습으로 남아 있다. 김현 선
생이 가족사의 병력과 자신의 질병에 대한 충격으로 무기력 상태에
있을 때 김현 선생을 밖으로 끌어내 마지막 촛불을 태울 수 있게 한
것은 김선생의 공이다. 내막을 잘 모르는 이들이 이렇다 저렇다 해도
그것은 김치수와 김현간의 내밀한 정을 모르는 이들이 하는 말이다.
병석에서도 북한산 소기천의 물맛이나 설악산을 그리워한 김현 선생
때문에 김치수 선생은 지금도 양평을 지나면 눈물이 글썽하고 좋은
경치를 보면, "광남이가 봤으면 얼마나 좋아했을까" 하며 아쉬워하는

둘 사이의 정을 다른 사람들은 모른다. 내가 때로는 고된 산행에서 별일 없이 산을 즐길 수 있었던 것도 자상하게 동료들을 돌보고 무리를 하지 않는 김선생의 사려성에 힘입은 바가 크다.

불행한 시대의 산물로 김치수 선생이 해직되자 내가 좋아하는 테니스는 자연스럽게 김선생의 것이 되었다. 우리 모두가 어쩔 수 없었던 시련 기간 동안 김선생을 건강하게 지켜준 것은 산 이외에 테니스의 몫이 컸다. 그런데 앞서 이야기한 인자의 너그러운 성품과는 달리 김선생은 바둑이나 테니스 경기에서는 승부 욕을 발휘하는 기질을 보인다. 체력과 승부사의 기질이 어울린 괴력이 나오면 남의 안경을 깨트리고 멍들게 하여 모두가 무서워서 피한다. 시합을 하면 대부분의 사람은 평소의 실력을 발휘하지 못하는데 김선생은 그 반대다. 그 체력으로 한때는 술이 깨면 두세 시에 일어나 원고도 쓰고 출근도 하는 정력으로 우리를 놀라게 하였는데 그러나 이제는 나이는 속이질 못하고, 최근에는 보직에 시달리느라 체력과 성질도 더 부드러워져, 경기를 하다가 실수를 해도 우리는 서로 보고 웃으며 "그런 대로 즐기는 거지 뭐" 하며 자위한다.

문학과 문화, 현실과 이론 등 희망하고 생각하고 반성하는 것이면 언제나 술안주가 되어 풍성한 넋의 저녁을 반포치킨 혹은 맥주집에서 시작하였다. 김현·조광희, 문지의 친구, 제자 들이 섞이면 시공에 구애받지 않았고, 새로운 사조를 이해하고 반성하는 일은 장소를 옮기며 이어져 밤은 길게 연장되었고, 암담한 현실 속에서 빛의 가능성을 찾는 일은 모두의 일처럼 여겨졌다.

서양의 이론으로 우리의 문화 현실을 예리하게 파고드는 두 김선생의 담론은 이론과 실천의 괴리를 우리 문학의 형성이라는 당위적인 숙제로 승화하는 작업에 애정을 가졌던 것으로 생각된다. 이론 없는 실천은 맹목적이고 실천 없는 이론은 무의미한 놀이에 지나지 않는다는 각성에 머무는 고통을 부인하지 않고 안쓰러워하며, 용기 있는 사람들에 대하여 칭찬을 아끼지 않았다. 이러한 시대적 압력은 그들로 하여금 잠시도 쉬지 않고 새로움을 추구하는 생산적인 형태로 표현하게 했고 그때가 그들이 가장 창조적인 시기였던 것 같다. 옥석을 구분하는 분별력은 작품의 해석과 숨은 것을 찾아내는 평론가의 소임을 저버리지 않았으며 이러한 긴장은 이야기가 술에 절여지지 않게 방지하는 소금이 되었던 것 같다.

생각해보면 조선 시대의 선비 유산인지 아니면 일제의 억압 정책 때문인지 이 시대에 우리들에게 허용되었던 문화의 영역은 문학이 유일한 것이었다. 일제 시대에 우리에게 주어진 문화 활동은 문학이 전부로 정치·경제·사회의 영역 활동은 체계적으로 억압되어 사실상 그 방면의 전문가는 키워질 수 없었고 그 영향이 대한민국의 탄생 이후에도 이어져 문학은 가장 발달된 유산으로 우리 문화의 대명사였고 현실적으로도 타 영역은 지금도 그 영향에서 크게 벗어나지 못하고 있었다. 때문에 우리들의 대화는 문학이면서 문화인, 문학이면서 정치인 맥락을 바탕으로 이루어졌고 사실상 문학이 문화의 주도적인 역할을 감당하는 시기였다.

이렇게 과부하된 문학의 역할은 문학 잡지들이 문화를 주도하는 전성 시대를 낳았다. 이러한 배경에서 문학 이야기는 사회의 무게가 실린 담론이기 때문에 항상 전체를 책임져야 하는 중압감에서 벗어나지 못한 시기라고도 생각된다. 산·운동장·술집이나 연구실에서 나누는 일상 대화는 그것이 곧바로 사회로 향하며 문화로 향하고 있어 나에게 문학이 한국 사회에서 중요한 역할을 차지하고 있음을 일깨워준 이가 김치수 선생이다.

특히 문학에 내재해 있는 인간에 대한 의식을 주제로 옮겨가면 우리 사회 모든 분야의 사람과 저술에 관한 해박한 지식으로 나를 일깨워주었고, 문화의 정수로서 문학이 가져야 할 역할과 인문학의 위상에 관한 논의는 대학에 몸담고 있는 사람으로서 끊임없는 화제였고 즐거움이었다. 문학이 문화의 선두 주자로 역할을 하면서도 타 분야의 성장이 더디어 문학이 풍부한 토양에서 넓이와 깊이를 가질 수 없음에 아쉬워하며 문학의 역할이 변하여야 한다는 나의 주장도 김선생의 현실적인 분석 앞에서는 빛을 발휘하지 못하곤 했다. 철학·역사·예술, 대중 문화·수입 문화, 사회·경제적인 여건 등 열악한 환경과 한국 지성 사회의 왜소한 위상 그리고 장기적인 안목에서 차분히 문화를 키워나가는 노력의 부재 등이 희망의 성급한 요구를 둔화시키고 무기력하게 했다.

김치수 선생은 작가들에 대한 애정이 많아 특히 작가의 좋은 점을 들쳐내는 솜씨는 타고난 기질 같다. 오랫동안 말벗으로 같이 지냈지만 남의 약점이나 험담을 늘어놓는 말은 들어본 적이 없으며 나의 과격한 생각은 번번이 김선생 앞에 와서는 머뭇거리기 일쑤다. 항상 선한 쪽을 바라보는 김선생의 눈은 아름답다.

현대 한국 문학사의 중요한 장본인들인 김선생과 그 주변 인물들과 전문성의 벽 없이 대화를 할 수 있었던 기회는 나에게는 아주 소중한 것으로, 제삼의 관찰자가 즐기는 자유와 객관적 평가를 하는 데 부담감 없음에 내심 감사하며 특히 나의 미국적인 시각을 편협되다 나무라지 않고 항상 균형 감각으로 이야기를 들어준 김선생에게 고맙게 생각하고 있다.

최근에 김선생이 미국에 몇 번 다녀오더니 뉴욕의 문화를 알게 되고 미국 문화의 힘과 어두움을 실제로 체험하고서는 나의 입장을 좀더 이해하는 것 같다. 그런데 그게 두 아들 때문인지 나의 오랜 세뇌 때문인지는 알 수가 없다.

김선생의 학구열은 최근 10여 년 동안 기호학의 연구와 보급에 나타나 있다. 연구소를 세우고 세미나를 하고 전문 잡지를 만들고 전파하여 기호학 연구가 현재 수준에 와 있게 된 것은 김선생의 노력의 결실이기도 하다. 인문학 연구와 관심은 인문학자로서의 소임이 끝나지 않고 있음을 말하며 문화 발전을 위한 김선생의 관심과 노력은 항상 나에게 거시적인 관점을 잃지 않게 일깨워준다.

아마도 김선생이 독재 정권하의 실천 외곬의 소용돌이에서 초연할 수 있었던 것도 그 때문이 아니었나 생각된다. 항상 남을 아끼고 무슨 일이든 긍정적인 방향으로 생각하고 해결하는 김선생의 생활 태도는 나의 습관적인 비판과 부정을 자각하게 하는 좋은 귀감이 되곤 했다. 생각의 벗으로의 역할을 해주고 있는 김선생에게 고마움을 금치 못하고 있다.

　이렇게 세 벗으로서의 김치수 선생의 존재는 우리 학교의 몇몇 선생들과 함께 나의 소중한 자산이다. 변화 일변도의 대학, 어디로 가는지도 모르고 치닫는, 돈이 모든 것을 방향 짓는 아카데미에서 그나마 지적인 위로를 받을 수 있는 것은 이러한 벗들과 나누는 대화다. 벗들이 없었다면 얼마나 더 황량했을까! 최소한 넋의 풍요로움을 가져다준 벗들에게 감사할 따름이다. 그중에도 세 벗의 몫을 톡톡히 해준 김선생에게 이렇게나마 고마움을 전하게 되어 기쁘다.

프로방스의 지난날들 사이로……

박지구

　선생님을 처음 뵌 것은 1973년 6월 말, 파리행 비행기에서였다. 아마 이때부터 줄곧 선생님의 유학 생활을 옆에서 보아왔던 것이 아닌가 한다. 보르도에서 처음 시작한 유학 생활은 즐겁고도 고달팠다. 3시간 동안의 오전 강의가 끝나면 점심을 먹기 위해 작열하는 태양 아래를 30분이나 걸어야만 했다. 보르도의 캠퍼스는 굉장히 넓었고, 대학식당은 강의실에서 유난히 먼 곳에 있었다. 게다가 20분 동안 줄을 서서 기다려야 식판을 받을 수 있었다. 그랬건만 우리가 먹을 만한 것이라곤 아무것도 없었다. 겨자를 듬뿍 발라야 겨우 삼킬 수 있는 덜 익힌 스테이크와 튀긴 감자 몇 쪽, 후식으로 시큼한 맛이 무척이나 거슬렸던 요플레를 먹고, 다시 30분을 걸어 돌아오면 바로 오후 강의에 들어가야 했다. 그러니까 대학식당에서 막 돌아온 시간부터 우리는 다시 배가 고팠던 것이다.

　이렇게 3개월을 보낸 후, 선생님은 문과대학이 유명한 엑상프로방스로 가시고 나는 브장송으로 가게 되었다. 그리고 1년 후 나는 프로방스 대학으로 옮겨왔다. 그때부터 선생님께서 박사학위를 마치실 때까지 나는 쭉 선생님 곁에 있었던 셈이다.

　선생님을 처음 뵌 지 27년이 지난 지금, 이 글을 쓰면서 나는 추억의 옛 필름을 새롭게 되돌려보았다. 여러 에피소드와 머릿속에 각인된 몇몇 장면들, 기억의 편린 사이로 떠오르는 선생님의 옛 모습은 지금 생각해도 참으로 인상적이었다. 세련되고 도시적인 말투와는 달리 선생님의 첫인상은 다소 투박하고 촌스럽기까지 했다. 그러나 바로 그 투박함 속에 선생님의 진면목인 소탈함이 있었다. 선생님은 가끔씩 동심 어린 장난을 좋아하셨다. 하루는 친구들과 함께 무협 영화를 보고 막 돌아왔을 때였다. 선생님은 장풍을 날려 벽에 앉은 파리 한 마리를 잡으셨다. 친구들은 환호성을 지르며 선생님의 무술 능력에 감탄했다. 그런데 나중에 알고 보니 이미 죽어 벽에 말라붙은 파리였다. 또 한 번은 친구들과 어울려 술을 꽤나 마셨는데 갑자기 달리기 시합을 하자는 것이었다. 마구 떼를 쓰셔서 할 수 없이 한밤중에 대로에서 달리기를 했다. 당연히 기를 쓰고 달린 선생님께서 1등을 하셨다. 이렇게 젊은 학생들과 격의 없이 잘 어울리는 모습을 보고, 난 그때부터 선생님의 직위도 나이도 잊어버렸다.

선생님께서는 누구든지 잘 사귀셨고 특히 자연과 가까이 하는 것을 좋아하셨다. 프로방스에 살았기에 우리들의 주말은 더 즐거웠다. 한 친구의 고물 차로 빨간 개양귀비 꽃길을 따라 세잔이 즐겨 그렸던 생트 빅토와르 산, 마당이 아늑한 톨노네의 어느 카페, 카뮈의 묘지가 있는 루르마랭의 골목, 사드 성과 생 레미 부근에 자주 갔다.

주말이면 한국 음식을 해 먹었다. 당시 그 도시엔 한국 식품점이 없어 한국 요리를 제대로 하기란 힘들었다. 단지 중국 상점에서 진간장, 드물게 콩나물과 두부를 살 수 있을 뿐이었다. 돈과 시간을 절약하기 위해서 우리는 주로 대학식당에서 식사를 했지만, 가끔은 친구들과 함께 가능한 재료로 소위 한국 음식을 해 먹었다. 선생님께선 언제나 맛있게 드시며 내 요리 솜씨를 칭찬해주셔서 나는 늘 그렇게 믿었다. 나중에 알고 보니 선생님은 대단한 미식가였고 사모님의 요리 솜씨는 일품이었다.

선생님께선 항상 상대방의 장점만을 지적하셨고 칭찬하는 데 인색하지 않으셨다. 지금까지 어떤 사람을 비난하는 말을 들어본 적이 없다. 당시 나는 선생님의 그런 태도가 다소 위선적이 아닌가 하는 생각을 했다. 그래서 한 번은 선생님께 당돌하게 따진 적도 있었다. "성인(聖人)도 아닌데 어떻게 자기 것은 남에게 다 내어주고 칭찬만 하십니까?"라고. 그리고 그런 태도가 자기 감정에 솔직하지 못한, 일종의 처세술 같은 것이 아니냐고 따져 물었다. 선생님께선 그저 내 쪽에서 손해를 좀 보면 어떻고, 또 남의 단점을 구태여 지적할 필요가 있겠느냐고 하셨다. 이후부터 나는 선생님께 못 할 말이 없었다. 공부에 관한 문제에서부터 사적인 일까지 다 말씀드리고 상의할 수 있었다. 나는 나의 부족한 면이 드러나는 것이 부끄럽지 않았고, 그때마다 선생님은 푸근하게 들어주시고 이해해주셨다.

이런 태도가 선생님의 문학 평론에도 어느 정도 배어 있다고 생각한다. 선생님의 평론을 읽을 때면 작품의 긍정적인 면이 더 잘 드러날 수 있도록 부분 부분을 전체 속에서 크게 아우르는 방식을 자주 볼 수 있었고 그때마다 난 그 당시의 선생님을 다시 만날 수 있었다.

오전 강의가 없는 날이면 선생님은 언제나 9시 전에 책상 앞에 앉으셨다. 그 당시 선생님은 기숙사 2층 방에 계셨기 때문에 밖에서도 책상 앞에 앉으신 모습이 훤히 올려다보였다. 12시가 되면 대학식당에서 친구들과 함께 식사를 하고 커피를 마시며 담소를 하셨다. 오후 2시가 되기 전에 다시 책상에 앉으셨고, 매일같이 이런 생활을 반복하셨다. 아주 가끔 마르세유에서 친구 분이 와서 "딱 하루만 박사 늦게 마치고 나랑 바둑 두자"라는 날만 빼놓고는 하루도 시간을 어기는 법이 없었다. 물론 한꺼번에 사랑니 4개를 뽑던 날도 그렇게 하지 못하셨다. 그 성실함과 완벽성은 때때로 나를 질리게 할 정도였다. 선생님의 논문이 막바지에 이를 무렵에는 방해가 되지 않을까 하여 주말에 모여 음식을 해먹는 일도 그만두었고, 선생님이 공부하는 시간에는 그 근처에도 얼씬거리지 않았다.

그러던 어느 일요일, 나는 공부도 안 되고 마음도 갑갑하여 휴일에 신문을 살 수 있는 쿠르 미라보 뒷길에 있는 카페로 갔다. 아니, 그런데 거기 선생님이 와 계시지 않겠는가! 선생님은 옆에 누가 왔는지도 모르고 구슬을 놓치지 않으려고 버튼을 열심히 두드리고 계셨다. 그렇게 바빴던 시기인데도 신문을 사겠다는 핑계로 구석진 카페에 찾아와 핀볼을 하고 계셨던 것이다. 그때 선생님의 그 모습이 너무도 인간적으로 보였다. 누구에게나 비집고 들어갈 수 있는 빈틈을 보여줌으로써 스스럼없이 다가오게 하고 편안하게 머물게 하는 것이 바로 선생님의 매력이었던 것이다.

마지막으로 선생님의 학위논문 심사 일에 있었던 일들을 떠올려본다. 겸손하고도 당당하게 자신의 의견을 펴던 선생님의 모습, 뒤이은 심사위원들의 찬사는 아직도 기억에 생생하다.

그날 저녁 친구들이 축하연을 겸한 송별회를 열었다. 술을 드시면서 선생님은 끝도 없이 많은 노래를 부르셨다. 공부만 하던 선생님께서 언제 그 많은 가사들을 외우셨는지 그저 놀라울 따름이었다. 그날 밤 선생님이 부르던 노래는 단순한 기쁨의 흥얼거림이 아니었다. 그것은 갖은 그리움과 고뇌로 짜여진 삶의 피륙을 서서히 풀어내는 한 편의 긴 이야기였다. 선생님의 노래는 새벽이 되어서야 겨우 멎었고, 우리는 초췌한 선생님의 얼굴에서 여느 때 같은 따스한 미소가 감도는 것을 보았다.

지금도 선생님의 모습은 변함없이 푸근하고 다정하다. 자신에게 해 되는 일까지 감내하면서 언제나 곧은길로만 나아가셨던 선생님은 저 우울한 억압과 폭력의 시절에도 자유의 열망을 버리지 않고 실천으로 옮기셨다.

아직도 선생님의 깊이를 헤아릴 수 없는 저희지만, 이제는 다함없이 베풀려고만 하지 마시고 저희 마음도 기쁘게 받아주시기를. 사랑은 아낌없이 주는 것만이 아니라 함께 하는 즐거움에도 있다는 걸 선생님은 누구보다도 더 잘 아실 테니까!

프로방스 가는 길

함정임

지난 여름 나는 엑상프로방스에서 사흘 간 머물렀다. 마르세유에서 프로방스로 가는 흔들리는 열차 안에서 나는 끊임없이 나 자신에게 물었다. 지금 나는 왜 프로방스로 가고 있는가? 그 물음은 엑상프로방스 역에 내리는 순간까지 이어졌다. 역에 내려서 밖으로 나갔을 때 날은 이미 어두워져 있었고, 오래된 플라타너스가 양옆으로 울창하게 서 있는 거리는 이상하게도 가등 하나 켜 있지 않은 채 캄캄했다. 순간적으로 나는 내가 가야 할 곳에 당도하지 못한 것 같은 당혹감에 사로잡혀 이 뜻밖의 어둠에 두려워졌고, 내가 왜 이 어두운 시골 소읍(내 첫 느낌은 그랬다. 꼭 고창에, 그것도 1960년대 고창역—고창엔 역이 없지만—에 처음 내려 서 있는 것 같았다), 다른 많은 매혹적인 여행지들을 제치고 이 보잘것없는 프로방스 역 앞 광장에 서 있는지 다시 되새길 수밖에 없었다. 나는 그때 햇빛 쏟아지는 남불의 아비뇽과 니스와 모나코를 거친 여정이었고, 그 여정들은 순전히 엑상프로방스에 닿기 위한 것인 양 아주 짧게만 지나쳤다.

높다랗게 자란 플라타너스 길을 걸어가는 중에 가등의 불은 들어왔고 아홉 신들이 분수를 장식하고 있는 로통드 옆 호텔에 짐을 풀고 그곳에서의 일정을 짜면서 그 물음에 대한 답은 명확해졌다. 나는 날이 밝으면 엑상프로방스 대학을 찾을 것이었고, 교정을 거닐면서, 너무 흠모했기에 그림자조차 밟지 않으려고 조심해왔던 은사의 유학 시절을 더듬어볼 것이었다.. 그분이 호흡했던 하늘 아래에서 숨을 쉬며 그분을, 더불어 내 대학 시절을 추억할 것이었다. 그것은, 어쩌면,

그 여름 나에게 주어진 며칠 간의 여행 중에 가장 행복한 순간이 될지도 몰랐다. 나는 마치 이야기로만 듣던 아버지의 젊음을 되살 듯 프로방스에서의 첫 밤을 설렘 속에 보냈다.

아버지. 그랬다. 선생님은, 나(우리, 이대 불문과 84학번)의 선생님(복직 이후 내내 지도교수이셨다)이기도 하지만 아버지 같은 존재셨다. 그러나 지금처럼 그때 나는 선생님을 아버지라 여긴 적은 없었다. 돌이켜보니, 선생님은 나의 대학 시절 누구보다 아버지에 가까우셨던 분이었다. 그것도 오랜 출타(해직) 후에 돌아오신, 어딘지 낯설면서 동시에 외경스러운 모습의 아버지. 새삼 선생님을 아버지의 자리로 돌려놓는 기억의 고집을 확실하게 해주는 몇 개의 장면이 있다.

김옥길 선생님께서 새로 단장을 하신 고사리 수련관에 과 MT를 갔을 때였다. 불문과는 좀체 과 내에서 무리를 짓거나, 학내 운동에 가담하지 않는, 개인주의적인 과풍이 굳어져서 선후배가 함께하는 MT가 흔치 않았다. 그날의 MT는 선생님이 아니었으면 가능하지 않은 일이었다. 노래와 대화로 밤을 지새우고 난 아침, 산야에는 눈이 살포시 내려 있었다. 선생님께서 산에 왔으니 산책이나 갈까, 하시며 앞장을 서셨고, 우리는 전혀 뜻하지 않게 어성버성 선생님의 뒤를 따랐다. 그중에는 하이힐을 그대로 신고 참가한 선배도 있었고, 스커트를 입은 학우도 있었다. 산책은 의외로 굽이굽이 길어졌고, 가도가도 끝이 없었다. 설상가상 해살프게 눈바람까지 몰아치는데 선생님은 발길을 돌리지 않으셨다. 그래도 아무도 그만 돌아가자는 말을 꺼내지 못했고, 개중에는 그 자리에 주저앉고 싶어하는 친구도 있었다. 지금 생각해봐도 그날의 산책은 산책이 아니라 등산이었다. 그럼에도 모두 무사히 제자리로 돌아왔다. 주저앉을 것 같던 길을 끝까지 갔다가 그 길을 되짚어 제자리로 돌아온 것이었다. 지금도 나는 가끔 그날의 ‘산책’을 생각하면서 그때 선생님의 의중은 무엇이었을까를 생각해보곤 한다. 중요한 것은 선생님은 한 사람의 낙오자도 없이 모두 챙겨서 무사히 제자리로 돌아오게 하셨다는 것이다. 시간이 지날수록 깨닫는 것은, 강단에서나 문단에서나 그 누구도 흉내낼 수 없는, 카리스마와는 다른, 결단코 그보다 한수 위인 아버지·참어른의 포용의 힘이 선생님의 내면에는 대하처럼 넘쳐흐르고 있다는 것이다.

그리고 현대 프랑스 비평사 시간. '1987년 4월 6일.' 김현 선생께서 우리말로 옮긴 바슐라르의 『불의 정신분석』을 펼치면 그렇게 서명되어 있다. 그 책은 그날 이후 『프랑스 비평사』와 함께 내 서가의 중심에 꽂혀 있다. 그러나 선생님의 강의는 불행하게도 대학 4년을 통틀어 그 한 강좌로 그쳤다. 다른 선생님들의 유려한 불어 발음에 비하면 투박한 음성에 특유의 이탈리아식 남불 발음으로 원문을 읽어 내려가긴 했지만 선생님의 강의는 학기 내내 나를 전율시켰다. 사르트르와 바슐라르와 블랑쇼, 그리고 바르트. 그것은 어줍잖게 시를 끼적이고 있던 나의 눈을 비평 쪽으로 열어준 큰 사건이었다. 선생님은 늘 종료 시간보다 십분 넘치게 강의를 하셨고, 나는 본 텍스트와 나란히 읽어야 하는 참고 문헌들을 받아 적느라 숨이 찼다. 그중에서 나를 가장 매료시킨 것이 위의 『불의 정신분석』이었다. 특히 첫 장 지식 보급의 역사를 다루고 있는 프로메테 콤플렉스의 '불의 존경'이었다. 외출에서 돌아와 병이 난 자식의 방을 따뜻하게 덥혀주기 위해 장작불을 지피러 가는 아버지. 불을 지피는 아버지를 존경의 눈길로 바라보는 아들. 아버지는 그 일만큼은 딴사람에게 맡긴 적이 없다. 불 지피는 기술만큼 아버지와 맞설 수 있는 사람은 없다. 후일 불 지피기는 아들의 커다란 자부심이 된다. 선생님은 내게, 우리에게 그런 분이셨다.

날이 밝으면 가리라 마음먹었던 엑상프로방스 대학을 가는 일은 맨 나중으로 미뤘다. 나는 좋아하고 존경하는 대상에게 섣불리 다가가지 못하고 결정적인 순간에 도망치는 이상한 버릇이 있다. 나에게는 형언할 수 없는 문학적 양분을 심어주신 선생님이셨지만 졸업 후

먼발치로만 선생님의 그림자를 더듬을 뿐 단 한 번도 내 문학적 고민으로 선생님을 찾아뵌 적이 없다. 자식으로 치면 나는 지금껏 큰 불효를 하고 있는 셈이다. 그것은 선생님에 대한 존경심이 너무나 큰 때문이고, 역으로 그 크기에 비해 나 자신이 너무나 보잘것없어서, 조금이라도 자신이 생기면 선생님 앞에 당당하게 나서야지 한 것이 터무니없는 세월길만 늘여놓았다.

엑상프로방스 대학은 작고 어두운 프로방스 역에 내렸던 때와 마찬가지로 나에게 당혹감을 안겨주었다. 방학중이라 캠퍼스에는 학생 그림자를 찾아볼 수 없었고, 햇빛만이 주인이 되어, 모든 것이 낮고, 소박하고, 정지된 채 흐르고 있었다. 정수리를 쪼아대는 정오의 강렬한 햇빛 속에 나는 하하 숨을 내쉬며 쫓기듯 나무 그늘을 찾아들었다. 그늘에서 바라보는 순백의 태양빛. 그 속에서 나는 꿈결처럼 선생님의 다감하고 부드러운 목소리를 들었다. 정임아, 너 왜 거기에 있니?

기품 있는 우정*

사사키 겐이치

그날 파리에서는 흔히 볼 수 있는 지하철의 부분적인 파업이 있었

---

* 이 글은 사사키 겐이치(佐佐木建一)가 발표한 『미모사 환상: 기억·예술·국경』(勁草書房, 1998) 중에서 발췌한 글이다.

다. 게다가 장소를 잘못 찾은 탓도 있고 하여 약속 장소에 매우 늦게 도착하였다. 회의장인 사회과학고등연구원 EHESS의 강당 맨 위쪽의 문을 열고 안으로 들어갔다. 그러자 강당에 앉아 있던 김의 모습이 금방 눈에 띄었다. 거무스레한 얼굴은 예전과 변함이 없었고, 제법 살이 찐 듯한 모습이었다. 그는 이미 한국 문학에 관한 심포지엄 중의 한 강좌에 대해 보고를 마치고 질의 응답을 한창 하고 있던 중이었다. 나는 내려다보는 위치에 있었는데 그의 머리카락이 성글다는 것을 금방 알 수 있었다. 왠지 모르게 눈시울이 뜨거워졌다. 이전과 조금도 다르지 않은 목소리와 말하는 방식, 그러나 그와는 반대로 노화한 육체는 우리들의 20여 년 간의 지나간 세월 그 자체를 말해주고 있었다.

이윽고 그의 차례가 끝났다. 내가 단을 내려온 김에게 오라고 손짓을 하자 그는 옆 통로를 통해 올라왔다. 우리들은 오랜만에 악수를 교환하고, 총괄 토론 시간을 이용하여 바깥으로 나갔다. 카페에 앉아 '드미'라고 통칭되는 생맥주 잔을 함께 들자, 시간은 20여 년 전의 날들로 거슬러 올라가는 듯했다.

이번 파리 체재 중 가장 즐거웠던 만남이었다. 우리들의 만남은 같은 해에 프랑스 정부의 유학생이 되어 불어 연수를 받으면서 시작되었고, 같은 대학에서 함께 공부를 하면서 서로의 사이는 더욱더 각별해졌다. 그리고 나서 각기 조국으로 돌아가 활동을 하다가, 20년이 지난 지금 각기 휴가를 얻어 파리에 온 것이다. 꿈에도 생각지 않던 우연의 일치였다. 김이 보낸 엽서에는 파리에서 최초로 랑데부할 장소로 이 심포지엄 회의장이 지정되어 있었다.

나는 도착한 지 얼마 되지 않은지라 호텔 신세를 지고 있었다. 아내도 물론 김을 잘 알고 있었고, 함께 온 작은딸도 막 걷기 시작할 무렵 김의 무릎에 안기기도 했다. 그런데 이날은 나 혼자 친구를 만나러 갔다. 그리고 그날부터 약 7개월 동안 옛날과 같은 우리들의 교제가 시작되었다.

무슈 김, 김치수와 처음으로 만난 일을 기억한다. 그러나 그것은 만남이라고 할 수 없다. 그리고 그 기억도 재구성된 것일지도 모른다. 한 장의 스냅 쇼트 같은 기억상의 한쪽 구석에 퉁명스런 치수의 옆얼굴과 온후하고 나이가 위인 것 같은 또 한 사람의 무슈 김의 미소가 비치고 있었다.

처음 프랑스에 왔던 때가 기억난다. 단 한 사람의 아는 이도 없이, 그리고 허공에 내던져진 것 같은 이국에서의 며칠 동안의 일이었다. 일본으로부터 오는 유학생의 대부분은 지정된 에어 프랑스 항공편으로 함께 출발하였고, 이 항공기를 이용하는 일본인 학생들의 항공 비용은 프랑스 정부가 부담하였다. 그러나 국립 대학의 조교였던 나는 도항 여비를 일본 정부가 부담한다고 하여 일주일 정도 늦게 프랑스에 도착하였다. 파리에서부터 보르도의 학생 기숙사까지는 혼자만의 여행이었다.

지리도 말도 잘 모른 채 생소한 길을 헤치고 간신히 기숙사에 도착한 그날은 아마도 토요일 저녁 무렵이었다고 생각한다. 사무원이 있어서 방 열쇠를 손에 넣을 수 있었던 것은 행운이었다. 그러나 유학생을 담당하는 사무실 문이 열리기까지는 학생 식당을 이용할 수가 없었다. 왜냐하면 티켓을 살 수 없기 때문이었다. 육지의 외딴 섬과 같은 교외의 학생 기숙사로부터 슈퍼마켓은 2Km나 떨어져 있었고, 거기에다 그해의 여름은 지독스럽다고 할 만큼 더웠다. 프랑스에 도착하고 난 후 한 달 동안 체중이 10Kg이나 줄었다. 이 사실만 보아도 내가 적응하는 데 얼마나 힘들어했는가를 알 수 있다.

아무것도 할 수 없는 공백 같은 이틀 동안 나는 일본인이 있다는 것은 알고 있었지만 어디에 있는지는 몰랐다. 어느 날 보르도 시내에서 교외에 있는 대학 캠퍼스를 연결하는 버스 속에서의 일이었다. 나는 버스 속에서 만난 한국인들을 일본인으로 생각하고 말을 건넨 적이 있다. 그들은 모두 네 사람이었는데, 젊은 여성 두 명과 그녀들보다는 조금 나이가 들어 보이는 두 명의 남성이었다. 나는 가까이 있던 여성에게 말을 걸었는데, 그들이 일본인이 아니라고 하는 사실에 깜짝 놀랐던 기억이 난다. 두 명의 남성들이 그다지 말이 없는 것은 내성적인 성격일 것이라고 해석하였다.

이윽고 생활은 본궤도에 올라 치수와 동급생이 되었다. 내가 감기 몸살로 높은 열이 나서 침대에 누워 있을 때, 그는 병문안을 와주어 더욱 친밀감을 느낄 수 있게 하였다.

그리고 여름이 끝나자 우리들은 같은 엑상프로방스 대학에서 배우게 되었다. 보르도에서 함께 어학 연수를 한 친구들 중에서 엑스에 간 사람은 치수와 현재 동경 외국어 대학에서 어학을 가르치고 있는 언어학자 스루가 요이치로 군 정도였다. 엑스로 옮겨간 후 필연적으로 세 사람은 사이가 가까워졌다. 치수에게는 그곳에 자기 또래의 친구가 있었는데 그 사람을 통해 지기의 폭을 넓혀갔다. 또한 그의 방은 대학식당에서 가깝기도 하여 주로 모임 장소로 이용되곤 했는데 분명 시간적으로 크게 폐를 끼쳤다. 그는 어떻게 해서라도 학위를 취득해야 한다고 생각하고 있었고, 그런 그에게 시간은 매우 귀중하였을 것이다. 그런데도 그가 이러한 일상적인 잡음에 싫은 표정을 지은 적은 단 한 번도 없었다. 그 태연한 태도에는 품격이 있었다.

"프랑스에 올 때 자기는 일본인을 아주 싫어했으며 혐오했다"라는 말을 나는 치수 자신에게 직접 들었다. 이유는 두말할 필요도 없었다. 그렇지만 다른 쪽에서는 반대의 감정도 존재하고 있었다. 어머니는 내가 보낸 편지에서 우리들의 교우 관계를 아시고는 걱정하시면서 "조선인은 조심해야 한다"라고 말씀하셨다. 이것은 우리 일본인들이 조선인에 대해 가슴속에 지니고 있는 빚진 유산, 즉 죄책감 때문이기도 했다. 치수의 '아주 싫다'라는 말에는 객관적인 근거가 있다. 그것이 어떻게 녹아내렸는지 또 녹아내릴 수 있었는지에 대해 나는 지금까지 들어본 적이 없다. 보르도의 버스 속에서 그의 퉁명스러운 옆얼굴은 일본인에 대한 혐오감 그 자체였던 것이다.

　그후 나에 대한 그의 개인적인 감정을 스루가 군에게 말한 적이 있는데, 스루가 군이 그것을 내게 알려주었다. 그것을 공개적으로 말하기는 난처한데, 그의 평어가 옳은지 그른지는 알 수 없다. 그러나 빚진 유산을 넘어설 수 있었던 것은 행복한 일이었다.

　생각건대 무슈 김에게는 국제적인 의식이 있었다고 생각한다. 그에게는 '아주 싫다'라고 하는 감정과 동시에 그렇게 싫어하는 일본인과도 교제하지 않으면 안 된다는 생각이 공존하고 있었던 것이다. 한 번은 내가 그의 국제적 의식을 알 수 있는 기회가 있었다. 엑스의 대학 기숙사에는 일군의 중국인 유학생이 있었다. 인민복은 아니지만 모두가 동일한 제복을 입고 언제나 집단으로 행동하고 있었다. 문화 대혁명이 이미 시작되었고, 「파리의 홍위병」이라고 하는 영화가 평판을 얻을 무렵이었다.

　어느 날 김은 그 가운데 한 사람과 접촉하고서 나에게 함께 만나러 가자고 말했다. 나로서는 겁이 났지만 그에게는 중요한 일이었다. 그 당시 프랑스에 있던 한국인들은 냉전 시대에 사회당의 미테랑이 대통령이 되면 북조선이 승인되고 자기들은 자신의 나라로 되돌아가야 하는 것이 아닌가 하고 내심 걱정하고 있었다. 그 같은 상황에 처하고서도 치수는 중국과의 교류를 강하게 바랬다. 분단 국가의 지식인으로서 그는 멀리 내다보고 있었다. 나는 아무런 자각도 기대도 없이 그를 따라가기로 했다. 우리들이 찾아가자 그 중국인은 이윽고 당당하게 공자 비판을 전개하였다. 그것은 신선하였다. 공자라고 하는 고전을 초시대적으로 이해하는 것이 아니라, 그 시대와 상관적으로 파악하고 사상의 사정 거리가 갖는 한계를 문제로 한다고 하는 견해에 감탄하였다. 또 이 유학생이 도그마에 빠지지 않은 유연한 사고 방식을 갖고 있다고 생각하고, 이 점에 대해서도 의외이긴 하나 좋은 인상을 받았다.

　그런데 불과 며칠 후의 일이었다. 중국 당국이 공자 비판을 공개적으로 행하기 시작하였다. 지금 생각해도 암담한 기분이 든다. 그 유학생은 어떠한 기분으로 틀에 박힌 사상을 말하고 있을까? 그리고 타국에 있는 젊은이의 사상을 제어하는 어떠한 네트워크가 둘러쳐져 있었던 것일까?

우리들이 두번 다시 그의 방을 찾아가지 않은 것은 말할 필요도 없다.

　무슈 김은 현대 프랑스 문학의 연구자인 동시에 문예 비평가다. 한
국 문학에 대한 관심이 높아지자 그로 인해 세계 각지로부터 강연을
해달라는 부탁을 많이 받고 있다. 그해 여름에도 그는 베를린의 심포
지엄에 초대되어 파리를 잠시 떠났다.
　한편 나는 가족과 함께 있었던 만큼 독신 생활을 했던 학생 시절처
럼 생활할 수는 없었다. 그래도 일상적인 교우 관계를 가졌다.
　마침내 가을이 왔다. 예정된 체재 기간이 끝난 무슈 김은 서울로
돌아갔다. 둘이서 무엇을 해야만 한다고 정해둔 계획이 있었을 리 없
다. 그러므로 함께 파리에서 지냈던 날이 7개월이든 10개월이든 만족
과 불만족의 정도는 마찬가지였을 것이다. 그러나 그가 떠나가고 난
다음의 파리는 쓸쓸했다. 그는 도심 한복판의 데파트 뒤쪽에 살고 있
었는데 그를 배웅하고 난 다음 그 근처에는 특히 고독감이 감돌고 있
음을 느꼈다. 이러한 날들이 또다시 되돌아올 수 있을까?

　그때로부터 20년이 지난 올해, 둘이서 함께 파리의 공기를 호흡할
수 있을 거라고는 꿈에도 생각하지 않았다. 그러므로 세번째 기회가
오지 않으리라는 보장도 없다. 그것이 언제가 될 지는 모르지만……
〔민주식 옮김〕

김치수 선생님께

김향숙

　여성지를 통해 당선이라는 걸 한 후 여러 해 동안 소설 쓰기를 제대로 할 수 있을까, 궁리하다 아무래도 소설 쓰기로 다가갔던 마음을 접는 게 좋으리라고 스스로를 달래려던 즈음의 저에게, 소설을 쓸 수 있으리라는 따뜻한 믿음을 처음으로 주셨던 분이 선생님이셨다는 것을 선생님은 아마 잊고 계시겠지요.

　열여섯 해 전 2월 하순께 제 소설 「겨울의 빛」에 대해 선생님이 신문에 쓰신 월평을 읽은 친구가 저녁 무렵 전화를 해 "우리의 소설가들 가운데는……"이라고 시작하는 선생님의 글을 읽어주던 그날의 설렘은 차라리 놀라움이었습니다.

　지금껏 한번도 가보지 못한 새로운 세계로 걸어가는 듯한 느낌 속에서 선생님의 그 글을 여러 번 되풀이해서 읽었던 그날이 제겐 참으로 특별하게 아름다운 날로 기억합니다.

　자신의 재능에 대한 끝없는 회의의 감정으로부터 조금은 멀어진 채 열심히 써나가기만 하면 된다는 믿음을 얻게 된 기쁨도 기쁨이었지만 선생님께서 그 무렵 처음으로 세상에 얼굴을 내민 부정기 무크지, 『여성문학』에 실린 제 소설을 읽으셨다는 게 정말 믿기 어려웠으니까요.

　한 번도 평가의 대상이 되지 못한 이들의 소설조차 열심히 읽어주는 분들이 있다는 것을 처음으로 안 그날은 분명 제 삶의 커다란 전환점이 되었습니다.

소설을 쓴다는 건 그 글을 읽어주는 누군가와 함께 오갈 수 있는 마음속의 길을 여는 일일 테지요.

"일반적으로 사랑 이야기를 쓴 많은 작가들이 비판의 대상이 된 건 사랑을 마치 주형으로 찍어낸 그릇처럼 낭만적 허구로 유형화하고 거기에서 구체적 삶을 제거해버림으로써 삶의 근원적인 현상으로서 사랑이 가지고 있는 변화와 그 변화 속에서 작용하고 있는 역동적 사랑이 보이지 않기 때문이다"라는 선생님의 글을 읽는 동안 저는 한 번도 뵙지 못한 선생님께서 제 마음속의 길로 들어오셨다고 느꼈습니다.

「겨울의 빛」을 쓰던 무렵 제 마음을 두드렸던 말들이 고스란히 선생님 글에 드러나 있었습니다. 그날 이후 소설을 써나가는 동안 새삼스럽게 알게 된 건 비평가가 쓰는 이의 마음을 카메라로 찍은 것처럼 명료하게 드러낸다는 게 결코 쉽거나 흔한 일이 아니라는 것이었습니다.

선생님께 저는 이제껏 단 한 번도 감사의 말씀을 드리지 못했습니다. 지금보다 많이 젊었던 시절엔 감사의 말씀을 드린다는 게 어딘가 선생님께 부담을 드리는 일이라고 여겼던 것 같았고, 시간이 흐르면서는 놀랍게도 제게 그토록 아름다운 날을 주신 분이 선생님이셨다는 걸 차츰 잊었기 때문이었습니다.

누구보다도 날카로운 비평적 시선을 가지셨음에도 선생님의 비평의 언어가 작가의 심장을 찌르는 칼날이 아닌 격려의 손길처럼 다가오는 건 어느 자리에서나 주위 분들을 편안하게 해주시는 선생님의 따뜻한 인품과 무관하지 않은 일이겠지요.

제 마음속 깊은 곳에 자리했던 감사함을 이제야 선생님께 보냅니다. 부디 건강하십시오.

과일 한 알이 땅 위에 떨어지던 날부터

최윤

하나

나는 자주 내 인생에서 1977년이 아주 의미 있는 해라는 생각을 하곤 하는데, 행운의 숫자라는 칠이 두 개가 겹친 그해에 김치수 선생님을 만났다는 사실이 그 생각의 한몫을 확고부동하게 구성한다.

그랬어도 시절은 칠흑처럼 어두웠던, 생각하고 또 생각해도 기괴한 원시의 절정을 달리고 있던 유신 때였다. 나는 문학과 과학과의 혼례는 어떻건 원시에 저항하는 작은 무기가 될지도 모른다는 막연한 기대를 가지고 프랑스에서 막 귀국한 후, 문학사회학과 구조주의에 대한 글을 쓰신 김치수 선생님과의 면담을 요청하게 되었다.

국문과 대학원 이학년생이었던 나는 어느 황량한 가을 날, 흙바람이 불어 멀게만 보이던 외대 캠퍼스를 가로질러 당도한 한 연구실에서, 며칠 전 얼굴도 모르는 한 젊은이의 절박한 요청에 선뜻 응해 약속 시간을 정하신 허스키한 목소리의 주인공을 만나게 되었다.

이날 선생님과의 만남을 둘러싼 주변 배경의 기억은 모조리 증발하고 없다. 흙바람 빼고는. 연구실이 어땠는지, 선생님의 첫인상이 어땠는지, 무엇을 물으셨는지. 그러나 단 한 가지, 선생님의 연구실에 앉은 지 채 일이 분도 지나지 않아서 나를 사로잡은 이상한 긴장의 이완, 어디선가 익은 과일 한 알이 떨어지듯이 툭하는 소리를 내던 것을 나는 생생히 기억한다.

아, 이 선생님께는 장식 없이, 본질적으로, 느낀 대로 그저 숨쉬어온 대로 문학에 대해 말씀드려도 되겠구나. 문학에 대해 무장 해제

하는 무구함의 경험은 아주 희귀한 것이며, 또한 아무나 베풀 수 있
는 것이 아님을 나는 아주 후에야 알았다. 그것은 한 문학비평가가
전 존재로, 삶과 문학의 분리 없이 문학을 육화할 때 자연스럽게 생
겨난다는 것을. 그런데 삼십대 후반의 젊은이셨던 김치수 선생님은
언제 그런 준비를 하고 계셨던 걸까.

　김치수 선생님을 뵐 때마다, 선생님의 글을 대할 때마다, 나는 어
느 순간, 췌언 없이 문학의 본질이 일깨워지는 지점을 만나고, 그런
만남을 찾아 다시 선생님의 글을 읽는다.

　둘

　내 인생에서 문학과 관련된 유의미한 사건들은 모두 김치수 선생
님과 떼어서 생각할 수 없다. 프랑스 유학에서부터 소설가로 등단한
것까지. 외국 서적의 구입이 완전히 통제되고, 별의별 책이 다 금서
였을 뿐 아니라, 복사기가 생겨난 지 얼마 되지도 않았던 열악한 대
학원 시절, 선생님이 선뜻 내주시던 귀한 책들과 따뜻한 어조의 날카
로운 조언이 있었는가 하면, 대학원 논문이 완성된 후 여전히 준비되
지 않은 두려움으로 전전긍긍하던 내게 평론을 권하시고 그 번거로
운 절차를 아이 손을 이끌 듯 자상하게 끌어주신 것도 김치수 선생님
이었다. 프랑스에서 유학할 때는 프로방스 대학교와 지도교수뿐 아
니라, 프랑스에 있는 선생님의 친구들까지 고스란히 물려받았다.

　프랑스에 도착해 거처를 정하자마자 제일 먼저 도서관에 찾아가서
시간을 걸려 읽은 것이 선생님의 박사학위 논문이다. 한국에서는 감
히 읽어보겠노라는 말씀을 드리지 못했지만 나는 유학 생활을 그렇
게 시작하고 싶었다. 거기서 나는 『한국 소설의 공간』을 읽었을 때와
는 또 다른 면모의 비평가 김치수를 만났다. 김치수 선생님의 글에
드러나는 지식의 적확성, 작품들의 요소에 대한 균형적 시선과 엄격
성에서 나는 늘 상쾌한 아름다움을 느끼는데, 이는 선생님의 미셸 뷔
토르 연구의 독서에서 연원한다. 뷔토르는 이렇게 프랑스 현대 작가

중에서 가장 설득력 있는 작가 중의 한 명이 됐다.

그런데 몇 년 전 작가 뷔토르와 비평가 김치수를 나란히 한자리에서 만나는 기회가 있었는데, 두 분 사이의 일련의 유사성을 직접 확인하고 놀랐다. 그것은 한국의 비평가 김치수와 프랑스의 소설가 뷔토르가 각각의 방식으로 드러내고 있는 열린 정신과 고도의 세련미라고 이름 붙일 수 있는 것이었다. 때로는 아방—가르드적이고 때로는 예외적일 수도 있는 삶의 양태나 예술적 표현에 자연스레 다가서는 편견 없는 열림, 총체 예술인 삶의 해석에서 고도로 드러나는 세련미.

셋

과일 한 알이 떨어지던…… 그날로부터 육 년 후, 유학에서 돌아와, 이대 캠퍼스 밖에 위치한 사회복지관의 한 방에서 뵌 선생님. 여전히 인문적 믿음과 힘이 느껴지는 시선이었지만 그 속에 한두 번 스친 스산함은 참으로 내 마음을 아프게 했다. 에일 정도의 아픔이라는 것을 이럴 때 쓰는 건가보다 생각될 정도로. 그래서 선생님의 복직이 그만큼 기뻤다. 그 즈음의 선생님의 정황을 가까이 보면서 내 귀국 후의 어렵고도 살벌했던 재적응 기간이 과장의 신음 없이 지나갈 수 있었다고 지금도 생각한다. 그래서 매우 수줍고도 경건하게, 그 사이 써둔 소설을 보여드린 것도 김치수 선생님께다.

한 생활인으로서 나는 선생님 앞에서 아무런 검열 없이, 정말 이런 말씀까지 드려도 되는 건가 나 자신 감이 안 잡힐 정도로 적나라하고 버릇없이 내 신상에 대해 수다스러워진다. 김치수 선생님은 아마도 나라는 사람의 흠과 실수, 약점을 가장 많이 알고 계실 것이다. 물론 한 번도 그것을 말로 나무라신 적은 없지만 나는 잘 알고 있다. 그런 선생님이 계신 것이 나는 참 좋다.

그러나 작가로서 나는 선생님이 가장 두렵다. 무엇이 두려운가고? 선생님의 글의 행간 읽기를 훈련해본 사람은 안다. 왜 선생님의 유연

함과 부드러움이 무서운 요구인지, 선생님의 날카로움을 받치고 있
는 진지함은 얼마나 실천하기 어려운 이상인지.

넷

얼마 전 선생님의 새 서재를 보고 왔다. 부드러운 회색 톤의 이 서
재를 미래의 연구실이라고 하셨다. 그곳에서 나는 세상에서 가장 아
름다운 것들을 보게 되었는데, 그중의 하나가 어린 손녀의 방문을 기
다리는, 책장 사이에 놓인 나지막하니 앙증스러운 아가용 나무의자.
그 의자 앞에서 저절로 지펴지는 선생님의 깊고 따스한 미소. 할아버
지가 되어도 선생님은 젊다. 참 이상하다. 삼십대 후반 처음 뵈었을
때 그 모습 아닌 김치수 선생님을 상상할 수 없다. 선생님의 균형 잡
힌 정신과 세련미가 흐트러지고 낡는 것을 상상할 수 없다.

실험 정신의 합리주의자 · 휴머니스트

신현숙

터프 가이 알랭 로브-그리예가 말을 끝낸다. 그러자 그 곁에서 더
터프한 젊은 교수가 소탈하게 웃으며 통역을 마친다.
"환상적 커플이야. 프랑스 누보 로망의 대부와 한국 누보 로망 이론
의 대부가 만나니까 일 되네."
우리는 속삭였다.
"아, 나, 누보 로망에 끌리고 있어. 다시 공부할래, 김치수 선생님이

랑."

　아무리 쥐어박아도 할 말 다하는 친구의 선언이다.

"얼씨구, 잘 해봐, 난, 그냥 즐기며 감동 받으며 소설 읽을 거야."

　바로 어제의 일 같은, 그러나 돌아다보면 철없이 재잘대던 이십여 년 전(?), 알랭 로브-그리예의 내한 강연회에서다. 그 친구는 그후 선생님이랑 공부를 계속했을까?

　당시 나는 누보 로망의 난해하고 건조한 새로운 글쓰기에 접근하기도 어려웠고, 별로 접근하고 싶지도 않았던 터였다. 아니, 솔직하게 말하자면, 나는 퍽 게을러서, 한 번 정도 읽어서는 그 문학적 맛을 전혀 음미할 수 없던 누보 로망들과 까다로운 이론서들을 정독할 엄두가 나지 않았다. 해서, 도망치느라고 구차한 변명을 흘렸다. 문학은 감동이야. 그대들, 신세대들이나 도전해보슈. 말을 하는 순간 나는 내 무식함에 스스로 얼굴을 붉혔고, 기분이 나빠졌다.

　문학적 감동이 재미뿐이란 말인가! 반성하는(?) 심정으로 나는 김치수 선생님의 누보 로망 관련 논문과 글들을 찾아 읽었다. 「언어의 실험실: 미셸 뷔토르의 소설 세계」「누보 로망의 현재」「누보 로망의 문학적 이념」 등. 선생님의 텍스트 분석과 해설을 읽으면서 나는 마치 스냅 사진들의 짜깁기 같은 형식 아래서 인간들의 파편화된 욕망이, 무력해진 절망이, 그리고 자신의 생과 세계를 이어주는 끈을 찾지 못하고 맴도는 방황이 얼핏 스쳐 지나가는 것을 느꼈다.

　선생님의 글은 예리한 비평적 시각과 깊은 문학적 통찰력에서 나오는 무게, 그리고 균형 잡힌 글쓰기로 나에게는 난해하게만 여겨지던 누보 로망의 세계를 열어 보여주었다. 물론 나는 아직도 열어 보여준 그 세계를 제대로 감지하고 있지 못하지만…… 선생님의 글은 화려하지 않아서 좋다. 내 개인적 취향이겠지만, 지나치게 장식이 많은 화려한 문체로 우회를 거듭하는 글들은 퍽 피곤하다. 큰 산처럼 의연하고 멀리 내다보는 글, 그 내용의 무게에 저절로 고개가 숙여지는 글, 선생님의 글은 그러했다.

　　1980년대 초반, 우리나라에서 문학사회학의 열풍이 불던 시기, 선생님의 『문학사회학을 위하여』가 출간되었고, 뒤이어 『구조주의와 문학 비평』도 나왔다. 그 책들을 나는, "우아! 데카르트 후손이시네! 합리주의자셔!"라고 감탄하며 읽었다.

　　그러니까 선생님이 누보 로망에 심취했던 것은 항상 문학의 본질, 문학과 삶, 문학과 세계와의 관계에 대한 연구에 매달렸던 선생님으로서는 인간과 세계를 '다르게 보기' '다르게 생각하기'의 실험 정신에서 비롯된 것은 아니었을까. 그때, 나는 생각했다. 혹시 누군가 나에게 불문학자로서 김치수론을 쓰라고 한다면, 핵심 단어는 기필코 카르테지앙(데카르트 후손), 휴머니스트, 아방-가르드 학자가 될 것이라고.

　　김치수 선생님을 곁에서 자주 뵙게 된 것은 선생님이 이화여대로 오시면서부터다. 그 동안 나는 선생님을 멀리서만 바라보고 있었다. 불문학회에서, 심포지엄에서, 가끔은 교수들의 회식 자리에서 후학들과 제자들에게 둘러싸여 격의 없이 토론하며 웃고 있는 선생님을 가끔씩 쳐다보면서 '참, 인간적이신 분!'이라고 생각하고 있었을 뿐, 내가 끼여들 자리는 아니었기 때문이다. 더욱이 나는 연극 마당을 기웃거리느라 많은 시간을 보내고 있었고, 둘 다 놓치기 싫은 사랑, 문학과 연극 사이에 끼어 방황하고 있었으니까.

　　선생님이 어느 날 전화를 하셨다. 유르스나르의 『어둠 속의 작업』을 번역해보지 않겠느냐고. 또 전화를 하셨다. 투르니에의 『마왕』을 번역해보라고. 어느 날은 대학원의 연극기호학 강의를 맡기셨다. 물론 나는 그 전에 위베르스펠트의 『연극기호학』을 겁 없이 번역해 선생님께 들고 갔었고, 선생님의 주선 아래 문학과지성사에서 역시 겁 없이(!) 나를 믿고 고맙게도 출판해주었지만, 이 글을 쓰는 지금도 나는 방대한 연극기호학의 가닥들을 제대로 간추리지 못해 끙끙대고 있는 실정이다.

　　나는 한편으로는 연극판을 쫓아다니면서, 그 일들을 미진한 채로

나마 주저하면서도 끝마쳤다. 끝마치고 난 후에야, 깨달았다. 번역하면서, 강의하면서, 논문 쓰면서 참으로 많은 것을 배웠다는 것을. 선생님은 그렇게 제자 아닌 제자, 지도하기에는 너무 나이 든 후학을 스스로 공부하게 만들었던 것이다. 문학적 토대와 무대적 현장성을 병행할 때 좀더 심도 깊은 연극학 연구가 가능하리라는 무언의 교육이었다.

나뿐만이 아니다. 탁월한 문학비평가이신 선생님은 또한 타고난 교육자이시다. 후학들과 학생들의 적성과 지적 능력을 적확하게 짚어내시고, 그에 맞는 길을 가리켜주신다. 선생님의 글이 그러하듯이, 선생님의 지적과 평가는 간결하고 직설적이지만 깊은 관심이 담겨 있다. 그래서 설득력이 있다. 선생님 본래의 넉넉한 포용력은 인간에 대한 신뢰와 균형 잡힌 정신으로 많은 제자들을 이끄신다.

선생님의 문학 세계에서 프랑스 문학과 한국 문학의 조화로운 만남이 가능한 것은 너무나도 당연한 일이 아닐까.

가루를 치는 체와 같은 선생님

이재실

나의 정신 연령은 이화여대 대학원 시절 이후로는 크게 진보한 것 같지 않다. 모든 사유, 모든 양식이 그 시절에 깊이 뿌리를 박고 있다. 뿌리의 동력이 얼마나 힘찬지 빨아들인 양분은 단숨에 우듬지까지 도달한다. 그중 가장 실한 뿌리의 끝부분에 나의 은사 김치수 선생님이 계시다.

이렇게 말하고 보니, 나의 향(向)서울성에 대한 이유를 알 것도 같다. 이 향성(向性)은, 지리적으로 정확히 말해서 이대 후문과 후문에 붙어 있는 학관(學館)을 향하고 있다. 김치수 선생님을 처음 만난 곳도 바로 그곳, 온갖 추억의 우물 그 언저리에서다.

손가락을 대충 꼽아본다. 김치수 선생님의 연구실로 처음 찾아갔을 때 선생님의 연세는 지금의 내 나이쯤이셨던 것 같다. 종이에 다시 계산을 해보면서 부끄러움으로 얼굴이 확 붉어진다. 나는 지금 그 나이로 살면서 정신적으로는 아직도 이유기(離乳期)를 벗어나지 못하고 있는데, 그때 이미 선생님은 제자의 앞길을 헤아려주실 만큼 완숙하고 사려 깊은 분이셨다.

아니, 사려 깊다는 것은 선생님의 경우 세월이 가져다준 미덕이 아니라, 타고난 성품인 듯싶다. 이 사려 깊은 성품은 때때로 놀라운 기억력으로 나타나기도 한다. 한참 전에 털어놓았던 나의 생각이나 신변 이야기를, 막상 이야기했던 나는 이미 잊은 지 오래인 세밀한 부분까지 모두 기억을 하시는 것이다. 그런 경우가 한두 번이 아니어서 어떤 때는 혹시 선생님 주변의 모든 지인들에 대해서 노트를 작성하시는 것은 아닌지 여쭤보고 싶은 순간도 있었다. 저녁마다 댁으로 들어가시면 큰 파일함을 열고 그날 들은 이야기를 인물별로 꼼꼼히 정리하시는 모습을 상상하면서.

물론 노트 작성은 없다. 하지만 그런 관심은 상대에 대한 선생님의 지극한 애정을 말해준다. 선생님은 제자에 대한 남다른 애정으로 내가 고통스러운 시기를 지나갈 때에도 든든한 지팡이를 손에 쥐어주셨다. 그러나 손에 지팡이를 쥐어주시면서도 선생님은 특별한 말씀이 없으시다. 훈계도 꾸지람도 없다. 주의 깊게 끝까지 들으시고는 잠시 숨을 고르시고 이렇게만 말씀하신다. "네가 어떻게 하더라도 나는 네가 잘했다고 할 거야." 듣는 당시에는 이 말씀만한 쓰디쓴 형벌이 없다. 모든 것은 너에게 달렸다는 말씀이니까. 하지만 한참이 지난 후에 나는 그 말씀의 핵심을 이해할 수 있었다. 동산양개 스님의 게(揭), "밖에서 찾지 말아라. 멀리 벗어날수록 나한테서 더욱 멀어지나니." 바로 그 말씀을 해주시고 싶으셨던 것이리라.

그러니 내게 선생님은 가루를 치는 체와 같은 분이셨다. 엔간한 굵은 가루는 모두 걸리고 균일한 입자의 고운 가루만 소복이 받아지도록 선생님의 체는 발이 아주 촘촘하다. 학생 시절과 그 이후의 몇 차례 힘든 시절에 나는 선생님의 체에 쳐지면서, 나의 편견을 판단력으로, 호기심을 지식욕으로, 표상을 사유로, 희미한 꿈을 의지로 바꾸어갔다.

나에게는 아직도 체에 걸러질 어중간한 입자들이 수두룩하다. 그것을 아시면서도, 처음 선생님을 만났을 때의 나이까지 어느새 훌쩍 세월을 넘어 쫓아온 제자를 편안하게 맞으실 뿐, 아무 내색도 안 하신다. 세월은 속절없이 가는데 아직도 풋내가 나는 제자가 딱해 보여서 그러시는 걸까.

아무래도 좋다. 서울에 가면 언제라도 뵐 수 있는 선생님이 계시다는 것만으로도 가슴은 뿌듯하다. 지금이라도 연구실로 찾아가면 따뜻하게 말씀하실 게다. "후문 앞 김활란 기념관에 가면 에스프레소를 정말 잘하거든. 마시러 갈까?" 아무렇지도 않게 말씀하시지만, 어느새 희끗희끗해진 머리카락 아래로 선생님의 눈은 너무나 많은 것을 말씀하고 있다.

나의 스승 김치수

송기정

내가 선생님을 처음 뵌 것은 1979년 여름 선생님이 이화대학에 오시기 직전 겨울 방학 때였다. 유명한 평론가이자 불문학자인 김치수를 마주한다는 기대에 부풀어 마음 설레었던 우리는 선생님을 처음 뵙는 순간 여간 실망하지 않을 수 없었다. 멋있는 평론가, 세련된 불문학자를 기대했는데 지금은 은퇴하신 정병희 선생님의 표현을 빌리자면 "산에서 숯 굽다 내려온 아저씨" 같은 선생님의 모습에 어찌 실망하지 않을 수 있었겠는가!

나는 졸업 후 곧바로 유학을 떠났고, 따라서 선생님의 강의를 들을 수 없었다. 그것이 못내 아쉬웠던 나는 유학을 마친 후 석사과정 수업을 청강하면서 선생님의 학문 세계를 접할 수 있었다. 당시 선생님이 하신 강의는 구조주의에 관한 것이었다고 기억한다. 그때 선생님이 무슨 말씀을 하셨는지는 기억에 없지만 그 수업에서 받은 신선한 충격은 잊을 수 없다.

선생님은 강의를 위해 원고지에 하나의 논문을 써 가지고 그것으로 강의를 하셨다. 항상 원고지를 보면서 강의하시는 것으로 보아 매주 강의 준비를 마치 하나의 논문 쓰듯이 하셨던 것 같다. 나는 강의에 대한 선생님의 성실하고도 열정적인 태도에 충격을 받았고, 앞으로 나도 저렇게 강의하리라 결심했다. 이제 강의를 한 지 10년도 넘은 내가 그때의 결심을 한 번이라도 제대로 지킨 적이 없으니, 그것이 얼마나 힘든 일이었는지를 실감하는 동시에 새삼 선생님 앞에 서기가 부끄러워진다.

선생님이 없는 이화여대 불문과는 상상하기 어렵다. 그만큼 선생님이 제자들에게 베푸신 사랑은 크기만 하다. 선생님은 우리에게 문학 연구가 하나의 과학적 작업이어야 함을 가르쳐주셨다. 선생님은 종종 금세기 학문에 가장 큰 영향을 준 세 명의 학자로 마르크스, 소쉬르, 그리고 프로이트를 꼽으셨다. 실로 20세기 인문사회과학에 혁명을 가져온 이들은 문학 비평에 세 가지 방향을 제시하였다. 문학사회학, 구조주의와 기호학, 그리고 정신분석학적 문학 비평이 그것이다.

선생님의 관심은 이 세 가지 분야를 총망라한다. 선생님은 우선 문학사회학에 관심을 가졌다. 1979년에 출판된 『문학사회학을 위하여』는 그분의 관심이 오랫동안 문학과 사회의 관계에 있었음을 증명한다. 그분의 석사학위 논문이 프랑스 사실주의의 대표 작가인 발자크에 관한 것이었음은 따라서 우연이 아니다. 그후 선생님의 관심은 문학사회학과는 전혀 다른 방향으로, 즉 문학과 문학 외적인 것의 관계에 대한 것으로부터 문학 내적인 것으로 옮아간다. 1980년의 『구조주의와 문학 비평』 그리고 1984년의 『문학과 비평의 구조』는 당시 젊은 이들이 구조주의에 열광하는 데 단단히 한몫을 했던 저서들이다.

특히 『문학과 비평의 구조』는 4년이라는 연금 기간 동안 선생님이 읽기와 쓰기를 한 결과다. 뜻밖에 불어닥친 어처구니없는 폭력 앞에서 속수무책으로 당해야 했던 선생님이 문학사회학으로부터 구조주의로 연구의 방향을 전환한 것은 우연일까?

그후 선생님의 관심은 구조주의에 안주하지 않고 정신분석으로 옮아간다. 정신분석적 비평에서 중요한 자리를 차지하는 마르트 로베르의 『기원의 소설, 소설의 기원』을 번역하신 것은 그분이 정신분석학적 문학 비평에 깊은 애정이 있음을 여실히 보여준다.

해금 후 7년 만에 내놓은 그분의 평론집 『공감의 비평을 위하여』에서 선생님은 "회의와 절망을 되풀이"하면서 당신의 글이 무력하게 보이고 당신의 목소리가 공허하게 들림을 절감하면서, 당신을 그리고 문학을 지킬 수 있는 방법에 대해 고심했음을 고백하고 있다.

그분이 문학사회학, 구조주의와 기호학, 그리고 정신분석과 문학 비평을 연구하고 소개하면서 바쁘고도 힘겨운 삶을 살아왔다면 그것은 인문사회과학의 모든 분야와 문학을 접목함으로써 문학을 총체적으로 보아야 한다는 그분의 고집 때문이리라. 그리고 그것은 "폭력이 언어에 선행하는 사회"의 희생자가 되어야만 했던 4년 간의 공백 기간 동안 그분이 자신에게 끊임없이 질문했던 문학에 대한 근원적인 문제 의식에서 나온 것이리라. 그런 점에서 4년 간의 공백은 그분에게 있어서 단순한 공백이 아니라 문학이 그분의 삶을 가득 채워줄 수 있는 동기를 부여해준 세월이었을 것이다.

선생님은 "하면 된다"가 아니라 "해야 된다"라는 생각으로 모든 일에 임하신다. 어렵게 용기를 내어 못 하겠다고 말하면 선생님은 단 한마디로 나의 삐뚤어진 용기를 무색하게 만들어버린다. 과연 선생님의 손을 거치면 안 되는 일이 없다. 그리고는 무능한 나를 질책하시는 것만 같다. 그래서인지 나는 선생님이 무섭다. 며칠 전 선생님과 이야기하던 중 무슨 말끝에 "선생님, 무섭게 말하지 마세요. 무서워요" 했더니 선생님은 정색을 하시면서 "내가 무서워? 나처럼 안 무서운 사람이 어디 있어?" 하셨다. 그렇다. 선생님은 한 번도 큰 소리로 야단치신 적 없고 사랑을 주기만 하셨다. 그래도 난 선생님이 무섭다. 나의 게으름과 나태함을 항상 꾸짖고 계신 것만 같아서이다.

굳이 정신분석학적 용어를 쓰자면 선생님은 내게 있어 '상징적 아버지'이다. 다시 말해서 그분은 우리에게 극복할 수 없는 절대적 존재다. 그래서 그분이 안 계시면 일종의 해방감을 느끼기도 한다. 그러나 그분이 안 계시면 우리는 불안하다. 우리를 지탱해주고 지켜주는 아버지, 우리가 끊임없이 동일화를 추구하고자 하는 아버지가 부재함을 의미하기 때문이다. 그런 선생님이 환갑이라니. 정말 싫다. 오래오래 우리 곁에 계시면서 질책하고 격려해주시기를 바란다.

나의 은사님, 김치수 선생님

이화원

이화여대 불문과 3학년에 재학 중이던 초가을 어느 날, 당시 학과
장님이시던 정병희 선생님께서 강의실에 모여 앉은 우리들에게 젊고
다이나믹한 새 교수님을 초빙하였노라 불쑥 선포하셨다. 잇따라 강
의실로 들어서신 김치수 선생님을 처음으로 뵙게 되었다. 지금으로
부터 20년도 더 된 그때 그 시절, 선생님은 그야말로 "젊고 다이나믹
한" 모습이셨다.

문리대 연극반 소속으로 운동장에서 공연할 「노비문서」라는 마당
극을 연습하고 있던 나는 선생님께서 새로 맡으신 수업을 추가로 신
청할 마음의 여유가 없었다. 그럼에도 불구하고 선생님에 대한 기대
와 호기심으로 수업을 청강하였다. 스탕달의 『적과 흑』을 강독하며
르네 지라르의 욕망의 삼각형에 대한 비평 이론을 소개해주셨던 강
의였다. 가을이 깊어가고 10월 중순에 있을 공연이 다가오면서 수업
에 더 이상 들어갈 수 없었고, 청강생인지라 『적과 흑』에 나타난 욕
망의 양상을 분석하는 기말 과제를 쓸 필요는 없었지만, 결국 그 강
의는 나에게 프랑스 비평의 넓은 바다에 입문하는 계기가 되었다. 비
평의 안경을 쓰고 텍스트를 들여다볼 때 의미가 또렷이 도드라지는
희한한 경험을 체득한 것이다.

그해 가을 강의실 안에서는 더 이상 선생님을 뵐 수 없었지만, 강
의실 밖에서 선생님과의 몇 번의 만남을 나는 뚜렷하게 기억하고 있
다. 운동장 스탠드의 불편한 객석에서 우리의 공연을 끝까지 관람하
시고 선생님께서는 황송하게도 '감탄'을 해주셨다. 이런 정도의 공연

을 만들 수 있는 집단이라면 무슨 일이든 훌륭히 해낼 수 있을 것이라고 말이다. 당시 공연에 왔던 근 2000명 관람객 중 삼분의 일은 정보부 요원들일 만큼 정국은 혼란일로를 내닫고 있었다. 공연을 마친 어느 오후 거의 전교생이 교정을 행진하며 시국에 대한 시위를 하게 되었다. 강당 앞에서 출발한 행렬은 미술대 앞 언덕을 거쳐 본관 그리고 김활란 총장님의 동상을 지나 문리대 건물을 향하고 있었다. 행렬 속에서 나는 보았다. 나무 그늘 아래 그림자가 드리운 비장한 표정으로 우리를 지켜보고 계셨던 선생님의 얼굴을. 그해의 10·26 사태, 그리고 그 다음해 봄 광주 항쟁 등 역사의 소용돌이 속에서 선생님은 안타깝게도 교단을 잠시 떠나셔야 했다.

그후 강의실 안에서도, 강의실 밖에서도 선생님을 뵙기가 힘들어졌다. 나 또한 서울대 대학원을 거쳐 미국 미네소타 대학 불문과 박사과정에 진학하게 되면서, 영어와 불어를 구사해야 하는 낯선 환경과 휘몰아쳐 대는 교과 과정, 과중한 조교 업무 등으로 선생님께 자주 소식조차 드리지 못하였다.

그러나 프랑스 고전비극 작가 라신에 대한 논문으로 학위를 취득한 후 8년 만에 귀국, 염원하던 모교 강단에 서게 되어, 정말 오랜만에 선생님을 가까이서 자주 뵙게 되었다. 근 10년의 세월 만에 선생님은 더 이상 "젊고 다이나믹한" 모습은 아니셨다. 나도 역시 두 아이의 엄마가 되지 않았던가.

그렇지만 선생님께서는 곧 이화여대 기호학 연구소장을 맡으시면서 한국 기호학회를 창설하셨고, 젊은이 못지 않은 의욕과 추진력을 보이셨다. 동시에 한 번 제자로서 평생 제자가 된 나에게 또 한 번 지적인 계기를 제공해주셨다. 연극기호학에 대한 연구 과제를 맡기심으로써, 기호성 및 표상성에 대한 후기 구조주의적, 아방-가르드 연극적 비판 의식에 따라 그 동안 스쳐 지나버리고 말았던 기호학과 정면으로 부딪는 기회를 주신 것이다. 그럼에도 개인적으로 힘든 시기를 겪으며 여러 가지 정황으로 인하여, 연구 과제가 노력한 만큼 멋지게 마무리될 수 없었음이 지금도 아쉬움으로 남는다.

불문학 못지 않게 한국 연극을 사랑하였던 나는 지금 공연학부 연극 전공 교수가 되어 더 이상 선생님을 자주 뵙지는 못하고 있다. 그렇지만 강단에서 연극기호학을 강의하고, 평론가로서 무수한 공연을 보고 읽고 글쓰는 행복을 누리는 나에게 선생님은 영원한 은사님이다.

이제 선생님에 대한 그 어떤 기억보다 진하게 각인된 어느 저녁을 떠올리며 이 글을 마무리지어야 할 것 같다. 한때 강단을 떠나셨던 선생님을 그리워하며 우리 동창들은 유학을 떠나는 한 친구의 환송연에 선생님을 초대하였다. 1981년 가을로 기억된다. 명동에서 만나 저녁을 함께 하시고 선생님은 단골 주점으로 우리를 모두 안내하셨다. 한강변 아늑한 공간에서 우리는 피아노를 치면서 선생님과 합창을 하며 주점을 완전히 장악해버렸다! 강단을 떠나셔야만 했던 때인 만큼 경제적으로 여유가 없으셨을 텐데도 술값 걱정일랑 조금도 하지 않은 철부지 제자들에게 아낌없이 베풀어주신 주연이었다. 강단에서 제자들을 키우는 이즈음 나 스스로를 되돌아보게 하는 대목이다. 그날의 주연 이후 서울대 인문대 대학원 강의실로 들어가던 나를 고(故) 김광남 선생님께서 불러 세우셨다. 김치수 선생님하고만 그렇게 즐거운 시간을 가져서야 되는가고 꾸중하시면서 빙긋이 웃으시는 것이 아닌가…… 그날 저녁 모처럼 가진 스승님과 제자들의 주연은 모두에게 잊을 수 없는 아름다운 순간이었다.

선생님은 이제 회갑을 맞으신다. 나 또한 불혹을 훌쩍 넘겨버렸다. 그렇지만 선생님께서 후배들에게 여전한 지적 자극을 그리고 멋진 주연을 오래오래 베풀어주시기를 바란다.

선생님, 만수무강하십시오!

사랑하는 우리 선생님

조현실

　요즘 내가 번역하고 있는 동화에는, 학생들이 굉장히 좋아하는 초등학교 선생님이 등장한다. 직역하면 '사랑하는 우리 선생님'이 되는 그 선생님의 별명을 뭐라고 옮길지 막막하여, 내 아이들에게 물었다. 정말로 좋아하는 선생님을 어떻게 부르냐고. 두 아이 모두 간단히 대답했다. 그렇게 좋아하는 선생님은 없다고. 그 말을 듣자 가슴이 서늘해지며, 난 행복하다는 생각이 들었다. 힘들 때 달려가 매달릴 수 있는 선생님이 계시니까.

　김치수 선생님께서 이화여대 불문과에 부임하신 것이 벌써 20년 전이다. 알랭 로브-그리예라는 독특한 작가의 이름을 선생님의 수업 시간에 처음 들었던 것 같다. 선생님께서 전공하신 누보 로망의 건조한 분위기와, 환하게 웃으시는 소탈한 선생님의 인상이 퍽 이질적으로 느껴졌던 기억이 난다. 또 예민함, 괴팍함, 아집 등 '문학 청년'에 관해 그때까지 갖고 있던 선입견이 선생님을 뵈면서 깨져버린 통쾌함도 있었다.

　선생님께 화려한 수식어를 길게 붙여드릴 수도 있을 것이다. 객관적으로 볼 때, 선생님은 분명 우리 문화계에서 아주 중요한 위치에 계신 분이다. 그러나 우리 제자들에겐, 문학평론가, 교수님 등의 칭호가 왠지 낯설고 무겁게 느껴진다. 20년 전이나 지금이나, 김치수 선생님은 그냥 '우리 선생님'이실 뿐이다. 푸근하게 감싸주시고, 알뜰살뜰 돌봐주시는 진짜 선생님…… 선생님께서도 우리를 계속 철부지 학생들로 봐주시길 바란다면 지나친 욕심일까?

나 개인적으로는 선생님께 얼굴을 들지 못할 정도로 죄스럽기만 하다. 기대도 많이 하셨고, 진로를 선택할 때마다 정성껏 도와주셨는데도, 결국 공부를 하지 않아 실망시켜드렸기 때문이다. 면목이 없어 자주 찾아뵙지 못했고, 그러다 보니 인간적으로 제자 구실을 못 한 자책이 나날이 커져만 간다.

그러면서도 선생님께 내 허물을 있는 그대로 보여드릴 수 있는 용기는 아직 잃지 않은 것 같다. 이상하게도 선생님 앞에선 스스로를 가다듬고 포장해야겠다는 생각이 들지 않는다. 설사 이치에 안 맞는 소리를 해도 선생님께선 웃으며 들어주실 것이라는 묘한 배짱이 있다. 이 믿음, 혹은 배짱은 선생님의 유별난 친절함과 자상함 덕분에 생겨날 수 있었던 것 같다.

선생님께는, 동시에 수많은 사람들에게 따뜻한 관심을 보여주실 수 있는 특별한 능력이 있다. 선생님이 바쁘신 건, 언제나 누군가를 돌봐주셔야 하기 때문이다. 선생님은 학생들의 이름뿐 아니라 세세한 사항들까지 정확히 기억하고 계신다. 어쩌다 선생님을 뵈러 연구실에 가 있다 보면, 여기저기서 쉴새없이 전화가 걸려왔는데, 대부분이 학생들의 상담 전화였다. 장학금 신청, 취업 문제 등등. 선생님은 그 많은 일들을 귀찮아하시는 것 같지 않았다. 마치 그 일을 즐기시는 듯, 언제나 웃는 얼굴이셨다. 선생님의 그 에너지에 정말 놀라지 않을 수 없다.

난 학생 시절부터 지금까지, 남들은 당연히 알고 있는 사회 생활의 기본 덕목이나 수칙들을 몰라, 실수를 저지른 적이 셀 수 없이 많았다. 지금도 그때 생각만 하면 낯이 붉어진다. 내가 실수했는지조차도 못 깨닫고 있을 때, 그것이 실수임을 깨우쳐주신 것은 언제나 선생님이셨다. 그러나 조심스럽게 충고해주셨으므로, 잘못을 깨달으면서도 상처를 입진 않았다. 이 점에 관해 선생님께 말할 수 없이 감사드린다. 선생님께서 인간적으로 존중해주셨던 것이, 소심한 내겐 큰 힘이 되었다. 선생님의 인내심은 대단하셨던 것 같다. 간혹 난 내 아이의 머리를 쥐어박으며, 선생님께선 요령부득의 제자를 어떻게 그렇게 참아주셨을까, 신기해하곤 한다.

학교 다니던 시절의 추억 중에서 선생님 댁을 빼놓을 순 없다. 이화여대에 부임하시던 무렵, 선생님께선 봉원동 언덕 위의 작고 소박한 집에 살고 계셨다. 그 집은 참 인상적이었다. 방의 벽이 곧 담장이고, 대문이 곧 현관이었다. 아마도 그 집은, 선생님과 사모님께서 처음으로 장만하신 집이 아니었을까 내 맘대로 상상해본다. 설날, 세배 드린다고 우르르 몰려가면 사모님께선 꼭 떡국을 끓여주셨다. 우리는 계속 "먹고 왔는데요!" 하고 내숭을 떨면서도 일어서지 않고 떡국그릇을 뚝딱뚝딱 비웠다. 그땐 철없는 처녀들이라 직장 생활하시는 사모님께 그게 얼마나 고달픈 일인지도 몰랐다. 학교를 졸업한 뒤에도 선생님이 이사 다니시는 댁마다 찾아가 떡국을 먹었다. 사모님은 땅에 묻어놓은 김장 김치도 꺼내주시고, 오징어전도 부쳐주시고, 어쩌다 선생님 흉도 보시고, 그러면 우리는 까르르르 웃고…… 선생님 댁은 언제나 푸짐했다.

불문과 친구들끼리 "선생님은 며느리를 보시면 얼마나 잘해주실까?" 하며 부러워한(?) 적이 있다. 20년의 세월이 흐르는 동안, 선생님께서 "개천에서 용 났다"라고 자랑하셨던 두 아드님은 너무도 멋진 청년으로 자랐고, 이제 선생님은 진짜로 할아버지가 되셨다고 한다. 물론 우린 실감할 수 없지만……

얼마 전, 거의 10년 만에 대학원 박사과정에 같이 다녔던 선배들과 만났다. 무척 오랜만이었지만, 잠시의 서먹함도 없이 예전의 그 떠들썩함으로 돌아갈 수 있었다. 어울려 다니며 속내 이야기를 끝도 없이 털어놓던 무방비 상태의 그 시절이 정말 그립다. 그 정겨운 풍경 한가운데에 우리 선생님이 계시다. 점심도 잘 사주시던 든든한 후원자로서.

Je vous aime

이윤옥

나는 가끔 이대 중강당 옆 나무의자를 찾는다. 나무 둥치에 앉아 캠퍼스를 보면, 뜨겁고 아프던 1970년대 말, 1980년대 초가 아득한 옛날처럼 느껴진다. 교정에는 차례로 진달래와 개나리가 피고, 낙엽이 지고 눈이 내린다. 봄·가을·겨울의 교정이 흐린 배경으로 물러나고, 한낮, 땡볕의 여름 교정이 전경에 클로즈업된다. 왜 하필 여름일까. 그 풍경 속에 우리들이 서 있다.

어느 날, 부동의 여대생들 사이에 작은 움직임이 생긴다. 변화의 원인이 되어 아무도 예측하지 못한 결과를 낳는 움직임. 그것을 사람들은 우연이나 운명이라고 부르겠지. 삶의 도처에 숨어 있는 우연은 신의 몫이리라. 정물화의 움직임이 점점 커지며 한 사람이 걸어나온다. 그분의 얼굴을 알아본 나는 빙그레 미소짓는다.

김치수 선생님은 뜨거운 여름 햇빛처럼, 행복한 우연처럼 우리들에게 오셨다가 1년 만에 우리 곁을 떠나셨다. 1980년 여름, 선생님께서는 교수단 시국 선언문 서명 사건으로 해직되셨다. 그때 우리들(77학번)은 사회 상황에 짓눌린 채 아무 행동도 하지 못하는 4학년, 졸업반이었다. 그런 우리들의 스승이 시대의 불의에 항거한 영웅이었다. 과장된 표현일까? 아무튼 우리들은 그렇게 생각했다.

해직 교수. 어떤 저항도 용납하지 않는 견고하고 폭력적인 힘에 맞서다 삶의 장을 빼앗기신 스승. 선생님께 수업을 들었던 우리들은 공연히 가슴이 벅차 올랐다. 다소 유치한 감정 과잉 상태에 빠진들 대수인가. 우리들 중 어떤 용감한 아이는 교정을 걷는 선생님 뒤에서 방백(傍白)을 하기도 했다. "Je vous aime." 선생님은 메마른 우리들의 삶에 깊은 자부심과 더불어 타인에 대한 뜨거운 사랑을 심어주셨다. 그래서 선생님에게는 늘 타는 여름이 어울린다. 우리에게 문학과 사회는 낯설지만 지울 수 없는 방식으로 선생님 안에서 만났다. 선생님은 우리들에게 하나의 상징이었다.

편견 없이 돌아보건대, 우리 불문과에는 유난히 예쁘고 똑똑한 친구들이 많았다. 그런 만큼 나처럼 별 특징 없이 조용한 학생은 선생님들과 개별적으로 친해질 기회가 거의 없었다. 그런데도 나는 짧은 시간 동안 강의하시고 바람처럼 학교를 떠나신 선생님에 대해 특별한 기억이 있다.

3학년 때, 우리 과에서는 일영으로 1박 2일 동안 MT를 갔다. 나는 언제나 튼튼하고 씩씩한데, 하필 떠나는 날 몸이 좋지 않았다. 하지만 40도를 오르내리는 고열에 시달리면서도 나는 그곳에 갔다. 평소 단체 생활은 질색이고, 더구나 여럿이 떠나는 여행은 좋아하지도 않으면서 왜 갔는지 모르겠다. 아마 선생님과 추억 하나 만들려고 그랬나보다.

저녁에 친구들이 모두 고고인지 디스코인지 유행하던 춤을 추고 있는 동안, 나는 열에 들떠 홀로 빈방에 누워 있었다. 그 방은 정말 지나치게 크고 넓었다. 그래서 버림받은 느낌이 더 강했던 것 같다. 공연히 비장해지려는 순간, 선생님께서 들어오셨다. 잠시 휴식을 원하셨던 선생님께서 그만 아픈 제자를 만나신 것이다. 따뜻한 위로의 말씀. 선생님의 품성을 알리려고 그것을 여기 다 기록하는 것은 무의미하리라. 단지 내가 드린 형이상학적(?)이고 치기 어린 몇 가지 질문에 대한 성실한 답변들, 그중 하나를 말하겠다.

"책을 읽고 나서…… 열등감에 고개를 들 수 없는 경험을 하고도 계속 책을 읽어야 하나요?"

"그럼. 나는 지금도 여전히 그런걸."

나는 선생님께서 해직 상태에 계실 때 석사를 마친 뒤, 박사과정에 진학했다. 그때 선생님께서 복직하셨지만 강의를 듣지는 못했다. 하지만 박사과정 학생들은 강의실 밖, 주로 선생님의 연구실에서 다양하고 풍성한 수업을 받았다. 연구실은 가끔 학교 앞 맥주집으로 이어졌다. 낭만적 영혼(내 친구의 표현이다)을 지니신 선생님께서는, 기분 좋게 취하시면, 「찻잔」이나 「참새와 허수아비」 같은 노래를 부르기도 하셨다. 그 시절 나는 선생님을 통해 불문학과 더불어 우리 문학에 대한 애정도 쌓았다.

지금 한 가지 고백을 해야겠다. 대학원관에서 도서관으로 가려면 당시 선생님 연구실이 있던 헬렌관 앞을 지나가야 했다. 나는 도서관에 갈 때마다 헬렌관 앞에서 잠시 멈춰 섰다. 그리고 4층, 선생님의 연구실 창문을 바라보았다. 이제 그곳에 선생님이 계신다. 그것만으로 나는 참 행복했다.

요즘 선생님은 내가 찾아뵐 때마다 늘 바쁘시며 누군가를 만나고 계신다. 그뿐인가. 5분 정도 대화를 나누다보면 전화벨이 울린다. 나는 일어선다. 선생님께서 왜 그렇게 분주하신지, 왜 그렇게 많은 사람들이 선생님을 찾는지 알기 때문이다. 선생님은 정말 따뜻한 가슴과 넓은 귀를 가지신 분이다. 그 가슴으로 모든 사람을 감싸려 하시고 그 귀로 온갖 사연을 들어주려 하신다. 그러니 그럴 수밖에. 돌아서 나오는 나는 건방지게 이런 생각을 한다. 아주 가끔, 너무 바쁜 선생님은 외롭지 않을까.

연보

가족 사항

1940. 12. 17	전북 고창군 무장면 무장리에서 아버지 김영섭씨와 어머니 손계임씨의 아홉 형제 중 여섯째로 태어남
1966. 11	안정환과 결혼
1967. 9	장남 용대 출생
1970. 11	차남 용욱 출생
1994. 2	장남 용대가 변금영과 결혼
1994. 12	차남 용욱이 김수연과 결혼
1996. 1	손녀 도연 출생
1997. 9	손녀 재연 출생

학력

1953	무장초등학교 졸업
1956	무장중학교(현재 영생중학교) 졸업
1959	서울에서 중앙고등학교 졸업
1964	서울대학교 문리과대학 불어불문학과 졸업(학사)
1968	서울대학교 대학원 불어불문학과 졸업(석사)
1973	도불
1976	프랑스 프로방스 대학에서 「소설의 구조 연구」로 박사학위 받음

경력

1963   대학 시절에『산문시대』동인으로 활동

1966   중앙일보 신춘 문예 평론 부문에 입선

1968   『6·8문학』동인

1968~1971   이화여고 강사

1969~1972   이화여대 사범대 강사

1970   『문학과지성』동인으로 계간지 창간에 참여

1970~1972   서울대 교양학부 강사

1970~1971   서라벌예술대학 강사

1972~1976   부산대 사범대 불어교육과 전임강사

1976~1977   부산대 사범대 불어교육과 조교수

1977~1979   한국외국어대 불어과 조교수

1979~1980   이화여대 인문대 불어불문학과 조교수

1980~1986   이화여대 인문대 불어불문학과 부교수

1986~현재   이화여대 인문대 교수

1994~1998   이화여대 기호학연구소 소장

1995~현재   한국기호학회 회장

1996~2000   이화여대 인문대 학장

1997~현재   이화여대 통역번역대학원 원장

1997~1998   한국불어불문학회 회장

저서

1972   『현대 한국 문학의 이론』(공저)을 민음사에서 출간

1976   『한국 소설의 공간』을 열화당에서 출간

1979   『문학사회학을 위하여』를 문학과지성사에서 출간

1980   『구조주의와 문학 비평』(편저)을 홍성사에서 출간

1982   『박경리와 이청준』을 민음사에서 출간

1983 현대문학사 제정 제21회 현대문학상(평론)을 수상
1984 『문학과 비평의 구조』를 문학과지성사에서 출간
1991 『공감의 비평을 위하여』를 문학과지성사에서 출간
1992 위 평론집으로 한국일보 제정 제3회 팔봉비평문학상을 수
      상
1998 『현대 기호학의 발전』(공저)을 서울대출판부에서 출간
2000 『삶의 허상과 소설의 진실』을 문학과지성사에서 출간
2000 『표현인문학』(공저)을 생각의나무에서 출간

역서
1971 에밀 졸라가 쓴『나나』를 동아출판공사에서 출간
1972 푸리니에가 쓴『대장몬느』를 문예출판사에서 출간
1978 레비-스트로스가 쓴『문화를 보는 눈』을 중앙일보사에서 출
      간
1979 뷔토르가 쓴『시간의 사용』을 삼성출판사에서 출간
1979 로브-그리예가 쓴『변태 성욕자』(공역)를 삼성출판사에서
      출간
1981 로브-그리예가 쓴『누보 로망을 위하여』를 문학과지성사에
      서 출간
1981 토도로프가 편한『러시아 형식주의』를 이대출판부에서 출
      간
1996 미셸 뷔토르가 쓴『새로운 소설을 찾아서』를 문학과지성사
      에서 출간
1997 바르트가 쓴『현대의 신화』(공역)를 동문선에서 출간
1998 바르트가 쓴『모드의 체계』(공역)를 동문선에서 출간
1999 마르트 로베르가 쓴『기원의 소설, 소설의 기원』(공역)을
      문학과지성사에서 출간

편저

1977 『문예사조』(공편)를 문학과지성사에서 출간
1985 『염상섭』을 지학사에서 출간
1989 『사르트르의 문학적 세계』(공편)를 문학과지성사에서 출간
1989 『현대 불문학 사조』(공편)를 한국방송통신대학에서 출간
1990 『이태준』을 지학사에서 출간